un romanzo

Jon Asahina

Traduzione di Massimo Papolini

Illustratore della copertina, Tini Miura
Traduttore della versione italiana, Massimo Papolini
Revisore della traduzione, Jonny Wiles
Correttore di bozze, Elisa Curzi
Assistente alla pubblicazione, Fabio Boaro
Coordinatore del progetto editoriale, Cam Tu Huynh Asahina

Stampato negli Stati Uniti d'America
ISBN 978-0-578-37581-6

Ringraziamenti

Molte persone mi hanno aiutato nella pubblicazione postuma di FY2009 e Walter il Cactus. Sono principalmente grata a Bob e Dianne Mariash per il loro supporto affettuoso e incondizionato. Renée Lioret-Larson mi ha aiutato in molti modi, ascoltandomi e alternando saggezza e buon umore. Allan Winkler ha offerto validi consigli dall'alto della sua esperienza nel settore dell'editoria. I miei ringraziamenti vanno anche a Tini Miura per la sua creatività nel disegnare la copertina di FY2009. Vorrei ringraziare anche Naomi Sato per il suo costante aiuto e per avermi messo a disposizione le sue competenze tecnologiche ed editoriali.

Cam Tu Huynh Asahina, 2018

Per quanto riguarda la versione italiana, ringrazio di cuore tutti i miei validi collaboratori che hanno reso possibile la realizzazione di questo progetto di traduzione.

Ringrazio Massimo Papolini per aver colto il messaggio del romanzo e averlo tradotto fedelmente, Jonny Wiles per il valido supporto di revisione della traduzione, Elisa Curzi per l'attenta correzione delle bozze, Fabio Boaro per l'assistenza alla pubblicazione e Michela Santostefano per l'indispensabile aiuto e supporto e per le innumerevoli ore passate a revisionare il progetto.

Cam Tu Huynh Asahina, 2022

A Cam Tu, l'amore della mia vita

L'Autore
1949-2017

Al momento della pensione, Jon Asahina, ex dirigente e imprenditore, ha perseguito l'ambizione della sua vita: scrivere libri. Nonostante fosse un esordiente nel campo della narrativa, esprimeva ampie capacità tecniche, dimostrate anche attraverso articoli sui principali giornali finanziari, white papers e oltre una dozzina di manuali tecnici. Tutto ciò, abbinato alla sua esperienza imprenditoriale, ha offerto la prospettiva necessaria per scrivere FY2009, un romanzo che parla dell'universo informatico.

Jon Asahina aveva oltre 30 anni di esperienza nel mondo dell'hightech, come co-fondatore e presidente di XCD Incorporated, una start-up cresciuta esponenzialmente per oltre 5 anni, valutata una delle migliori 100 aziende informatiche emergenti nel 1997 a livello mondiale. Più tardi ha prestato la sua attività come vicepresidente del Marketing alla TROY Wireless (controllata di TROY Group Inc.) e come direttore tecnologico per la eStorage Inc. Prima di XCD, Asahina è stato direttore del Marketing alla Emulex Corporation e responsabile per l'avvio di due dei più importanti prodotti su scala mondiale nella storia della società. Inoltre, si è occupato della gestione del prodotto e ha avuto incarichi commerciali presso la Digital Equipment Corporation.

Affermato esperto industriale di connessioni, di comunicazioni wireless a corto raggio e di archiviazione, Asahina è stato relatore in numerosi eventi internazionali. Riconosciuto anche per aver contribuito alla stesura dei libri Wi-Fi Home Networking di Raymond Smith (©2003 McGraw-Hill; p. XIV) e Handheld Usability di Jon Weiss (©2002 John Wiley & Sons; p. 264). Ha realizzato un blog che parla dei suoi scritti intitolato The Long and Winding Road of FY2009 (La lunga e tortuosa strada di FY2009).

Nato a Toledo, Ohio, Asahina ha conseguito un B.A. in Fisica all'Earlham College e un M.B.A. (Master in Business Administration) alla Washington University. Ha vissuto con sua moglie Cam Tu a Monarch Beach in California fino alla sua morte nel 2017.

Tributi a Jon

"Jon era molto discreto a proposito dei suoi successi e dei vari interessi che coltivava. Da marito devoto e amorevole qual era con la sua amata Cam Tu, divenne un viaggiatore avventuroso. Nei loro lunghi viaggi, amavano soprattutto visitare i siti UNESCO; era un grande appassionato della lingua italiana, che studiava all'Istituto Michelangelo di Firenze, così come del disegno e della pittura che invece approfondiva all'Accademia delle Belle Arti, sempre nella stessa città."

"Secondo noi Jon ha vissuto la sua vita così come giocava a golf, con l'occhio sulla palla, avanzando in modo consapevole e attento sempre al centro del fairway. Jon era un tesoro speciale che mancherà enormemente a tutti coloro che lo conoscevano."

—Dianne e Bob Mariash, amici

"Non si può giudicare il libro della vita di Jon dalla sua copertina. All'ombra di un'apparente quiete, calma e riflessività, c'era un uomo che abbracciava la gioia di vivere con totale abbandono. Gettarsi nell'ignoto con entusiasmo, ma sempre con un piano, era il marchio di fabbrica di Jon..."

"In Europa, Jon decise di comprare una moto per girarla in lungo e in largo, sebbene non ne avesse mai guidata una prima. Jon conquistò il mondo dell'informatica molto prima di altri e lo fece completamente da autodidatta. Le sue instancabili ricerche per trovare la compagna perfetta, lo hanno condotto a Cam Tu, l'amore della sua vita. Jon era uno scienziato, scrittore, artista e un viaggiatore, ma soprattutto sapeva essere un grande amico per tutti quelli che lo hanno conosciuto. Curioso, appassionato e rispettoso, Jon è un'ispirazione per tutti noi."

—Russell Chapman, amico all'Earlham College

"Jon Asahina era un uomo il cui atteggiamento laconico e modesto nascondeva una profondità di sentimenti, le cui conquiste stupivano costantemente coloro che lo conoscevano. Rappresentava tutto il meglio di un uomo del Rinascimento: possedeva una pluralità di talenti, era un esploratore del mondo ed era tecnologicamente dotato. La sua formazione informatica non gli impediva lo studio dell'italiano, l'impegno nella costruzione della sua casa, viaggiare per l'Europa con la sua moto come studente e scrivere libri. Jon ci è stato portato via inaspettatamente e troppo presto. Ha lasciato sua moglie Cam Tu, l'amore della sua vita, i tanti amici che ha aiutato e il nostro amore e ammirazione per questo onorevole, gentile, generoso e umile uomo che vivrà per sempre nei nostri cuori."

—Renée Lioret-Larson, amica

"Lo zio Jon era la quintessenza dell'uomo rinascimentale. Sebbene fosse tranquillo e pacato, possedeva una forza mentale e una lungimiranza tipica dei più grandi capitani d'industria. Che stesse introducendo i suoi nipoti nel mondo dei giochi d'avventura testuale, smontando e rimontando un computer nel suo soggiorno, o occupandosi di tecnologie pionieristiche relative al Bluetooth, era sempre un passo avanti al suo tempo. Lo amavamo e per sempre sentiremo la mancanza del suo silenzioso contributo ai raduni di famiglia."

— Jennifer Kurumada Chuang, cugina

Un tributo finale a Jon

"Durante la sua brillante carriera come dirigente informatico e imprenditore, Jon Asahina ha nutrito il sogno segreto di pubblicare un romanzo. Ha impiegato 35 anni per scrivere il manoscritto di FY2009, durante i quali ha contemporaneamente scritto e illustrato un libro per bambini: Walter il Cactus."

"Purtroppo Jon non è vissuto abbastanza per realizzare il suo sogno. Dopo la sua morte, ho cercato tra i suoi documenti e ho scovato entrambi i manoscritti"

"Sebbene non avessi alcuna esperienza in questo settore, sapevo quanto questo significasse per Jon, così, con determinazione, ho aiutato a trasformare il suo sogno in realtà."

"Per questo motivo, ho già iniziato la distribuzione di FY2009 ad alcuni amici in Europa. Dal 2018, una copia del libro in lingua inglese è collocata nella biblioteca comunale di Mondolfo (PU) e dal 2019 anche in quella di Recanati (MC). Il romanzo FY2009 sta ricevendo un consenso internazionale".

"Continuare la promozione di FY2009 e Walter il Cactus è diventata la mia missione in quanto parte dell'eredità di Jon."

—Cam Tu Huynh Asahina, agosto 2018

PRIMA PARTE

Q1 FY2009
1° luglio 2008 – 30 settembre 2008

Capitolo 1
Martedì
1° luglio 2008

"Ehi Jeff!"

Jeff udì il suono anche se ancora non registrava le parole. La sua mente era altrove e, per l'ennesima volta, fissava quella donna bionda in lontananza. Kathy Jensen era impossibile da ignorare per qualsiasi uomo. Andava ben oltre la semplice bellezza, mentre lavorava solitaria nella luce di una mattina d'estate. Occhi blu e un sorriso disarmante, aveva il viso di una top model. Il suo corpo, tonico alla perfezione ma squisitamente femminile, era l'oggetto delle innumerevoli fantasie e del desiderio di Jeff. Diversamente dalle altre donne alla Xekonix Corporation, vestiva un tailleur nero che annunciava lunghe gambe abbronzate. Lui si rimproverava per l'abitudine di fissarla come un teenager affamato d'amore, ma, di fatto, non riusciva a distogliere il suo sguardo.

Si sentiva un po' in colpa. Non che stesse ingannando Janet, dopotutto, non aveva nessuna chance che qualcosa di concreto potesse succedere. A dirla tutta, in quel momento avrebbe dovuto lavorare. Le sue stime mensili e il rapporto settimanale andavano fatti entro la giornata e una dettagliata analisi di mercato entro la settimana. Era previsto anche un meeting alle 10 con Tim Ross a proposito del calo delle vendite del X-300, seguito da un'importante presentazione agli ospiti della Bank of America nel pomeriggio. E, come al solito, doveva assicurarsi che il progetto Diomedes procedesse secondo i piani. Nonostante ciò, scelse di rimanere sotto l'incantesimo di Kathy Jensen. Tutto il resto avrebbe aspettato.

"Smettila di fissarla! Cosa direbbe Janet?"

Questa volta le parole furono recepite. Jeff si voltò, imbarazzato per essere stato colto sul fatto. Alle sue spalle, ridendo maniacalmente c'era Brad McCarthy. Alto e socievole, Brad era l'opposto di Jeff, nell'aspetto e nel carattere, sebbene fossero entrambi project manager alla Xekonix. Nonostante i capelli brizzolati e una notevole pancia da birra, sembrava il tipico bulletto, quel genere di ragazzo che avrebbe potuto tormentare Jeff ai tempi della scuola. Come Jeff, era vestito con un abbigliamento business casual, con pantaloni color cachi e una camicia blu Oxford. Erano entrambi sulla cinquantina e questo faceva di loro i più anziani responsabili di prodotto dell'azienda.

"Non la sto fissando" disse Jeff mentre sentiva la sua faccia diventare rossa.

Brad sorrise. "Se lo dici tu, amico. D'altra parte non potrei biasimarti, oggi è davvero sexy."

Jeff non rispose. Era abituato all'ossessione di Brad per l'altro sesso, una cosa che faceva passare in secondo piano il fatto che fosse l'uomo intelligente e talentuoso capace di gestire Hercules, il più importante progetto alla Xekonix. In ogni caso, Jeff, non si sentiva a suo agio parlando di Kathy, specialmente se la conversazione includeva Janet.

"Andiamo" continuò Brad, dimostrandosi impietoso. "Ammetti che la desideri."

"Fai come ti pare" disse Jeff, fingendo disinteresse. Poi, dopo un'esitazione di pochi secondi, tentò di cambiare discorso. "Allora Brad, sei pronto per il nuovo anno?"

Jeff si riferiva al fatto che per la Xekonix era il primo giorno dell'anno fiscale 2009. Abbreviato in FY2009, rappresentava il periodo di dodici mesi durante il quale sarebbero state misurate le performance della società. Quel giorno segnava anche l'inizio del Q1, il primo di quattro trimestri che dividevano l'anno fiscale e tutti speravano in una situazione migliore, un nuovo inizio dopo le deludenti performance dell'anno fiscale 2008.

Il ghigno di Brad sparì. "Penso di sì, difficile che possa andar peggio."

"Speriamo di no. Hai sentito com'è finito l'anno?"

"Sì, Tim mi ha detto che è stato un altro anno piatto, come tutti si aspettavano. Ma almeno alla fine chiuderemo con un piccolo profitto."

Se Brad avesse avuto ragione, sarebbe stato il secondo anno consecutivo in cui il fatturato della Xekonix non cresceva in modo significativo. Un evento in chiaro contrasto con il decennio precedente, quando la società era cresciuta ad una media del 20 per cento all'anno. Le notizie non sarebbero certo state buone per il prezzo delle azioni Xekonix che era già precipitato da 56 dollari a 12 dollari dal 2006.

"Bene, addio al mio fondo" scherzò Jeff amaramente, considerato l'elevato numero di azioni Xekonix nel suo fondo pensione.

Brad rise. "Ehi, ti avevo detto di vendere quelle maledette azioni due anni fa!"

"Sì, grazie tante."

"A proposito, ho sentito che il nostro nuovo presidente comincia oggi" disse Brad.

"Ho sentito anch'io. Spero sia meglio di Richard Baron" replicò Jeff, riferendosi al presidente della Xekonix recentemente allontanato.

"Sarà sicuramente meglio di quell'idiota. Comunque, ho sentito che era vicepresidente alla Cisco. Si chiama Bryan Denman."

"Lo conoscevi quando lavoravi là?"

Jeff sapeva che Brad aveva lavorato alla Cisco System, gigante della Silicon Valley e maggior concorrente della Xekonix, nel Nord California.

Brad scosse la testa. "No, dovrebbe essere arrivato dopo che me ne sono andato, ma se davvero era alla Cisco, è probabile che, tanto per cambiare, conosca qualcosa di router e switch."

Router e switch, gli indispensabili dispositivi che connettono i computer alle reti e che formano l'ossatura di Internet, erano la primaria linea di prodotti della Xekonix. Richard Baron era stato apertamente criticato perché aveva una formazione nel campo aeronautico alla General Electric e, soprattutto, per non avere esperienza nel settore delle reti informatiche.

"Bene, possiamo solo sperare" rispose Jeff.

Mentre parlavano, sei uomini asiatici ben vestiti uscirono dall'Edificio 1 accompagnati da Bill Rawlings, vicepresidente della produzione alla Xekonix. Stranamente scuri in volto e silenziosi, sembravano diretti all'Edificio 3. Jeff e Brad fermarono la loro conversazione per assistere a quella processione.

"Chi sono quelli?" chiese Jeff dopo che gli uomini furono passati.

Brad alzò le spalle. "Non lo so."

Sia Jeff che Brad lavoravano nel Reparto Marketing, collocato nell'Edificio 1, una delle tre moderne costruzioni in vetro che formavano il campus della Xekonix. L'entrata principale dell'edificio si apriva con un atrio riservato agli ospiti, spazioso e ben arredato con poltrone in pelle, televisori multischermo e accesso wi-fi. Come al solito, Jeff e Brad passarono per l'entrata degli impiegati, una porta separata in metallo bianco sul lato dell'edificio, la quale conduceva a un piccolo e triste atrio dominato da un grande segnale che recitava 'I Nostri Impiegati sono la Nostra più Grande Risorsa'.

"Buongiorno signori" disse sorridendo l'addetto alla sicurezza quando entrarono. Seduto dietro una piccola scrivania di legno, era l'uomo più anziano, forse sui settantacinque anni ed aveva salutato gentilmente i lavoratori dell'Edificio 1 per ognuno dei dieci anni che Jeff aveva lavorato per la società.

"Come va George?" rispose Jeff.

"Alla grande! Ma potrebbe andar meglio…".

Jeff sorrise alla banale osservazione che George ripeteva quasi tutti i giorni. Poi si diresse al lettore del badge e strisciò la sua tessera per aprire la porta di sicurezza secondaria. Brad fece la stessa cosa e i due si diressero alle scale del Reparto Marketing.

Quando Jeff e Brad attraversarono l'atrio del Reparto Marketing, Laurie Rodriguez, la segretaria del reparto, li salutò, seduta alla scrivania di fronte all'entrata. Laurie era una donna ispanica molto attraente, ancora sulla ventina, aveva una vaga somiglianza con Jennifer Lopez. Con grandi occhi scuri e un sorriso sempre pronto, era una delle persone più piacevoli delle

Xekonix. Il suo corpo magro e un seno abbondante, la rendevano molto popolare tra gli uomini della società. Brad la apprezzava in modo particolare.

Jeff le sorrideva e ricambiava il suo saluto. Sebbene pensasse che Laurie fosse carina, la considerava troppo giovane e poco sofisticata per i suoi gusti. Di conseguenza, non aveva dedicato molto tempo cercando di conoscerla.

Al contrario Brad, come era solito fare, iniziò una conversazione. "Ehi, sei carina oggi Laurie, indossi un vestito nuovo?" disse flirtando.

Jeff era un po' infastidito dal comportamento di Brad, soprattutto perché non se la smetteva nemmeno nell'orario di lavoro. Dato che erano già le 8:45 decise di dirigersi verso la sua postazione, senza indugiare oltre. Mentre si stava allontanando, udì Brad chiedere a Laurie a proposito del suo week-end al mare.

"Quindi, in quale spiaggia sei stata?" chiese Brad.

"Oh eravamo a Laguna Beach" replicò Laurie. "È stato un giorno molto piacevole."

"Sei andata con Fidel?" Fidel era il ragazzo di Laurie, un dato che aveva carpito dalle precedenti chiacchierate. Ma Brad non era interessato a sapere di Fidel, piuttosto sperava che un giorno Laurie avrebbe detto di aver rotto con il suo ragazzo.

"Certo" continuò Laurie. "E' così dolce. Ogni volta mi regala un nuovo costume."

"Davvero?" Brad si rianimò al pensiero di Laurie semi-nuda. "Di che colore?"

"È verde" disse sorridendo.

"Sono sicuro che in bikini stai molto bene" Brad sapeva che il suo commento poteva sconfinare nella molestia sessuale, dal momento che aveva partecipato a dei corsi sull'argomento, tuttavia non riusciva a contenersi. D'altra parte, Laurie solitamente non sembrava far caso alle sue insinuazioni sessuali. "Grazie" rispose. "Ma ora Brad devo veramente tornare a lavorare. Parliamo più tardi, ok?"

"Ok" disse con riluttanza, dopodiché se ne andò.

Jeff attraversò la doppia porta del Reparto Marketing e si diresse verso l'area ristoro per prendere un caffè. Come molte società hi-tech, la Xekonix metteva a disposizione il caffè gratuitamente per i suoi dipendenti e, qualche volta, anche delle ciambelle o altri dolci. Si versò una tazza dalla macchinetta, aggiunse dello zucchero e latte in polvere, poi finalmente si diresse verso la sua scrivania.

Come per tutti i colletti bianchi alla Xekonix, l'ufficio di Jeff era un cubicolo grigio della Steelcase. Era dotato di armadi metallici, scrivania con piano laminato e delle pareti da 165 centimetri. In effetti, tutti, dal direttore in giù, avevano il loro cubicolo, sebbene quello del direttore fosse leggermente più ampio di quello a disposizione dei project manager che, a loro volta, ne avevano uno un po' più grande del personale di supporto. Diversamente, il presidente e i vice-presidenti avevano degli uffici veri, con porte che si potevano chiudere. Ma i ruoli esecutivi risiedevano al primo piano dell'Edificio 1, isolati dai lavoratori effettivi.

Jeff si sedette al suo posto, accese il portatile Dell fornito dall'azienda e aspettò che Windows Vista si avviasse. Sorrise quando vide la piccola rana cinese alla sinistra della sua scrivania vicino alla cornice con la foto di Janet. La rana teneva un segnale a forma di cuore con scritto 'Ti amo'. Era un regalo di Janet, che l'aveva preso durante il loro viaggio in Giappone di qualche anno prima.

Come al solito controllò le sue mail e i messaggi vocali prima di affrontare i compiti di quel giorno. Era una pratica inutile, dal momento che controllava costantemente il suo iPhone anche quando non era in ufficio, era tuttavia un'abitudine difficile da eliminare. Prima che potesse veramente cominciare venne interrotto da qualcuno in piedi all'entrata del suo cubicolo.

"Ciao Jeff" era Scott Farlow, un altro project manager alla Xekonix. Scott era molto più giovane di Jeff, probabilmente a metà della trentina. Inoltre, aveva un aspetto migliore, un tipo alla Jake Gyllenhaal, con capelli scuri rasati e un corpo gradevolmente muscoloso su una figura di un metro e ottantacinque. Come molti alla Xekonix, uomini e donne, con la prestigiosa eccezione di Kathy Jensen, vestiva un look business casual.

"Ciao Scott, cosa succede?" rispose Jeff scrutandolo.

"Mi chiedevo se potresti darmi un piccolo aiuto?" rispose Scott.

"Certo, di cosa hai bisogno?" Scott seguiva il progetto per un futuro router con il nome in codice Orion. Era relativamente nuovo nella società e con i router non aveva molta esperienza. Inoltre, non sembrava possedere una grande conoscenza tecnica di computer e reti. Tuttavia, era entusiasta e molto gradevole, così Jeff lo aiutava volentieri quando serviva.

"Per caso hai fatto nessuna ricerca sul mercato degli edge router?"

Nel 2008, il tradizionale mercato dei router veniva diviso in due segmenti. Il primo era il segmento dei provider di servizi, il quale comprendeva i router progettati per i fornitori di servizi internet come AT&T, Verizon e Comcast. Il mercato dei provider di servizi poteva essere a sua volta suddiviso in due sottosegmenti: i router principali, con le più alte performance e che costituivano l'ossatura dei servizi di rete, e gli edge router che connettevano un provider di servizi di rete con reti esterne. Cisco era chiaramente il leader nel mercato dei provider di servizi con una fetta di mercato di oltre il cinquanta percento, mentre Juniper Networks era il numero due.

Il secondo segmento del mercato dei router era quello relativo alle imprese. Questo mercato, che Cisco dominava con una fetta del settantacinque percento, includeva router progettati per l'utilizzo all'interno delle reti di medie e grandi dimensioni e nelle organizzazioni governative. I router delle imprese erano generalmente più semplici e di conseguenza meno cari dei router dei provider di servizi. Il prodotto che Jeff gestiva, nome in codice Diomedes, era un router per una media impresa pensato per competere direttamente con la linea produttiva di punta della Cisco.

In aggiunta a questo mercato, c'era anche il mercato dei router economici usati in casa e dalle piccole aziende, dominato da società come D-Link, Linksys e Netgear, la Xekonix non prendeva in considerazione questo segmento.

Nonostante Jeff stesse al momento lavorando a un router per le imprese, il suo progetto precedente era stato un edge router per il mercato dei provider di servizi. Per questo, aveva una considerevole documentazione in merito. Dall'altro canto però era esitante nel dare a qualcun altro il suo lavoro, ma, nel consueto spirito di squadra all'interno della società, accettò di farlo. Dopodiché, estrasse un raccoglitore pieno di informazioni c lo passò a Scott.

Scott sfogliò velocemente il raccoglitore. "Wow, devi averci messo parecchio impegno qua dentro! Sono una tonnellata di dati, puoi farmi un veloce riassunto?"

"Bene, il business degli edge router raggiunse oltre quattro miliardi lo scorso anno e ci aspettiamo che cresca ancora tra il dieci e il venti percento nel 2008. Cisco, chiaramente, è il leader di gran lunga. Tuttavia penso che sia Alcatel-Lucent che Huawei incrementeranno la loro fetta nei prossimi due anni."

"Huawei? Di chi si tratta?"

Jeff rimase sorpreso dal fatto che Scott non avesse mai sentito parlare di uno dei maggiori e più agguerriti protagonisti sia del mercato dei router principali che degli edge router. Tuttavia, educatamente rispose. "Loro sono la più grande azienda cinese nel settore delle reti e delle telecomunicazioni e si stanno inserendo nel mercato internazionale dei router."

"Oh" replicò Scott, senza dimostrare nessun segnale di imbarazzo. Poi restituì a Jeff il raccoglitore e chiese, "Potresti inviarmelo in modalità elettronica?"

"Certo" rispose Jeff, sebbene cominciasse ad avere qualche dubbio sull'utilizzo che Scott potesse fare di quelle informazioni.

"Bene, grazie per le info, collega" disse Scott con un sorriso. "Ci vediamo dopo."

Jeff sospirò, poi tornò al lavoro.

Kathy Jensen incrociò le gambe nel suo cubicolo non appena scorse una mail relativa alla proposta dell'ultima campagna pubblicitaria. In qualità di responsabile del marketing e comunicazione, o 'marcom', com'era comunemente chiamato, aveva una responsabilità generale su tutte le pubblicità aziendali, pubbliche relazioni, rapporti con gli investitori, fiere ed eventi collaterali. Gestiva un ampio staff di editori, progettisti ed altri specialisti della comunicazione. Era anche la seconda donna alla Xekonix in termini di livello, preceduta solamente da Alicia Deveaux, la vicepresidente dell'area finanza.

Kathy era fiera del suo lavoro alla Xekonix. Aveva condotto numerose campagne pubblicitarie di successo, ricevuto vari riconoscimenti alle fiere e posizionato la Xekonix tra i maggiori attori del settore. Aveva anche guidato l'utilizzo di Salesforce.com nella gestione delle relazioni tra clienti e società ed era stata tra i primi nel settore a utilizzare i social network, specialmente Facebook e Twitter come strumento promozionale. Il personale addetto alle vendite la adorava, così come si poteva evincere dai tanti riconoscimenti scritti appiccicati alle pareti del suo cubicolo, perché dispensava buoni consigli e 'offriva' clienti soddisfatti.

Mentre continuava a leggere le sue e-mail, Kathy ebbe la strana sensazione che qualcuno la stesse guardando. Intuito femminile, forse. Girandosi lentamente, colse Brad McCarthy che la fissava oltre le pareti del suo cubicolo.

"Ciao Kathy" disse Brad.

"Ciao" replicò lei un po' freddamente. Brad non le piaceva particolarmente, perché cercava costantemente di flirtare con lei. Supponeva che fosse stato abbastanza attraente da giovane, ma adesso era in sovrappeso, sposato e probabilmente abbastanza vecchio da essere suo padre. Inoltre, non aveva tempo per le chiacchiere.

"Sei molto carina oggi" continuò. "Il nero ti sta molto bene."

Si riferiva al suo tailleur. Ma era piuttosto ovvio che non stesse puntando al vestito con lo stesso interesse con cui guardava il suo seno. Gli ultimi due bottoni della sua maglietta bianca erano sbottonati, così dedusse che stesse dando un'occhiata.

"Ti posso aiutare, Brad?" chiese, cercando di ignorare i suoi complimenti e il suo sguardo fisso.

"Eh, sì" rispose lui. "posso vedere la bozza della scheda tecnica di Hercules?"

Kathy osservò che lo sguardo di Brad non si era mosso dal suo decolleté durante la risposta se non per un fugace sguardo in direzione delle sue gambe scoperte. "Ti ho detto durante l'incontro del marketing e comunicazione che la scheda tecnica sarebbe stata predisposta per venerdì prossimo e che una bozza in formato digitale sarà disponibile da quel momento. Puoi verificare anche dalla programmazione che pubblico ogni settimana."

"Ok, va bene" disse Brad. "Volevo controllare se ci fossero stati dei cambiamenti."

Detto ciò, dopo essersi voltato, si allontanò.

Kathy scosse la testa e rise tra sé e sé. Era sicura che Brad fosse a conoscenza della programmazione e che fosse lì solo per guardarla e provarci.

Di fatto, aveva sempre saputo di avere quell'effetto sugli uomini. Perfino quando era alle elementari, i ragazzi la guardavano in un modo diverso rispetto a come guardavano le altre ragazze. Qualche anno dopo, i rigonfiamenti nei loro pantaloni erano piuttosto evidenti quando ballavano dei lenti con lei. Ora, all'età di quarant'anni, non mancava certo di ammiratori.

Ciò nonostante, raggiungere i quaranta era stata un'esperienza traumatica. Kathy aveva sempre pensato che a quell'età sarebbe stata sposata, forse con uno o due bambini. Ma le sue ambizioni di carriera avevano soppiantato tutto il resto, lasciando una lunga scia di cuori infranti.

Purtroppo, la sua carriera era recentemente entrata in una fase di stallo, perlomeno dal suo punto di vista; aveva sperato di diventare vicepresidente e ci rimase molto male quando Alicia Deveaux venne promossa prima di lei. Oltretutto, il suo orologio biologico stava ticchettando.

C'era ancora una piccola possibilità che potesse raggiungere i suoi obiettivi. Il nuovo presidente della Xekonix poteva rimescolare l'organigramma ed elevarla alla posizione di vicepresidente. Inoltre, secondo la sua ginecologa era ancora abbastanza giovane per avere un figlio o due, a patto che agisse in fretta. Ma, il fatto di avere figli avrebbe potuto impattare in maniera significativa sulla sua possibilità di diventare vicepresidente. Da evidenziare che al momento non stava incontrando nessuno, la sua ultima relazione era finita malamente e non era così ansiosa di rientrare nel giochino degli appuntamenti, cosa che rendeva difficile la possibilità di avere una famiglia. Nonostante Kathy fosse fiera della sua capacità di sopportare la pressione, tutti questi interrogativi la tenevano sveglia di notte.

Quando tornò a casa quella sera, Jeff controllò il suo portafoglio azionario sulla pagina web My Yahoo!. Sorrise, il Dow quel giorno era salito di trentadue punti. Nonostante fosse sotto di quasi il venti percento dal picco di novembre, sperava ancora che si fosse trattata di una normale correzione di mercato, sebbene si rendesse conto che l'economia attraversava una fase negativa. Infatti, un buon numero di esperti aveva dichiarato che il Paese era già in recessione. C'era stato qualche fallimento di aziende importanti, notevole il collasso di Bear Stearns all'inizio di quell'anno, mentre numerose società locali avevano chiuso negli ultimi mesi. Inoltre, il mercato immobiliare era fortemente precipitato dal 2007, sebbene lui non ne fosse condizionato, dal momento che non aveva intenzione di vendere la casa acquistata dieci anni prima. Comunque, non sembrava così grave come la recessione dell'inizio del 2000, così cercava di rimanere ottimista.

Sicuramente ci sarebbe stato un rimbalzo entro un anno.

Capitolo 2
Lunedì
7 luglio 2008

La sveglia suonò alle sei e quindici quella mattina.

Jeff aprì gli occhi e vide il fioco e grigiastro bagliore della foschia marina attraverso le tende romane della sua camera. Janet stava ancora dormendo tra le sue braccia, evidentemente ignara del gracidio proveniente dalla sveglia a forma di rana. Sorrise. Dopo sette anni era ancora divertito da quell'apparecchio, il quale era parte della grande collezione di rane di Janet. Sebbene non capisse la sua attrazione per le rane, la riteneva una parte tenera della loro relazione.

Svegliarsi di fianco a lei era una sensazione fantastica. Janet possedeva le qualità che lui aveva sempre desiderato in una donna, estremamente intelligente, premurosa e divertente. Era anche molto brava a letto. Nonostante non fosse incredibilmente bella come Heidi Klum, Janet era attraente, specialmente per una donna che aveva superato i cinquanta. Ma la cosa più evidente era che lei lo amava e lui certamente amava lei più di quanto avesse mai amato un'altra donna.

Effettivamente, le relazioni di Jeff con le donne precedenti erano state piuttosto instabili. Forse perché lui era particolarmente attratto da donne di successo, le quali approfittavano della sua personalità poco incline ai conflitti.

Sebbene anche Janet fosse decisamente una donna di successo, con una laurea in scienze politiche, un M.B.A. ed un lavoro come analista finanziario per una grande azienda, aveva un profilo più dolce delle altre. Pur essendo molto forte e indipendente sotto vari punti di vista, era allo stesso tempo felice di cucinare per lui e prendersi cura di Jeff quando era malato.

Jeff stava con Janet da più di sette anni e viveva con lei da cinque. L'aveva incontrata alla Costco, le chiese la sua opinione mentre entrambi cercavano un'aspirapolvere. La loro relazione all'inizio non sembrava un connubio perfetto. Lui era un moderato del Midwest, mentre lei era una ultraliberale californiana. A lui piacevano gli apparecchi elettronici e i fast food, mentre lei amava i balletti, il giardinaggio e la cucina gourmet. I gusti di lui in tema di televisione andavano verso il dramma d'azione come *NCIS* e *Lost,* mentre lei aveva una dipendenza dai programmi politici della MSNBC e da *30 Rock.* Tuttavia, nonostante le differenze nel carattere e gli interessi, andavano molto d'accordo. In particolare, condividevano l'amore per i viaggi; durante la loro relazione erano stati in Europa, Asia, Australia e Africa. Oltre a questo, si divertivano ad abbandonarsi in vivaci discussioni politiche, in cui le idee moderate di Jeff spesso si scontravano con gli ideali molto più liberali di Janet.

Jeff si allungò per spegnere la sveglia. In quel momento, Janet si svegliò e lo baciò dolcemente sulle labbra. Poi si girò per pochi secondi e recuperò qualcosa dal cassetto del suo comodino. Era un pacchetto di medie dimensioni, avvolto in una carta allegra con un grande fiocco. "Buon compleanno, tesoro!" disse, poi lo baciò ancora.

Jeff sorrise, aveva lavorato così duramente che aveva perfino dimenticato che fosse il suo compleanno. Prese il pacchetto e tolse attentamente la carta. Era un MacBook Air, il nuovo computer ultraportatile della Apple. "Oh, grazie amore, è proprio quello che volevo" disse. Oltre al portatile della Dell messo a disposizione dalla Xekonix, Jeff aveva un vecchio Apple PowerBook G4 che stava rapidamente diventando obsoleto, quindi era sinceramente contento.

"Sono contenta che ti piaccia. Il tuo portatile è così vecchio e pesante che ho immaginato ne avresti gradito uno nuovo." "È perfetto" disse baciandola sulle labbra.

Scherzosamente cominciò ad accarezzarlo, muovendo lentamente le sue mani verso il basso si imbatté in un'erezione.

"Mmmm. Stai attenta, mi stai provocando ..."

"Ti amo così tanto, Jeff" sospirò continuando ad accarezzare il suo corpo.

"Ti amo anch'io tesoro" poi dolcemente premette sulle sue spalle avvicinandola a lui. Le loro labbra si incontrarono in un bacio appassionato, Jeff sentì il calore del suo corpo. Le mani di Jeff scivolarono sotto la maglietta blu e gliela tolsero. Lei gemette silenziosamente mentre lui le baciava il seno avidamente. Muovendo le mani lentamente verso il basso, si liberò dei pantaloncini e tolse le mutandine a Janet. Lei aprì le gambe e lui la penetrò. Cominciarono a muoversi uno contro l'altro, all'inizio lentamente e poi più velocemente, seguendo il loro desiderio crescere fino all'apice.

Jeff capì subito che avrebbe fatto tardi al lavoro.

Un'ora più tardi, Jeff stava ancora stringendo Janet tra le braccia. La luce del mattino filtrava dalle tende romane, erano quasi le sette e trenta.

"Ehi, qualcuno di noi deve lavorare per guadagnare il pane" disse Janet in tono scherzoso, dopodiché si divincolò dalle braccia di Jeff e uscì dal letto.

Jeff la guardò mentre camminava verso il bagno. *Un bel culo.* Si godeva la vista del suo corpo nudo. Janet era magra ed in gran forma, il suo fisico era di gran lunga migliore della maggior parte delle donne della sua età.

Quindi, perché era così attratto da Kathy Jensen? Kathy era totalmente diversa da Janet sotto tanti aspetti. Prima di tutto, era molto più appariscente e, francamente, sexy. Kathy metteva sempre dei tailleur succinti che rivelano, per quello che potesse dire Jeff in base ai suoi brevi sguardi, una lingerie Victoria Secret. In contrasto, Janet raramente metteva delle gonne e vestiva sempre con una biancheria intima di cotone per nulla sensuale. E, per quanto Janet avesse un bel fisico, il corpo tonico e atletico di Kathy era senza paragoni.

Proseguendo, il fascino di Kathy andava oltre l'aspetto fisico. Era dato da quel miscuglio di intelligenza, sicurezza, simpatia, oltre ovviamente da quella sensualità dirompente. Infatti, era il tipo di donna di cui aveva fantasticato da sempre fin dai tempi delle scuole superiori in Ohio. Era la cheerleader, la reginetta del ballo che un ragazzo ordinario come lui non osava nemmeno approcciare, figuriamoci chiederle di uscire. E anche adesso rappresentava la donna irraggiungibile, un mix ineguagliabile tra una supermodella, una dirigente e una studentessa. Janet era bella e dolce, ma Kathy era la materia dei suoi sogni.

Appena saltato giù dal letto, Jeff si sentì colpevole, Janet era davvero fantastica, poteva essere tanto stronzo?

L'ora di punta lo bloccò come al solito sulla superstrada 405 in direzione sud. Così, Jeff ebbe tempo di pensare alla sua vita.

Seduto sulla sua Toyota 4Runner che avanzava lentamente, si chiedeva come fosse diventato così vecchio. Aveva lavorato per più di trentacinque anni nel mondo delle aziende, prima come ingegnere programmatore e poi come project manager. Ma cosa aveva realizzato? Il tempo era passato velocemente e pensò che in quella fase avrebbe già dovuto essere vice presidente o almeno un dirigente. Invece, era appena un manager di medio livello che si era visto scavalcare da persone meno qualificate di lui in occasione di numerose opportunità di promozione. Nonostante fosse piuttosto benestante, non poteva definirsi ricco. Di fatto, non era convinto di aver raggiunto qualcosa di veramente significativo nel corso della sua carriera. Ma, il suo aspetto da ragazzo, nonostante i capelli grigi, gli faceva credere di avere ancora molti anni per giocarsi le sue carte. Così, si chiedeva se fosse giunto il momento di dare una svolta alla sua vita.

Appena giunto al lavoro, Jeff puntò dritto al suo ufficio nell'Edificio 1. Situato alla fine di un ampio ingresso circolare, l'edificio ospitava il Reparto Marketing (dove appunto Jeff lavorava), il comparto vendite, finanza e amministrazione della Xekonix. Alla sua sinistra, l'Edificio 2 era il centro operativo della progettazione, dove i nuovi router della società venivano progettati. Sulla destra, separato da una siepe con campi da pallavolo e pallacanestro, c'era l'Edificio 3, l'officina dove i prodotti venivano realizzati. Diversamente dalla maggior parte dei suoi rivali, la Xekonix aveva base nella California del sud anziché nella Silicon Valley. Il campus principale della società era situato nell'Irvine Spectrum, un grande centro direzionale a circa 70 chilometri da Los Angeles, nella città di Irvine, nel cuore dell'Orange County. Oltre all'Irvine Campus, la Xekonix aveva una struttura a Parsippany nel New Jersey, dove venivano sviluppati gli switch.

Quando Jeff aprì la porta d'ingresso degli impiegati dell'Edificio 1, si accorse con sorpresa che al bancone delle guardie non c'era nessuno. Era la prima volta, per quanto potesse ricordare, che George non c'era. Infatti, si diceva che non avesse mai preso un giorno di vacanza o di malattia negli ultimi dieci anni. Pensò fosse strano, magari George era al bagno o vittima di qualche impedimento. Senza pensarci troppo, passò oltre verso il lettore di badge, strisciò il suo tesserino e attraversò la porta di sicurezza secondaria.

Mentre Kathy controllava le dozzine di e-mail ricevute quella mattina, una attirò la sua attenzione. Proveniva da un dipendente della Xekonix che lei non conosceva, una certa Joann Brown, diceva:

A: Kathy Jensen
Da: Joann Brown
Oggetto: Incontro con Bryan Denman

Gent.ma sig.ra Jensen,
la invitiamo ad annotare un incontro personale con Bryan Denman, il nostro nuovo presidente. È previsto per mercoledì alle ore 15:00. L'incontro riguarderà le sue nuove responsabilità nell'imminente prossima riorganizzazione della società.
Per ogni chiarimento, mi contatti all'interno 5596.
Cordiali saluti,
Joann Brown

Assistente amministrativo

Leggendo la mail, il cuore di Kathy cominciò a martellare. Un incontro personale con il nuovo presidente poteva essere la promozione che da tanto tempo cercava? Emozionata, inviò un breve messaggio alla sua migliore amica, Susan:

Incontro a breve con il nuovo Pres, sarà per la grande promozione?

La mensa della Xekonix, all'Edificio 2, era relativamente piacevole, per quanto la mensa di una società possa esserlo. La maggior parte dei dipendenti Xekonix mangiava lì regolarmente, probabilmente perché le alternative erano poche se non ci si voleva allontanare troppo. C'erano Carl's Jr, Wendy's oppure Quiznos a qualche isolato di distanza, per tutti gli altri era necessario prendere la macchina. Il preferito di Jeff, l'In-N-Out, era a diversi chilometri, sulla El Toro Road, cosa che ne faceva una meta impraticabile per la maggior parte delle volte. C'erano buoni ristoranti all'Irvine Spectrum Center e un centro commerciale vicino al centro direzionale, ma anche in questo caso serviva l'auto e, trovare un parcheggio, era sempre un problema.

Per fortuna il cibo della mensa era decente, qualche volta perfino buono e i prezzi tutto sommato ragionevoli. L'ambiente luminoso e colorato oltre ai dipinti modernisti alle pareti lo rendevano un posto piacevole. Di conseguenza, era un luogo d'incontro piuttosto popolare tra i dipendenti ed era altrettanto adatto per portare dei visitatori.

Quel giorno, Jeff stava mangiando lì il suo solito cheeseburger in compagnia di Dean Nakamura, responsabile tecnico del progetto Diomedes, e Tim Ross, analista del reparto finanza della società.

Dean era un tipo magro, altro circa un metro e settanta, nippoamericano, con capelli brizzolati e, così come Jeff, era conosciuto come uno dei più grandi lavoratori dell'azienda. Tim era più alto, pelato, con una montatura degli occhiali sottile ed era circa dieci anni più giovane di Jeff e Dean. A Jeff piaceva la compagnia di entrambi, non per motivi lavorativi, ma perché con loro si poteva parlare in maniera intelligente di argomenti al di fuori del lavoro. Il loro terreno di discussione preferito era la politica, specialmente in un anno elettorale come quello.

"Quindi cosa dici delle chance di Obama?" chiese Jeff. Barack Obama si era aggiudicato la nomination presidenziale democratica a giugno, quando si era assicurato i 2.118 delegati necessari a ottenere la maggioranza dopo un'aspra e combattuta corsa contro Hillary Clinton.

"Penso che abbia assolutamente la possibilità di vincere" disse Tim.

Jeff rimase un po' sorpreso dalla sua risposta, dal momento che Tim era un conservatore. "Davvero Tim? Pensavo ti piacesse McCain."

"Certo, ma quello era il McCain degli anni '90. Adesso è troppo vecchio, tanto per dirne una. Ma, soprattutto, sta cercando troppo di appellarsi all'estrema destra dei repubblicani. Se fosse stato un po' più giovane e se avesse mantenuto le sue posizioni anticonformiste, ne sarei stato più entusiasta. Continuerò a votare per lui, ma non ne sono particolarmente convinto."

"Concordo sul fatto che Obama vincerà" aggiunse Dean. "E tu cosa ne pensi Jeff?"

"Ma, io penso che Michelle Obama sia davvero sexy" Qualcuno intervenne. Jeff alzò lo sguardo e vide Brad.

"Di certo non mi dispiacerebbe assaggiare un po' di quel cioccolato" continuò Brad mentre si sedeva al tavolo.

Jeff girò gli occhi. Sebbene fosse abituato ai commenti rozzi di Brad, questo era eccessivamente sessista e razzista, tanto da oltrepassare i limiti. Così, dopo che Brad si fu seduto, Jeff cercò di spostare la conversazione tornando alla politica. "Io penso che Obama vincerà ma non sono sicuro che abbia abbastanza esperienza per fare il presidente. Pensate che abbia ciò che serve per dare una svolta all'economia?"

"Diciamo che è meglio dei repubblicani che ci hanno portato in questa recessione" disse Dean.

"Tecnicamente è un rallentamento" lo corresse Tim. Sebbene l'economia degli Stati Uniti stesse chiaramente balbettando, non era ancora ufficialmente in recessione, perlomeno secondo l'Ufficio Nazionale di Ricerca Economica, giudice ufficiale della situazione economica. "E non dimentichiamo che i democratici controllano entrambe le Camere. Diciamo che la situazione si sarebbe verificata indipendentemente da chi fosse stato il presidente." "Diciamo così" replicò Dean.

"Concordo sul fatto che Obama non abbia abbastanza esperienza. Penso che, come Paese, siamo diretti verso una catastrofe e avremmo bisogno di un vero leader" intervenne Brad, il quale improvvisamente si fece serio. "Hillary Clinton sarebbe stata una scelta migliore. Persino John Edwards."

"Oppure McCain" disse Tim. "Obama è leggero, il tipico spendaccione Democratico. Se ci saranno altri fallimenti come quello della Bear Stearns, non saprà gestirlo. Sono d'accordo con

Brad. Non ci serve un giovane senatore con soli quattro anni di esperienza negli affari del Paese."

"Pensate davvero ragazzi che McCain farebbe meglio?" domandò Jeff. Come al solito, era più propenso ad agire come moderatore della discussione, piuttosto che sostenere una posizione forte.

"Probabilmente no" disse Brad. "Non ho dubbi, come prima mossa, manterrebbe al loro posto gli stessi idioti che ci hanno portato in questo casino."

"Però saremmo più al sicuro dal terrorismo che non con Obama. Tremo al pensiero che alla sicurezza nazionale possa starci uno di così poco spessore" sostenne Tim.

"Questo non lo so" disse Dean. "Bush parla tanto ma ancora non ha preso Bin Laden."

"Sicuramente stai sottostimando quanto possa essere difficile quel compito" rispose Tim sdegnato. "L'Afghanistan e il Pakistan sono stati enormi, con territori impervi e abitanti poco amichevoli, come sai."

"Abbiamo intrappolato Bin Laden a Tora Bora" Dean non voleva certamente cedere.

Tim sembrava infastidito da questo scontro. "È improbabile, Bin Laden conosce le grotte e le montagne di quell'area come il palmo della sua mano."

Gli occhi di Dean si strinsero e le sue labbra si serrarono. "Sbagliato. Se abbiamo impegnato truppe a sufficienza, lo prenderemo."

"Abbiamo inviato le nostre migliori truppe, le Forze Speciali, insieme a 2.500 afgani. Quanti te ne servono ancora?" Tim replicò con una evidente nota di sarcasmo nella sua voce.

Dean si sporse in avanti, apparentemente pronto a saltare dalla sedia. "Ci servono i Marines, non uno sgangherato gruppo di soldati mal addestrati."

"Quindi ci vuoi portare in un altro Vietnam?" la faccia di Tim cominciava a diventare rossa.

Jeff trovava il dibattito divertente, ma sentendo che la situazione stava diventando tesa, decise di intervenire. "Va bene ragazzi, penso che a questo punto possiamo essere d'accordo sul fatto che non siamo d'accordo."

Tim si fermò un attimo, poi sorrise. "Comunque rimango dell'idea che Obama non sia all'altezza della situazione."

Anche Dean sembrò lasciarsi andare. "Stai sbagliando" disse sorridendo.

"Vedremo" replicò Tim. Poi raggiunse Dean e i due si strinsero la mano.

"Non per cambiare argomento, ma qualcuno sa cos'è successo a George, la guardia di sicurezza?" chiese Jeff dopo che la pace fu ristabilita. Non lo aveva visto per tutto il giorno, nonostante fosse passato attraverso l'entrata dei dipendenti parecchie volte.

"Ho sentito che è stato allontanato" disse Brad. "Sembra che il nuovo presidente stia tagliando il budget."

"Che peccato" replicò Jeff. "Sembrava molto appassionato al suo lavoro. E cosa ne sarà della nostra sicurezza?"

"Non sono convinto che George fosse un tale deterrente" disse Tim.

"Penso che fosse molto meglio di niente" controbatté Jeff. "Almeno poteva chiamare la polizia se qualcuno tentava di entrare, molto di più di quanto possa fare uno stupido lettore di badge."

"Lo credo anch'io" disse Brad. "Ma chi potrebbe entrare qui? Non c'è niente che valga la pena rubare. In ogni caso, aveva settantanove anni, era tempo che si godesse la sua pensione."

"Sì, probabilmente" ma Jeff non ne era così sicuro. Il licenziamento di George lo infastidiva. Sperava che non fosse un cattivo presagio per il futuro.

"Brad, posso parlare con te un minuto?"

Brad alzò lo sguardo dalla sua scrivania. Era Bob Monahan, il responsabile della progettazione del progetto Hercules. Un uomo magro, all'incirca sui quarant'anni con degli occhiali bordati in nero, sembrava un nerd informatico cresciuto.

"Certo, cosa posso fare per te Bob?" la risposta di Brad fu più formale rispetto al suo solito tono amichevole.

In realtà Bob non gli piaceva molto per un motivo relativo ad una decisione presa l'anno precedente.

Il progetto Hercules era ben avviato nel 2007. I prototipi erano già stati realizzati ed il test iniziale sul prodotto era partito. Tuttavia, a giugno 2007, Juniper Networks, il numero due nella produzione di router dopo Cisco, aveva lanciato il suo T1600, un router principale per i provider di servizi. Il T1600 costituiva un'evoluzione della specie e, inoltre, aggiungeva una miglior efficienza energetica e funzioni di gestione innovative.

La Xekonix era così focalizzata su Cisco che l'annuncio di Juniper colse tutti di sorpresa. Di conseguenza ci furono conflitti all'interno della società. Come project manager, Brad spinse per riprogettare Hercules per poter competere con il nuovo router della Juniper, evitando di lanciare un prodotto già superato. La progettazione, d'altra parte, premette per finire il progetto in corso e iniziarne uno nuovo più avanti. Il reparto vendite si divise sull'argomento, una fazione pensava che il prodotto fosse comunque adeguato a competere con Cisco, mentre l'altra pensava che fosse necessario adeguarsi all'ultima tecnologia disponibile.

Alla fine, fu raggiunto un compromesso che stabiliva che Hercules avrebbe aggiornato alcune sue prestazioni rendendole più avanzate, per il resto avrebbe mantenuto il design già elaborato. L'idea era quella di rimanere competitivi nei confronti di Cisco e allo stesso tempo fornire qualche 'fronzolo' per rimanere in corsa con Juniper e i futuri router proposti da Cisco. Purtroppo, il risultato fu un profondo disaccordo tra Brad e Bob Monahan.

"Volevo farti sapere prima che cominci l'incontro per la revisione del progetto che è previsto un altro rinvio" disse Bob.

"Qual è il problema questa volta?" replicò Brad, cercando di non suonare troppo sarcastico. I ritardi di progettazione erano inevitabili come in ogni progetto, ma stava al project manager assicurarsi che fossero giustificati e valutare delle possibili alternative. Per fortuna, Brad era stato un ingegnere alla General Electric, e, così come Jeff e molti altri project manager alla Xekonix, aveva le competenze tecniche per rapportarsi con vari aspetti della progettazione.

"Non riusciamo a predisporre delle connessioni più veloci prima di due settimane" si giustificò Bob.

"Nemmeno qualche campione?" chiese Brad.

"Sì, ho spinto sui produttori ed ho stressato tutti i nostri fornitori. È una parte molto sofisticata che può essere prodotta solo in Cina e in quantità elevate" spiegò Bob.

"Ho capito, continua a provarci" disse Brad. "Sai che non possiamo permetterci ulteriori slittamenti."

"Puoi contarci" replicò Bob, dopodiché si allontanò.

Brad non si fidava veramente di Bob, ma pensava di non avere alternative.

Alle sette e trenta, quella sera, Jeff era ancora al lavoro. Non che fosse insolito, solitamente lavorava dodici ore al giorno, a volte anche di più e spesso anche nei week-end. C'erano diversi aspetti importanti che andavano risolti a proposito del progetto Diomedes e doveva ancora cominciare a preparare la sua presentazione per l'imminente riunione per la verifica del progetto.

Stava laboriosamente aggiornando un foglio Excel quando il telefono squillò. Era Dean Nakamura, anche lui al lavoro a quell'ora.

"Ehi Jeff, sono affamato" disse Dean. "Prendiamo qualcosa all'In-N-Out?"

"Ottima idea" rispose Jeff nonostante avesse già preso un hamburger a pranzo. Non rifiutava mai un invito all'In-N-Out, aveva una sorta di dipendenza per i loro hamburger, più precisamente per il loro n. 1, il *Double-Double cheeseburger combo*. Nonostante amasse l'eccellente qualità della cucina di Janet, c'era qualcosa di speciale in quel locale.

"Fantastico" disse Dean. "Ci vediamo sotto."

"Ok Dean, arrivo subito, giusto il tempo di dire a Janet che non torno a casa."

Il tempo di riagganciare e Jeff chiamò Janet.

Janet era impegnata nella preparazione della pasta primavera per la cena di compleanno di Jeff. Era tornata a casa alle sei, dopo il suo normale orario di lavoro al reparto contabilità della Drazen

Medical Corporation, una grande compagnia nel settore sanitario situata a Newport Beach, e subito si era assicurata gli ingredienti da assemblare e aveva iniziato a cucinare. Per lei non era un sacrificio, adorava sia cucinare che prendersi cura di Jeff.

Janet e Jeff, vivevano nella villetta di 240 metri quadri di Jeff, a Huntington Beach, una città soprannominata anche Surf City, in quanto le sue onde perfette attiravano migliaia di surfisti ogni anno. Lei aveva mantenuto anche il suo piccolo monolocale a Tustin, un po' perché sua madre non approvava che lei vivesse con un uomo al di fuori del matrimonio, ma anche perché Jeff, la parola matrimonio non l'aveva ancora minimamente pronunciata. Tuttavia, andava là solo occasionalmente.

Cucinare era la sua passione. Poteva occuparsi di qualsiasi tipo di cucina, ma la francese e l'italiana erano le sue specialità. L'estate precedente lei e Jeff avevano passato due settimane in Francia, per lei era stata una favola perché aveva imparato a cucinare nuovi piatti. Inoltre, avevano già pianificato una vacanza di 10 giorni in Sicilia per dicembre, un'occasione questa per aggiungere la cucina tipica siciliana al suo repertorio.

Nel mezzo della preparazione squillò il telefono. Scorgendo il nome di Jeff sul display, Janet rispose dopo appena uno squillo.

"Ciao amore" disse lei. "Sto preparando la pasta primavera per il tuo compleanno e ho preso anche la tua torta di carote preferita da Bristol Farms. Arrivi presto?"

"Mi dispiace tesoro" rispose. "Devo lavorare fino tardi, probabilmente non sarò a casa prima delle undici."

"Ma è il tuo compleanno" protestò lei. "Il sugo è pronto ed ho già iniziato a lessare la pasta."

"Mi dispiace davvero tanto, amore. Mi farò perdonare nel fine settimana. Grazie mille."

"No, amore…" cominciò a supplicare, ma intanto la sua voce si affievoliva. Concluse con un 'va bene', ma non andava bene per niente.

Dopo aver chiuso la telefonata con Jeff, Janet si chiese se ci fosse qualcosa che non andasse. Forse non la trovava più attraente? Effettivamente, non era più una ragazzina e lui, alla Xekonix, era circondato da donne più belle e giovani. Specialmente quella Kathy Jensen che lei aveva incontrato alla festa di Natale alla Xekonix e di cui aveva subito sospettato per lo stretto rapporto di lavoro con Jeff. In ogni caso, Jeff, indipendentemente dal motivo, sembrava cercare delle scuse per non stare con lei.

Nonostante i difetti che potesse avere, lei lo amava per davvero. Jeff era intelligente, amorevole e stare con lui era davvero molto piacevole. Inoltre, diversamente dagli altri uomini con i quali era uscita, era anche premuroso, equilibrato, accomodante, davvero una persona carina. Nonostante il suo essere stakanovista, finiva per mettere le esigenze di Janet prima delle sue, così come faceva in occasione dei balletti e concerti classici che lei adorava e lui ovviamente no. Si ricordava sempre delle occasioni speciali e faceva la sua parte perfino nelle faccende domestiche. Tuttavia, ora si chiedeva se, nel tempo, avesse fatto tutto il necessario per mantenere vivo l'interesse per lei.

Di fatto, Janet odiava il suo aspetto. Certo, non che fosse brutta, al contrario, tutti pensavano a lei come 'carina'. Secondo lei, gli uomini preferivano chiaramente le donne belle come Kathy Jensen piuttosto che quelle carine come lei. Essere carina nel mondo degli affari era come il bacio della morte, dove le donne che andavano avanti erano sempre delle dure, come Meg

Whitman alla eBay e Carly Fiorina, il precedente Amministratore Delegato della Hewlett-Packard. Janet, purtroppo, era stata marchiata con l'etichetta di 'carina' da quando era una ragazzina. Questa andava bene all'età di cinque anni, ma era già diventato un peso alle superiori. Adesso che aveva superato i cinquanta questa etichetta era diventata per lei una condanna a tutti gli effetti. La sua carriera si era fermata da tempo; nonostante avesse sempre ricevuto attestati positivi circa il suo operato e avesse un livello da supervisore, non era mai stata considerata per una posizione di livello più alto. Tra l'altro, non era ancora sposata, il che confermava ulteriormente la sua teoria sull'essere 'carina'.

Fortunatamente, Janet sembrava molto più giovane della sua vera età e cercava di far di tutto per rimanere attraente nei confronti di Jeff. Si allenava regolarmente alla Bally, la locale palestra, e curava la sua dieta in modo da rimanere al di sotto dei cinquanta chili. Tuttavia, non era mai soddisfatta del risultato, in particolare non le piaceva quella ciccia intorno ai tricipiti che lei chiamava 'ali' e che rimaneva al suo posto nonostante gli sforzi per sbarazzarsene.

A parte tutto, quella sera avrebbe mangiato ancora da sola. Raccolse la pasta e il sugo dalle pentole e li mise nei contenitori Ziploc. Poi prese dello yogurt dal frigo e accese la televisione. Sarebbe stata una lunga serata.

Quando quella sera Brad tornò a casa a Mission Viejo, la casa era nel suo solito stato di disordine. Sua moglie Sandy era seduta sul divano del soggiorno, vestita con la tuta azzurro pastello che praticamente metteva tutti i giorni, leggendo l'ultimo numero di Cosmopolitan. Jason, il figlio sedicenne di Brad era seduto in un angolo, completamente preso dal gioco *Halo 3* sulla sua console

Xbox 360. C'erano pile di lettere non ancora aperte sul tavolo da caffè e vari documenti e settimanali sparpagliati su seggiole e pavimento. Il disordine lo infastidiva, specialmente perché aveva comprato la casa solo due anni prima e aveva speso oltre 200.000 dollari per sistemarla.

"Ciao tesoro" disse Brad salutando la moglie. Fece uno sforzo per sembrare sorridente.

"Ciao" rispose Sandy, alzando lo sguardo a malapena dal suo settimanale. Sandy era una donna alta e robusta, un metro e settantotto di altezza per circa novantacinque chili di peso. Non portava nessun trucco e i suoi capelli biondi ossigenati erano legati con una coda di cavallo.

"Ciao Jason" disse Brad, tentando di attirare l'attenzione di suo figlio. Il giovanotto si espresse appena con un debole grugnito continuando a manovrare il suo controller.

Brad sospirò e si diresse alla sua camera attraverso le scale. Pensò ai suoi giorni da scapolo, tanti anni prima, quando era un idolo del football e successivamente una stella nascente nel mondo degli affari. A quel tempo, sembrava che non ci fossero limiti ai traguardi che la sua ambizione gli avrebbe fatto raggiungere, sia personali che professionali.

Lui e Sandy si erano conosciuti a una festa sulla spiaggia alla fine degli anni settanta. Si era innamorato non appena aveva messo gli occhi su di lei. Era l'immagine perfetta della bionda californiana in bikini, un fisico mozzafiato, sessanta chili e un seno grande e sodo. Fu un momento magico quando i loro occhi si incontrarono. Quella stessa sera, poco più tardi fecero l'amore sulla spiaggia. Dopo tre mesi, erano già sposati.

Col passare degli anni Sandy si era lasciata andare. Aveva acquisito sedici chili con il primo parto, quando nacque la figlia

Heather e altri diciotto con Jason. Il seno che una volta era sodo andò afflosciandosi verso l'ombelico e il suo corpo si era riempito di rotoli di grasso, cellulite e smagliature. Brad, che un tempo amava vedere il suo corpo nudo, ora preferiva distogliere lo sguardo.

La loro vita sessuale era praticamente inesistente. Una volta ogni due o tre mesi, Sandy sembrava eccitata e chiamava Brad per soddisfarla. Non che fosse così allettato da tali accoppiamenti, ma erano un'alternativa migliore alle fantasie con altre donne (Marisa Miller era una delle sue preferite per le immagini su *Sports Illustrated Swimsuit Edition*). Oltre a questo, Brad trovava soddisfazione a flirtare con Laurie Rodriguez e ogni altra donna carina che gli capitasse a tiro.

Sandy era una fisioterapista qualificata, aveva lavorato fino alla nascita di Heather, ora lavorava part-time. Sebbene Brad l'avesse supportata nel suo desiderio di rimanere a casa per crescere i loro figli, ora la vedeva grassa e pigra e pensava che qualche soldo in più sarebbe stato utile. Infatti, in quel momento non avevano risparmi, avevano utilizzato anche il suo fondo pensionistico per pagare il college di Heather. Gran parte dello stipendio di Brad era assorbito dal mutuo, i finanziamenti sulla loro casa di appena due anni e da un enorme debito sulla carta di credito. Perlomeno non doveva più sostenere Heather che adesso lavorava come assistente amministrativa a Seattle.

Brad si cambiò mettendo dei jeans e una T-shirt e rifacendo le scale si diresse in cucina. Infilò una porzione di Swanson *HungryMan* nel forno a microonde. Non doveva andare così.

"Hai visto la partita tra Federer e Nadal ieri?" chiese Jeff tra un boccone e l'altro del suo Double-Double cheeseburger da InN-

Out, sulla El Toro Road. Rafael Nadal aveva appena sconfitto Roger Federer per 6-4, 6-4, 6-7, 6-7, 9-7 nella finale maschile del singolo di Wimbledon, un evento che Jeff aveva seguito in televisione durante il fine settimana.

"Sì, è stato incredibile" replicò Dean. "È stato il miglior incontro di tennis che abbia mai visto in vita mia."

"Davvero eccezionale. Federer ha avuto dei grandi successi, ma sembra arrivato a fine carriera."

Dean sorrise. "Fine carriera a ventisette anni? Vorrei essere a fine carriera come lui."

"Mi ricordo quando non potevamo fidarci di nessun che avesse superato i trenta. A quel tempo pensavamo che qualcuno oltre i cinquanta fosse un vecchiaccio" ricordò Jeff.

"E ora la AARP sta cercando di assumerci. È dura da credere..." fece notare Dean.

Jeff posò il suo hamburger e assaggiò un sorso di Coca Cola. "In ogni caso Dean, hai mai pensato di avviare una tua azienda?"

"Certamente, sono sicuro che ognuno nel nostro settore prima o poi lo pensi. Ma sai come funziona quando hai una moglie, dei figli e un mutuo. Non siamo troppo vecchi per diventare imprenditori?" osservò Dean.

"Il colonnello Sanders aveva sessantacinque anni quando fondò la KFC" rispose Jeff. "Comunque, ultimante ci sto pensando molto. Voglio dire, non pensi che chiunque di noi due possa fare maledettamente meglio di quanto faccia Richard Baron?" Non si considerava un cinico, ma ciò che aveva visto negli anni, a proposito di gestione aziendale, aveva cambiato la sua prospettiva.

"Una scimmia farebbe un lavoro migliore" aggiunse Dean.

"È vero, ma una scimmia non prenderebbe milioni di dollari per ridurre una società in cenere. E non avrebbe nemmeno un paracadute dorato" disse Jeff parlando del compenso totale di Richard Baron, il presidente della Xekonix recentemente allontanato.

Si diceva guadagnasse un milione di dollari all'anno tra salario, bonus e stock option e che avesse ricevuto una buonuscita da due milioni di dollari.

"Hai ragione, come si ottiene un lavoro come quello?" chiese Dean.

"Bene, puoi entrare a far parte della cerchia degli amici, oppure fondare una tua compagnia. Quindi, finché non entriamo nel club degli amici, penso che dovremmo fondare la nostra società" propose Jeff.

Dean esitò qualche secondo prima di rispondere, probabilmente sorpreso dalla sicurezza insolita di Jeff. "Sai, se avessi venticinque anni e non fossi sposato, non mi lascerei scappare questa opportunità. Ma ho cinquantotto anni, sono sposato con due figli piccoli e un mutuo grande. Quindi penso di essere inchiodato alla Xekonix."

"Però, tu e io siamo costantemente costretti a lavorare sessanta o settanta ore a settimana. Perché?" fece notare Jeff.

"Io sono giapponese. Fa parte del mio DNA" disse Dean sorridendo. "I miei genitori mi avrebbero ucciso se non avessi lavorato così duramente."

"Giusto, anche i miei genitori mi hanno inculcato la mentalità del lavoro duro" concordò Jeff. "Ma non pensi che questo genere di impegno dovrebbe essere meglio ricompensato? Siamo entrambi costantemente superati nelle promozioni, pensi che alla Xekonix freghi un cazzo di noi? Lo sai maledettamente bene che potrebbero licenziarci domani. Andiamo, Dean, con la tua conoscenza dell'hardware e le mie competenze di software e marketing, saremmo la squadra perfetta."

"Non lo so, ho bisogno di un'entrata stabile. Magari se avessimo un capitale iniziale da un finanziatore potrei farci un pensiero. Prima di tutto, dovrei convincere mia moglie e la mia famiglia."

"Bene, pensaci" concluse Jeff.

"Lo farò" disse Dean mentre finiva le sue patatine.

Capitolo 3
Mercoledì
16 luglio 2008

La zona verde della Xekonix era affollata dai suoi dipendenti che aspettavano l'arrivo del nuovo presidente Bryan Denman. Per l'occasione era stato installato un grande podio con altoparlanti in direzione nord, mentre svariati tavoli erano apparecchiati con caffè di Starbucks e paste. Erano le 9:10 del mattino e il sole splendeva in un cielo azzurro.

Jeff era in piedi davanti alla folla insieme a Dean. Entrambi si stavano innervosendo dal momento che l'incontro sarebbe dovuto iniziare dieci minuti prima. "Immagino che arrivare tardi sia un privilegio riservato ai dirigenti" sussurrò Jeff guardando l'orologio.

Sia lui che Dean avevano un'opinione negativa relativamente a questo genere di eventi, specialmente dopo la loro recente esperienza con Richard Baron, nel quale avevano visto un grande oratore e un pessimo amministratore.

Qualche minuto più tardi, Bryan Denman finalmente salì sul palco e si presentò al microfono. Aveva un aspetto imponente, un metro e novanta per novantacinque chili. Con i suoi capelli appena grigi e una postura perfetta, aveva tutto per essere il presidente della società. Diversamente dal suo predecessore che aveva accettato l'abbigliamento business casual, indossava un vestito Armani su misura, con una camicia bianca e una cravatta rossa. La folla ammutolì non appena iniziò a parlare.

"Buongiorno amici della Xekonix e benvenuti al primo incontro sull'anno fiscale 2009. Soprattutto, benvenuti in una nuova era alla Xekonix! Per quelli che non mi conoscono, mi chiamo Bryan Denman. Vengo dal vostro più grande concorrente, Cisco, quindi conosco cosa serve per avere successo. Con il vostro aiuto possiamo fare della Xekonix una realtà vincente come la Cisco!" esordì.

La gente applaudì. Jeff incrociò le braccia fissando il podio con aria assente. *Proprio come Richard Baron, le tipiche stronzate da amministratore.*

"Per prima cosa vorrei ringraziarvi tutti per gli sforzi compiuti durante questo anno fiscale" continuò Bryan Denman. "Lo so, è stato un anno duro, ma grazie alla vostra dedizione ed impegno, la Xekonix ha mantenuto i suoi ricavi ed è rimasta in attivo. Sapete, la prima volta che sono entrato nell'Edificio 1, ho visto il cartello 'I nostri impiegati sono la nostra più grande risorsa'. Questo è un valore in cui credo veramente, voi siete il nostro patrimonio più grande!"

La folla applaudì ancora. Tuttavia Jeff non era convinto. *È quello che dicono tutti.*

"Allo scopo di raggiungere i nostri obiettivi di quest'anno, in questo trimestre, annunceremo un entusiasmante nuovo piano aziendale. Come parte di questa nuova politica espanderemo le nostre linee di prodotto e focalizzeremo i nostri sforzi sulla crescita nel settore del cloud" annunciò il presidente.

Quello del cloud computing era un concetto relativamente nuovo, col quale molte delle società informatiche per le loro esigenze di archiviazione cominciavano a rivolgersi a server localizzati da qualche parte in rete, piuttosto che a un data center. Questo approccio riduceva i costi del settore informatico, perché le aziende risparmiavano sui costi iniziali per le infrastrutture, avevano bisogno di minor personale e riducevano i costi energetici. La Xekonix era già affacciata su questo mercato, dal momento che vendeva router e switch ai fornitori di servizi internet che si avvalevano dei cloud. Ma per essere un vero protagonista di quel mercato, la società aveva bisogno di espandere significativamente la sua offerta in termini di hardware e soprattutto di software.

"È superfluo dire che quest'anno sarà molto impegnativo, considerato il clima di grande incertezza economica" continuò Bryan. "Così implementeremo qualche importante cambiamento che snellirà le procedure e ci permetterà di essere altamente competitivi nell'economia globale. Come parte di questi cambiamenti, riorganizzeremo la società intorno ad unità aziendali guidate dal mercato. Ognuna di queste unità aziendali avrà il suo responsabile, la sua struttura marketing e progettazione, il suo prodotto e la sua responsabilità su profitti e perdite. Per rendere questi cambiamenti operativi, ho assunto due figure chiave."

A quel punto Bryan guardò alla sua sinistra. "Ho il piacere di presentarvi Roger Fleming e Greg Bass. Roger arriva dalla Hewlett-Packard e sarà a capo dell'unità operativa che si focalizzerà sulle grandi imprese e suoi clienti istituzionali. Greg proviene da Alcatel-Lucent, la sua esperienza fa di lui il leader ideale per la nostra nuova unità operativa dedicata ai provider di servizi. Quindi, date il benvenuto a Roger e Greg."

La gente applaudì educatamente quando Roger Fleming e Greg Bass salirono sul palco. Così come Bryan Denman, erano entrambi uomini caucasici molto alti. Roger era il più appariscente dei due, i suoi capelli biondi erano pettinati con cura. Greg era leggermente più in carne, con capelli mori molto corti. Entrambi erano vestiti in abito grigio elegante. Con grande sgomento, Jeff si accorse che Roger e Greg, probabilmente anche Bryan, erano più giovani di lui.

"Per finire, vorrei fare un altro fantastico annuncio" disse Bryan. "Ci aspettiamo una crescita rapida, per cui, questo mese, daremo inizio ai lavori per la costruzione di un nuovo edificio. Questo stabile ospiterà i nostri reparti finanza ed amministrazione e permetterà la necessaria crescita dei nostri reparti marketing e vendite nell'Edificio 1."

"Spero siate tutti altrettanto entusiasti circa il futuro della Xekonix" concluse Bryan. "Voglio ringraziarvi per la vostra presenza e non vedo l'ora di cominciare a lavorare con voi! Continuiamo a fare un grande lavoro!"

La folla applaudì sonoramente. Jeff e Dean, invece, se ne andarono appena fu possibile.

"Dunque, cosa ne pensi?" domandò Dean.

"Sembrano sempre più le solite stronzate" replicò Jeff dopo essersi assicurato di essere in un posto dove nessuno avrebbe ascoltato. "Unità aziendali? Non si rendono conto che i nostri prodotti si sovrappongono a quelli del mercato dei provider e delle imprese e che hanno molta tecnologia in comune? E i cloud?"

"Non stai diventando un pochino cinico?" chiese Dean. "Non sono così sicuro delle unità aziendali, però i router e gli switch sono entrambi linee produttive piuttosto mature. Non pensi che abbiamo bisogno di prendere una nuova strada?"

"Penso..." Jeff rimase sorpreso dal commento di Dean.

In effetti le sue ragioni erano legittime. La crescita del core business di Xekonix stava raggiungendo un punto di equilibrio, ma Jeff aveva un bisogno smodato di dissentire dai piani alti.

"Un mio amico lavora per una società chiamata Arastra, nella Silicon Valley" continuò Dean. "Sembra che stiano lavorando con switch e cloud, quindi potrebbe non essere una cattiva idea."

"Ok, però dovremmo aumentare il gruppo degli ingegneri e cambiare la nostra cultura societaria" argomentò Jeff, non volendo ancora ammettere che l'alta dirigenza potesse aver ragione.

"Potremmo acquistare la tecnologia, come sai" replicò Dean. "Ci sono sicuramente un mucchio di nuove aziende del cloud computing che non vedono l'ora di essere comprate."

"Certo, una fusione, sarebbe fantastico" disse Jeff sarcasticamente. "Lo sai, sono passato attraverso una serie di cambiamenti di direzione, fusioni e riorganizzazioni, non funzionano mai."

Infatti, Jeff aveva affrontato due enormi fusioni, la prima quando Burroughs e Univac avevano formato Unisys nel 1986, la seconda volta quando Compaq aveva comprato la Digital Equipment Corporation nel 1998. Nessuna delle due fusioni aveva avuto successo; nel 2008, Unisys si era ridotta a una delle tante aziende produttrici di computer e Compaq era stata comprata da Hewlett-Packard nel 2001.

"Ehi, c'è sempre una prima volta" disse Dean. "Dimmi, conosci i dettagli della nuova organizzazione?"

"Non ancora. L'unica cosa che so per certo è che io e Brad avremo due nuovi capi" rispose Jeff.

Jeff e Brad avevano lavorato senza una supervisione da quando il loro capo, Karl Olson, aveva lasciato l'azienda il mese precedente. In base al discorso di Bryan Denman, adesso Jeff avrebbe lavorato per l'unità aziendale al servizio delle imprese, mentre Brad sarebbe stato sotto Greg Bass nell'unità aziendale riservata ai provider. "Ce ne parleranno probabilmente in occasione del prossimo incontro di verifica del progetto." "Non sto nella pelle" disse Dean.

Mentre parlavano, Brad si avvicinò. Jeff si preparava a qualche battuta sessista, ma Brad lo sorprese, era molto serio.

"Quindi, cosa ne pensate ragazzi di Bryan Denman?" chiese.

"Mah, sembra il classico amministratore delegato" disse Jeff. "E sembra avere grandi programmi per noi."

"Questo è sicuro" convenne Brad. "Ho parlato con un mio amico che lavorava con lui alla Hewlett-Packard e mi ha detto che Denman è bravo a leccare i piedi alla direzione e a lasciare che gli altri facciano il suo lavoro. Così ho fatto delle ricerche su di lui e ho scoperto che è stato alla Cisco solo per un anno, prima di essere licenziato, scusate volevo dire prima che si dimettesse per passare più tempo con la sua famiglia."

Brad era chiaramente sarcastico, dal momento che il 'passare più tempo con la famiglia' era solitamente un eufemismo utilizzato dalle società per licenziare qualcuno.

"In precedenza era alla Alcatel-Lucent, dove durò due anni finché ebbe 'divergenze con la direzione'" continuò Brad. "Di fatto, sembra che non sia mai rimasto da nessun parte per più di due o tre anni. A ogni modo è sempre riuscito a ottenere un lavoro di alto livello da qualche altra parte."

"Certo, fa parte della cerchia degli amici" disse Dean. "Vi siete accorti che Roger Fleming viene dalla HP e Greg Bass dalla

Alcatel-Lucent?"

"Giusto, gli stessi vecchi amici vengono riciclati da un posto all'altro perché le società hanno paura di puntare su nuovi talenti" disse Brad. "Piuttosto si affidano a qualcuno che ha un'esperienza direttiva, anche se l'esperienza è negativa. Non dipende da che cosa conosci, ma da chi conosci. Tutto ciò va a vantaggio dei soliti noti e mantiene alto il loro livello salariale."

"Avete mai notato che la maggior parte dei presidenti sono maschi, bianchi e alti?" aggiunse Jeff.

"Lo sapevo, dovevo nascere caucasico" scherzò Dean.

"Saresti stato in ogni caso troppo basso" lo sfotté Brad.

"Vaffanculo" Dean rispose al fuoco e tutti risero.

Tuttavia, Jeff capì che gli imminenti cambiamenti avrebbero potuto gettare scompiglio alle loro vite.

Kathy prese l'ascensore dirigendosi al primo piano per il suo appuntamento delle tre con Bryan Denman. Quando entrò nella zona dei dirigenti, si accorse che c'erano diversi cambiamenti dalla sua ultima visita. In particolare c'erano alcuni nuovi uffici, tutti evidentemente molto ampi e lussuosi.

Joann Brown, l'assistente amministrativo di Bryan Denman, era seduta a una scrivania fuori dall'ufficio del suo capo. Era più grande di lei, aveva dei capelli nero corvino raccolti a chignon, indossava un taileur pantalone nero che contrastava clamorosamente con l'abbigliamento business casual usato dalla maggior parte delle donne nella Xekonix.

Joann salutò Kathy in modo piuttosto formale. "La posso aiutare?"

"Sono Kathy Jensen, sono qui per l'appuntamento delle tre" replicò Kathy.

"Certo signorina Jensen, può entrare subito" disse Joann indicando la porta aperta dell'ufficio di Bryan Denman.

Kathy rimase sorpresa per tanta formalità, considerato che alla Xekonix tutti si chiamavano per nome, perfino i dirigenti di più alto livello. *Ma non ride mai?*

Kathy bussò delicatamente alla porta. Bryan Denman sedeva dietro un'imponente scrivania di mogano, mentre in una delle seggiole per gli ospiti sedeva una signora mora, poco familiare agli occhi di Kathy, vestita con un tailleur pantalone grigio. Un grande dipinto a olio che raffigurava una vecchia barca da pesca era appeso dietro di lui. Tutti gli arredi dell'ufficio erano davvero impressionanti, nonostante la Xekonix avesse imposto dei tagli sostanziali al budget dell'anno precedente.

"Entra Kathy" disse Bryan.

Poi annuì verso l'altra donna. "Kathy, lei è Sheila Grabowski, Sheila è la nostra nuova vice presidente della comunicazione aziendale."

Il cuore di Kathy sprofondò, il suo sogno si era appena dissolto. Ma le novità sarebbero state perfino peggiori.

"Kathy, sai che stiamo affrontando un'importante riorganizzazione societaria. Come ho detto all'incontro, abbiamo deciso di attuare una struttura fatta di unità aziendali con Roger Fleming che guiderà l'unità delle grandi imprese e Greg Bass quella dei provider di servizi. Aggiungeremo a breve anche una nuova unità" esordì Bryan.

Kathy sedeva silenziosamente mentre ascoltava le parole di Bryan. Non aveva ancora ben capito la portata della riorganizzazione, ma non le sembrava un granché.

"Sheila sarà a capo della comunicazione e sarà una risorsa da condividere tra le varie unità. Tu farai riferimento a lei e ti occuperai del settore delle grandi imprese.

In altre parole, avrebbe seguito una parte della comunicazione nell'ambito del marketing e veniva sollevata dalle sue responsabilità sulla comunicazione aziendale. Aveva capito bene? Dopo un paio di secondi di imbarazzante silenzio, chiese, "Cosa ne sarà del mio staff, dei redattori, dei progettisti grafici?"

"Sheila si occuperà di loro e tu te ne potrai avvalere trattandosi di una risorsa condivisa. Di fatto farai da collegamento tra il marcom e l'unità delle grandi imprese."

"E l'unità aziendale dei provider?" chiese Kathy.

"Sheila ha assunto un nuovo responsabile per il marketing e comunicazione, James Christianson, per occuparsi di quella unità. In ogni caso, volevo farti conoscere personalmente i cambiamenti dovuti alla riorganizzazione. Ti prego di tenere queste informazioni riservate finché non faremo un annuncio ufficiale la prossima settimana. Grazie per essere passata Kathy."

"Kathy, mi incontrerò con te tra qualche giorno per discutere le tue responsabilità nel dettaglio" aggiunse Sheila.

"Grazie" disse Kathy, nonostante non lo pensasse affatto. Usci dall'ufficio. Furono due minuti davvero devastanti. Contemporaneamente, nello stesso incontro, le era stata negata una promozione e aveva subito un declassamento. Nemmeno un 'Grazie per l'ottimo lavoro'. *Non stava succedendo davvero.*

Appena uscita dalla zona direzionale, Kathy andò verso le scale anziché prendere l'ascensore. Una volta là, si sedette sugli scalini e cominciò a piangere.

Quando quella sera Jeff lasciò l'ufficio, intorno alle otto, notò alcuni operai che stavano installando dei nuovi segnali metallici di fronte ai posti auto vicini all'Edificio 1. Ne avevano appena installati tre, recitavano:

RISERVATO A BRYAN DENMAN

RISERVATO A GREG BASS

RISERVATO A ROGER FLEMING

Privilegi della direzione. Jeff era alquanto sorpreso, la Xekonix aveva sempre avuto un approccio egualitario, una politica del 'chi prima arriva meglio alloggia' relativamente ai parcheggi. Bryan Denman non scherzava quando diceva che stava iniziando una nuova era alla Xekonix.

Capitolo 4
Lunedì
28 luglio 2008

Quel lunedì, all'arrivo di Jeff, il rumore del cantiere echeggiava attraverso il Reparto Marketing. Come se non bastasse, c'erano scatole dappertutto. Evidentemente, la maggior parte degli impiegati stavano trasferendo i loro averi per occupare altri cubicoli.

Curioso, Jeff si fermò al cubicolo di Brad. "Ehi, Brad. Cosa sta succedendo?"

"Non hai ricevuto l'e-mail venerdì?" replicò Brad. "Siamo stati tutti spostati in modo da poterci ritrovare nella nuova unità aziendale."

"Oh" rimase sorpreso Jeff.

In effetti, Jeff non aveva ancora letto la mail, probabilmente per l'enorme volume di posta aziendale che riceveva tutti i giorni. "E che cos'è tutto questo rumore?"

"Stanno costruendo uffici per i nuovi vice presidenti" replicò Brad.

"Vuoi dire che non occuperanno il primo piano?" si meravigliò Jeff.

"No, hanno deciso che dovrebbero stare vicino alle truppe, per favorire una migliore comunicazione."

"O perché possono spiarci meglio?" disse Jeff sarcasticamente.

"Anche per quello" replicò Brad. "In ogni caso sei un bastardo fortunato, starai vicino a Kathy, nel corridoio C."

Jeff non riuscì a trattenere un sorriso. Poi, avvertì un senso di colpa pensando a Janet e decise di non rispondere.

In quel momento, Bryan Denman entrò nel Reparto Marketing in compagnia di sei asiatici ben vestiti, quelli che Jeff e Brad avevano visto all'inizio del mese.

"Ancora quegli uomini" osservò Jeff.

"Penso siano stati qui per l'intero mese" disse Brad. "Nelle ultime due settimane li ho visti diverse volte nei pressi dell'Edificio 3."

"L'Edificio 3? Quindi in qualche modo sono coinvolti nella produzione."

"Esatto, si spera che siano in rappresentanza di qualche grande cliente che vuole controllare la nostra capacità produttiva. Altrimenti, non è un buon segnale…"

L'incontro di verifica del progetto cominciò come da programma nella sala conferenze A alle nove in punto del mattino. Si trattava di un incontro mensile nel quale i responsabili del prodotto e quelli della progettazione facevo il punto della situazione ai loro superiori, relativamente alle tempistiche del prodotto che stavano sviluppando. Questo, in particolare, era il primo a cui partecipavano i due nuovi vicepresidenti, Roger Fleming e Greg Bass.

Greg si alzò in piedi e diede inizio alla riunione. "Prima di cominciare a parlare della verifica del progetto, Roger e io gradiremmo dirvi alcune cose. A beneficio della continuità stiamo facendo questo incontro iniziale unendo le due unità aziendali. In futuro, terremmo incontri separati."

Sia Greg che Roger indossavano vestito e cravatta, diversamente da tutti gli altri partecipanti alla riunione che vestivano business casual.

"Inoltre, è con piacere che vorrei fare un elogio a uno dei project manager, in quanto, sia Roger che io, riteniamo sia molto importante far sapere alle persone che stanno facendo un buon lavoro."

A Jeff si drizzarono le orecchie. Magari qualcuno stava finalmente complimentandosi con lui per le sue settanta ore a settimana.

"Quindi vorrei elogiare Scott Farlow per la sua eccellente ricerca sul mercato degli edge router. Scott ha messo insieme uno degli studi più ampi che io abbia mai letto e ho veramente apprezzato la sua raccomandazione di prestare maggiore attenzione ad Alcatel-Lucent e Huawei. Ottimo lavoro, Scott" disse Greg Bass.

"Grazie Greg" replicò Scott dal suo posto in fondo alla stanza. "Ci ho lavorato sodo, mi fa piacere che ti sia piaciuta".

Jeff rimase scioccato. *Scott Farlow?* Il figlio di puttana aveva rubato la sua ricerca e non si era nemmeno disturbato di dargliene merito.

"A proposito, per favore consultate la ricerca di Scott sulla nostra rete. Mi piacerebbe vedere questo tipo di impegno da parte di tutti voi" continuò Greg.

Come molte altre aziende Xekonix aveva un'intranet, una sua rete locale che permetteva alla direzione e agli impiegati di condividere informazioni.

Jeff era arrabbiato per l'evidente appropriazione di Scott, tuttavia decise di non dire niente.

"Ora procediamo con la verifica del progetto" disse Greg. "Brad, puoi iniziare con Hercules?"

Brad sembrava un po' nervoso quando si alzò davanti a tutti per iniziare la sua presentazione con PowerPoint.

Quando sullo schermo apparve la slide con il diagramma di Gantt, disse. "Hercules sta procedendo tranquillamente nei tempi previsti. Abbiamo un piccolo scivolamento di due settimane dovuto a problemi di consegna dei nuovi bus, lascerò che Bob Monahan parli di questo problema nella sua presentazione. Tutti gli altri aspetti stanno andando bene. Lo staff di Kathy ha completato la prima bozza della scheda tecnica, il comunicato stampa e ha impostato la campagna pubblicitaria. Il piano di produzione è stato redatto e approvato, inoltre tutti gli apparecchi per i test sono stati progettati e costruiti. Il test DVT è essenzialmente lo stesso usato per il nostro core router X-3, con l'aggiunta di alcuni altri test per verificare le maggiori prestazioni e il potenziamento del dispositivo I/O. Siamo già partiti con i test usando i vecchi chip, ci aspettiamo di mettere a disposizione dei clienti delle versioni beta due settimane dopo l'arrivo dei nuovi chip. In aggiunta, il manuale d'uso è già pubblicato per la sua prima revisione. Quindi, riassumendo, mi aspetto che il prodotto sia pronto per la prima consegna ai clienti entro marzo. Giro la parola a Bob per discutere specificamente dei tempi della progettazione."

A questo punto Brad si sedette e Bob Monahan prese la parola. "Sfortunatamente, devo contraddire alcune informazioni di Brad" iniziò Bob. "In realtà, il ritardo sarà approssimativamente di tre mesi, non due settimane."

"Cosa dici?" Interruppe Greg. "Tre mesi?"

"Sì, il chip di cui parlava il marketing non sarà disponibile prima di allora" affermò Bob, il quale come molti ingegneri si riferiva ai project manager definendoli 'marketing'.

"Brad, allora cosa mi dici a questo proposito?" chiese Greg.

"Eh... è la prima volta che ne sento parlare" rispose Brad.

"Voglio dire, perché il marketing ha optato per l'utilizzo di questo chip?" spiegò Greg.

Brad rispose esitando. "Beh, abbiamo deciso che dovevamo aumentare le performance per essere competitivi con gli slot da 100 gigabit del nuovo router Juniper T1600. I nuovi chip servono proprio per raggiungere l'obiettivo che ci siamo prefissi." "Però i chip non sono disponibili" osservò Greg.

"Mi era stato detto dalla produzione che sarebbero stati disponibili" rispose Brad.

"Questi chip erano stati richiesti con il DRC?" chiese Greg.

Il Documento dei Requisiti della Commercializzazione, o DRC, era un documento scritto dal project manager e indicava le caratteristiche del prodotto, in accordo con le analisi finanziarie e di mercato.

"Erano nell'aggiornamento del DRC" replicò Brad.

"Ma non nel DRP" intervenne Bob.

Il documento dei Requisiti del Prodotto, o DRP, era la risposta dei progettisti al DRC. Questo strumento, specificava nel dettaglio le caratteristiche esatte del prodotto che la progettazione si impegnava a sviluppare.

"È vero?" chiese Greg rivolgendosi a Brad.

"Beh, la progettazione non ha mai trovato il tempo per rispondere alla revisione del mio DRC" disse Brad mettendosi sulla difensiva.

"Non abbiamo mai risposto a quel documento perché non è mai stato formalmente emesso. Nonostante ciò, stiamo facendo del nostro meglio per accontentare le richieste del marketing" replicò Bob.

"Brad, sembra che tu non abbia seguito le procedure in maniera appropriata" disse Greg, il quale sembrava schierarsi dalla parte di Bob Monahan.

"Sistemerò il problema" disse Brad anche se non era così sicuro di potercela fare.

"Faresti bene a farlo" replicò Greg.

Il resto dell'incontro fu meno problematico.

"Ma che cazzo combini?" urlò un infuriato Brad a Bob Monahan nel corridoio non appena la riunione fu terminata.

"Scusa ma di cosa stai parlando?" rispose Bob con estrema calma.

"Cavolo, tu sai a cosa mi riferisco, al modo col quale hai tentato di farmi passare da idiota durante la riunione" continuò Brad.

"Mi dispiace ma non capisco a cosa ti riferisci" rispose Bob.

"Hai allungato i tempi della programmazione senza dirmelo prima, dando poi la colpa al marketing" accusò Brad.

"Brad, te l'ho detto due settimane fa che ci poteva essere uno slittamento" ricordò Bob, la cui calma stava facendo infuriare Brad ancora di più.

"Sì, ma l'ultima volta che ne abbiamo parlato si trattava di due settimane" ricordò Brad.

"È stato una settimana e mezzo fa" disse Bob con tono pacato. "Le cose cambiano e io non ho controllo su quanto succede in Cina.

Sai che l'ultima programmazione è stata inserita nell'intranet aziendale due giorni fa."

In effetti era possibile. Brad si rese conto di non aver controllato l'intranet nell'ultimo periodo. Sebbene Bob avrebbe dovuto avvertirlo di persona o tramite e-mail come da abitudine in un corretto lavoro di squadra, dal punto di vista tecnico non era obbligato a farlo. Con grande frustrazione, Brad doveva ammettere di essere in torto. Anche se avrebbe voluto dare un pugno a Bob, si trattenne.

"Figlio di puttana, questa me la paghi" disse e se ne andò infuriato.

Conclusa la riunione per la verifica del progetto, Jeff e Mai Tran stavano discutendo a proposito della consegna di alcuni ricambi fuori dall'Edificio 1. Mai era una donna vietnamitaamericana di quarantasette anni che si occupava di spedizioni per il reparto produzione della Xekonix. Era una donna single, dal fisico minuto e madre di tre figli; era arrivata negli Stati Uniti da adolescente dopo la caduta del Vietnam del Sud nella metà degli anni '70. Nonostante un leggero accento, il suo inglese era eccellente e sapeva parlare fluentemente sia il francese che il mandarino.

Jeff aveva lavorato per molti anni a stretto contatto con Mai e la considerava uno dei migliori impiegati alla Xekonix. Sapeva reperire ricambi in modi miracolosi, permettendo di concludere degli assemblaggi laddove le modalità convenzionali non arrivavano, riuscendo ad aggirare la burocrazia e le procedure aziendali. Qualche volta gli portava il Pho, la tipica zuppa vietnamita di spaghetti con carne, era preoccupata della sua abitudine di mangiare cibo spazzatura. Jeff, da parte sua, si assicurava di farle avere dei fiori, o dei piccoli regali per i suoi figli ogni volta che lei lo aiutava.

Mentre parlavano, Brad uscì dall'edificio e si avvicinò. Sembrava piuttosto stressato, non il solito tipo gioviale, pensarono fosse per via della riunione.

"Ehi Brad, cosa succede?" chiese Jeff.

Brad era chiaramente arrabbiato. "Quel coglione di Monahan... lo strozzerei, quel collo rinsecchito" poi guardando verso Mai aggiunse "Scusa per il mio linguaggio."

"Beh, mi dispiacerebbe vederti marcire in prigione" disse Jeff. "Sai che Mai potrebbe aiutarti con i tuoi problemi di approvvigionamento. In Cina ha dei buoni contatti."

Brad si calmò. "Non lo so, ci abbiamo provato in tutti i modi" aggiunse in tono rassegnato.

Nonostante conoscesse Mai, Brad di solito lavorava con un altro spedizioniere.

"Mi farebbe piacere darti una mano, Brad" si offrì Mai.

"Ok" rispose Brad. "Penso che non farebbe male. Grazie."

Mai sorrise. Jeff era sicuro che l'avrebbe aiutato, in fin dei conti lo aveva salvato in numerose occasioni.

"A proposito Jeff" disse Brad. "L'analisi sul mercato degli edge router di Scott assomiglia molto a quella che hai fatto tu lo scorso anno."

"Hai ragione, probabilmente perché ha fatto copia-incolla dal file che gli ho dato. Vabbè" ammise Jeff.

"Glielo farai presente?" chiese Brad.

"Non ne vale la pena."

Jeff era un po' arrabbiato con sé stesso, a volte doveva essere più conflittuale, tuttavia, faceva fatica ad alzare un polverone su un argomento che considerava banale come quello.

"Bene, in ogni caso, fa piacere sapere che lavoriamo con un branco di serpi" concluse Brad e poi se ne andò.

"Ciao Jeff."

Jeff fu piacevolmente sorpreso quando Kathy Jensen entrò nel suo cubicolo. Come al solito era splendida, con il tailleur che era il suo tratto distintivo e una maglia bianca a girocollo.

"Ciao Kathy" rispose lui, facendo un notevole sforzo per guardarla dritta negli occhi piuttosto che in altre parti del corpo. "Come va?"

"Immagino che ti siano arrivate le ultime notizie sulla riorganizzazione del marcom."

In realtà, Jeff non ne sapeva nulla. Era stato troppo impegnato con Diomedes nelle ultime settimane per poter consultare l'intranet aziendale e persino per conoscere gli ultimi pettegolezzi sugli impiegati. "Ehm, veramente no. Cos'è successo?"

"Dovrò lavorare esclusivamente per l'unità aziendale delle grandi imprese. Quindi si direbbe che mi avrai tra i piedi."

"Non mi poteva andar peggio" scherzò Jeff, cercando di nascondere il suo entusiasmo.

"Ho bisogno di parlarti a proposito della campagna pubblicitaria per Diomedes" disse la donna. "Ti andrebbe di parlarne oggi a pranzo?"

Jeff stava quasi per cadere dalla sedia. Kathy lo stava invitando a pranzo? Nonostante avessero lavorato gomito a gomito per diversi anni, non lo aveva mai invitato prima di allora.

I battiti del suo cuore accelerarono. "Eh, sì. Certo. Dove e quando?"

"C'è un nuovo ristorante giapponese nello Spectrum Center chiamato Izakaya Wasa. Come ti sembra?" Propose lei.

"Sembra perfetto" accettò Jeff.

"Bene, verrò qui da te verso mezzogiorno".

"Ci vediamo dopo" disse mentre il suo cuore ancora martellava.

"A presto" replicò lei mentre lasciava il cubicolo.

Pochi secondi dopo che Kathy se ne fu andata, Brad entrò. "Sei proprio un bastardo fortunato" disse.

Jeff suppose che Brad avesse origliato la loro conversazione, ma fece il finto tonto. "Cosa vorresti dire?"

"Intanto che hai Kathy come tua referente del marcom, mentre io sono inchiodato a un brutto tizio chiamato James. In aggiunta, ti ha invitato a pranzo!"

Jeff sorrise. "Hai ragione, qualche volta è meglio essere fortunati che bravi."

"Bene, divertiti amico" disse Brad prima di andarsene.

"Stai tranquillo, lo farò" replicò Jeff.

Detto ciò, cominciò a impacchettare le sue cose mettendole nelle scatole da portare nel nuovo ufficio. Incartò con cura la foto di Janet e la sua rana cinese, le avvolse con la carta in modo che non andassero rotte. Poi però se ne dimenticò.

L'Izakaya Wasa era un piccolo ristorante vicino all'enorme Edwards Irvine spectrum 21 & IMAX Theater. Era decorato nel tipico stile minimalista giapponese, con pareti bianche e decorazioni monocromatiche, l'inconfondibile profumo della cucina giapponese permeava l'aria. Il locale era affollato dai tanti uomini d'affari che si fermavano a pranzo, ma Jeff e Kathy riuscirono a trovare posto in una zona appartata nella parte sinistra del ristorante.

"Allora, da quale parte della campagna pubblicitaria di Diomedes vogliamo cominciare?" chiese Jeff dopo che i due ebbero ordinato.

"A dire il vero, Jeff, avevo solo bisogno di qualcuno con cui lamentarmi" replicò Kathy.

"Perché, cosa c'è che non va?" chiese Jeff curioso.

"Beh, di recente hanno assunto Sheila Grabowski come nuova vicepresidente delle comunicazioni aziendali, sarà lei che gestirà tutte le risorse del marcom. In pratica, sono stata retrocessa al ruolo di collegamento tra il marcom e l'unità aziendale delle imprese, inoltre hanno assunto uno nuovo, un certo James Christianson che fa il mio stesso lavoro per l'unità aziendale dei provider."

"Collegamento?" domandò Jeff.

"Sì, così l'ha definito Bryan Denman. Mi devo assicurare che l'unità aziendale delle imprese ottenga la parte di risorse che le spettano per quanto riguarda il marcom, in sostanza non ho un reale potere e nessuno che lavori per me. Di fatto, al momento non c'è nessuna risorsa disponibile, sono tutte vincolate con dei progetti aziendali. Ma almeno sarò un po' più disponibile nei tuoi confronti."

Jeff provava sentimenti contrastanti relativamente alla notizia. Da una parte era sinceramente dispiaciuto per Kathy, dall'altra però, era davvero felice di poter lavorare a stretto contatto con lei. "Mi dispiace sentire queste cose" disse infine. "Penso che tu abbia subìto un trattamento ingiusto."

"Credo di sì. Pensa che mi aspettavo una promozione" disse lei. "Ora invece è chiaro che vogliono farmi fuori."

"Non essere troppo pessimista. Di sicuro meritavi una promozione. Sei stata una grande direttrice del marcom e sei troppo in gamba per poter essere scaricata" osservò Jeff.

"Sei molto gentile, Jeff."

"Non lo dico solo io, ma tutti i project manager e tutti gli addetti alle vendite. In ogni caso, non ti preoccupare. Penso che alla fine le cose si aggiusteranno."

"Mi piacerebbe avere la tua stessa fiducia" rispose Kathy. "Sai, di questi tempi nessuno è indispensabile in questa azienda, sono sicura che l'unico motivo per cui Sheila non mi ha licenziata è perché ha bisogno delle mie capacità per capire come vanno le cose qui dentro."

"Conosci l'espressione: *illegitimi non carborundum*" disse Jeff.

"Cosa vuol dire?" Chiese Kathy.

"Non lasciarti fregare dai bastardi."

Kathy sorrise. "Grazie Jeff" disse. "Mi fai sentire molto meglio. Sei un ottimo amico".

"Figurati Kathy" rispose lui.

Ma di sicuro avrebbe voluto essere qualcosa di più di un semplice amico.

Più tardi in quello stesso giorno, i bulldozer e le ruspe arrivarono. In poche ore, i campi da pallavolo e pallacanestro vennero rasi al suolo e la zona verde ridotta in polvere. Le basi per il nuovo edificio erano state gettate.

Capitolo 5
Lunedì
11 agosto 2008

Ogni lunedì mattina alle 10, Jeff teneva l'incontro del gruppo Diomedes nella sala conferenze C per discutere del progetto. Diversamente dalle riunioni di verifica, in cui i responsabili riferivano in modo formale ai loro superiori, questi incontri si svolgevano tra pari in maniera relativamente informale.

Nella maggior parte delle compagnie hi-tech, i project manager raramente avevano personale sotto il proprio controllo. Piuttosto guidavano dei gruppi trasversali composti da addetti provenienti da vari reparti. Dal momento che non avevano su di loro una vera e propria autorità, dovevano convincerli, minacciarli, usare insomma qualsiasi metodo si rendesse necessario per raggiungere l'obiettivo di portare il prodotto sul mercato. In questo caso, toccava a Jeff trattare con le figure chiave del suo staff: Dean per la progettazione, Steve Moore per il controllo di qualità (CQ) e Jim Ortiz per la produzione. Anche se Tim Ross e altri, in rappresentanza di altri reparti erano ben accetti agli incontri, questo nocciolo duro era responsabile della maggior parte delle criticità all'interno di un progetto.

La prima parte di quell'incontro settimanale aveva trattato le solite problematiche relative alla programmazione e le altre fondamentali questioni del prodotto. Completata questa fase, Jeff aveva continuato descrivendo la nuova organizzazione aziendale non ancora presentata formalmente dalla società.

"Quindi questa è la nuova organizzazione per come l'ho capita" disse. "Prima di tutto, il settore dei router sarà diviso in due unità aziendali, ognuna delle quali avrà un preciso riferimento di mercato. Il primo sarà quello delle grandi imprese di cui noi faremo parte. Questa unità si rivolgerà ai privati e ai clienti istituzionali, tramite vendita diretta e rivenditori qualificati. Roger Fleming sarà il vicepresidente di questa unità."

"L'altra è l'unità per i provider, che avrà come riferimento compagnie come AT&T e Verizon" continuò Jeff. "Greg Bass sarà il vicepresidente di questo reparto. In aggiunta a queste due, il settore degli switch del New Jersey avrà la sua unità. Bob DiNucci sarà promosso per guidare quel gruppo. Quasi certamente ce ne sarà una quarta che si occuperà dei cloud e probabilmente anche altre ne verranno create in futuro. Inizialmente, le unità aziendali si occuperanno della gestione del prodotto, del marketing e della vendita, condividendo anche tutte le altre funzioni. Io, per il momento, mi rapporterò direttamente a Roger Fleming anche se, successivamente, assumerà un direttore del marketing che sarà il mio diretto superiore."

"Qual è lo scopo di tutto ciò?" domandò Jim.

Jim Ortiz era un uomo di media statura dai capelli scuri, all'incirca sulla trentina.

"Per ottenere un focus maggiore sugli obiettivi di mercato e assegnare precise responsabilità sui profitti e le perdite" chiarì Jeff.

"E dare lavoro a dei nuovi vice presidenti" disse Dean ridendo.

"In ogni caso" disse Jeff cercando di rimanere serio. "Le restanti funzioni saranno suddivise tra le altre unità aziendali, in modo che ognuna possa avere il suo supporto tecnico, progettazione, CQ, produzione e controllo finanziario. Certo, ho dimenticato di menzionare il nuovo gruppo aziendale comunicazione, guidato da Sheila Grabowski che farà riferimento direttamente a Bryan Denman. Si tratta di un'altra funzione condivisa, ma noi avremo una specifica persona che si dedicherà al marketing e comunicazione."

"Cosa ne sarà di Chuck Riley?" chiese Steve riferendosi all'attuale vicepresidente della progettazione alla Xekonix.

Steve era un magrolino dai capelli biondi che aveva da poco compiuto trenta anni.

"Per quello che ho capito lascerà l'azienda non appena la progettazione verrà trasferita nell'apposita unità aziendale" disse Jeff. "Non penso che accetterà di essere declassato alla posizione di responsabile di progettazione."

Steve guardò un po' disorientato. "Mi suona un po' strano."

"Ci sono un sacco di sovrapposizioni" commentò Dean. "La tecnologia dei router è usata indifferentemente sia dal settore dei provider che da quello delle imprese."

"Chiaro, la stessa cosa succede sia per i nostri switch che per i componenti contenuti nei router" aggiunse Jim. "Questo porterà un sacco di confusione ai nostri clienti."

"Direi che è tutto chiaro come la melma" disse Dean.

"Ehi, non so cosa dirvi" replicò Jeff. "In ogni caso, dal punto di vista del nostro gruppo, dovrebbero essere pochi, se non nessuno, i cambiamenti nel modo di operare."

"Vuoi dire che siamo incastrati con te?" chiese Steve.

"Ah ah. Seriamente, faremo bene ad abituarci a queste novità" affermò Jeff.

Sebbene Jeff cercasse di sdrammatizzare, sapeva che i cambiamenti non avrebbero portato a nulla di buono per lui ed il suo gruppo.

"Ho alcune buone notizie Brad."

Brad alzò lo sguardo dalla scrivania e vide Mai Tran in piedi all'entrata del suo cubicolo.

"I tuoi chip sono arrivati e più tardi le nuove schede dovrebbero essere pronte" disse la donna.

Brad rimase stupito e molto contento. Mai era riuscita ad ottenere i chip in due settimane, anziché i tre mesi che Bob Monahan aveva prospettato. "Incredibile! Grazie Mai" replicò. "Non so davvero come ringraziarti per quello che hai fatto."

"Non c'è problema Brad. Ho fatto il mio lavoro" ammise umilmente Mai.

"Sicuro, mi piacerebbe che nella società tutti facessero il loro lavoro come lo fai tu" aggiunse Brad.

"Grazie a te Brad. Dimmi per favore se hai bisogno di altro. Ci vediamo in giro" lo salutò la donna.

"Ci vediamo Mai" contraccambiò Brad.

Sorrideva mentre scriveva una mail a Greg Bass e Bob Monahan informandoli della disponibilità dei chip e dei conseguenti miglioramenti per la programmazione di Hercules. Pensò a Mai per un momento, una grande lavoratrice. Gli aveva davvero salvato il culo. Peccato che non fosse il suo tipo.

Dopo una lunga giornata, quella sera Jeff tentò di rilassarsi godendosi le Olimpiadi alla televisione. Sebbene fosse piuttosto stanco, non vedeva l'ora di assistere alla finale maschile di nuoto, dal momento che Michael Phelps era all'inseguimento del record delle sette medaglie d'oro di Mark Spitz. Ma proprio nel momento che si era piazzato davanti alla televisione, venne brutalmente interrotto dalle maledizioni di Janet.

"Maledetti bastardi!"

Jeff la guardò. Sembrava stesse imprecando contemporaneamente contro di lui e il monitor del suo computer. "Cosa succede?" chiese lui.

Rimaneva sempre sorpreso da come la sua dolce ragazza potesse diventare scurrile e improvvisamente aggressiva.

"Abbiamo appena ucciso un gruppo di civili in Afghanistan!" esclamò rabbiosamente.

Dal momento che non era molto interessata allo sport, stava leggendo Yahoo! News sul suo portatile, in cui si parlava di un attacco aereo a sospetti terroristi che aveva incidentalmente colpito dei civili.

Jeff non sapeva come rispondere. Janet era fortemente contro la guerra, pertanto era molto difficile per lui avere un confronto sulla situazione in Iraq e Afghanistan. Nel 2003 Janet aveva partecipato a numerose marce contro la guerra in Iraq, mentre lui, provocando sgomento in Janet, aveva preferito rimanere neutrale. Alla fine però disse. "È terribile."

"Terribile?" ribatté lei. "È tutto quello che sai dire?"

Jeff voleva veramente godersi le Olimpiadi ed evitare un litigio, ma si era compromesso. "Voglio dire, è una tragedia quando dei civili vengono uccisi, ma questa è la guerra. I militari fanno il loro lavoro."

"Certo un lavoro totalmente inutile" aggiunse Janet.

Jeff sentì che ci stava cascando. "Concordo che non dovremmo essere lì, ma ci siamo e dobbiamo fare del nostro meglio."

"Pensavo fossi quello che rivendicava di aver protestato contro la guerra in Vietnam!" lo punzecchiò lei.

Infatti, Jeff aveva partecipato a parecchie dimostrazioni contro la guerra alla fine degli anni sessanta e all'inizio degli anni settanta. Per protestare, era persino andato a Washington D.C. nel 1971. Tuttavia non sentiva lo stesso trasporto relativamente all'Iraq e l'Afghanistan. "Quella volta era diverso. Non eravamo attaccati dal Vietnam."

"Non siamo stati attaccati nemmeno dall'Iraq e dall'Afghanistan" sostenne Janet. "Quello che intendi è che a quel tempo avevi paura di essere arruolato, mentre adesso non ti interessa se qualche povero ragazzo dal West Virginia sta combattendo per te."

"Janet, abbiamo già avuto questa conversazione altre volte" disse Jeff tentando di porre fine a quella discussione.

In cuor suo sapeva che le ragioni di Janet erano vere. La guerra del Vietnam lo aveva coinvolto profondamente ed era stato seriamente scioccato da episodi come il massacro di My Lai. Ma diversamente da quella guerra, in cui era un possibile candidato alla leva e conosceva molti ragazzi arruolati, ora non conosceva una sola persona che fosse in Iraq o in Afghanistan. Così, in mancanza di forti argomentazioni, cercò di cambiare discorso. "Posso solo guardare le Olimpiadi per favore?"

"Non posso credere che non te ne freghi nulla, Jeff."

Jeff non capiva questa sua persistenza. Le loro discussioni politiche solitamente terminavano trovando un accordo sul loro disaccordo, ma questa volta era diverso. Sentiva la rabbia crescere in lui e nonostante i suoi migliori sforzi, stava perdendo il controllo. "Maledizione Janet, ho avuto una giornataccia in ufficio, vorrei solamente guardare le Olimpiadi in pace. Non voglio essere tormentato!"

"Bene, guarda le tue Olimpiadi del cazzo!" Janet tornò al suo computer e si sedette, ovviamente molto arrabbiata.

Jeff sospirò. Probabilmente si era comportato in modo irrazionale. Forse il suo lavoro lo stava condizionando. Si sentì male, ma non abbastanza da scusarsi subito. Tornò quindi a guardare le Olimpiadi.

L'orologio segnava le 1:15. Janet stava dormendo quando Jeff entrò in camera da letto.

"Mi dispiace tesoro" disse dolcemente svegliandola. "Non avrei dovuto urlare. Ero davvero stressato dal lavoro".

Lei si girò verso di lui e disse. "Dispiace anche a me, amore. Non so cosa mi stia succedendo. Ti avrei dovuto lasciar guardare le Olimpiadi."

Si baciarono. Jeff la prese tra le braccia finché si addormentarono.

Capitolo 6
Giovedì
21 agosto 2008

Ascoltando il notiziario alla radio, durante il suo tragitto al lavoro Janet si rattristò. L'ultimo sondaggio Reuter/Zogby mostrava Jon McCain in vantaggio su Obama con un 46% contro un 41% nella corsa alle presidenziali. Inoltre, McCain veniva considerato anche un miglior referente per l'economia. Per lei la scelta tra i due candidati era ovvia e non poteva credere che qualcuno volesse altri quattro anni di quelle politiche che avevano portato il Paese a quel disastro. *Ma come diavolo fa la gente a essere così stupida?* Infuriata colpì il volante, suonando accidentalmente il clacson. Il conducente dell'auto nella corsia adiacente sterzò bruscamente, probabilmente pensando a un possibile tamponamento. Imbarazzata, Janet rallentò finché l'altra auto non fu a una certa distanza. Tuttavia, non poteva ancora credere che McCain fosse in vantaggio.

Jeff stava pranzando alla mensa con Brad, Dean e Tim quando Kathy passò accanto al loro tavolo. Era sorpreso di vederla dal momento che raramente si fermava a pranzare lì. I suoi occhi la seguirono mentre percorreva la stanza, ammirando ogni piccolo dettaglio del suo tailleur marrone e le sue lunghe gambe.

"Accidenti" disse Brad. "È uno spettacolo per gli occhi."

"Sapete, ho sentito dire che ha una relazione con Roger Fleming" disse Dean.

"Non credo" rispose Jeff.

O forse sperava che non lo fosse.

"Impossibile, io ho sentito che è lesbica" aggiunse Tim.

"Che spreco" disse Brad, bevendo un sorso della sua Coca.

"Ragazzi, siete terribili" disse Jeff.

Si trattenne dal difendere ulteriormente Kathy, altrimenti Brad lo avrebbe sfottuto per un bel po'.

Brad sorrise. "Veramente non so nulla di Kathy, ma di sicuro ho sentito che Bryan Denman e Sheila Grabowski stanno insieme."

"Davvero?" chiese Tim.

"Sì, lavoravano insieme alla Hewlett-Packard, poi lui l'ha assunta come consulente alla Cisco. Quando poi è venuto qui, ha creato un nuovo ruolo per lei, anche se in realtà non ha la qualifica per fare il vicepresidente."

Anche di queste voci Jeff non era proprio convinto. "Suppongo che hai delle prove di quello che dici."

"Ho degli amici alla HP che giurano che sia vero" replicò Brad. "Dicono anche che sia lei la causa del divorzio di Bryan."

"Adesso capisco" disse Tim. "Di sicuro non avevamo bisogno di un altro dirigente di alto livello, soprattutto dal momento che Kathy stava facendo un ottimo lavoro."

"Essere un dirigente è un vantaggio" disse Jeff. "Puoi assumere i tuoi amici... e le tue amanti."

"Certo, se io fossi presidente, assumerei Pamela Anderson" scherzò Tim.

"Pam è sicuramente qualificata" disse Brad. "Ma io andrei su Marisa Miller."

"O Angelina Jolie" aggiunse Dean.

"Ok ragazzi" disse Jeff dopo aver controllato l'orario sul suo iPhone e aver constatato che la conversazione stava degenerando. "Penso sia ora di tornare al lavoro."

"Non sei divertente Jeff" dichiarò Brad, facendo ridere tutti gli altri.

Detto ciò, i quattro posarono i loro vassoi nell'area preposta alla restituzione e si diressero ai loro cubicoli.

Non appena rientrato nella sua postazione, il telefono iniziò a squillare e Jeff, al secondo squillo, lo afferrò.

"Jeff, sono Crystal Harris" Crystal era la nuova segretaria di Roger Fleming e Greg Bass. "Puoi venire subito nell'ufficio di Roger?"

"Certo" rispose Jeff. "Puoi anticiparmi il motivo dell'incontro?"

"Roger ti vuole solo conoscere meglio" comunicò la segretaria.

"Va bene, nessun problema. Sarò lì in un minuto."

Detto ciò, Jeff afferrò il suo taccuino e si diresse all'ufficio di Roger Fleming.

Indossando gli auricolari del suo iPhone, Laurie stava ascoltando della musica muovendo la testa e le spalle a ritmo, quando Brad si avvicinò alla scrivania della reception.

"Cosa stai ascoltando?" le chiese.

"Cosa dici Brad?" rispose togliendosi gli auricolari.

"Dicevo, cosa stai ascoltando?"

"Lady Gaga, *The Fame*. È uscita qualche giorno fa. La mia amica Jamie me l'ha fatta conoscere. Santo Cielo, è così bella" rispose Laurie.

"Davvero?"

"Sì. Ascolta questa canzone" disse passandogli gli auricolari. "Si intitola *Just Dance*."

Brad indossò gli auricolari e sentì una canzone rock cantata da una donna. Non gli sembrava particolarmente speciale, d'altra parte non ascoltava molta musica pop dagli anni '70. Per lui, la musica rock era morta con l'avvento della disco. A suo modo di vedere, la grande musica significava, Beatles, Rolling Stones, Doors e il primo Bruce Springsteen. A parte qualche canzone di Whitney Houston e Celine Dion, non riusciva a immaginare nessuna musica che gli piacesse da dopo l'avvento della musica disco. Certo aveva totalmente perso il fenomeno Michael Jackson con il suo moonwalking e l'unica canzone di Madonna che conoscesse era *Papa Don't Preach*. Nonostante avesse sentito nominarli, non aveva idea di quali canzoni avessero inciso Snoop Dogg, Britney Spears o Garth Brooks. Non era in grado di nominare una sola canzone degli U2 e conosceva chi fossero Kelly Clarkson e Carrie Underwood solo perché Sandy era *American Idol* dipendente. Brad non conosceva nemmeno le canzoni ascoltate dal figlio, dato che Jason, così come Laurie, preferiva ascoltare la musica attraverso le cuffiette dell'iPod.

"Non è fantastica?" chiese Laurie mentre Brad le passava gli auricolari dopo pochi secondi di ascolto.

"Assolutamente fantastica" rispose.

Ma la sua mente pensava a qualcosa che andava oltre la musica.

Quando Jeff giunse all'ufficio di Roger Fleming, trovò la porta chiusa. Crystal era imbarazzata. "Mi dispiace Jeff, Bryan Denman è appena entrato nell'ufficio di Roger. Penso che ci starà solo un minuto."

"Non ti preoccupare, aspetterò" Crystal era bionda, all'incirca sui trent'anni. Vestiva un tailleur a pantalone grigio scuro con una maglia bianca; questo a quanto pare era il nuovo dress code dei dirigenti e dei loro assistenti. Sebbene fosse innegabilmente attraente, non era sexy ai livelli di Kathy; era più il tipo Cate Blanchett che non una Jennifer Aniston.

Dopo appena un minuto la porta si aprì e Bryan Denman uscì, seguito da Scott Farlow. Jeff trasalì, *che diavolo ci faceva Scott Farlow lì dentro?* I due uomini sorrisero a Crystal e Jeff e si diressero all'ascensore. Poi Roger invitò Jeff a entrare. Come al solito, indossava un vestito con camicia bianca e cravatta.

"Buongiorno Jeff" disse Roger. "Volevo incontrarti brevemente per conoscerci un po' meglio. Gradisci del caffè?"

"No grazie, l'ho appena preso" rispose Jeff mentre si sedeva su una delle seggiole riservate agli ospiti.

"Bene, prima di tutto volevo scusarmi per non averti incontrato prima, ma, come sai, la situazione è piuttosto caotica per via delle tante novità. In ogni caso, ho avuto modo di parlare di te con alcune persone e mi hanno detto delle ottime cose. Si direbbe che sei uno di quelli che lavora davvero sodo e uno degli impiegati più produttivi dell'azienda. Sei apprezzato dal commerciale e sembra che sai lavorare bene anche con la progettazione e la produzione."

Jeff sorrise. "Grazie Roger."

"Tuttavia, devo dirti che in questo posto, ci saranno dei cambiamenti nel modo di fare le cose. Prima di tutto, in questa azienda dobbiamo pretendere più disciplina. Nello specifico, abbiamo bisogno di procedure più chiare, una migliore documentazione e comunicazione."

Avendo già lavorato in una azienda Fortune 500, Jeff sapeva esattamente cosa Roger intendesse: più scartoffie.

"A tal proposito, mi piacerebbe che m'aiutassi a documentare il tuo lavoro e tutto il ciclo di vita del prodotto nel dettaglio" continuò Roger.

"Ok Roger. Penso che tu sappia che ce ne siamo già occupati quando abbiamo ottenuto la nostra certificazione ISO 9001" affermò Jeff.

La ISO 9001 era uno standard internazionale per quanto riguarda il sistema di gestione della qualità e Jeff era stato abbondantemente coinvolto nella stesura della documentazione necessaria per la prima certificazione ISO 9001 della Xekonix, avvenuta nel 1999.

"Hai ragione ma è stato parecchi anni fa. Le cose da allora sono cambiate. Da un lato, sono usciti quest'anno dei nuovi parametri ISO 9001. Inoltre, dobbiamo tenere conto della certificazione TL 9000. Francamente, per quanto ho visto, la documentazione raccolta fa schifo. Jeff, voglio che per te sia una priorità. Mi serve in due settimane" sentenziò Roger.

Jeff non poteva dissentire, in effetti la documentazione non era di grande valore e non era stata aggiornata. Ma dal momento che si stava già spendendo al massimo, non riusciva a capire come avrebbe potuto aggiungere questa priorità.

"Me ne occuperò subito" disse infine.

"Un'altra cosa Jeff" disse Roger. "Ho dato un'occhiata al rapporto sulla rilevazione delle presenze. Mostra che solitamente entri intorno alle otto e trenta. Come sai, ufficialmente per questa società la giornata inizia alle otto, gradirei che da oggi arrivassi sempre in orario."

Le parole di Roger stupirono Jeff. Nessuno dei suoi precedenti superiori, nemmeno nelle società Fortune 500 per cui aveva lavorato, avevano mai preteso il suo arrivo in orario.

"Sinceramente Roger, non do il massimo al mattino presto, inoltre, penso che tu sappia che lavoro più del necessario" disse Jeff.

"Questo lo capisco Jeff e apprezzo il tuo impegno. Però pensa alla Xekonix come a una squadra di football. Ci serve lavoro di squadra e disciplina per avere successo. Puoi immaginare cosa sarebbero stati i Colts se a Peyton Manning fosse stato permesso di arrivare tardi alle partite?"

Jeff sapeva che non avrebbe avuto la meglio in quella discussione. "Va bene Roger, arriverò prima" disse.

"Perfetto Jeff" tagliò il dirigente che a quel punto si alzò. Era il comune linguaggio del corpo utilizzato dai dirigenti per dire che un incontro era terminato. "Grazie per essere passato."

Uscito dall'ufficio, Jeff provava rabbia. Non solo per via delle nuove procedure, ma, soprattutto, perché non aveva sollevato nessuna obiezione contro. Capì che sarebbe stata dura lavorare con il nuovo management. Probabilmente era giunto il momento di avviare una sua propria attività.

"Francamente, non so perché continui a stare con lui" disse Rhonda Morrison riferendosi a Jeff. "Perché lo amo?" rispose Janet.

Janet stava pranzando presso una mensa vicino all'ufficio in compagnia di Rhonda. Al lavoro era la sua miglior amica e, spesso, passavano la pausa pranzo insieme.

"Direi che dal momento che non ti ha ancora messo un anello al dito, forse è il caso che ti guardi intorno. Voglio dire, sei intelligente, attraente e anche divertente. Ti meriti molto di più" propose l'amica.

"Sono anche sopra i cinquanta e Jeff è una brava persona. Le brave persone non crescono sugli alberi e tu ne sai qualcosa" rispose decisa Janet.

"Tu ti sottovaluti. Hai ragione per quanto riguarda le brave persone, ci mancherebbe, ci ho messo trent'anni per trovarne uno, ma tu dovresti capire quando è ora di chiudere una relazione sbagliata. E per quanto mi hai detto Jeff non apprezza tutto quello che fai per lui e, inoltre, non è certo la persona più comunicativa di questo mondo. È anche un tipo sciatto. Poi, non posso credere che ti abbia urlato contro per delle stupide Olimpiadi" ribadì Rhonda.

"Comunque è davvero carino per la maggior parte del tempo e passiamo dei bei momenti insieme" rispose Janet.

"Se questi sono i tuoi due soli criteri, dovresti assumere un escort" rispose ironicamente l'amica.

"No, voglio dire che teniamo veramente l'uno all'altra."

"Fai come vuoi Janet" concluse Rhonda. "E' solo che non sopporto vederti sprecare la tua vita."

"Non ti preoccupare, so quello che sto facendo" concluse Janet.

Tuttavia, Janet cominciava ad avere qualche dubbio. Jeff, più del solito, lavorava sempre fino tardi e appariva distaccato. Forse era solo una sensazione femminile, ma sentiva che qualcosa non andava. *Forse c'entrava Kathy Jensen.*

Capitolo 7
Lunedì
1° settembre 2008

Il secondo incontro trimestrale della società iniziò esattamente alle 9. Jeff, Brad e Dean erano in piedi nella fila alla sinistra del palco, quando Bryan Denman salì sul podio e iniziò il suo discorso.

"Grazie a tutti per essere qui al nostro secondo incontro aziendale. Vorrei cominciare con alcune ottime novità. Sembra che la Xekonix raggiungerà gli obiettivi finanziari di questo trimestre, quindi voglio ringraziare tutti per gli sforzi compiuti" esordì Denman.

La platea applaudì garbatamente.

"Così come promesso durante il nostro primo incontro, ho alcuni grandi annunci da fare. Primo, come alcuni di voi hanno già sentito, stiamo rafforzando la nostra iniziativa nel settore cloud grazie all'acquisizione di Stratacomp. Stratacomp è una società informatica che ha sviluppato degli strumenti software innovativi di virtualizzazione che permettono ai provider e alle imprese di realizzare cloud pubblici e privati. Si tratta di una fusione che genererà grande sinergia perché i prodotti della Stratacomp incrementeranno la vendita dei prodotti Xekonix nell'ambiente cloud e, allo stesso tempo, i nostri clienti saranno un possibile target per i prodotti Stratacomp."

Jeff diede una gomitata a Dean. "Stratacomp? Chi sono questi?"

Dean alzò le spalle. "Non ne ho idea."

"L'acquisizione di Stratacomp è un momento chiave della nostra strategia relativamente al cloud" continuò Bryan. "Intendiamo ritagliarci un ruolo da protagonisti in questo mercato. Quindi è con piacere che vi presento la nostra vicepresidente per la comunicazione aziendale, Sheila Grabowski, per illustrarvi le nuove iniziative di marketing che permetteranno tutto ciò."

Sheila Grabowski prese il microfono. "Grazie Bryan. La maggior difficoltà nel posizionare la Xekonix come protagonista nel mercato dei cloud è il marchio. Vogliamo che la gente pensi alla Xekonix ogni volta che parla del cloud. Per questo motivo stiamo per rivelare un nuovo logo della società e un nuovo slogan."

In quel momento, una copertura venne rimossa da un gigantesco cartello posto sul retro del palco. Il nuovo logo era alto circa due metri. Il nome della Xekonix era blu scuro ed era sovrapposto a un globo di un blu più chiaro, coperto da nuvole bianche e attraversato da linee e piccoli riquadri. Sotto questa immagine c'era la frase 'Building the Cloud'.

Sheila continuò. "Questo è il logo che verrà mostrato all'ingresso dei visitatori dell'Edificio 1 e, successivamente, nell'ingresso del nuovo edificio. Nei prossimi mesi aggiungeremo il logo a tutti i nostri edifici e prodotti. Ancora più importante, stiamo ridisegnando il nostro sito web, la nostra pubblicità, le pubblicazioni e i manuali con un accattivante nuovo look che includerà anche questo logo."

Jeff emise un leggero lamento. Un nuovo logo significava maggior lavoro e un ritardo nella sua programmazione.

"Come potete vedere" disse ancora Sheila. "Il nome della Xekonix si sovrappone a un'immagine della Terra con delle nuvole, interconnesse da una rete di computer. Quindi il logo simboleggia sia la natura globale del nostro mercato sia il nostro obiettivo rivolto al cloud. Parte del nuovo logo è anche lo slogan 'Stiamo costruendo le nuvole'. Anche questo un chiaro riferimento alla realizzazione di nuovi strumenti nel settore cloud, in modo che chiunque veda il nostro logo saprà esattamente cosa facciamo. Abbiamo impiegato la maggior parte degli ultimi tre mesi nel creare e raffinare questo logo con l'abile aiuto della Hamilton and Ritchey Consulting Group e della nostra agenzia pubblicitaria, Waters and Fitch. È una fase critica della nuova strategia comunicativa, un elemento fondamentale che aiuterà le persone ad associare la Xekonix al cloud e di conseguenza ad aiutare noi a vendere prodotti in questo nuovo mercato. Grazie per la vostra attenzione, restituisco la parola a Bryan."

Improvvisamente, Jeff comprese perché durante l'ultimo mese Kathy non era stata di nessun aiuto, stavano tutti lavorando al nuovo logo.

"Grazie Sheila" disse Bryan appena ebbe ripreso il microfono. "Un grande lavoro. Siamo molto emozionati per la nostra nuova iniziativa nel settore del cloud e vi terremo aggiornati a proposito della nostra strategia di integrazione con Stratacomp. Ma ora vi vorrei parlare di un'importante decisione in ambito finanziario. Stiamo rafforzando la nostra quotazione azionaria con un programma di riacquisto. Abbiamo destinato 200 milioni di dollari per riacquistare le nostre azioni nei prossimi due anni. Pensiamo che questo possa incrementare in modo significativo il valore della nostra società presso la comunità finanziaria e, di conseguenza, aumenterà la nostra quotazione in borsa. In conclusione, stiamo mettendo in pratica delle efficaci strategie sia dal punto di vista del marketing che da quello finanziario. Il futuro della Xekonix è splendente e non vedo l'ora di accompagnarvi nella nuova era del cloud. Grazie a tutti per aver partecipato."

Il pubblico applaudì e poi si disperse velocemente.

"Dio, è il logo più brutto che abbia mai visto" disse Kathy.

Lei e Jeff erano fuori dall'Edificio 1, si era imbattuta nel suo collega mentre stava andando a pranzare.

Jeff sorrise. "Ehi, non lo devi disprezzare. Ho sentito che abbiamo speso 100.000 dollari per crearlo."

"Ci posso credere" disse lei. "Ed è solo quanto paghiamo per i consulenti esterni."

Kathy era a conoscenza delle tariffe applicate dalla Waters and Fitch per la consulenza pubblicitaria e le pubbliche relazioni e la Hamilton and Ritchey era probabilmente anche più cara. Quindi un nuovo logo poteva tranquillamente costare 100.000 dollari, se non addirittura di più. Inoltre, in questa cifra non erano conteggiati i salari dei dipendenti Xekonix che ci avevano lavorato.

Jeff sorrise. "Quantomeno i nostri dirigenti hanno delle chiare priorità."

"È vero, ma sfortunatamente le loro priorità significano più lavoro per me" disse Kathy.

Qualcuno avrebbe dovuto provvedere a mettere il nuovo logo su tutti i prodotti e documenti della Xekonix e Kathy immaginava che Sheila Grabowski avrebbe delegato molto di quel lavoro a lei.

"Devi ammettere che però si fa notare" disse Jeff.

"Sì, come un pugno in un occhio" replicò Kathy.

Entrambi risero.

"Hai visto che legnate la USC nel week end?" chiese Tim.

L'inizio della stagione del football universitario avvenuta nel fine settimana era l'argomento caldo mentre Jeff pranzava con Tim e Dean nella mensa della Xekonix. Jeff, così come Tim e Dean e molte altre persone dell'Orange County, erano più interessate al football universitario che non alla NFL, in quanto non c'erano squadre professionistiche nell'area di Los Angeles da quando i Rams e i Raiders avevano lasciato la città nel 1994.

"52 a 7" esultò Tim. "Mi sembra quasi un campionato BCS quest'anno."

"Beh, io non esagererei con l'entusiasmo" replicò Dean. "Virginia non è esattamente Oklahoma."

"Voi laureati alla UCLA siete sempre stati invidiosi della USC" ribatté Tim.

Tim si era laureato all'Università della California del Sud, UCS, mentre Dean aveva studiato all'Università di Los Angeles, la UCLA.

"Come no, l'università dei bambini viziati, una laurea facile da comprare" rispose Dean sarcasticamente. "In ogni caso, per la UCLA andrà molto meglio di quanto tu possa pensare."

Prima che Tim potesse rispondere, la conversazione venne interrotta.

"Ciao ragazzi, avete notato che sventola ha nominato McCain?" disse Brad appena li raggiunse al tavolo.

"Intendi Sarah Palin?" chiese Jeff.

A dire il vero, non aveva mai sentito parlare di Sarah Palin prima del precedente venerdì, ma durante il week end aveva avuto tempo in abbondanza per leggere del nuovo vicepresidente scelto da John McCain.

"Esatto, intendo che lei è uno schianto, proprio come Michelle Obama" continuò Brad.

"Stai attento Brad, Michelle si potrebbe ingelosire" disse Dean.

"Tra l'altro è anche un buon governatore" continuò entusiasta Brad. "Ha un tasso di gradimento dell'ottanta percento e ha persino bloccato quel ridicolo 'Ponte verso il Nulla'. Sto pensando di diventare Repubblicano."

Jeff non capiva se stesse scherzando oppure no, Brad era sempre stato Democratico.

"Inoltre è una cacciatrice. Tu sai che a me piace cacciare" proseguì Brad.

"Ti piace cacciare? Seriamente?" chiese Jeff, il quale non aveva mai sentito Brad parlare di caccia.

"Certo. Andavo a caccia quando ero adolescente, mi divertiva molto. Ma oggi mi piacerebbe ancora di più se potessi andarci con lei."

"Penso che sia un po' fuori dalla tua portata," disse Dean. "Tra l'altro è anche sposata."

"E' un piccolo dettaglio" replicò Brad. "Cambierà idea."

"E tu possiedi un'arma?" chiese Jeff.

"Certo che ce l'ho" rispose Brad un po' seccato.

"Perfetto Brad" disse Jeff. Pensò che Brad stesse scherzando come suo solito. "Spero che tu e Sarah sarete felici."

Brad sorrise mentre afferrò il suo cheeseburger. "Stanne certo, lo saremo."

"Cosa stai facendo tesoro?" chiese Jeff appena arrivato a casa quella sera.

Janet stava lavorando freneticamente con il suo computer nel soggiorno.

Alzò lo sguardo e sorrise. "Ti sto registrando a Facebook."

"Perché mai dovrei aver voglia di iscrivermi a Facebook?" chiese lui.

Jeff aveva familiarità con Facebook e i social network in generale, tuttavia non aveva mai provato alcun interesse ad utilizzarli. Al contrario Janet ne era quasi ossessionata.

"Perché è un modo molto efficace per far sapere ai tuoi amici quello che fai e conoscere quello che fanno loro" replicò lei.

"Perché non farlo con una mail? Oppure con il telefono?"

"Accidenti Jeff, quanto sei antiquato. Penso che un uomo tecnologico come te dovrebbe adottare le ultime novità. Oltretutto è così semplice" sentenziò Janet.

"A dirti la verità, non mi piace che qualcuno sappia quello che sto facendo in ogni momento" replicò Jeff.

"Lo usano tutti Jeff. Non essere come quei vecchi tromboni che si oppongono al cambiamento" lo accusò lei.

"Non sono un vecchio trombone. È solo che ci tengo alla mia privacy" ribatté mettendosi sulla difensiva.

Si chiedeva se Janet potesse avere ragione. Era stato una dei primi ad utilizzare un PC e la posta elettronica, la prima persona ad avere un telefono cellulare. Ultimamente, tuttavia, sembrava meno incline all'utilizzo delle nuove tecnologie. Raramente ricorreva ai messaggi e i social network non lo avevano per niente attirato. Probabilmente era un segnale di vecchiaia.

"In ogni caso, ci permetterà di essere informati tra di noi" continuò a spiegare Janet.

"Janet, noi viviamo insieme. Penso che possiamo immaginare cosa stia facendo l'altro" rispose Jeff.

"Ma se sei in un viaggio di lavoro …"

"Ti chiamo ogni giorno quando sono fuori città."

"Dai Jeff, è divertente. Tra l'altro, ti ho già configurato tutto. Sarò il tuo primo amico" concluse lei.

Jeff sorrise. Sapeva che non era il momento di litigare.

"Grazie tesoro" disse alla fine.

Il mattino successivo, il riacquisto delle azioni e l'iniziativa del cloud fecero schizzare la quotazione della Xekonix, che salì da 12 dollari a 13,50.

Capitolo 8
Mercoledì
17 settembre 2008

Come era solito fare quasi tutte le mattine, Jeff controllò le novità sulla Xekonix sulla sua pagina web My Yahoo!. La Xekonix era una società relativamente piccola, almeno per gli standard Fortune 500, così non c'erano mai notizie significative sull'azienda.

Quel giorno, tuttavia, un titolo catturò la sua attenzione:

- La Xekonix annuncia la chiusura della fabbrica (Mercoledì 17 settembre)

Sul momento, Jeff rimase stordito. *Stanno chiudendo la fabbrica?* Cliccò sul titolo per ottenere maggiori informazioni.

Xekonix Corporation (NADAQ: XEKX), un fornitore di apparecchi per le reti informatiche, oggi ha annunciato che chiuderà il suo stabilimento manifatturiero di Irvine, California, e trasferirà tutta la produzione alla Shenzhen Internetwork Technology Co., Ltd, una società manifatturiera con sede in Cina. Come conseguenza della chiusura, la società licenzierà 500 dipendenti, a partire da novembre. Bryan Denman, il presidente della Xekonix, ha comunicato che il cambiamento genererà un significativo miglioramento dell'efficienza e un aumento del margine di profitto. "Conseguentemente alla nostra nuova partnership con la Shenzhen Internetwork Technology, guadagniamo in capacità produttiva mentre riduciamo significativamente sia il costo del lavoro che le spese generali. Ci aspettiamo che questo cambiamento porterà notevoli benefici ai nostri margini a partire dal terzo trimestre."

Le azioni Xekonix ieri hanno chiuso con un balzo dell'8% a 14,63 dollari.

Dopo aver letto il comunicato stampa, Jeff capì che i misteriosi asiatici erano della Shenzhen Internetwork Technology Co., Ltd.

"Presumo che abbiate sentito della chiusura della fabbrica" disse Jeff mentre, alla mensa aziendale, addentava l'ennesimo cheeseburger insieme a Brad, Dean e Tim.

"Sì. Credo che non ci sia da meravigliarsi" replicò Dean. "Come ogni altra azienda spostiamo la produzione in Cina."

Jeff posò il suo panino. "Comunque, a me da molto fastidio che centinaia di persone stiano perdendo il lavoro."

"E' il tuo cuore liberale che sanguina" disse Tim. "Sono le semplici dinamiche del mercato libero. La società vuole incrementare i suoi utili e, delocalizzando, aumenta i suoi profitti. Non siamo un ente benefico, lo sappiamo."

Brad alzò lo sguardo. "Così tu pensi che Bryan Denman e gli altri stiano facendo ciò che è giusto fare?" sembrava turbato dalla mancanza di solidarietà di Tim.

"Non ho detto questo" rispose Tim. "Sto solo dicendo che la chiusura della fabbrica ha una logica da un punto di vista puramente finanziario. Siamo obbligati a far soldi per i nostri azionisti."

"Benissimo, io sono un azionista e sono contrario a questi licenziamenti" argomentò Jeff.

"Non sei un azionista abbastanza grande" sentenziò Tim. "La maggior parte di loro vuole che guadagniamo."

"Penso che dovrebbero sacrificare un po' di profitto, sapendo di ridurre le sofferenze dei lavoratori" disse Jeff.

"Sei troppo idealista Jeff" disse Tim. "Gli azionisti, come la maggior parte delle persone, agiscono nel loro unico interesse. Oltre a questo, un'ampia maggioranza delle nostre azioni è detenuta da investitori internazionali come banche e fondi d'investimento, i quali ovviamente non si preoccupano dei nostri dipendenti."

"Parlando degli azionisti" intervenne Brad. "Quelli di Lehman Brothers devono essere veramente incazzati. Immagino che il governo deciderà di non salvare Lehman e, di conseguenza, andrà in bancarotta."

"Sì, dalla mia prospettiva la considero una cosa buona" replicò Tim.

Brad sembrava esterrefatto dalle parole di Tim. "Una buona cosa? Gli azionisti stanno perdendo tutto il loro denaro e ieri la borsa ha perso 500 punti."

"Giusto, Lehman Brothers passerà attraverso il normale procedimento di bancarotta come ogni altro" argomentò Tim. "Gli azionisti erano consapevoli del rischio che correvano e il mercato recupererà. È esattamente il modo in cui il libero mercato opera. Non possiamo sostenere le società che perdono soldi. Avremmo dovuto fare la stessa cosa con AIG, invece gli abbiamo dato 85 miliardi di dollari."

"Quindi qual è stata la motivazione che ha permesso di salvare AIG?" chiese Jeff.

Aveva una certa familiarità con Lehman Brothers, ma fino a poco prima non aveva mai sentito parlare di AIG.

"E' un po' complicato" spiegò Tim. "Ma in sintesi, il problema è iniziato quando le banche di investimento hanno creato degli strumenti finanziari chiamati titoli di debito collateralizzati, i quali fondamentalmente sono un mucchio di mutui sub-prime messi insieme a formare un pacchetto come fossero obbligazioni. Questi titoli sono stati venduti alle banche, ai fondi pensione e ad altre istituzioni finanziarie in tutto il mondo come se si trattasse di titoli comuni."

"Sembrerebbe un investimento piuttosto rischioso" disse Jeff.

I mutui sub-prime erano spesso tra le notizie principali ultimamente, così Jeff aveva familiarizzato con il fatto che si trattasse di prestiti per l'acquisto di case dati a persone che avevano difficoltà a rimborsarli.

"Esatto, ma per qualche ragione, le agenzie di rating come Standard and Poor's e Moody's hanno dato una tripla A a questi titoli di debito collateralizzati. In ogni caso, le istituzioni finanziarie che hanno acquistato questi titoli si sono coperte con una sorta di assicurazione emessa da AIG chiamata Credit Default Swap. In pratica, pagavano un piccolo premio alla AIG, la quale si impegnava contrattualmente a pagare l'intero debito in caso di default. Sfortunatamente per la AIG, il valore dei titoli è andato a picco quando i mutui sub-prime sono risultati insoluti. Ma il colpo di grazia è arrivato ieri, quando Standard and Poor's ha declassato il rating di AIG. Come stabilito dal contratto di Credit Default Swap AIG ora deve immediatamente rimborsare 13 miliardi di dollari ad alcuni suoi clienti per via di questo declassamento e non ha abbastanza liquidità per coprire tale somma."

"Per questo il governo gli sta dando dei soldi?" chiese Jeff.

"Esatto. Il piano di salvataggio assicura che AIG abbia abbastanza denaro per l'immediato, in modo da poter onorare il suo impegno nel caso che i titoli collassino. Hank Paulson pensa che se l'AIG dovesse fallire, tutte le banche che hanno titoli di debito collateralizzati la seguirebbero, dal momento che i titoli sarebbero senza alcun valore e le banche non avrebbero più la protezione del credit default swap."

Tim si riferiva al Segretario del Tesoro, che era il più forte sostenitore del salvataggio della AIG.

"Che ci porterebbe a una crisi finanziaria globale..." disse Brad.

Tim sembrava un po' infastidito. "Personalmente, penso che si stia facendo una stronzata. Certo, alcune banche fallirebbero, ma le più forti sopravvivrebbero. In questo modo, come abbiamo visto per Bear Stearns, le banche forti acquisirebbero quelle fallite e tutto tornerebbe alla normalità. Purtroppo, ci indebiteremo per migliaia di miliardi, grazie a questi salvataggi."

"Quindi, non sei preoccupato per una crisi finanziaria globale?" domandò Dean.

"Non nel lungo termine. Purtroppo, dando tanto denaro alla AIG, impiegheremo alcuni anni in più per recuperare. Ma la situazione si assesterà, dal momento che non continueremo a stampare moneta. Dobbiamo fare in modo che gli eventi facciano il loro corso" spiegò Tim.

"Mi auguro che tu abbia ragione" disse Jeff. "Lo spero davvero."

Quando Jeff alzò gli occhi dalla scrivania, vide Scott Farlow in piedi all'entrata del suo cubicolo.

"Ehi Jeff, Roger mi ha detto di passare. Hai i documenti per l'ISO 9001 che ti ha richiesto?"

In realtà, Jeff aveva completamente dimenticato la richiesta che Roger aveva fatto all'inizio del mese. "Um, non ancora Scott. Ma saranno pronti a breve."

"A noi servono non più tardi del 30 settembre. Si tratta di una priorità assoluta" affermò Scott.

Jeff era un po' infastidito dal modo di dar ordini di Scott. E poi, perché Scott agiva come un surrogato di Roger, tra l'altro usando il pronome 'noi'? Tuttavia, dopo averci pensato per qualche secondo, decise che sarebbe stato meglio adeguarsi. "Ok Scott" rispose. "Sarà fatto."

"Bene, grazie amico" disse Scott prima di andarsene.

Jeff sospirò. Non poteva crederci, stava prendendo ordini da Scott Farlow.

"Allora Kathy, cosa ne pensi del nuovo logo e del nuovo design?" chiese Sheila Grabowski, seduta dietro il grande tavolo nocciola del suo ufficio.

"Di sicuro rappresentano la nuova politica societaria" disse Kathy diplomaticamente.

Quello che invece avrebbe voluto dire era che li trovava brutti e banali.

"Bene" disse Sheila. "Ora dobbiamo incorporarli in tutti i nostri prodotti, imballaggi, comunicazioni di marketing, manuali, nel sito e in qualsiasi altra cosa un cliente possa vedere. Ho bisogno che te ne occupi entro il 30 settembre."

"Ma a David Chan servono le nuove schede tecniche e dobbiamo lanciare una campagna pubblicitaria via e-mail per Tom Agadjanian la prossima settimana" la informò Kathy.

Kathy si rendeva conto che il cambiamento del logo avrebbe richiesto un impegno a tempo pieno per essere portato a termine in due settimane.

"Loro possono aspettare" disse Sheila. "Questa è la maggiore priorità di Bryan."

"Quale supporto grafico posso avere per questo lavoro?" chiese Kathy.

Tutto lo staff dei grafici faceva direttamente riferimento a Sheila, di conseguenza Kathy non disponeva delle risorse necessarie per portare avanti l'incarico. Dato che il cambiamento del logo significava la modifica del layout per poter inserire la nuova grafica, le sembrava una richiesta ragionevole.

"Mi dispiace, sono tutti impegnati in qualche progetto. Ma non dovrebbe essere un impegno così complicato dal momento che la Waters and Fitch ci ha fornito un modello. Ho sentito che sei abbastanza brava con InDesign e Illustrator, sono convinta che puoi occuparti di gran parte del lavoro da sola."

"Posso assumere un assistente part-time esterno?" chiese Kathy, sperando di ottenere un minimo di aiuto.

"Mi dispiace, non ci sono fondi per aiuti esterni in questo momento" sentenziò la vicepresidente.

"Ma..."

"Confido in te, Kathy" la interruppe Sheila. "Quindi dobbiamo farcela, ok?"

Kathy esitò per un momento, alla fine rispose. "Va bene." Capì che era stata ridotta alla sottomissione.

"Come posso aiutarti Brad?" chiese James Christianson.

Era seduto al suo cubicolo, nell'intento di leggere una e-mail quando Brad entrò. James, il nuovo responsabile dell'unità marcom per i provider, era un giovane di una bellezza sorprendente ed indiscutibile, probabilmente sulla venticinquina, una sorta di giovane Leonardo Di Caprio.

"Abbiamo aggiunto un paio di nuove caratteristiche a Hercules, quindi mi servirebbero un paio di aggiustamenti nel manuale" replicò Brad.

A parte una breve presentazione qualche settimana prima, quella era la prima volta che parlava con James.

"Hai compilato un MCMRF?" chiese James.

"Un MCMRF?" replicò Brad che non aveva idea di cosa fosse.

"È un documento per fare una richiesta al marketing e comunicazione. Mi serve per tutte le schede tecniche e le brochure. Si trova sulla nostra intranet, ma ho qui una copia da darti" detto ciò, prese un foglio dalla sua scrivania e lo passò a Brad.

Brad captò un leggero sarcasmo nella voce di James. Come se un vecchio come lui avesse bisogno di una copia cartacea anziché poter utilizzare l'Intranet aziendale.

"Si tratta di una piccola correzione della scheda tecnica e ho già qui il testo per te" disse Brad, dopo avere velocemente esaminato il documento di due pagine. "Devo davvero compilare questo modulo?"

"Esatto, è richiesto per ogni scheda tecnica e brochure" ripeté James.

Brad non era convinto. "Non è eccessivo per aggiungere due paragrafi a una scheda tecnica esistente?"

"Brad, è importante che ci adeguiamo alle procedure. Ho bisogno di valutare e classificare ogni richiesta, specialmente ora che siamo pieni di lavoro. Il MCMRF mi aiuta a far questo" concluse Christianson.

"Lo sai, nel tempo che abbiamo impiegato a discutere avresti già compilato il documento" insistette Brad.

James incrociò le braccia. "Come ho già detto, ho bisogno di questo modulo per le schede tecniche e brochure."

Brad non poteva credere a quanto fosse ridicola quella discussione. Le cose erano così semplici e veloci quando c'era Kathy. Di una cosa era sicuro, non avrebbe mai avuto la meglio in quella discussione, così alla fine si arrese. "Ok, compilerò quel foglio."

In realtà avrebbe voluto dire 'quel foglio del cazzo', ma si trattenne e uscì.

Tornando alla sua postazione, passò davanti agli uffici dei vicepresidenti, nell'ufficio di Greg Bass notò la presenza di Bob Monahan. *Che diavolo ci fa lì dentro?*

Jeff uscì dall'Edificio 1 e, poco lontano, vide Mai Tran seduta su una delle panchine in cemento. Stava piangendo. Immediatamente Jeff capì che aveva saputo degli imminenti licenziamenti. Mai, insieme ad altre cinquecento persone nel reparto produttivo, avrebbe perso il suo lavoro nel giro di sessanta giorni.

"Ciao Mai" disse, non sapendo cos'altro aggiungere viste le circostanze.

"Oh Jeff" replicò la donna cercando di trattenere le lacrime. "Stanno chiudendo la fabbrica."

"Sì, l'ho appena sentito" disse Jeff a voce bassa.

"Non so cosa fare" disse lei. "Ho tre bambini che non hanno un padre. Ho bisogno di questo lavoro."

Jeff si sentiva malissimo pensando alla situazione. "Mi dispiace Mai."

"E mi obbligano anche a formare i miei sostituti" aggiunse la donna.

"Devi formare il tuoi sostituti?" chiese incredulo Jeff.

"Esatto, è il mio compito per il prossimo mese. Manderanno sei persone dalla Cina" disse Mai sorridendo amaramente.

"È disgustoso!" esclamò Jeff non sapendo cosa dire.

"Come farò a trovare un altro lavoro? Chi vorrebbe assumere una donna di quarantasette anni senza una laurea?" si chiedeva Mai.

"Sono certo che con il tuo talento qualcosa lo troverai" disse cercando di consolarla. "Non ci sono tante persone in giro in grado di parlare quattro lingue e con la tua esperienza internazionale."

"Oh Jeff, magari fosse vero. Ma sai bene che non ci sono più molti lavori legati alla produzione da queste parti" fece notare la donna.

Jeff sapeva che Mai aveva ragione, non era facile per lei trovare un lavoro in questa fase dell'economia, di sicuro non uno con un simile salario.

"Potrei trovare un lavoro come domestica" disse senza riuscire a trattenere le lacrime.

"Su Mai, cerca di essere positiva" la consolò Jeff.

"Ci proverò Jeff," replicò. "Ci proverò."

Dal punto di vista di un osservatore esterno, cambiare un logo e implementare un nuovo design non sembrerebbe un lavoro eccessivamente complicato. In realtà richiede un numero elevato di passaggi e ognuno di questi passaggi va effettuato su ogni prodotto. Per esempio, nel caso del router X-3, va fatta una richiesta che poi dovrà essere approvata dal reparto progettazione, dove si descrivono tutti i cambiamenti che subirà il prodotto. Le modifiche riguarderanno l'imballaggio, il contenitore per la spedizione, la grafica del software, il manuale d'uso e altri documenti. Ognuno di questi articoli richiede una nuova codifica o un nuovo numero di revisione e alcuni addirittura una nuova progettazione. Dal punto di vista grafico, un ritocco è necessario in tutti i casi.

Anche il sito andava aggiornato con il nuovo logo e design, così come tutti i vari aspetti del marketing, pubblicità, materiale didattico e gli stand per le fiere. Il modello fornito dalla Waters and Fitch era più un'idea che un modello vero e proprio, il che significava per Kathy una grande mole di lavoro. Doveva modificare tutti i documenti esistenti nel nuovo formato, in qualche caso partendo da zero.

In aggiunta a questi cambiamenti, c'erano altre considerazioni da fare relativamente al marketing. Per esempio, sarebbe stato necessario decidere se introdurre il cambiamento gradualmente o adeguare tutto il magazzino esistente con il nuovo logo. Sarebbe stato necessario istruire tutto il personale di vendita, i distributori e i rivenditori circa le novità e, se necessario, aggiornare i magazzini dei distributori con prodotti contenenti il nuovo logo.

Kathy si era immediatamente resa conto dell'entità del lavoro e sapeva che non avrebbe potuto rispettare la scadenza senza un aiuto. Fortunatamente, sapeva di poter contare su una persona che avrebbe reso quel lavoro possibile: Jeff. Però sapeva anche che

Jeff era estremamente occupato con Diomedes, così si preparò a usare tutto il suo fascino per convincerlo ad aiutarla.

"Ciao Jeff" disse con un ampio sorriso quando si presentò all'entrata del suo cubicolo.

"Ciao Kathy" disse lui restituendole il sorriso e mostrandosi piuttosto felice di vederla.

"Jeff, mi serve davvero un favore enorme" esordì.

"Di cosa si tratta?" stava ancora sorridendo, il che era un segnale positivo.

"Sheila mi ha chiesto di inserire il nuovo logo su tutti i nostri prodotti e documenti e vuole che il lavoro venga fatto in due settimane. Potresti per favore aiutarmi?"

"Certo" replicò lui. "Cosa ti serve?"

Kathy si sentì sollevata. *Era stato facile.* "Devo fare tutto il lavoro di grafica da sola, dal momento che Sheila non ha voluto darmi nessun aiuto. Ho bisogno di te per far passare i cambiamenti che riguardano la progettazione e la produzione e mi servirebbe una mano anche per le questioni legate alla vendita e alla distribuzione."

"Nessun problema" rispose. "Incontriamoci domani e parliamone."

Kathy era felice. Jeff era così carino e lei sapeva di poter contare su di lui. Come sarebbe stato bello se gli uomini con cui usciva avessero quelle qualità.

"Cosa c'è che non va tesoro?" chiese Janet non appena i due si sedettero sul divano dopo il lavoro.

"Abbiamo appena annunciato che chiuderemo la nostra fabbrica" disse Jeff. "Stiamo licenziando cinquecento persone."

La storia dei licenziamenti lo aveva accompagnato per tutto il giorno.

"Oh, è terribile" replicò Janet.

"Già, alcune persone fantastiche, come Mai Tran, perderanno il loro lavoro, proprio nel mezzo di una recessione. È davvero una bastardata" aggiunse Jeff.

"Ma la Xekonix sta perdendo denaro?"

"No, perlomeno non in questo trimestre. Sembra piuttosto una decisione pragmatica. Come tu sai, è molto più economico produrre in Cina" tagliò corto lui.

"Quindi stanno delocalizzando!" esclamò Janet. "E' una vergogna!"

"Sì, ma è la tendenza del momento" disse lui.

Jeff ebbe la corretta sensazione che si stesse infilando in una discussione politica in cui Janet aveva delle opinioni molto forti.

"Sai perché produrre in Cina è così economico?" continuò Janet. "Perché pagano i loro operai con stipendi da schiavi e non si preoccupano né dell'ambiente né delle condizioni dei lavoratori. E, per chiudere in bellezza, il nostro governo fornisce degli incentivi per delocalizzare."

"Ma…" Jeff tentò di intervenire, ma lei continuò.

"In questo caso non ci sono 'ma'. Le grandi società vogliono tagliare i costi del lavoro fino all'osso. Di questo passo, negli stati Uniti ci ritroveremo *tutti* a lavorare nei fast food per il minimo sindacale e scomparirà la classe media."

"Hai ragione, fortunatamente sono bravo a fare i cheeseburger" scherzò Jeff, cercando di alleggerire la conversazione.

"Jeff, tu non prendi mai seriamente quello che dico" disse Janet che non stava per nulla ridendo.

"Tesoro, io prendo tutto quello che dici molto seriamente" disse dandole un bacio sul collo.

"Non credo proprio" rispose. "In ogni caso, la cena sarà pronta tra dieci minuti" detto ciò, si alzò andando verso la cucina.

Nonostante tutto, un leggero sorriso apparve sul viso di Jeff quando controllò i numeri della borsa dopo che Janet se ne fu andata. Al suono della campanella, il Dow Jones Industrial Average era salito di 87,51 punti. Forse Tim questa volta aveva ragione. *Forse.*

Capitolo 9
Lunedì
29 settembre 2008

"Sei ancora giù per la USC?" chiese Jeff a Tim mentre mangiavano alla mensa con Brad e Dean.

Tim sembrava un po' distratto e Jeff non poté far a meno di tormentarlo a proposito dei Trojans che, il giovedì precedente, da primi in classifica avevano perso contro gli Oregon State, una squadra senza prospettive.

"Sì, non ci posso proprio credere che tra tutte le squadre abbiamo perso contro Oregon State" replicò Tim.

"Ciao ciao, campionato" lo derise Dean.

"Almeno, tutto sommato stiamo andando meglio della tua scuola patetica" rispose Tim.

Dopo aver battuto la blasonata Tennessee nel match di apertura, l'università di Dean, la UCLA, nelle ultime partite era stata strapazzata.

"La stagione non è ancora finita" disse Dean.

Brad scosse la testa. "Perché non lo ammettete. La lega Pac10 è un campionato da principianti. La big 12 è il top. Se non l'avete notato, Oklahoma è la numero 1 questa settimana, Missouri e Texas al 4° e 5° posto. Kansas e Oklahoma State sono anche nella classifica delle migliori 20 squadre. In più Sam Bradford uno come Mark Sanchez se lo mangia."

Jeff era divertito dalla conversazione anche se in realtà voleva arrivare a parlare di qualche argomento più importante che stava seguendo in internet. "In ogni caso Tim, se USC ti deprime, hai controllato i mercati oggi? Stanno scendendo in picchiata." "Davvero? Cosa sta succedendo?" chiese Tim.

"L'indice sta perdendo 600 punti ed è ancora in caduta" spiegò Jeff.

"Merda" disse Brad.

"Già, evidentemente il parlamento sta votando contro la proposta di Hank Paulson" continuò Jeff.

Si riferiva al piano di salvataggio di emergenza per 700 miliardi proposto dal Segretario di Stato a favore delle principali banche americane e straniere. Paulson sosteneva che il piano era fondamentale per prevenire un ulteriore collasso del sistema creditizio americano e una crisi economica.

"Spero che non lo faranno" disse Tim. "E' un documento schifoso di tre pagine che, praticamente, dà loro poteri illimitati. In ogni caso non capisco perché dovremmo spendere 700 miliardi per salvare quelle banche, specialmente dopo aver appena speso 200 miliardi per salvare Fannie Mae e Freddie Mac e 85 miliardi per AIG."

"Bene e tu cosa faresti?" chiese Brad.

"Gestirei il fallimento" disse Tim. "Così come è stato fatto con Lehman Brothers e come avremmo dovuto fare con Fannie, Freddie e AIG. Abbiamo già delle leggi in grado di gestire queste situazioni."

"Così lasceresti collassare l'intera economia americana?" fece notare Brad.

"Tu stai credendo a tutte le stronzate di Paulson" rispose Tim. "Ti ricordi che lavorava alla Goldman Sachs oppure no? E poi considera che le grandi banche sopravvivranno indipendentemente da cosa accadrà."

"Ehi, ma è il tuo amico George Bush che sta spingendo perché si faccia" disse Brad.

Jeff, da bordo campo, si divertiva a guardare Brad che provocava Tim, ma non era ancora pronto a buttarsi nella mischia.

"Non è il mio amico" protestò Tim.

"Pensavo fossi Repubblicano" continuò Brad.

"Sono un conservatore indipendente. C'è una grossa differenza" replicò Tim. "E in ogni caso Bush non rimarrà in carica per molto tempo ancora."

"Grazie a Dio Obama sarà il nuovo presidente" scherzò Jeff.

"Così sarebbe davvero un disastro" rispose Tim che sembrava terribilmente serio.

Kathy stava lavorando assiduamente agli ultimi cambiamenti legati al logo. In meno di due settimane era riuscita a realizzare la nuova versione di tutti i documenti dei prodotti dell'unità aziendale delle imprese, pubblicità, manuali d'uso, il sito web, le presentazioni, il materiale per la formazione, le newsletter, gli imballaggi e le custodie dei prodotti, tutto ridisegnato con il nuovo logo. Era riuscita a fare tutto ciò senza l'ausilio di nessun grafico. Non che fosse un lavoro tecnicamente difficile, un qualsiasi principiante avrebbe potuto farlo, tuttavia era particolarmente noioso, richiedeva un sacco di aggiustamenti e coinvolgeva molte persone coordinate tra loro. Si sentiva molto orgogliosa per essere riuscita a completare il compito nei tempi richiesti.

Jeff era stato prezioso, si era preso cura degli aspetti legati alla progettazione e alla produzione, così come l'aveva aiutata per alcuni dettagli del lavoro di design. *Se solo alla Xekonix fossero tutti così disponibili.*

Kathy scese per incontrare Sheila Grabowski e informarla che il lavoro era stato fatto. Visto che Joann Brown non era al suo posto, entrò direttamente nell'ufficio di Sheila. La porta era aperta, così bussò delicatamente sul telaio della porta.

"Dimmi Kathy" disse Sheila, alzando lo sguardo.

"Volevo solo dirti che ho finito di aggiungere il nuovo logo su tutti i prodotti, pubblicazioni e sito web dell'unità aziendale delle imprese" la informò Kathy.

Sheila non mostrò alcuna emozione. "Bene Kathy. Ma avresti potuto inviarmi una mail."

Kathy fu colta di sorpresa, si aspettava almeno un piccolo elogio.

"In ogni caso, è un bene che tu sia passata, perché dovresti cambiare il logo anche per l'unità aziendale dei provider" continuò Sheila.

"I provider? Pensavo di essere al servizio delle imprese" rispose Kathy. "Non dovrebbe pensarci James Christianson?"

"James è impegnato con un altro progetto prioritario. Ho bisogno che tu ti metta al servizio della società e ti occupi di questo aspetto. Va realizzato in due settimane" chiarì la Grabowski.

Kathy era contemporaneamente arrabbiata e confusa. *James si sta occupando di un altro progetto prioritario. Pensavo che il cambiamento del logo fosse la più alta priorità di Bryan Denman.* Dopo un attimo si ricompose e replicò. "Sheila, non posso davvero farcela in due settimane. Come ti dicevo, David e Tom mi stanno ancora aspettando per finire il loro progetto e ho diverse altre cose da fare a breve."

"Kathy, non c'è niente di più importante di questo progetto. Ti darò tre settimane per finirlo" aggiunse Sheila.

"Ma..."

"Kathy non sono disposta a concederti altro. Ci siamo capiti?" sentenziò la vicepresidente.

Kathy esitò un attimo prima di rispondere. Si sentiva umiliata e sottomessa ancora una volta. Sapeva che non avrebbe vinto quella partita. Alla fine capitolò. "Ok Sheila."

"Grazie Kathy" disse Sheila. "Potresti chiudere la porta quando esci?"

Quando uscì, Kathy non sapeva se ridere o piangere. *È incredibile.*

Quando Jeff tornò alla sua scrivania dopo aver pranzato, immediatamente controllo il mercato azionario. Il Dow Jones era sotto di 777,68 punti, il più grande calo giornaliero della storia. La perdita di quel giorno spazzò via circa 1,2 miliardi di dollari in termini di valore di mercato. L'azione Xekonix affondò a 12,35 dollari.

"Ciao Laurie, mi sei mancata venerdì" disse Brad.

Quel giorno Laurie era stata assente, Brad era felice di rivederla al suo posto alla reception.

"Sono stata malata" disse.

"Oh, cosa ti è successo?" "Vuoi la verità?" chiese la donna.

"Certo" ammise lui.

"Fidel e io abbiamo rotto. L'ho beccato nel nostro letto con una puttana" disse Laurie visibilmente arrabbiata.

Brad stava per sorridere, ma in qualche modo riuscì a controllarsi. "Che coglione!" dichiarò.

"Brad, è stato terribile" disse la donna con gli occhi pieni di lacrime.

"Deve essere proprio un idiota per tradire una persona come te. Quindi cosa pensi di fare?" chiese Brad.

"L'ho sbattuto fuori di casa. Non so cos'altro fare adesso" disse Laurie.

Brad intravide un'apertura. "Senti, se hai bisogno di qualcuno con cui parlare, sarò da Champps stasera."

Champps era uno sport bar nell'Irvine Spectrum Center dove Brad qualche volta andava dopo il lavoro.

"Ok, grazie Brad. Magari ci vediamo lì" disse la segretaria cogliendo l'invito.

Mentre se ne andava, il cuore di Brad batteva forte. *Non ha detto di no.*

Jeff aveva promesso a Scott Farlow che avrebbe ricevuto i documenti per l'ISO 9001 entro il 30 settembre. Però, avendo aiutato Kathy con i cambiamenti del logo, in aggiunta alla sua normale mole di lavoro, non aveva ancora finito. Mentre stava picchiettando sulla sua tastiera, la sua concentrazione fu spezzata dal suono piacevole di una voce.

"Ciao Jeff" lo salutò Kathy.

Stava sorridendo e, come al solito, era splendida.

"Ciao Kathy" rispose Jeff.

Le restituì un sorriso sforzandosi di non mostrarsi troppo felice di vederla.

"Ho ancora bisogno del tuo aiuto" disse. "Sheila mi ha appena informato che dovrò fare i cambiamenti del logo anche per l'unità aziendale dei provider. Odio farti questo, ma potresti aiutarmi ancora?"

Jeff si rendeva conto che era già sovraccarico di lavoro, ma non se la sentiva di dirle no. "Certo, mi fa piacere. Ora devo finire questo progetto per Roger entro stasera, ma da domani possono aiutarti."

"Grazie Jeff" disse lei. "Sei davvero un grande."

Jeff sorrise. Sapeva che poteva mettersi nei guai, ma con Kathy era troppo difficile resistere.

Finito il lavoro, Brad stava guardando la partita di football universitario tra i Louisiana Tech e i Boise State sul grande schermo da Champps. In quel mercoledì sera il ristorante non era molto affollato. Un uomo e una donna di mezza età stavano bevendo delle birre a un capo del bancone, mentre due uomini più giovani seduti a un tavolo seguivano la partita. Nessuno faceva il tifo, almeno in quel momento.

Appena Brad fece un sorso della sua Budweiser alla spina, sentì una voce familiare.

"Quanto sta?"

Brad si voltò. Era Laurie. Sul momento, rimase senza parole e incredibilmente felice, poi alla fine riuscì a balbettare "Laurie… ciao."

"Mi posso sedere?"

"Certo" rispose lui. "Come stai?"

"Meglio" disse lei sorridendo. "Specialmente adesso che ho visto te."

Brad non poteva credere a ciò che stava succedendo.

Quella sera, alle sette e trenta, Jeff era ancora al lavoro. Stava finendo di revisionare la documentazione che aveva promesso a Roger Fleming e Scott Farlow. Non era un compito complicato, era piuttosto noioso e richiedeva tanto tempo. Di certo avrebbe finito molto prima se non si fosse reso disponibile ad aiutare Kathy con il lavoro del logo.

Non che aiutare Kathy gli dispiacesse. Al contrario, era un'ottima opportunità per conoscersi meglio. Tuttavia, la cosa lo faceva sentire un po' in colpa nei confronti di Janet. A tal proposito, si accorse di aver dimenticato di avvisare la compagna che sarebbe tornato tardi, così afferrò il telefono e chiamò immediatamente casa. Dopo due squilli, lei rispose.

"Ciao Tesoro" disse lui. "Sono ancora al lavoro. Devo finire questo lavoro per Roger Fleming. Lo devo consegnare entro domani mattina."

"Oh amore, ho preparato del pollo al curry. Speravo di cenare insieme" disse Janet con voce triste.

"Mi dispiace, ma è davvero importante. Grazie per aver cucinato il pollo al curry. Se lo metti in frigo lo mangio non appena torno a casa."

"Ok."

Jeff capiva che Janet fosse contrariata, ma non sapeva cosa fare. Così disse semplicemente. "Grazie tesoro. Ci vediamo quando torno."

"A dopo" rispose lei e chiuse il telefono.

Jeff si sentiva un verme, soprattutto perché la situazione poteva essere evitata con un minimo di pianificazione. Poi tornò ad occuparsi del suo lavoro, era sfinito.

Brad e Laurie parlarono per un po' di Fidel, finché un gruppo di dieci ragazzi entrò nel locale sedendosi nelle loro vicinanze.

Sembravano dei tifosi di Boise State, tifavano rumorosamente ogni volta che i Broncos toccavano la palla.

"Brad, mi sento in imbarazzo a parlare con tutte queste persone intorno" disse Laurie.

"Ok, vorresti andare da qualche altra parte?"

"Sì" rispose. "Andiamo a casa mia."

Brad per poco non cadeva dalla sua sedia. *È troppo per essere vero.* Per fortuna, riuscì a recuperare la sua compostezza. "Certo" disse.

Nonostante Janet fosse arrabbiata per come Jeff la trascurava, trovò un certo conforto nei sondaggi che vedevano Barack Obama in deciso recupero. A settembre la convention Repubblicana aveva dato a McCain un vantaggio di dieci punti. Adesso però la situazione si era capovolta, con Obama avanti in tutte le previsioni.

Così mentre aspettava il ritorno a casa di Jeff, Janet si sintonizzò sul suo amato MSNBC con Keith Olbermann e il suo nuovo ospite preferito, Rachel Maddow. Per lei era come una medicina, una costante iniezione di energia positiva per le sue idee liberali. Sorrise. *Il cambiamento stava arrivando in America.*

Il monolocale di Santa Ana di Laurie era arredato in stile minimalista, con un divano, un piccolo tavolo da caffè e una vecchia televisione con tubo catodico nel soggiorno. Le pareti bianche erano spoglie con l'eccezione di un grosso crocefisso, probabilmente un simbolo della sua fede cattolica. Il tappeto grigio, molto consumato, aveva una grande macchia vicino all'entrata. Nella cucina, comunicante con il soggiorno, non c'erano mobili.

Due porte, parzialmente chiuse, a parere di Brad conducevano alla camera e al bagno.

Brad si sedette sul divano, mentre Laurie mise della musica e portò due birre fredde. Per qualche ragione Brad si aspettava della musica rap mentre, sorprendentemente, partì una musica del genere country-melodico. La canzone era interpretata da una voce femminile a lui poco familiare che parlava a proposito di begli occhi. Forse Laurie voleva essere romantica?

Laurie appoggiò le birre sul piccolo tavolo e poi si andò a sedere di fianco a lui. Nonostante il divano fosse lungo un paio di metri, lei si sedette a pochi centimetri dall'uomo. Brad sentì il suo corpo eccitarsi in un attimo.

"Allora, dov'è Fidel adesso?" chiese Brad cercando di iniziare una conversazione per nascondere il suo eccitamento.

"Sinceramente Brad, non mi va di parlare di Fidel" replicò lei.

"Va bene, parliamo di qualcos'altro" dopo aver pensato per un attimo, disse. "Hai visto dove hanno vinto la loro divisione sia i Dodgers che gli Angels lo scorso anno?"

In realtà non voleva parlare di baseball, questo era chiaro, tuttavia era passato molto tempo dall'ultima volta che aveva sedotto una donna.

Fortunatamente, Laurie fece la prima mossa. Appoggiò il suo corpo su quello di Brad e lo baciò sulle labbra. "Veramente non vorrei parlare di niente" sussurrò cominciando a baciarlo appassionatamente.

Brad aveva quasi dimenticato quanto potesse essere eccitante un rapporto, tuttavia non perse tempo e rispose alle sue mosse. Ma per qualche motivo, di sicuro una mancanza di esercizio negli ultimi tempi, non gli era chiaro quando e perfino se avrebbe dovuto fare sesso.

Laurie, tuttavia, rese tutto semplice per lui. Togliendogli la camicia e accarezzando il suo petto nudo. A questo punto fu lui a prendere l'iniziativa, togliendole velocemente la maglia e i pantaloni. Si fermò un momento per ammirarla nella sua biancheria intima, era tutto così come aveva immaginato. Era molto di più di quanto Victoria's Secret potesse fare.

Le sganciò il reggiseno rivelando un seno sodo e grande. Si sorprese quando vide un piccolo tatuaggio a forma di cuore sul suo seno sinistro. Toccò il tatuaggio, seguendo dolcemente il profilo del cuore.

"C'è di più" disse lei.

Le tolse l'ultimo indumento, vide un altro tatuaggio, questa volta con il simbolo della pace. *Un simbolo della pace?* Brad sorrise, chiedendosi come mai una ragazza così giovane avesse sul suo corpo un simbolo degli anni sessanta.

"Come pace e amore" sussurrò.

Poi tolse la cinta e abbassò la cerniera di Brad e i suoi pantaloni caddero a terra. Prendendolo per mano lo condusse al suo letto e fecero l'amore. Per la prima volta dopo tanti anni, Brad si sentì un uomo vero.

Erano le una e trenta quando finalmente Brad arrivò a casa. Per non svegliare Sandy, parcheggiò la macchina in strada e, senza far rumore, passò per la porta sul retro. Quasi inciampando sul tavolo da caffè del soggiorno, riuscì a imboccare le scale per salire al piano superiore.

Ma appena entrò in camera, le luci si accesero. Sandy era seduta sul letto, evidentemente lo aspettava. Brad si preparò al peggio.

"Dove sei stato?" chiese. "E' più di mezzanotte."

"Uh, Greg ci ha fatti stare fino tardi per finire un rapporto sulla situazione di Hercules" mentì. "Penso che domani ci sarà una riunione importante della direzione."

"Bene, avresti dovuto chiamare" disse e poi, con grande sorpresa di Brad, si girò e si mise a dormire.

L'uomo si sentì sollevato, la sua bugia aveva funzionato o, forse, a Sandy non interessava molto.

Fece una doccia veloce per togliersi di dosso il profumo di Laurie. Poi andò a dormire.

SECONDA PARTE

Q2 FY2009

1° ottobre 2008 – 31 dicembre 2008

Capitolo 10
Venerdì
10 ottobre 2008

Come aveva fatto per la maggior parte del tempo nelle precedenti due settimane, Kathy sedeva di fronte al suo computer cambiando il logo nei documenti e nel materiale promozionale per l'unità aziendale dei provider. Stavolta era stato molto più facile, dal momento che molti cambiamenti erano gli stessi che aveva già incontrato con l'unità aziendale delle imprese. Ancora una volta Jeff era stato una risorsa inestimabile. *Che persona eccezionale!*

Tuttavia, non era stato un lavoro gratificante. Solo qualche mese prima era in lizza per un posto da vice presente, ora era ridotta a fare il lavoro di un graphic designer alle prime armi. Era laureata in una delle migliori università americane, aveva lavorato per una delle maggiori agenzie pubblicitarie e aveva scalato la gerarchia aziendale grazie a un duro lavoro e ottimi risultati. Tutti pensavano che avesse fatto un buon lavoro e le valutazioni che aveva ricevuto supportavano queste opinioni. Quindi dov'era il problema?

Detestava pensarlo, forse il non aver fatto sesso con i suoi superiori? Le voci che giravano a proposito di Sheila Grabowski e Bryan Denman la infastidivano veramente, dimostravano che a una donna bastava concedersi per far carriera. O forse era perché lei non aveva quell'insieme di fascino, spietatezza e capacità di ingannare, necessari per diventare un dirigente di alto livello, quella che alcuni psicologi chiamerebbero *sociopatia*. Probabilmente era come Jeff, una persona che faceva un lavoro straordinariamente buono e che si vedeva costantemente superato nelle promozioni non avendo la stoffa del dirigente. Qualunque fosse il motivo, era ingiusto.

Kathy aveva iniziato a capire che non avrebbe trovato la sua realizzazione nel lavoro. In nessun lavoro, per dirla tutta. Alla sua vita mancava qualcosa e doveva capire cosa fosse.

Dopo aver aspettato più di tre settimane, Brad ottenne i piccoli cambiamenti che aveva richiesto alla scheda tecnica di Hercules. Ma ora aveva bisogno di alcune modifiche alla campagna pubblicitaria, creata da Kathy diversi mesi prima. Così, compilò il modulo MCMRF e andò da James Christianson.

"Ciao James" disse Brad, cercando di non mostrare il suo sdegno. "Ho bisogno di alcune modifiche alla pubblicità di Hercules. Ecco il modulo MCMRF" detto ciò consegnò le due pagine che James aveva richiesto in occasione del precedente incontro.

"Veramente Brad, avrei bisogno di un MCARF" lo corresse James.

"Un MCARF?" chiese Brad perplesso.

"Un modulo per la richiesta al settore marketing communication advertising. Si trova nel..." cercò di dire Christianson.

"Lo so, nell'intranet" lo interruppe Brad. "Andiamo James, ma davvero devo compilare ancora un altro modulo?"

"I requisiti per la pubblicità sono diversi da quelli per le schede tecniche. È molto importante che ci adeguiamo alle procedure."

Brad non poté fare a meno di roteare gli occhi in segno di impazienza. "Non importa" disse e lasciò il cubicolo.

"Fanculo" imprecò Jeff mentre cliccava sul suo mouse nell'inutile tentativo di far ripartire il suo computer impallato. Aveva corso per completare il rapporto per Roger Fleming, quindi questo imprevisto era particolarmente frustrante.

"Cos'hai che non va?"

Jeff si voltò e vide Dean, il quale, dopo pranzo, si era spostato all'Edificio 1 per discutere alcune questioni progettuali di Diomedes con Jeff.

"Windows Vista è crashato ancora" disse Jeff. "Sembra che il nostro personale informatico non abbia ancora risolto il problema della compatibilità con il nostro database."

"Mi sa che hai ragione, per fortuna la progettazione sta ancora usando XP. Hai installato il Service Pack 1?" chiese Dean.

"Penso di sì. O perlomeno i ragazzi dell'assistenza mi hanno detto che è aggiornato" rispose Jeff.

"Bene, allora esegui il reboot" disse Dean.

Jeff sospirò, poi tenne premuto il pulsante dell'accensione finché il sistema si arrestò. A quel punto lo riaccese, aspettando che ripartisse.

"Allora, hai visto come sta andando il mercato?" chiese Dean quando il logo di Windows Vista riapparve.

"Sì, è stata proprio una settimana terribile" rispose Jeff. "1.874 punti di ribasso in cinque giorni, ci puoi credere? Ho sentito che è stata la peggiore settimana di sempre per il Dow." Jeff aveva seguito con trepidazione la borsa durante la settimana. Il Dow era sceso per cinque sessioni consecutive, crollando da 10.325,38 a 8.451,19, un 18,1 percento che infatti era il peggior risultato della sua storia. Ora era sotto di oltre 5.700 punti dai suoi massimi del 2007.

"E' la stessa cosa che ho sentito io" disse Dean. "E' successo tutto dopo che il piano di salvataggio delle banche è stato approvato, quindi forse Tim aveva ragione."

Dopo essere stato respinto dalla Camera dei Deputati, il salvataggio, ora ufficialmente denominato Programma di Salvataggio degli Attivi Problematici, era stato rivisto e approvato da entrambe le camere del congresso. Il Presidente Bush aveva firmato la conversione in legge il 3 ottobre, un attimo prima che i mercati cominciassero la loro discesa.

"È spaventoso. Se il mercato non crede che il governo debba aiutare le banche, sarebbe meglio farle fallire e causare un tracollo globale? Mi sembra una situazione dove nessuno vince" affermò preoccupato Jeff.

"Speriamo sia una situazione transitoria. Altrimenti, ci troveremo in una vera e propria depressione" aggiunse Dean.

"Meglio che sia transitoria. Altrimenti, al ritmo con cui i miei investimenti stanno calando, dovrò lavorare almeno fino a ottanta anni."

Jeff stava scherzando solo in parte, dal momento che il suo portafoglio azionario stava perdendo più del trenta percento nell'ultimo anno. Infatti, aveva da tempo smesso di controllare le performance dei suoi investimenti, un esercizio troppo penoso.

"Io pure. A parte il fatto che probabilmente dovrò lavorare fino a cento anni" ironizzò Dean.

"Vedrai che i tuoi figli ti sosterranno" scherzò Jeff.

"Certo, potrebbero se vivessimo in Cina" rise Dean. "Hanno dodici e tredici anni come sai."

Ovviamente si stava riferendo alle voci che giravano da tempo sul fatto che le fabbriche cinesi utilizzassero lavoro minorile.

"Parliamo seriamente Dean" disse Jeff, cambiando discorso. "Hai riflettuto sulla possibilità di aprire una nuova impresa con me?"

"Non saprei Jeff" rispose Dean. "Per come stanno andando le cose, penso che sia meglio avere la certezza di uno stipendio."

"Andiamo Dean. Sai che la Xekonix potrebbe licenziare entrambi da un minuto all'altro. Inoltre, è il momento perfetto per iniziare un'attività. Infatti, quando il nostro prodotto sarà pronto per la consegna, la recessione sarà finita e potremo cavalcare la ripresa del mercato."

"Mi dispiace Jeff. Lo vorrei, ma non me la sento di rischiare in questo momento" disse Dean.

"Ok, io continuerò a chiedertelo. Magari un giorno vedrai uno spiraglio" propose fiducioso Jeff.

Dean sorrise. "Può darsi. Vedremo."

Jeff si era sentito male per aver dimenticato Janet mentre terminava i documenti che Roger Fleming gli aveva richiesto il mese precedente. Così, per rimediare, quella sera la portò a vedere *Giselle*, lo spettacolo della compagnia di ballo Kirov al Segerstrom Center for the Arts a Costa Mesa. Il balletto non era certo il suo forte, nonostante le ragazze nei loro tutu non fossero per niente male, tuttavia era un piacevole diversivo rispetto ai problemi del lavoro e la situazione del mercato azionario.

Janet, al contrario, era ovviamente elettrizzata. "La compagnia Kirov è stata fantastica, non ti è sembrato?" chiese mentre uscivano da teatro alla fine dello spettacolo, dirigendosi verso il parcheggio.

"Certo, molto bello" rispose sorridendo mentre faceva un grosso sforzo per sembrare interessato.

"La prima ballerina era bellissima e con un gran talento. È stata incantevole" Janet era in estasi.

"Assolutamente" concordò lui.

La prima ballerina era davvero bellissima, su questo non c'erano dubbi.

"Le scene erano spettacolari" continuò lei.

"È vero. Ma c'è una cosa che non ho capito" disse lui con un'espressione seria.

"Che cosa tesoro?"

"Perché i ballerini non indossano le mutande?"

"Oh Jeff..." disse, simulando disgusto. "Comunque, seriamente tesoro, grazie per la serata. È stata davvero fantastica."

"È stato un piacere, amore. Dovremmo farlo più spesso."

Jeff era sincero. Amava fare le cose insieme a Janet ed era consapevole di non passare abbastanza tempo con lei. Tuttavia allo stesso tempo non riusciva a smettere di pensare a Kathy. Si chiedeva se tutti gli uomini avessero dei simili conflitti.

Capitolo 11
Lunedì
20 ottobre 2008

Jeff sapeva che i profitti del primo trimestre della Xekonix non erano andati bene, tanto da non essere così sorpreso quando vide la notizia sulla sua pagina web My Yahoo!:

- I profitti della Xekonix scendono del 7% (Lunedì 20 ottobre)

Cliccò sul titolo per avere maggiori informazioni.

Xekonix Corporation (NASDAQ: XEKX), un fornitore di apparecchi per le reti informatiche, oggi ha annunciato che il profitto del primo trimestre è calato del 7 percento a causa della situazione di mercato e per l'aumentata competizione nel settore dei router e degli switch.

La società situata a Irvine, California, ha avuto profitti per 16.128 milioni di dollari, pari a 0,18 dollari per azione da luglio a settembre. Nello stesso periodo del 2007 i profitti erano stati 17.342 milioni di dollari, vale a dire 0,19 dollari per azione. Il fatturato è stabile a 239 milioni.

La società ha dichiarato che è stata completata l'integrazione con Stratacomp, la società di software specializzata nei cloud acquisita ad agosto. Ha inoltre affermato che è iniziato il trasferimento della produzione alla Shenzhen Internetwork Technology Co., Ltd., un'azienda manifatturiera con sede in Cina, come precedentemente annunciato a settembre.

Le azioni Xekonix scendono oggi a 11,20 dollari.

Come per tutte le altre società quotate, anche per la Xekonix i due principali indicatori di performance finanziaria sono il fatturato e il profitto. Il fatturato è l'ammontare di denaro che deriva dalla vendita dei prodotti e dei servizi di una società durante un periodo specifico, come un trimestre o un anno fiscale. Per le società, si considera fatturato tutto ciò che è oggetto di fattura a seguito della consegna di un prodotto o della prestazione di un servizio, senza considerare l'effettivo pagamento alla società per quel prodotto o servizio.

Il profitto netto è l'ammontare di denaro che rimane dopo che si detraggono tutte le spese dagli incassi. Queste spese includono i costi della produzione, quelli del personale come i salari, le spese generali come le utenze e i costi finanziari e fiscali come gli interessi e le tasse. Il profitto prima degli interessi e le tasse (EBIT) è un altro indice di redditività, che differisce dall'utile in quanto le spese per interessi e tasse non sono conteggiati.

Sebbene Jeff avesse previsto fatturato e utile mediocri nel primo trimestre, era maggiormente preoccupato per l'andamento del secondo trimestre e per il futuro. Gli ordini dei clienti erano drasticamente diminuiti nel corso degli ultimi due mesi, il che significava che il fatturato sarebbe diminuito di conseguenza. Se il fatturato cala l'unica maniera per mantenere la redditività è quella di tagliare le spese, in pratica ulteriori licenziamenti.

Kathy, con un gruppo di altre donne, si radunò intorno a Mary Simon quando la donna portò il suo bambino in ufficio. Era una delle graphic designer della Xekonix che lavorava per Kathy prima della riorganizzazione. Al momento era in congedo di maternità ma aveva in programma di tornare a breve.

Kathy rimase immediatamente incantata da quel neonato, una piccola bimba con gli occhi azzurri di nome Carrie. Era così piccola, innocente e bella che Kathy sentì istintivamente il bisogno di nutrirla e proteggerla. Tanto era il suo trasporto che aveva totalmente abbandonato la conversazione di Mary con le altre donne a proposito dei dolori e delle problematiche del parto e dell'allattamento.

L'incantesimo fu educatamente spezzato quando Mary le chiese. "Vorresti tenerla Kathy?"

Kathy annuì felice e prese Carrie tra le sue braccia. Strinse la piccola bambina al suo petto e ne sentì il calore insieme al battito del piccolo cuore. Sussurrò alcune paroline nelle orecchie di Carrie e poi dolcemente le cantò una ninna nanna:

Calma piccolina, fai un sonnellino.

Se fai la brava il papà ti comprerà un uccellino.

E se l'uccellino non canterà,

Allora il papà un anellino ti regalerà.

Carrie chiuse gli occhi e si addormentò. Era tutto così meraviglioso, Kathy non avrebbe voluto che finisse.

Infatti, tenne ancora la piccola per cinque minuti, finché Mary le chiese diplomaticamente. "Kathy, cosa dici se facciamo tenere Carrie anche alle altre?"

"Oh certo" disse Kathy scusandosi.

Con riluttanza passò la bimba a Sharon Daley. Quando lo fece, finalmente capì cosa le mancava nella sua vita: un bambino.

"Allora, sei pronto per le World Series?" chiese Jeff a Brad mentre prendevano un caffè nell'area ristoro.

Jeff non era un grande appassionato di baseball, ma sapeva che Brad invece lo seguiva con partecipazione.

"No, ho perso interesse da quando gli Angels e i Dodgers sono stati eliminati" rispose Brad.

Gli Angels erano stati eliminati al primo turno dei play-off da Boston, mentre i Dodgers avevano perso da Philadelphia nella finale nazionale.

Jeff annuì. "So cosa vuoi dire. Una World Series con Philadelphia e Tampa Bay non deve essere molto avvincente."

"Più o meno come i nostri profitti" disse Brad. "Immagino tu abbia visto il report del primo trimestre."

"Almeno abbiamo avuto un piccolo utile. Questo trimestre potrebbe essere differente. Non so come andrà la nostra unità ma gli ordinativi dell'unità delle aziende sono crollati a picco" affermò con timore Jeff.

"La stessa cosa da noi, temo. Non sarei sorpreso se questo trimestre fossimo in perdita" confermò Brad.

"Il che significherebbe stringere ancora la cinghia e altri licenziamenti" aggiunse Jeff.

"Giusto. E come se non bastasse, mi tocca aver a che fare con un sacco di stronzate, Bob Monahan è un rompipalle e di certo Greg Bass non è il mio più grande fan" elencò Brad.

"È vero, anche Roger Fleming non è certo un angioletto" lo appoggiò Jeff.

"A peggiorare le cose, Bob è sempre lì che inciucia con Greg. Sembra che ogni volta che passo nell'ufficio di Greg, Bob sia lì" disse Brad.

"Hmmm, non è un bel segno…" aggiunse Jeff.

"Ma il mio ultimo nemico è questo nuovo ragazzo, James Christianson" continuò Brad. "E' il peggiore dei burocrati, con i suoi nuovi moduli e procedure. Non posso far niente senza un MCMRF o un MCARF e ci vogliono tre settimane per far sì che il più piccolo cambiamento si realizzi. Anche Kathy ti fa passare attraverso questo iter?"

"No, Kathy è fantastica" affermò Jeff. "Ma per correttezza verso James deve seguire gli ordini che gli arrivano dall'alto. A me tocca scrivere un mucchio di procedure del tipo ISO 9001 per Roger, immagino che James stia implementando cose simili per Greg Bass."

"Può darsi. Ma mi è giunto all'orecchio che sia il toy-boy di Sheila Grabowski" le voci che giravano, dicevano che Sheila lo avesse assunto per motivi che non erano la sua qualifica.

"Non credo. Bryan Denman sarebbe geloso" disse Jeff.

Brad sorrise. "Beh, magari a Bryan e Sheila piacciono i triangoli."

Jeff rise. "Penso che stiamo divagando. Faremmo meglio a tornare al lavoro."

"Non sei per niente divertente" scherzò Brad.

Detto ciò tornarono alle rispettive postazioni.

Joann Brown aveva sempre il broncio e anche oggi non faceva eccezione. Vestendo uno dei suoi soliti scialbi tailleur a pantalone, sedeva autoritariamente alla sua scrivania, sorvegliando l'entrata degli uffici della direzione, quando Kathy si presentò.

"Ciao Joann" disse Kathy sorridendo. "Posso vedere Sheila?"

Joann non la degnò nemmeno di un piccolo sorriso. "Mi dispiace signorina Jensen, ma la signorina Grabowski è in riunione con il signor Denman."

Kathy diede uno sguardo alla porta chiusa dell'ufficio di Sheila. *Cosa faranno realmente lì dentro?* "Allora dille che ho finito i cambiamenti del logo e che deve chiamarmi per ogni chiarimento."

"Va bene signorina Jensen" la rassicurò la segretaria.

E dille che può prendere il suo logo del cazzo e ficcarselo dove non batte il sole. Kathy uscì con un sorriso sul suo viso. Ancora una volta si sentiva soddisfatta, aveva completato in tempo un altro compito assegnato da Sheila. Sapeva che avrebbe potuto portare a termine qualsiasi cosa le fosse stata assegnata, non importa quanto stressante o ridicola. Ma ora capiva che nella vita c'erano cose più importanti del lavoro.

Bob Monahan era stato sfuggente tutta la settimana, ma Brad era riuscito a rintracciarlo all'Edificio 3. Sembrava che Bob, nell'arco dell'intera giornata, avesse avuto una serie di incontri con i rappresentanti della Shenzhen Internetwork Technology. Il fatto che si fosse incontrato con produttori cinesi era preoccupante per Brad, poteva significare che la Xekonix stava pensando di delocalizzare la progettazione di Hercules. Tuttavia, la sua preoccupazione più immediata era far in modo che Bob autorizzasse dei nuovi test per Hercules, in quanto la sua firma era indispensabile per far procedere la fase di progettazione.

"Bob, mi scrve la tua firma per pianificare i test di Hercules" disse Brad, sforzandosi di essere educato.

"Mi dispiace Brad, dovrai aspettare" rispose Bob.

"Mi serve solo la tua firma" insistette Brad.

"Ho capito ma non ho ancora guardato la pianificazione" continuò Bob.

"Bob, non possiamo procedere senza la tua firma. Andiamo, solo una firma" lo supplicò Brad.

"Non posso farlo" tagliò corto il responsabile della progettazione.

"Allora delega uno dei tuoi" suggerì Brad.

"Brad, cos'è questa fretta? Lo farò a tempo debito" cercò di tagliare Bob.

"La fretta è perché così mi allungherai la programmazione" Brad si stava arrabbiando.

"Se non ti piace, Brad, parlane con Greg Bass" tagliò corto.

"Lo farò" rispose Brad provocatoriamente.

Detto ciò se ne andò infuriato dalla stanza. Sapeva che probabilmente non sarebbe finita bene per lui, considerato il rapporto di Bob con Greg. Non poteva credere che il responsabile della progettazione stesse deliberatamente sabotando la programmazione di Hercules. *Perché?*

Nel pomeriggio, quando Jeff passò, il primo piano dell'Edificio 3 era sorprendentemente deserto. Due inservienti stavano facendo le pulizie mentre un tecnico riparava il quadro elettrico. La fabbrica non doveva chiudere prima di novembre, ma le catene di montaggio erano ferme e c'erano molte scatole di cartone appoggiate sul pavimento.

Mai era comunque nel suo cubicolo. Come al solito sembrava lavorare sodo.

"Cosa succede qui Mai?" chiese Jeff. "Dove sono tutti?"

"Sono qua attorno, da qualche parte" disse Mai. "In ogni caso, oltre a impacchettare le nostre cose non c'è molto altro da fare.

Shenzhen Internetwork ha già cominciato le nostre lavorazioni in serie."

"Hai addestrato il tuo sostituto?" chiese Jeff.

"Veramente, ne ho addestrati sei" disse Mai. "E comunque sì, ho finito con il mio lavoro." "Sei?" Chiese Jeff.

Aveva dimenticato che Mai gli avesse già anticipato quel numero. "Certo, immagino che a un dollaro e cinquanta all'ora possono permettersi sei persone per sostituirti. Com'è andata?"

"Beh, spero che tu sia in grado di parlare mandarino Jeff" replicò Mai. "Perché ne avrai bisogno."

Per la prima volta dall'annuncio dei licenziamenti la vide ridere.

"Dico sul serio" disse Jeff. "Mi mancherai Mai, mi mancherai moltissimo."

Mai sorrise. "Grazie Jeff. Lo apprezzo molto. Anche tu mi mancherai."

"Com'è andato il tuo week end?" chiese Brad appena si sedettero sul divano dell'appartamento di Laurie. Era felice di stare con lei dopo tutto lo stress di quel giorno al lavoro.

"Molto bene. Non ho fatto molto, mi sono rilassata" disse lei. "E il tuo?"

"Tranquillo. Ho tagliato l'erba. Lavorato nel giardino" rispose Brad.

"Sembravi molto teso al lavoro oggi" disse Laurie. "C'è stato un problema?"

"Solo quell'idiota di Bob Monahan. Sta posticipando la programmazione di Hercules senza un'apparente ragione" spiegò Brad.

"Che ridicolo" disse lei. "E' un tale pallone gonfiato. Dovrebbero licenziarlo."

"Certo, questo è sicuro" replicò Brad. "Ma parliamo di qualcosa più piacevole, ok?"

"Ok..." concordò lei. Dopo averci pensato qualche secondo disse. "Hai visto Adele al *Saturday Night Live?*"

Brad cercò di ricordare. Effettivamente aveva guardato il *Saturday Night Live*, ma, principalmente, per dare un'occhiata a Sarah Palin che aveva partecipato come ospite dello show. Il nome 'Adele' non gli suggeriva niente, forse era un membro del cast? Alla fine, confessò la sua ignoranza.

"Adele?" chiese Brad.

"Proprio lei, la cantante. Quella di *Chasing Pavements"* rispose Laurie.

"Oh" Brad sembrò ricordare la presenza di una cantante allo show ma, probabilmente, aveva cambiato canale proprio durante la sua esibizione.

"Penso che sia fantastica" disse Laurie.

"Io penso che *tu sei* fantastica" rispose Brad cominciando a sbottonarsi la camicia.

"Cavolo, Brad, sei sempre così arrapato?" chiese Laurie scherzosamente.

"Sì" disse slacciandole il reggiseno.

"Mmmm" sussurrò lei slacciandogli i pantaloni e abbassandoli.

Brad sentì la lingua roteare verso le sue parti basse. La sensazione era incredibile e sapeva che non sarebbe durato a lungo. "Oh Dio" gemette Brad.

"Dio non può aiutarti adesso" bisbigliò lei.

"Che cos'è questa roba?" indagò Jeff, guardando la pila di asciugamani nuovi e di accessori per il bagno disseminati sul divano quando arrivò a casa quella sera.

Janet sorrise. "Linens 'n Things sta facendo una liquidazione per cessazione dell'attività. Ho preso un po' di cose per noi. Non sono carini?"

"Davvero stanno chiudendo?" chiese Jeff, ignorando completamente la domanda di Janet.

"Sì, questa cosa mi rattrista. Lo sai, è uno dei miei negozi preferiti" affermò dispiaciuta Janet.

"Comunque c'è sempre Bed Bath & Beyond. Oppure Amazon. Per non parlare di Walmart e Target che hanno cose simili" la tranquillizzò Jeff.

"Immagino di sì, ma non sono la stessa cosa" notò nostalgicamente Janet.

"Hai ragione, è spaventoso quante attività stiano chiudendo. CompUSA, Sharper Image, Levitz, Wickes… e adesso anche Linens 'n Things" disse Jeff constatando quante grandi attività fossero fallite durante quella crisi.

"In più un sacco di piccoli negozi e ristoranti" aggiunse Janet. "Come Partner's Bistro."

Il Partner's Bistro era un ristorante di Laguna Beach che per tanti anni era stato uno dei loro preferiti.

"Vero, avevo dimenticato Partner's. Almeno In-N-Out sta ancora andando forte" si consolò Jeff.

"Oh Jeff, spero che smetterai di mangiare così tanti hamburger. Lo sai che contengono tante calorie e carboidrati" lo mise in guardia Janet.

"Mi dispiace tesoro. Questo periodo mi sento così depresso che ho bisogno di consolarmi con il cibo" replicò Jeff sorridendo.

Stava scherzando, ma solo in parte, perché la situazione stava diventando veramente molto preoccupante, forse peggio di quelle già passate. Di sicuro, molto peggio delle recessioni di inizio '90 e di quella del 2000 e sembrava ancora non dover finire. Per assurdo, ufficialmente, non si era ancora entrati in recessione.

"Bene, cerca però di provare a controllarti. Preferirei davvero che non intasassi le tue arterie o contraessi il diabete di tipo 2" lo avvertì Janet.

"Ci starò attento" rispose Jeff, rendendosi conto che difficilmente avrebbe mantenuto quella promessa.

"Comunque, siamo fortunati" disse Janet. "Almeno ancora abbiamo entrambi un lavoro."

Jeff scosse la testa. "Almeno per il momento."

Capitolo 12
Martedì
4 novembre 2008

Kathy fissava le pareti del suo cubicolo con aria assente. Aveva speso le ultime cinque settimane con i cambiamenti del logo, così ora doveva recuperare tutto il lavoro che aveva lasciato indietro. Di quel periodo, rimaneva scolpito nella sua mente il tempo prezioso che aveva passato con la bimba di Mary Simon. Ora, più di prima, desiderava un figlio. Come realizzare questo obiettivo era tuttavia un grosso problema.

Pensò che avrebbe potuto iscriversi a un servizio di incontri online come Match.com o eHarmony. Avevano funzionato per la sua amica Kristin, sebbene le avesse riferito che aveva incontrato un sacco di cretini prima di riuscire a trovare la persona giusta. Sarebbe stato meglio incontrare qualcuno in un bar, anche se Kathy sapeva, per esperienza personale, che sarebbe stata una scelta disastrosa.

Magari c'era qualcuno alla Xekonix con i requisiti giusti. In passato, Kathy aveva preferito evitare appuntamenti con colleghi come suo padre le aveva sempre suggerito *non prendere la carne nello stesso posto dove prendi il pane*. Tuttavia, adesso che sembrava evidente che la sua carriera alla Xekonix fosse praticamente alla fine, forse poteva rivalutare l'idea. C'erano alcuni single di bell'aspetto nella società che rispettavano i suoi requisiti per intelligenza e reddito. Con il minimo sforzo sapeva che avrebbe potuto attrarne uno.

In quel momento, il suo sogno venne interrotto.

"Ciao Kathy."

Era Scott Farlow. Fu sorpresa di vederlo dal momento che lavorava all'unità aziendale provider.

"Oh, ciao Scott" disse lei. "Cosa posso fare per te?"

"Roger mi ha chiesto di fare un controllo incrociato a proposito del comunicato Diomedes. Giudicando il rapporto di Jeff, tutto il materiale del marcom è pronto per partire" rispose Scott.

"Giusto" disse Kathy. "Potremmo addirittura lanciare il prodotto domani, se fosse necessario. Dovremmo solamente attivare delle pubblicità sui settimanali, i quali hanno molto spazio in eccesso, quindi penso che non sarebbe un problema."

"Benissimo" disse Scott. "Roger sarà felice di questa notizia."

"Però come sicuramente saprai il lancio non è previsto prima di due mesi" lo ammonì Kathy.

"Lo so. Ma Roger ha deciso di anticipare" la corresse Farlow.

"E questo Jeff lo sa?" si preoccupò Kathy.

"Non ancora, ma Roger lo incontrerà nel pomeriggio. Sono sicuro che concorderà con questa decisione" la rassicurò l'uomo.

Kathy dubitava che Jeff sarebbe stato d'accordo, tuttavia non volle discutere. "Va bene, mi muoverò non appena avrò il via libera di Jeff."

"Che dovrebbe essere nel pomeriggio. Grazie Kathy" concluse il manager.

Appena Scott lasciò il suo cubicolo, Kathy lo inquadrò come un potenziale padre. Di sicuro era carino e intelligente, aveva anche una personalità piacevole. A Jeff non piaceva molto ma poteva trattarsi di rivalità professionale. In ogni caso, inserì il nome di Scott nel suo database mentale dei papabili.

"Quindi pensate che Obama vincerà oggi?" chiese Jeff mentre pranzava con Brad, Dean e Tim alla mensa.

Era il giorno delle elezioni e i sondaggi davano a Obama un filo di vantaggio nella corsa alla Presidenza contro John McCain.

"I giochi sono fatti" disse Tim. "Purtroppo McCain non c'andrà nemmeno vicino."

"Lo penso anch'io" aggiunse Dean. "Credo che vincerà addirittura in qualche stato del sud come Virginia e North Carolina."

"Sapete cosa proprio non mi va di Obama?" disse Brad.

"Che cosa?" chiese Jeff preparandosi all'umorismo di Brad.

"E' più giovane di noi!" rispose ridendo.

Obama aveva 47 anni, un anno meno di Tim che era il più giovane del gruppo.

"Ora la cosa è davvero deprimente" disse Dean mentre Jeff e Tim annuivano.

"Quindi Brad, le cose si mettono male per la tua fidanzata Sarah" scherzò Jeff, continuando la discussione politica.

Brad sorrise. "Va bene lo stesso, sarò felice anche con Michelle."

"Mi fa piacere che sarai felice con lei, di certo io non lo sarò con il marito" disse Tim.

"Ehi, non potrà essere peggio di Bush" contrattaccò Brad.

"Vedremo" replicò Tim.

Brad sorrise ancora. "In ogni caso, ora che la situazione politica è sistemata, occupiamoci della cosa più importante, la stagione del basket è partita. Lo posso affermare, questa è la stagione dei Lakers. Il mio Kobe straccerà tutti."

Jeff non poté resistere e sfidò la previsione di Brad. "Non ne sarei sicuro, Boston lo scorso anno li ha fatti soffrire parecchio."

"Sono già sotto di 3 a 0" replicò Brad.

"Sì, ma non hanno ancora incontrato nessuno di livello" disse Dean inserendosi nel dibattito.

"Stai dicendo che i Clippers non sono forti?" ribatté Brad.

"Dico che ci vuole qualcosa in più di Kobe per vincere" disse Jeff. "Sarei molto sorpreso se ce la facessero senza Shaq."

"Non dimenticare che hanno Gasol quest'anno. Per non parlare di Bynum e Fisher" disse Brad con l'obiettivo di rafforzare la sua posizione.

"Forse, se Bynum non si fa male e Fisher non è troppo vecchio" replicò Jeff. Per non si sa quale motivo, non voleva perdere questo scontro, così continuò. "Infatti, penso che siano la terza squadra della Western Conference, dietro San Antonio e Dallas. Non c'è modo per Kobe di resistere a LeBron James se dovessero affrontare Cleveland in finale."

"Te lo dico io, succederà" disse Brad che sembrava molto sicuro di sé.

"Certo, vedremo… vedremo" disse Jeff.

"Entra Jeff" disse Roger Fleming.

Jeff entrò nell'ufficio e occupò una delle due sedie riservate agli ospiti di fronte alla scrivania di mogano di Roger. Il suo capo lo aveva convocato per un incontro appena un'ora prima.

"Jeff, ho bisogno che lanci Diomedes immediatamente" disse Roger.

Jeff non era sicuro di aver capito bene. Non era possibile che Roger gli avesse chiesto il rilascio di Diomedes per la vendita ai clienti, non era stato ancora adeguatamente verificato presso le aziende. Infatti non era mai stato testato sul campo.

"Lanciare Diomedes?" chiese stupito Jeff.

"Sì" disse Roger senza esitazioni.

"Ma è ancora in DVT" protestò Jeff.

Si riferiva alla Design Verification Testing, il test che gli ingegneri della Xekonix realizzavano per essere sicuri che il prodotto lavorasse secondo le specifiche. Sebbene questo test fosse piuttosto approfondito, la Xekonix non aveva tutti i dispositivi per riprodurre fedelmente tutte le variabili che un cliente importante incontrava nel suo ambiente. Di conseguenza, come la maggior parte delle società, procedeva con un test di secondo livello, chiamato test beta, durante il quale il prodotto veniva installato e testato presso un vero cliente. Solo dopo il completamento della fase beta il prodotto era pronto per essere immesso sul mercato per la vendita.

"Jeff, secondo il tuo rapporto sullo stato del prodotto, il test DVT sta andando bene e non ha evidenziato problemi importanti. Il prodotto è stato già avviato alla produzione, quindi non dovrebbero esserci problemi. Inoltre so che Kathy ha già completato tutto il materiale promozionale ed è pronta a far partire la campagna pubblicitaria."

"Ma Diomedes verrà installato in qualche rete molto grande e complessa. Non l'abbiamo mai testato in questo genere di ambienti e sarebbe più importante che in altri casi, perché Diomedes utilizza un'architettura hardware e software totalmente nuova" argomentò il project manager.

Jeff sapeva che le reti complesse spesso creavano problemi imprevisti che non erano riscontrabili negli ambienti usati nei test. Sapeva anche che i nuovi dispositivi erano più inclini a incontrare un notevole numero di problemi e che necessitavano di ulteriori test prima del loro lancio.

"Sono consapevole del rischio" disse Roger. "Tuttavia, in base alle mie conoscenze, penso che valga la pena rischiare."

"Sono quasi sicuro che Steve Moore lo bloccherà al controllo di qualità" continuò ad argomentare Jeff. In effetti, come responsabile del controllo, Steve aveva l'autorità per bloccare le consegne di un prodotto che non incontrava gli standard previsti.

"Io ho l'autorità per scavalcare Steve, se c'è qualche problema lui deve venire da me" dichiarò Roger.

"Non so Roger" disse Jeff. "Rilasciare sul mercato Diomedes adesso mi fa sentire davvero a disagio."

"Jeff, questa non è una richiesta. Francamente, abbiamo bisogno di fatturare in questo trimestre. Hai capito ora?" tagliò corto Roger.

Jeff capì che la direzione aveva già deciso, indipendentemente da quanto la decisione fosse stupida, quindi non li avrebbe convinti a cambiare idea. Dopo una breve pausa, disse rassegnato "Va bene, Roger."

"Perfetto, sono contento che siamo d'accordo" concluse Roger sorridendo.

Dopo il suo incontro con Roger Fleming, Jeff convocò immediatamente una riunione urgente del gruppo Diomedes nella sala conferenze B.

"Lo so che non ci crederete" cominciò. "Roger vuole lanciare Diomedes immediatamente."

"Stai scherzando" disse Steve Moore. "non ha nemmeno superato il test DVT."

"Lo so" replicò Jeff. "non posso crederci nemmeno io. La società ha bisogno di fatturare e si tratta di un ordine."

"E' una stronzata" disse Steve. "Metterò il blocco del controllo di qualità immediatamente."

"Steve, ho già sviscerato tutti gli argomenti contrari ad un immediato rilascio, ma Roger è inflessibile perché deve fatturare in questo trimestre. Gli ho detto che tu avresti certamente bloccato il lancio e lui ha detto che ti avrebbe scavalcato."

"Quindi è tutta una questione di fatturato? Non sa che il rilascio di un prodotto non testato adeguatamente gli costerà molto di più del suo valore?" Steve si stava chiaramente infuriando.

"Calmati Steve" disse Jeff. "Parliamone un attimo prima di agire."

"Non c'è nulla da discutere. Andrò a dirgli cosa ne penso subito e se non mi ascolta andrò da Bryan Denman se devo" disse Steve uscendo come un razzo dalla stanza, probabilmente diretto all'ufficio di Roger Fleming.

Kathy come al solito era splendida. Indossava un completo con una gonna blu e una camicia bianca, era seduta alla sua scrivania dando le spalle a Jeff. Lui non poteva far a meno di fissare le sue lunghe gambe affusolate. Fortunatamente, lei non poteva vederlo mentre l'uomo stava in piedi all'entrata del suo cubicolo.

"Ciao Kathy" disse dopo qualche secondo.

"Ciao Jeff" replicò lei sorridendo mentre si girava. "Come va?"

"Beh, Roger ci ha chiesto il rilascio immediato di Diomedes, quindi puoi procedere con l'annuncio?" chiese Jeff.

"Sì, Scott Farlow mi ha detto quello che sta succedendo. Per me non è un problema. È tutto pronto. Dimmi quando vuoi che parta" rispose Kathy.

Scott Farlow? Jeff si chiedeva cosa diavolo avesse a che fare con il comunicato del lancio di Diomedes. Tuttavia, decise di non chiedere nulla a proposito del suo coinvolgimento. "Fantastico. Inviamo il comunicato stampa per domani" disse, poi con un po' di sarcasmo nella sua voce aggiunse. "Non vogliamo far aspettare Roger."

"Nessun problema" disse lei.

Al contrario, Jeff sapeva che il prematuro lancio di Diomedes sarebbe stato un problema. Purtroppo non c'era molto che potesse fare.

"Ehi Steve" urlò Jeff quando vide Steve Moore nel corridoio quel pomeriggio. "Com'è andata la chiacchierata con Roger?"

"Bene" disse Steve. "Mi è sembrato piuttosto ragionevole, mi ha detto che avrebbe considerato la mia richiesta di posticipo del rilascio."

"Benissimo" disse Jeff, sebbene fosse alquanto scettico sul fatto che Roger fosse veramente così disponibile. "Credi davvero che cambierà idea?"

"Penso di sì" replicò Steve. "È l'unica decisione logica. Lo so che pensi che Roger sia un tiranno, ma secondo me non lo è."

Jeff si guardò intorno per essere sicuro che nessuno li ascoltasse. "Bene, spero tu abbia ragione" disse concludendo. "Ma fossi in te starei molto attento."

"Non capisco perché questo slittamento di due settimane nella programmazione" disse Greg Bass guardando la presentazione sull'avanzamento del progetto di Brad in occasione della riunione mensile di verifica nella sala conferenze A. Il grafico di Gantt infatti mostrava che la programmazione di Hercules era stata posticipata di due settimane. "Sai che non possiamo accettarlo."

"Lo spostamento è avvenuto perché Bob non ha firmato per permettere i test DVT richiesti per Verizon" disse Brad, sfruttando l'opportunità per assestare un jab al suo nemico.

"Non l'ho firmato perché il marketing ha chiesto alcuni importanti cambiamenti alla procedure dei test, così ho bisogno di tempo per rivedere questi cambiamenti" rispose Bob con calma.

"Ma ci siamo accordati su questi cambiamenti due settimane fa" argomentò Brad. "Non serve fare ulteriori revisioni."

"Come al solito, il marketing ha sottovalutato la complessità della situazione" disse Bob con parecchio sarcasmo. "Nonostante ciò, per cercare di recuperare il tempo perduto, ho chiesto ai miei ingegneri di fare degli straordinari."

"Ok, quindi qual è la conclusione?" chiese Greg interrompendo la discussione. "Siamo nei tempi oppure no?"

"Sì, ci siamo, grazie agli sforzi dei miei ragazzi" disse Bob.

Brad lo fissò, ma c'era poco da aggiungere. Anche questa volta Bob lo aveva battuto.

"Ok, molto bene" disse Greg. "Vi ringrazio ragazzi per il vostro impegno. Però sembra che voi abbiate dei seri problemi di comunicazione. Suggerisco che li risolviate prima del prossimo incontro."

"Me ne occuperò io" disse Bob. "Dopotutto facciamo tutti parte della stessa squadra."

"Sei d'accordo Brad?" chiese Greg.

"Certo" replicò Brad dopo una breve esitazione. "Sistemeremo tutto."

In realtà avrebbe voluto strangolare Bob Monahan.

In lontananza, due uomini stavano camminando fuori dall'Edificio 3. Uno era una guardia giurata, mentre l'altro stava caricando una scatola. C'era qualcosa che non andava. Un impiegato con una scatola scortato da una guardia quasi certamente significava che qualcuno era stato licenziato.

Come Jeff si avvicinò, riconobbe l'uomo con la scatola, era Steve Moore. Era evidente che Steve avesse sbagliato il suo giudizio su Roger Fleming.

"Ehi Steve, cosa succede?" chiese a voce alta Jeff non appena si trovò alla portata di Steve, naturalmente conosceva già la risposta.

"Mi hanno cacciato" replicò Steve.

Sebbene fosse contrariato dalla situazione, non c'era rabbia nella sua voce.

"Hanno ridotto il personale?" chiese Jeff.

"No, mi hanno licenziato. Sembra per giusta causa" ribadì Steve.

"Chi l'ha fatto?" chiese sbalordito Jeff.

"Roger Fleming. Suppongo."

"Pensavo che la vostra conversazione fosse andata bene."

"È vero, ma ovviamente stava mentendo."

"Ma non può farlo…"

"Certo che può. Come hanno puntualizzato alle risorse umane, siamo una società con una gestione del personale 'at-will'. Questo significa che chiunque può essere licenziato per qualsiasi ragione" spiegò Steve.

"Ma non c'è una procedura?" chiese Jeff.

La Xekonix, come la maggior parte delle società, aveva un vademecum per l'impiegato, sebbene lui non l'avesse mai letto nel dettaglio.

"Sì, ma probabilmente sono fatte per rendere più facile il licenziamento. Non danno nessun appiglio legale" disse Steve.

"Bene, parlerò con Roger" promise Jeff.

"Non lo fare Jeff" disse Steve. "E' tutto deciso, rischieresti di essere licenziato anche tu."

"Va bene" rispose Jeff dopo una breve pausa. Sapeva che Steve aveva ragione. "Ma c'è nulla che io possa fare Steve?"

"Sì, Diomedes avrà qualche grosso problema sul campo, questo è sicuro. Quando succede, non stare a sentire Roger. Fai in modo che venga bloccato dal controllo di qualità" consigliò Steve.

"Lo farò Steve. Te lo prometto."

Jeff aveva appena superato lo shock del licenziamento di Steve Moore quando Brad si presentò al suo cubicolo.

"Ho bisogno di parlarti di Bob Monahan" disse Brad.

"Cosa mi vuoi dire di lui?" replicò Jeff.

"Mi sembra piuttosto ovvio che stia cercando di sabotarmi. Ti ricordi l'ultimo incontro quando ha dichiarato che non avrebbe potuto procurate i nuovi chip?" chiese Brad.

"Certo che mi ricordo. Potresti aver ragione. Chiaramente tu non gli piaci. Cosa ha fatto questa volta?" lo interrogò Jeff.

"Un paio di settimane fa ha rifiutato di firmare per un cambiamento alla procedura DVT di cui avevamo bisogno per Verizon, mi disse che gli serviva più tempo per rivedere i nuovi test che il marketing richiedeva, nonostante avesse già acconsentito verbalmente. Dal momento che non aveva firmato per l'orario dell'incontro, sono stato costretto a far slittare la programmazione di due settimane" spiegò Brad.

"Questo non ha senso. Uno spostamento lo metterebbe in cattiva luce" dedusse Jeff.

"Normalmente sarebbe così. Tuttavia è riuscito a girare la situazione a suo favore. Quando abbiamo avuto l'incontro per la verifica del progetto, ho illustrato la nuova programmazione indicando le due settimane di slittamento. Lui si è alzato e, come al solito, ha incolpato il marketing per il problema. Poi però ha giocato a fare l'eroe, dicendo a Greg che, nonostante ciò, i suoi ingegneri avevano fatto gli straordinari per mantenere la programmazione iniziale. Quindi, grazie ai suoi sforzi, non ci saranno ritardi."

"Non potevi andare direttamente dagli ingegneri del DVT e scoprire quello che stavano facendo?" chiese Jeff.

"L'ho fatto ma loro non mi hanno detto niente. Sono convinto che Bob gli avesse detto di non informarmi su quello che stava accadendo" sospettò Brad.

"Che schifo!" disse Jeff disgustato.

"Esatto, soprattutto sono sicuro che parli male di me ogni volta che entra nell'ufficio di Greg Bass, e parliamo di diverse volte al giorno" dedusse Brad.

"Non so cosa dirti Brad se non di guardarti alle spalle" consigliò Jeff.

"Penso che tu abbia ragione. Ma è una cosa deprimente pensare che là fuori c'è qualcuno pronto a impallinarti. Preferirei pensare che siamo una squadra" commentò amaramente Brad.

"E' una pia illusione."

"Purtroppo" concordò Brad. "In ogni caso, avevo bisogno di parlarne con qualcuno. Grazie per avermi ascoltato amico."

Jeff si sentì male per Brad. Gli schieramenti alla Xekonix erano sempre esistiti ma non erano mai stati così orribili. Brad, come Kathy, era stato estromesso per ragioni che non avevano nulla a che fare con il suo rendimento. Non era giusto.

Quell'uomo alla cassa del supermercato Pavillons di Newport Coast aveva proprio un bel culo. Il resto del corpo sembrava altrettanto attraente, almeno per quello che Kathy poteva affermare vedendolo da dietro. Era ben vestito e non portava un anello matrimoniale. Lo analizzò attentamente. *Potenzialmente sarebbe un buon padre.*

L'uomo cominciò a svuotare il suo carrello sul nastro trasportatore. Un po' di carne, vegetali vari e della frutta fresca. Scelte salutari, non ci sono pasti surgelati o cibo spazzatura. Un buon segnale, non sembrava il tipico scapolo. Certo, poteva essere semplicemente un uomo sposato a cui non piaceva portare l'anello.

Quando l'uomo si voltò per mettere un separatore alla fine della sua spesa, sembrò cogliere lo sguardo di Kathy con la coda dell'occhio. Si voltò.

"Ciao Kathy. Due volte in un giorno, che onore" era Scott Farlow.

"Ciao Scott" disse Kathy con un ampio sorriso. "E' un piacere vederti."

"Vivi qui vicino?" chiese lui.

"Sì, dalle parti di Ridge Park. E tu?" domandò Kathy.

"Anch'io, nella zona di Newport Ridge. Quindi siamo vicini."

"Fantastico," disse lei. "Magari possiamo andare in macchina insieme qualche volta."

"Certo, dovremmo farlo" disse Scott accogliendo la proposta.

"Hai votato oggi?" chiese lei.

Kathy era sorpresa che Scott mantenesse il contatto visivo mentre parlava e non guardasse il suo seno.

"Sì ho appena votato" disse lui.

"Anch'io. Posso chiederti per chi?"

"Obama. A dire il vero non sono molto ferrato, ma ho pensato allo stato attuale dell'economia e credo sia meglio sbarazzarsi dei fannulloni che ne sono responsabili."

"Certo, ho pensato anch'io la stessa cosa. Così ho votato Obama" affermò Kathy.

Il cassiere terminò la scansione della spesa di Scott, così lui si girò per strisciare la sua carta di credito. Dopo aver ritirato la ricevuta, si girò ancora verso di lei e sorrise. "Bene, è stato bello parlare con te Kathy. Ci vediamo domani."

"Arrivederci Scott" disse lei. *Assolutamente un buon padre.* Decise che valesse la pena provare ad andare avanti.

Janet era incollata al televisore. I risultati elettorali erano incombenti e le cose sembravano mettersi piuttosto bene per il suo candidato: Barack Obama. Era davvero un'occasione storica, se Obama avesse vinto, sarebbe stato il primo presidente afroamericano degli Stati Uniti. Inoltre, aveva promesso dei cambiamenti importanti e Janet ne era una convinta sostenitrice. Dal suo punto di vista, gli anni dell'amministrazione BushCheney erano stati un incubo, ma ora stava per finire e le cose sarebbero andate decisamente meglio negli anni a venire.

Nello stesso momento in cui Jeff fece ritorno a casa, la CNN dichiarò la vittoria di Obama. Janet saltò dal divano e gridò di gioia.

"Cosa sta succedendo?" chiese Jeff. Sembrava divertito.

"Barack ha vinto! Barack ha vinto!" lei gli afferrò le mani e cominciò la danza della vittoria.

Jeff stette al gioco, sebbene Janet sapesse che il suo entusiasmo non fosse ai suoi stessi livelli. Ma non c'era modo di contenere il suo sentimento di gioia. Era assolutamente un momento da celebrare.

Capitolo 13
Sabato
15 novembre 2008

Quando quel sabato Jeff arrivò alla Xekonix, fu sorpreso di vedere la Jaguar di Bryan Denman e la BMW di Greg Bass nei loro parcheggi riservati. Nonostante Jeff lavorasse tutti i sabati e le domeniche, non ricordava di aver mai visto gli amministratori in ufficio durante i week end.

Quando entrò nel Reparto Marketing, tuttavia, le luci erano spente. Quindi Greg non era nel suo ufficio, magari erano tutti in riunione al piano di sotto. In ogni caso, Jeff non diede al fatto troppa importanza. Accese le luci, andò al suo cubicolo e cominciò a lavorare a una presentazione con Power Point per un'imminente incontro con i venditori. Sarebbe stata un'altra lunga giornata in ufficio.

All'inizio Brad non capiva la preferenza di Laurie per i messaggini piuttosto che per le chiamate. Però, dal momento che quel sabato si trovava a casa, ne era piuttosto contento. In questo modo poteva comunicare con lei silenziosamente, nonostante Sandy fosse nelle vicinanze.

Seduto nella sua poltrona reclinabile La-Z-Boy, estrasse il suo BlackBerry e scrisse un breve messaggio:

Ciao bellezza!

Qualche secondo più tardi arrivò un messaggio di risposta:

cm va

Brad non gestiva ancora bene l'arte dei messaggi, così non conosceva molte abbreviazioni e acronimi. Di conseguenza, rispondeva sempre con frasi complete e con l'opportuna punteggiatura.

Tutto bene. Mi manchi.

Laurie rispose all'istante.

Anche tu

Brad scrisse la sua risposta:

Che cosa stai facendo?

Passarono un paio di minuti senza che arrivasse una risposta. Brad stava cominciando a pensare che Laurie lo ignorasse, quando un altro messaggio arrivò:

Penso a te ☺

Allegata una foto che senza dubbi era stata scattata con il suo telefono. Era completamente nuda. Brad rise forte, poi smise subito in modo che Sandy non si insospettisse. Poi scrisse un brevissimo messaggio:

Wow!

La riposta comparve immediatamente:

Vuoi altro?

Brad aveva già avvisato Sandy che quel week end avrebbe dovuto lavorare, così scrisse:

Sì! Ti posso vedere stasera?

Laurie rispose:

8:00 da me ☺

Mentre Brad stava pensando a qualcosa da aggiungere, Sandy entrò nella stanza.

"Cosa stai facendo?" domandò.

"Sto solo cazzeggiando col mio telefono" rispose lui.

"Dovresti aggiustare gli irrigatori. Stiamo sprecando un sacco d'acqua nel giardino davanti casa" si lamentò Sandy.

"Certo Sandy. Me ne occuperò subito" disse.

Non appena Sandy uscì dalla stanza, scrisse velocemente il messaggio finale per Laurie:

Devo andare. Ci vediamo stasera.

Sorrise quando lei rispose:
dopo xoxo

Sarebbe stata una grande notte.

Jeff fece una pausa e camminò fino alla finestra che si affacciava a sud. Mentre con lo sguardo spaziava sul parcheggio, udì una voce familiare.

"Ho visto che sei qui di sabato ancora una volta" Era Dean.

"Senti chi parla" disse Jeff. Entrambi erano soliti lavorare di sabato.

Dean guardò verso il basso la Jaguar e la BMW parcheggiate lì sotto. "Stai controllando le macchine dei dirigenti?"

"Sì, dovrebbe essere bello poter permettersi una di quelle" affermò Jeff.

"Sai, Tim mi ha detto che sono macchine della società" asserì Dean.

"Davvero?" disse Jeff sorpreso. Tuttavia, sapeva che era una pratica molto diffusa in molte grandi società.

"Sì. Fa parte del pacchetto retributivo di un dirigente" confermò Dean.

Jeff scosse la testa. "Penso che stiamo sbagliando."

Dean sorrise. "Questo è sicuro. In ogni caso, a cosa stai lavorando ora?"

"Niente di entusiasmante. Un'altra presentazione per il commerciale" rispose Jeff.

In quel momento una Mercedes nera entrò nel parcheggio.

"Ehi, è la macchina di Roger" disse Jeff. "Era ora che lavorasse nei week end come facciamo tutti. Roger Fleming, infatti, raramente lavorava più delle otto ore canoniche, dalle otto alle cinque e dal lunedì al venerdì, un fatto che infastidiva Jeff. "Probabilmente c'è un incontro della dirigenza questo fine settimana" disse Dean.

La Mercedes prese posto in uno degli ultimi parcheggi dei dirigenti rimasti, sia le porte davanti che quelle dietro si aprirono. Jeff e Dean riconobbero immediatamente Bryan Denman che occupava il posto del passeggero nel sedile anteriore. Nel sedile posteriore dalla parte del conducente si scorgeva Greg Bass. Poi scese il quarto passeggero.

Era Scott Farlow.

Roger aprì il bagagliaio della Mercedes e gli altri tre prelevarono le loro sacche da golf. Erano tutti vestiti con completi da golf, evidentemente stavano ritornando dai campi. Erano tutti sorridenti, di sicuro avevano passato una bella mattinata.

"Scott Farlow? Come mai gioca a golf con i dirigenti?" chiese Jeff.

"Pensavo che mi avessi detto che è un pessimo project manager" disse Dean.

"Infatti lo è. Si vede che è molto bravo a leccare culi" rispose ironicamente Jeff.

I tre dirigenti e Scott tornarono alle loro auto e ripartirono. Chiaramente quel giorno non avrebbero lavorato.

Quando Brad arrivò al suo appartamento, Laurie era vestita con un miniabito sgambatissimo e ricoperto di paillettes.

"Wow" disse quando la vide. "Cosa festeggiamo?"

"Pensavo fosse divertente andare a ballare stasera" propose la donna.

"A ballare?"

"Bene, non alla maniera di Paris Hilton o Kim Kardashian" disse Laurie. "Conosco un posto fantastico dove andare. Stai tranquillo, ti divertirai tantissimo."

"Va bene" rispose Brad, sebbene fosse molto scettico.

"Buongiorno" disse Janet a Jeff ripassando le sue basi di italiano mentre erano seduti sulla poltrona del soggiorno.

Stava leggendo una copia del *Lonely Planet Italy Travel Guide,* mentre lui stava leggendo *Frommer's Italy.*

"Veramente sarebbe meglio 'buonasera'" replicò lui.

"Hai ragione" disse lei.

Infatti erano quasi le nove di sera, il 'buonasera' era decisamente più appropriato. *"Buonasera Jeff, come va?"* *"Bene, bene"* rispose lui.

Entrambi risero, era praticamente tutto ciò che conoscevano dell'italiano.

"Oh Jeff, mancano solo cinque settimane" disse Janet. "Sono così emozionata per il nostro viaggio! Non vedo l'ora di provare i loro piatti e scoprire nuove ricette."

"Certo, sarà fantastico" concordò Jeff. "Se sei d'accordo, mi piacerebbe fare anche delle escursioni a Selinunte e Segesta."

Come da abitudine, non andavano mai con un viaggio organizzato, quindi i loro programmi erano molto flessibili.

"Assolutamente, cosa c'è là?" chiese curiosa Janet.

"Alcune delle più belle rovine greche" rispose Jeff.

"Certo tesoro. Lo faremo" lo rassicurò Janet sapendo che Jeff era sempre stato affascinato dall'archeologia e dalla mitologia degli antichi greci e romani.

Infatti, proprio per questa suggestione i progetti della Xekonix portavano i nomi di figure della mitologia greca. Lei non era così entusiasta a proposito delle rovine, ma le faceva piacere che Jeff fosse emozionato per il viaggio, specialmente perché era così difficile distoglierlo dal lavoro.

"Grazie amore. Sarà davvero un viaggio magnifico."

"Ho solo una domanda" disse lei. "Non ho ancora capito come fa il treno ad andare da Roma fino alla Sicilia." "Perché?" chiese Jeff.

"Ma perché c'è il Mediterraneo..." fece notare la compagna.

"Te l'ho già detto, il treno ha delle ali pieghevoli, in modo da poter volare sull'acqua" disse lui sorridendo.

"Oh Jeff..." disse lei. "Quanto sei stupido."

"Sì, è per questo che mi ami" disse lui mentre si chinava per baciarla.

Janet era così contenta. Si stava ancora crogiolando alla luce della vittoria di Obama e questo viaggio era la ciliegina sulla torta.

Il nightclub di El Calor ad Anaheim era gremito dalla folla del sabato sera quando Brad e Laurie arrivarono. All'interno una band suonava musica messicana e coppie festanti riempivano la pista. La maggior parte delle persone era ispanica e aveva tra i venti e i trenta anni.

Brad si sedette a uno dei tavoli, ma Laurie lo portò immediatamente nella pista.

"Laurie, non so proprio come fare con questi balli" urlò cercando di farsi sentire nonostante la musica alta.

"Va bene" replicò lei. "Segui quello che faccio io."

Brad faceva del suo meglio per tenere il passo, ma era difficile. Prima di tutto, non era nella sua forma migliore, mentre lei aveva la resistenza tipica dei giovani. Ginocchia e schiena gli facevano male, erano ricordi di vecchi infortuni rimediati con il football. Inoltre, si sentiva totalmente scoordinato nel cercare di emulare i movimenti aggraziati di Laurie. Nonostante i suoi dolori e la sua goffaggine, Brad riuscì a portare a termine tre balli con lei. Riuscì persino a divertirsi un po'.

"Vuoi fare una pausa?" propose Laurie dopo il terzo ballo.

"Sì, grazie" rispose Brad cercando di nascondere il suo respiro affannoso.

Prese la sua mano e lo condusse fuori della pista da ballo. Appena si mossero tra i tavoli, un giovane uomo ispanico, probabilmente sui venti anni, si avvicinò. Laurie gli sorrise. Lui le disse qualcosa in spagnolo, poi i due si abbracciarono.

Laurie prese la mano a Brad e disse. "Miguel, vorrei che conoscessi il mio amico Brad. Brad questo è Miguel."

"*Mucho gusto*" disse Miguel porgendogli la mano.

"E' un piacere conoscerti" replicò Brad stringendogli la mano.

"Brad, ti dispiace se ballo un po' con Miguel?" chiese Laurie.

"No, fai pure" rispose Brad.

A dire il vero era sollevato al pensiero di riposarsi. Si sedette a uno dei tavoli e ordinò una birra. Guardava Laurie ballare la salsa con Miguel. I due sembravano intendersi alla perfezione nei loro movimenti in pista. Laurie era incredibilmente sexy, quando roteò il vestito si sollevò quasi al punto da mostrare le mutandine, facendo provare una fitta di gelosia a Brad.

Dopo un paio di balli, Laurie e Miguel abbandonarono la pista. Mentre Brad la seguiva a distanza, i due ebbero una rapida conversazione. Alla fine Miguel se ne andò.

Laurie sembrava agitata quando tornò al tavolo di Brad.

"Qualcosa non va?" chiese Brad.

"No, Miguel è solo un coglione. Ma adesso è andato via. Comunque balliamo!" tagliò corto la donna.

Detto ciò prese Brad per la mano e lo portò in pista per altri tre balli.

Quando Brad e Laurie lasciarono la discoteca verso la mezzanotte, Miguel li stava aspettando fuori.

"Stai davvero andando a casa con questo vecchio Laurie?" chiese il ragazzo.

"Certo e lui non è un vecchio" rispose Laurie.

"Senti nonnetto, non sei preoccupato per il tuo cuore?" lo derise Miguel.

"Ehi" disse Brad con tono deciso fissando Miguel direttamente negli occhi.

Nonostante fosse probabilmente trent'anni più vecchio di Miguel, si sentiva in grado di sfidarlo.

Miguel mise la mano in tasca, come se stesse cercando qualcosa. Brad si bloccò nel dubbio che Miguel avesse un'arma.

In quel momento Laurie intervenne. "Lascia perdere Miguel."

Miguel esitò per qualche secondo, poi estrasse la mano dalla tasca. Mise entrambe le mani in alto per mostrare a Brad che era disarmato. "Ok, ok" disse con una risata sarcastica. "Divertiti vecchio e non ti far male."

Brad entrò in macchina con Laurie e tornarono al suo appartamento. Quella volta però la lasciò sotto casa e se ne andò velocemente. Era stanco e non era dell'umore giusto per far sesso. Forse Miguel aveva ragione. Probabilmente era troppo vecchio per quel genere di cose.

Capitolo 14
Venerdì
21 novembre 2008

Mai Tran passò al cubicolo di Jeff appena arrivata al lavoro. A lui faceva piacere vederla, ma allo stesso tempo era triste perché conosceva il motivo della visita.

"Oggi è il mio ultimo giorno Jeff. Ti volevo solo salutare" disse Mai rassegnata.

"Dimmi, cosa farai adesso Mai?" chiese Jeff.

"Non lo so, ho inviato richieste per decine di lavori, ma finora nulla. Magari riesco a ottenere un lavoro in un ristorante Vietnamita o qualcosa del genere" rispose la donna.

"Non essere sciocca Mai. Sono sicuro che troverai qualcosa di meglio" la rassicurò.

"Lo spero Jeff. Lo spero davvero."

"Non è rimasto nessuno in produzione?" chiese Jeff.

"Certo, i dirigenti. Loro gestiranno la fabbrica cinese da qui, o almeno è quello che dicono. Con loro ci sarà un piccolo gruppo di assistenti" replicò Mai.

"Immagino che saranno ricompensati per il buon lavoro che hanno fatto" disse Jeff sorridendo amaramente.

Mai sorrise, ma non rispose all'osservazione sarcastica di Jeff.

"Bene, in ogni caso, Jeff, mi mancherai. Ti auguro un fantastico Ringraziamento."

"Grazie Mai. Mi mancherai anche tu. Buon Ringraziamento."

Più tardi quella stessa mattina, Jeff si diresse al secondo piano dell'Edificio 3. Così come il primo, anche quel piano era praticamente vuoto. Fu sollevato quando vide Jim Ortiz seduto al suo cubicolo.

"Così hai evitato il colpo d'ascia?" esordì Jeff.

Stava scherzando, dal momento che sapeva che Jim non era tra coloro che avevano ricevuto una notifica di licenziamento a settembre.

Jim alzò lo sguardo e sorrise. "Certo, qualcuno deve garantire che i cinesi stiano davvero producendo per noi. Devo rimanere fino tardi per parlare con loro e ho perfino ottenuto un viaggio pagato per controllarli di persona. Inoltre, dobbiamo assicurarci che i loro prodotti funzionino, quindi è probabile che assumeranno un rimpiazzo per Steve al controllo di qualità.

"Cosa ci faranno adesso con questo edificio?" curiosò Jeff.

"Ho sentito che lo affitteranno" rispose Jim.

"È strano, costruiamo un nuovo edificio per l'amministrazione quando ne abbiamo uno vuoto" fece notare Jeff.

Jim rise. "Sai, questo ufficio è troppo vecchio, non è all'altezza dei nostri dirigenti."

In quel momento passarono altri due project manager, Tom Agadjanian e Sam Keaton.

"Ciao Jim, sono contento di vederti ancora qui" disse Sam.

"Sì, è stato un bagno di sangue" gli replicò Jim.

"Ho sentito che ci saranno altri licenziamenti il prossimo mese" disse Tom. "Questa volta probabilmente al marketing. Hai sentito qualcosa Jeff?"

Jeff era preoccupato di sapere che potevano esserci ripercussioni per il suo reparto, ma nascose il suo timore. "E' una notizia che non conoscevo. Sapevo solo della chiusura della fabbrica."

"Ho sentito che potrebbe trattarsi più o meno di cinquanta persone" continuò Tom. "Forse anche qualche responsabile senior."

Jim sembrava confuso. "Non capisco, Bryan Denman ha dipinto un situazione così rosea all'incontro aziendale."

"Sì, ma si è dimenticato di parlare dei tagli di un terzo dei dipendenti della Stratacomp e di dire che qui il morale è sotto i piedi" disse Dean.

"Davvero?" chiese Jeff.

Non sapeva molto di Stratacomp, ma aveva sempre pensato che stessero facendo un buon lavoro.

"Tra l'altro entrambi i fondatori di Stratacomp se ne sono andati o sono stati costretti ad andarsene" continuò Sam. "Non sono sicuro chi sia, ma adesso c'è un nuovo arrivato, assunto da Bryan, che se ne sta occupando."

"Immagino sia normale" disse Jeff. "E' quello che solitamente succede dopo una fusione. Ero con Burroughs quando si unì con Sperry e con DEC quanto furono acquisiti da Compaq. In entrambi i casi caddero molte teste nel giro di pochi mesi dalla fusione."

"Sembra che nessuno sia al sicuro da queste parti" disse Tom. "Nonostante che la società stia facendo soldi".

"Questo è lo stile delle aziende di questi tempi, purtroppo" aggiunse Jim. "Siamo tutti solamente numeri e se i numeri non tornano, le persone vengono tagliate." "Purtroppo è così" concordò Jeff.

Capitolo 15
Venerdì
5 dicembre 2008

Jeff non conosceva l'oggetto dell'incontro. Quella mattina, appena arrivato, Crystal Harris l'aveva chiamato per richiedere la sua presenza nell'ufficio di Roger Fleming. Quando si presentò, Roger e Kathy erano già lì ad attenderlo.

"Come prima cosa vorrei ringraziarvi per il successo della presentazione di Diomedes" esordì Roger sorridendo. "I venditori hanno avuto parole di apprezzamento per voi e le vendite iniziali sono molto promettenti."

Jeff rimase tranquillo, non menzionando le sue precedenti obiezioni circa il rilascio troppo anticipato di Diomedes.

"Tuttavia, ora che avete finito, vorrei che lavoraste a un nuovo progetto" continuò il dirigente. "Come sapete, abbiamo un accordo di collaborazione con la Shenzhen Internetwork Technology che riguarda la produzione. Inoltre, a quanto pare, loro hanno già una linea completa di router progettati specificamente per famiglie e piccole aziende. Dal momento che non siamo presenti in questo segmento di mercato, penso che sia per noi un'importante opportunità. Cosa ne pensate?"

Jeff dedusse che Roger avesse in mente di utilizzare i router della Shenzhen, di applicare qualche piccolo cambiamento e di venderli come prodotti della Xekonix. Questo tipo di accordi, a seconda dell'entità dei cambiamenti, era conosciuto o come Private Label o come accordo di Produzione di Marche Originali.

"In realtà, non abbiamo molta esperienza nel mercato delle famiglie, il cosiddetto SOHO market" rispose Jeff. "Probabilmente dovremmo organizzare un nuovo canale di vendita e nuove

strategie pubblicitarie e promozionali."

Praticamente Jeff pensava fosse un'idea terribile. Sapeva che i margini di profitto erano molto sottili nei segmenti famiglie e piccole imprese, sebbene il volume delle vendite potesse essere molto ampio. I prodotti potevano essere venduti attraverso rivenditori di massa come Best Buy e Amazon. Tutto questo contrastava con i prodotti proposti dalla Xekonix che erano collocati direttamente dai loro venditori o attraverso rivenditori indipendenti specializzati, in grado di dare un loro valore aggiunto e, quindi, in grado di generare alti margini di profitto.

"Prima di tutto, penso che si tratti di qualcosa che va oltre il SOHO market" replicò Roger che sembrava infastidito dalla risposta di Jeff. "Questi prodotti sono pensati anche per applicazioni domestiche diverse dal lavoro d'ufficio, come ecommerce e gioco. Possiamo produrli per le più importanti società che operano via cavo o con l'ADSL, molte delle quali sono già nostre clienti, dico bene? In ogni caso, il Consumer Electronic Show si farà a gennaio e io penso che dovremmo farci trovare pronti."

Si riferiva al Consumer Electronic Show di Las Vegas, il CES, la più grande fiera dell'elettronica degli Stati Uniti il cui inizio era programmato per l'otto gennaio.

"Potrebbe essere complicato ottenere uno stand per quella data" disse Kathy.

"Non c'è problema" replicò Roger. "Ho trovato uno spazio da 10 x 20 nel Convention Center che è stato appena disdetto."

"Ma tutti i nostri espositori sono pensati per spazi maggiori" replicò Kathy. "Non abbiamo nulla che vada bene per uno spazio da 10 x 20. E poi, dubito che riusciremo a ottenere spazio nei principali settimanali con così poco preavviso."

"Perché tutta questa ostilità da parte vostra?" disse Roger con tono impaziente. "Ascoltate, noi dobbiamo cominciare a pensare fuori dagli schemi. Cisco pensa che i segmenti famiglie e piccole imprese siano importanti, non pensate che anche noi dovremmo esserci?"

In effetti, con le vendite del loro Linksys nel 2003, Cisco aveva aggredito con forza quei mercati.

"Certo Roger, ma sono certo che concorderai che un mese per portare un prodotto sul mercato è un tempo troppo breve, specialmente quando si tratta di entrare in un mercato totalmente nuovo" disse Jeff. "Presumo che tu pretenda un prodotto funzionante con l'etichetta della Xekonix e un materiale promozionale adeguato. Non è possibile riuscire a proporre il prodotto finito con tutti i documenti, i test del controllo di qualità e le autorizzazioni delle autorità per quella data."

"Capisco quello che intendi" rispose Roger. "Mi aspetto solamente di avere il prodotto pronto per la consegna al primo cliente entro sessanta giorni da oggi. È ragionevole?"

"Sì Roger" replicò Jeff nonostante ritenesse tale programmazione ancora troppo affrettata.

Diede uno sguardo verso Kathy che annuiva senza grande convinzione.

"Bene, sono contento che siamo tutti d'accordo. Ora tornate al lavoro" disse Roger con un ghigno.

"Jeff, abbiamo meno di cinque settimane all'inizio del CES per realizzare questo progetto" disse Kathy appena furono a distanza di sicurezza dall'ufficio di Roger Fleming. "Considerando che non dovremo prendere ferie per il periodo natalizio e dovremo ignorare tutte le richieste che ci arriveranno dai dirigenti dell'unità delle grandi imprese."

"Sono d'accordo, è tutto piuttosto ridicolo, ma che possibilità abbiamo? Quindi, incontriamoci in una sala riunioni nel pomeriggio e iniziamo la programmazione" propose Jeff.

"Ok" disse Kathy che chiaramente non era per nulla entusiasta.

Jeff, da parte sua, era soddisfatto all'idea di essere costretto a lavorare a stretto contatto con Kathy per tutto il mese successivo. Poi si rese conto che avrebbe dovuto cancellare la vacanza in Sicilia che lui e Janet avevano da tempo programmato. *Quello sarebbe stato un grosso problema.*

Nel pomeriggio, Jeff e Kathy si ritrovarono nella sala conferenze A, l'unica che fosse libera.

"Passiamo in rassegna tutti gli aspetti necessari per arrivare alla presentazione del prodotto. Prima di tutto dobbiamo essere sicuri che i prodotti siano tutti etichettati con il nome e il logo della Xekonix. Posso occuparmi di questo attraverso il nostro gruppo di assistenza alla progettazione, quindi non è necessario che tu venga coinvolta. Spero di poter contare sul gruppo di Dean per modificare tutte le parti del software con il nome della Xekonix" esordì Jeff mentre annotava ogni appunto nell'agenda di Microsoft Project aperta sul suo portatile.

"Credo che la cosa che richiederà maggior tempo sarà preparare lo stand per la fiera" disse Kathy. "È possibile utilizzare del materiale dai nostri soliti eventi, ma la maggior parte deve essere fatta da zero."

"Certo" concordò Jeff. "Abbiamo anche bisogno di sistemare le schede tecniche e il nostro sito. Dal momento che la documentazione cinese è ridicola ed è improbabile che riusciremo a trovare un redattore, proverò a scrivere qualcosa e..."

"E' proprio caldo qui Jeff" lo interruppe Kathy. "Possiamo alzare l'aria condizionata?"

Jeff era perplesso, per lui la temperatura andava bene. Tuttavia non obbiettò e si precipitò ad abbassare il termostato fino a venti gradi.

"Grazie Jeff" disse Kathy. "In ogni caso, se mi fai avere le informazioni sulle schede tecniche e il sito, posso occuparmi io della pubblicazione."

"Presumo tu possa occuparti di tutti gli aspetti relativi alla fiera, tipo ordinare tappeti, l'elettricità, le consegne..., giusto?" chiese Jeff.

"Certo, tuttavia mi serve una lista con tutti gli articoli che esporremo, più il dettaglio dell'impianto elettrico che ci occorre" rispose Kathy.

"Non c'è problema. Io..."

"Ma è caldissimo qui" lo interruppe ancora. "Puoi abbassare il termostato?"

"Kathy, ma è già a venti" disse Jeff.

In ogni caso, si alzò e andò ad abbassare il termostato fino a diciotto gradi.

"Comunque, come stavo dicendo, ti fornirò delle informazioni riguardo la segnaletica necessaria" riprese il discorso Jeff. "Ho bisogno di coordinarmi con il reparto vendite riguardo la nostra strategia di distribuzione. Non penso che riusciremo a concludere tutto, ma dovremmo essere in grado di dire ai nostri clienti dove possono acquistare i prodotti. Mi accerterò inoltre che ci siano dei venditori formati per gestire l'evento."

"L'unica altra cosa che ci serve assolutamente per il salone" continuò Jeff. "è un po' di pubblicità e…"

"Sto bruciando, non ce la faccio!" esclamò Kathy quasi urlando. Detto ciò si alzò e corse fuori dalla stanza.

Jeff rimase senza parole.

Kathy entrò in bagno e si gettò dell'acqua in faccia, senza pensare che stava rovinando malamente il suo trucco. Ginny Goldman, del reparto commerciale, stava lavandosi le mani nel lavandino vicino Kathy.

"Qualcosa non va Kathy?" chiese Ginny.

"Sì" rispose Kathy. "Perché non abbassano questa maledetta temperatura nell'edificio?"

"A me sembra normale" disse Ginny.

"Tu non hai caldo?" chiese Kathy. "Io sto bruciando!"

Ginny rise. "Kathy penso che tu stia avendo una vampata di calore."

Kathy non sapeva cosa dire.

"Non ti preoccupare, tra un minuto starai bene" disse Ginny mentre lasciava la stanza. "Ci vediamo."

Kathy si guardò allo specchio. *Non può essere vero. Non sono così vecchia.*

Quando Jeff tornò a casa, Janet lo accolse con un piatto enorme. Uno dei suoi preferiti, Boeuf Bourguignon con tagliatelle agli asparagi.

"Wow, grazie amore" disse mentre si sedeva al tavolo. "Ha un aspetto delizioso."

"Di niente tesoro" rispose Janet sorridendo. "Cosa ne dici di un film questo fine settimana? Andiamo a vedere 'The Millionaire'. Al lavoro dicono tutti che è davvero fantastico." "Va bene, mi sembra un'ottima idea" acconsentì lui.

Jeff sapeva che poteva essere una delle ultime opportunità di svago prima della fine del CES, inoltre, stava temporeggiando prima di sganciare la bomba a proposito della Sicilia.

"Com'è andata al lavoro?" chiese la sua compagna.

"Tutto bene, ma ho paura di avere qualche brutta notizia" disse timoroso Jeff.

"Che cosa?"

"Dobbiamo posticipare il nostro viaggio in Sicilia. Roger Fleming mi ha affidato il compito di presentare dei nuovi prodotti al CES di gennaio e mi servono tutti i minuti delle prossime settimane per renderlo possibile" spiegò Jeff.

"Jeff, ma stiamo pianificando tutto da più di un anno" replicò Janet.

"Lo so tesoro, ma è una cosa molto importante" ribadì l'uomo.

"Quanto potrà essere importante? È più importante della nostra felicità?" contrattaccò lei.

"Mi dispiace davvero."

"Perché non dici a Roger Fleming che devi andare in vacanza e non puoi cancellarla?" propose Janet.

"Mi dispiace, non lo posso fare" disse lui con tono rassegnato.

"Cazzo Jeff, perché questa azienda è più importante di me?" Janet cominciava a perdere la pazienza.

"Non è così, tesoro..." cercò di contenerla Jeff.

"Allora provamelo. Dì a Roger che non puoi farlo" propose lei.

"Mi dispiace tesoro, non posso."

"Bene, allora vai all'inferno!" Janet si alzò, corse in camera da letto e sbatté la porta.

Jeff sbuffò. *Non sarà per niente facile.*

Capitolo 16
Lunedì
8 dicembre 2008

La prima e-mail che Jeff vide nella posta in arrivo proveniva da Bryan Denman.

A: Tutti i dipendenti
Da: Bryan Denman
Oggetto: Festa di Natale

Come molti di voi sanno, questo trimestre abbiamo subito un rallentamento degli ordini dovuto al quadro economico nazionale. Di conseguenza è necessario ridurre le nostre spese allo scopo di mantenere la redditività. Unanimemente, abbiamo preso la decisione di cancellare i festeggiamenti natalizi di quest'anno.

Nonostante ciò, vogliamo continuare a promuovere lo spirito natalizio all'interno dell'azienda. Perciò, ci saranno delle feste informali all'interno dei singoli reparti il giorno 23 dicembre, ultimo giorno lavorativo prima di Natale. Vi invitiamo a contattare Vanessa Sullivan delle risorse umane all'interno 3515 per qualsiasi chiarimento.

Cordiali saluti,
Bryan

Jeff rise tra sé e sé. Aveva sempre pensato che il party di Natale fosse uno spreco di tempo e denaro, quindi per lui era una buona notizia. Ma dopo averci pensato su, realizzò che la cancellazione era solo la punta di un iceberg. Se una piccola cosa come quella veniva cancellata, sarebbero seguiti tagli ben più importanti. E presto.

Il consueto incontro del team Diomedes iniziò come da programma alle 10 di mattina. Dean e Jim Ortiz come al solito erano presenti e un nuovo membro, Larry Schumacher, aveva rimpiazzato Steve Moore in rappresentanza del Controllo di Qualità.

"Roger Fleming mi ha incaricato di lanciare una nuova linea di prodotti" esordì Jeff.

"Così all'improvviso?" chiese Dean.

"Senza nessun preavviso. E dobbiamo essere pronti per il CES" rispose Jeff.

"Stai scherzando" disse Dean sorridendo.

"Non c'è modo di corrompere il CQ in questo caso" aggiunse Larry.

"Bene, fatemi spiegare la strategia prima di dare giudizi affrettati" disse Jeff mettendosi sulla difensiva. "Innanzitutto, Roger ha deciso che Xekonix, come Cisco, deve essere presente nel mercato delle famiglie e delle piccole imprese. Secondo, la Shenzhen Internetwork Technology ha già una linea di router orientati a questi mercati, quindi, teoricamente, tutto ciò che dobbiamo fare è appiccicare il nostro nome e logo sopra il loro e... voilà! Il gioco è fatto."

"Andiamo Jeff, lo sai benissimo che non è così semplice" fece notare Dean.

"Certo" disse Jeff. "Ma fammi continuare. Dobbiamo avere qualcosa da mettere in mostra al Consumer Electronic Show con il logo della Xekonix. Poi le consegne ai clienti non avverranno prima della fine di gennaio."

"E' ancora troppo ambizioso" argomentò Dean. "Stai dando per scontato che i prodotti della Shenzhen siano abbastanza validi."

"Certo, lo so" disse Jeff. "In più non abbiamo nessuna esperienza o canali di distribuzione nel mercato al consumo e delle piccole imprese."

"Abbiamo dei vantaggi competitivi?" chiese Jim.

"Che dire, Roger suggerisce di impacchettare il software di virtualizzazione della Stratacomp con i router" rispose Jeff.

"Ma questo non richiederebbe la disponibilità di un server Stratacomp da qualche parte?" fece giustamente notare Dean.

Il pacchetto della Stratacomp poteva funzionare solo se il software fosse stato installato sul server, il che costituiva un problema in quanto tale installazione non era ancora stata effettuata.

"Certo, hai ragione. Possiamo strappare un accordo con qualcuno come Verizon o AT&T" disse Jeff che sapeva di non apparire molto convincente.

"Tutto ciò sembra molto inconsistente. Perché dobbiamo farlo per forza?" chiese Jim.

"Perché lo dice Roger" replicò Jeff.

"Perché lo dice Roger?" chiese Dean incredulo.

"Lo so, è un motivo stupido" disse Jeff. "Ma credimi, ho fatto le stesse obiezioni a lui e non ha cambiato idea. Ha detto testualmente 'non è una richiesta'. Non siamo in democrazia, a quanto pare."

"Fantastico" commentò Dean.

Quando l'incontro terminò Jeff rimase nella sala conferenze con Dean per discutere ulteriormente del nuovo progetto senza la necessità di essere politicamente corretti.

"Santo Cielo Jeff" disse Dean. "Vogliamo davvero fare questa cazzata?"

"Sì" disse Jeff.

"È incredibile" disse Dean con sgomento.

"Almeno possiamo dire che Roger non è una persona insicura" aggiunse Jeff.

"In questo caso, penso che un pizzico di indecisione sarebbe stato un buon segnale" ribatté Dean.

"A essere onesto, va detto che Roger non ha tutti i torti" disse Jeff. "Abbiamo davvero bisogno di pensare fuori dagli schemi. Non sei tu quello che difendeva la strategia di Bryan Denman a proposito del cloud computing?"

"Sì, ma quello è diverso" replicò Dean. "Ora stiamo parlando di un semplice prodotto di base, non c'è una reale strategia."

"Sinceramente, concordo con te a proposito dei prodotti della Shenzhen. Tuttavia, al momento la nostra unica strategia è quella di produrre ciò che i nostri venditori e clienti richiedono. Il che significa che stiamo guardando quello che fanno i nostri vicini Cisco o Juniper, aggiungendo velocità e alcune caratteristiche, questa è la logica del nostro prossimo prodotto. Non possiamo fare nulla nemmeno relativamente al cloud in questo momento, si tratta di una concessione della Stratacomp" considerò Jeff.

"Cosa c'è di male nell'ascoltare quello che clienti e venditori chiedono?" chiese Dean.

"Sì, ma non dovremmo limitarci a questo. Siamo un leader di mercato e dovremmo introdurre prodotti innovativi" affermò Jeff.

"Quindi perché non lo fai?" chiese Dean.

"Perché la nostra cultura aziendale e le procedure non lo permettono" disse Jeff. "Primo, un project manager non può portare l'azienda in una nuova direzione come ad esempio il cloud. Siamo limitati a realizzare prodotti che incontrano le esigenze delle nostre unità aziendali e precisamente router per le imprese. E anche nel caso pensassi a un nuovo router aziendale, dovrei per prima cosa scrivere un MRD. Una parte di questo documento consiste in un'analisi di mercato che include una stima delle unità che si pensa di vendere. Allo scopo di compiacere la direzione e convincere il Comitato per i Nuovi Prodotti ad approvarlo, adotterei i dati di una società di ricerche di mercato come IDC o Gartner. E se una di queste società dicesse che il mercato dei produttori di router di fascia media è pari a 500 milioni di dollari con una crescita annua del 15 percento, io direi che sulla base della nostra fetta di mercato del 5 percento, le nostre vendite sarebbero di 25 milioni di dollari con un 15 percento di crescita."

"Cosa c'è di sbagliato?" chiese Dean.

"Tutto ciò limita pesantemente la creatività, innanzitutto" replicò Jeff. "Inoltre, fa diventare molto difficile proporre tecnologie radicalmente innovative. Per esempio, se io proponessi a Xekonix di sviluppare un router basato sul calcolo quantistico, sarebbe innovativo ed economicamente efficiente se confrontato con gli altri router, così come l'iPhone è stato per i cellulari convenzionali, ma il progetto sarebbe automaticamente rigettato perché non potrei giustificarlo attraverso delle ricerche di mercato. I nostri superiori chiederebbero piuttosto 'Cosa ne pensa IDC del mercato dei router basati sul calcolo quantistico?' oppure 'Ci sono clienti che chiedono router basati sul calcolo quantistico?'"

"Un gruppo di discussione potrebbe essere d'aiuto?" propose Dean.

Jeff aggrottò la fronte. "I gruppi di discussione sono utili forse per aiutare a progettare la prossima generazione di un prodotto esistente. Ho letto che Steve Jobs non crede ai gruppi di discussione perché pensa che il cliente non conosca quello che vuole finché qualcuno non glielo mostra. Se avesse, per esempio, cercato di progettare l'iPod attraverso un gruppo di discussione, ci saremmo ritrovati a produrre una versione leggermente migliorata di uno dei tanti lettori MP3 presenti sul mercato."

Dean sembrava confuso. "Quindi dovremmo lasciar decidere Roger quale prodotto realizzare?"

"Certo, lui è il capo, quindi qualsiasi cosa lui vuole si faccia, noi la facciamo" affermò Jeff.

"In ogni caso, non credo sia quello in cui veramente credi" dubitò Dean.

"È chiaro che sto scherzando" disse Jeff. "Purtroppo però Roger non è Steve Jobs, quindi confidare sulle sue decisioni non è una grande idea. Come ho detto, abbiamo bisogno di un cambiamento radicale della nostra cultura, cosa che penso non succederà presto. Oppure ci serve un leader come Steve Jobs, cosa non molto probabile. Nel frattempo dobbiamo accontentarci di produrre nuovi prodotti che offrono piccoli miglioramenti a quelli esistenti."

Dean scosse la testa. "Tutto ciò è molto incoraggiante."

"Purtroppo è la realtà" rispose amaramente Jeff.

"Parlando di realtà, a proposito" disse Dean, cambiando discorso. "Hai sentito che l'Ufficio Nazionale della Ricerca Economica ha appena detto che la recessione ufficialmente è partita nel dicembre del 2007?"

"Devono essere dei geni per aver affermato questo" replicò Jeff.

Il suo tono era sarcastico, dal momento che la recessione aveva avuto un impatto straordinario sulla Xekonix, sul suo patrimonio personale e, di fatto, sull'intero Paese per molti mesi.

"Infatti è proprio per questo che sono strapagati" disse Dean.

Jeff rise. Ma la recessione lo stava veramente logorando. Inoltre il progetto del router della Shenzhen lo deprimeva.

"USC 28 - UCLA 7" Tim gongolava quando Dean si sedette al tavolo per il pranzo. "Vi abbiamo seppelliti."

"Cerca di essere buono Tim" disse Jeff. "Non è bello infierire su un Bruins quando è già stato abbattuto."

Come al solito, era divertito al pensiero dell'imminente scontro tra Tim e Dean.

"Certo, non è stato il nostro anno migliore" disse Dean con aria di sfida. Dopo un inizio promettente, UCLA aveva finito con un deprimente record di 4-8. "Ma vi riprenderemo nel basket."

"Come ci riuscirete senza Westbrook e Love?" chiese Tim.

I migliori giocatori della stagione precedente, Russell Westbrook e Kevin Love, avevano deciso di giocare nella NBA.

"Abbiamo ancora Darren Collison e un sacco di potenza di fuoco disponibile" disse Dean. "Siamo ancora nella classifica nazionale se hai notato."

"Sì, ma avete perso contro le due uniche buone squadre con cui avete giocato" proseguì Tim.

"Sempre meglio della tua squadra fuori classifica" lo sfidò Dean.

"Vedremo" replicò Tim.

Kathy aveva passato l'intero fine settimana rimuginando sulla sua vampata di calore, senza trovare una soluzione. Quindi allo scopo di superare il suo trauma, aveva invitato la sua amica Susan a uscire a cena al Sorrento Grille di Laguna Beach per una chiacchierata tra ragazze.

"Hai avuto una vampata di calore? Che buffo!" rise Susan mentre sorseggiavano il loro vino nel ristorante in stile mediterraneo.

Lei era una bellissima mora sui quarant'anni, con i capelli che le si appoggiavano sulle spalle e un fisico da modella. Era vice presidente alla Western Digital, una delle più grandi fabbriche al mondo di disk drive, vestiva un completo su misura blu scuro con una maglietta bianca e un foulard di cachemire.

Kathy la fissava, ma lei non diceva niente. Sperava che la sua miglior amica fosse un po' più solidale rispetto al suo dramma.

"Scusami, non intendevo essere insensibile" disse Susan, notando che Kathy non stava affatto ridendo.

"Non ti preoccupare" replicò Kathy, senza tuttavia sorridere.

"È capitato anche a me. Odio ammetterlo" disse Susan, cercando di recuperare il suo passo falso. "Ti ci abituerai."

"Però non va bene se si ha intenzione di avere un bambino" aggiunse Kathy.

"Ci stai ancora pensando?" chiese Susan.

Nonostante ne avessero già parlato in passato, Susan ne sembrò sorpresa.

"Sì lo desidero tantissimo. Non hai mai provato questa voglia?" la interrogò Kathy.

"Non ancora" disse Susan. "L'ho preso in considerazione ma poi l'ho superato."

"Sai, non riesco a togliermelo dalla mente" confidò Kathy.

"La miglior soluzione è trovarti un uomo, come è logico" disse Susan, affermando un'ovvietà.

"Bisogna considerare però che in giro ci sono un sacco di cretini" replicò Kathy. "E poi, non sono sicura di essere pronta per un'altra relazione."

"Andiamo" disse Susan. "Non puoi dire che non vuoi stare con un uomo. Intendo, se non fosse così perché ti saresti messa questa gonna?"

"Per tua informazione, mi vesto come sarebbe opportuno per una dirigente di successo" tagliò corto la donna.

Kathy aveva sempre considerato il suo vestiario dal punto di vista della sua professione, quindi era piuttosto indignata alle insinuazioni di Susan che ne davano un'interpretazione dal punto di vista sessuale.

"Certo Kathy. Sai benissimo che le donne in carriera di questi tempi indossano tailleur pantalone. Guarda ad esempio Hillary Clinton se non mi credi" fece notare l'amica.

Dopo averci pensato un attimo, Kathy accettò che Susan potesse avere in parte ragione, il suo abbigliamento era piuttosto provocante e forse nel suo subconscio stava cercando di attirare gli uomini. "Va bene" disse alla fine. "Se l'uomo giusto arriva non me lo farò scappare. Ma ho anche un piano B nel caso questo non succeda."

"Cosa ne dici di una relazione occasionale?" chiese Susan.

"No, non sarebbe giusto per il bambino" rispose Kathy.

A dire il vero, non era nemmeno sicura che qualsiasi cosa inferiore a un matrimonio fosse giusta per il bambino, tuttavia l'avventura di una notte le sembrava troppo.

"In alternativa, potresti congelare i tuoi ovuli per il futuro, oppure l'inseminazione artificiale. Oppure puoi adottare un bambino" disse Susan sviscerando le varie opzioni.

"Mi piacerebbe considerare l'adozione come ultima risorsa. Preferirei far nascere il mio bambino e vorrei farlo abbastanza presto" rispose decisa Kathy.

"Quindi suppongo che l'opzione migliore sia l'inseminazione artificiale. Se vuoi, ti invio una mail col nome di una banca dello sperma. È quella che si è occupata dell'inseminazione della mia amica Betsy" propose Susan.

"Ha funzionato?" chiese curiosa Kathy.

"Certo. Una bellissima bambina di 3 chili" si affrettò Susan.

"Ma i miei ovuli stanno diventando piuttosto vecchi" fece notare Kathy.

"Lei aveva quarantatre anni, quindi sei ancora in tempo. Però, non aspetterei troppo se fossi in te" sentenziò Susan.

"Non lo farò."

Kathy non aveva mai considerato l'inseminazione artificiale. Le sembrava una sorta di ammissione di un fallimento, qualcosa che solo le lesbiche o le donne incapaci di attrarre un uomo potessero fare. Tuttavia cominciava a sembrarle una possibilità interessante, molto meglio di quella di un cretino come marito oppure quella di rinunciare all'idea del bambino.

"Kathy, dovrai fare una scelta molto importante se davvero vuoi un bambino. Non puoi continuare a lavorare come stai facendo e avere un bambino. Devi concentrarti su una cosa sola" suggerì Susan.

"Questo non lo so" disse Kathy. "Ho sentito di alcune dirigenti che hanno avuto bambini all'apice della loro carriera."

"Certo, ma i loro figli sono probabilmente cresciuti pensando che la loro tata fosse la mamma. Puoi rimanere incinta ed essere un pezzo grosso, ma se vuoi fare le cose per bene devi concentrarti. Se vuoi fare le due cose insieme, entrambe ne soffriranno. Questa è la ragione principale per cui io non ho figli, ho deciso che la carriera era la cosa più importante" spiegò saggiamente Susan.

"Forse hai ragione" disse Kathy non ancora del tutto convinta.

Aveva sempre pensato di poter aver tutto, un fantastico marito, dei bei bambini e una carriera importante. Prese il suo mezzo bicchiere di vino e lo bevve tutto d'un fiato.

Janet non rivolse la parola a Jeff per l'intero fine settimana, però cominciava a sentirsi in colpa. Sapeva della sua dipendenza dal lavoro dall'inizio della loro relazione e si era adeguata. Forse era egoista da parte sua mettere le sue esigenze davanti a quelle di Jeff.

Così, mentre Jeff stava seduto al suo computer, si piazzò dietro e mise le mani sulle sue spalle. Quando si voltò per guardarla, si chinò su di lui e gli diede un bacio leggero sulle labbra.

"Mi dispiace per essermi arrabbiata così tanto con te tesoro" disse. "E' che non vedevo l'ora di andare in vacanza."

"Dispiace tanto anche a me" rispose. "Ti prometto che rimedierò. Andremo in Sicilia la prossima estate. Tra l'altro il clima sarà ideale."

"Sarebbe fantastico, tesoro" disse lei sorridendo.

"Ti amo" disse Jeff.

"Ti amo anch'io" rispose lei.

Poi, lo baciò ancora.

Il Dow Jones Industrial Average chiuse a 8.934,18 quel giorno. Sebbene fosse sopra di 298,76 punti rispetto al giorno precedente e di 800 sulla settimana, era ancora sotto di 5.000 punti dai suoi massimi del 2007 e circa 2.000 punti dal livello di fine settembre. Le azioni Xekonix chiusero a 9,87 dollari, per la prima volta, in dodici anni, erano andate sotto quota 10 dollari.

Nel frattempo, l'Ufficio Statistiche del Dipartimento del Lavoro degli Stati Uniti, analizzando le buste paga dei lavoratori al netto di quelli impiegati nell'agricoltura, riportava un calo clamoroso, una perdita di 533.000 posti di lavoro. Il dato seguiva il calo di 403.000 di settembre e di 320.000 posti di lavoro persi a ottobre. La nazione era definitivamente in recessione. Forse addirittura in una fase di depressione.

Capitolo 17
Venerdì
19 dicembre 2008

Quella mattina, quando si svegliò, Kathy si sentì sollevata. Il suo ciclo era normale e puntuale. Forse le sue vampate di calore erano un caso, o forse no. Probabilmente non era ancora entrata nella fase iniziale della menopausa.

Quella notte aveva sognato dei bambini. Niente di straordinario, stava tenendo un bambino al suo petto, come quella volta che aveva tenuto la bambina di Mary Simon, cantandole una dolce ninnananna. Un'esperienza incredibilmente piacevole.

In ogni caso, il tempo passava. Doveva fare qualcosa. Presto.

"Brad, hai un momento?"

Brad alzò lo sguardo dalla sua scrivania. Era Crystal Harris. Indossava una camicia bianca e un vestito blu a pantalone.

"Certo Crystal, cosa succede?" replicò, mentre, nei suoi pensieri, la stava già spogliando.

"Greg vorrebbe vederti adesso nel suo ufficio" rispose Crystal.

"Va bene" disse e la seguì attraverso il corridoio fino all'ufficio di Greg Bass.

Diede un'occhiata al culo, nessuna linea delle mutandine. Stava indossando un tanga? O addirittura niente? Infine, come mai Crystal era venuta da lui piuttosto che chiamarlo?

Quando arrivarono, Greg stava scrivendo al suo computer dando la schiena alla porta. Crystal bussò piano sulla mostrina e poi lo annunciò. "Greg, Brad è qui."

"Grazie Crystal" rispose Greg voltandosi. Poi si rivolse a Brad. "Entra Brad e, per favore, chiudi la porta."

Brad non aveva idea del motivo per cui era lì, cercò tuttavia di mantenere un atteggiamento positivo dopo essersi seduto su una seggiola per gli ospiti. "Dimmi Greg, cosa succede?"

"Bene Brad, di sicuro sai che stiamo tagliando i costi in modo aggressivo. Stiamo facendo anche una ristrutturazione aziendale molto importante, oltre ovviamente alla dismissione della produzione dello scorso mese" cominciò il dirigente.

"Sì, è stato un periodo duro per la nostra azienda" concordò Brad.

Una miriade di pensieri gli correvano in testa mentre cercava di analizzare le ragioni di quell'incontro. Forse voleva addossargli la responsabilità del licenziamento di un dipendente? Dire che aveva bisogno di ridurre i costi del progetto Hercules? Aveva intenzione di promuoverlo?

"Allora Brad" continuò Greg. "Mi dispiace doverti dire che dovremo lasciarti andare."

Brad rimase scioccato. Non era possibile. Dopotutto era a capo di uno dei progetti più importanti dell'azienda. Al contrario dei dipendenti della produzione, il suo lavoro non poteva certo essere esternalizzato. Quindi rimase seduto senza parlare per alcuni secondi poi quasi sussurrando disse. "Lasciarmi andare?"

"Mi dispiace Brad. Crystal ti aiuterà a sgombrare il tuo cubicolo, poi ti accompagnerà di sotto alle risorse umane per perfezionare i tuoi documenti del licenziamento" disse Greg senza tanti giri di parole.

"Ma, chi si occuperà di Hercules?" chiese Brad ancora stordito.

"Non ti preoccupare, ho chiesto a Scott di pensarci" replicò il suo boss.

Brad era sconcertato. *Scott Farlow? Quella mezza sega di un leccaculo?*

Greg si alzò, indicando che l'incontro era finito. Brad rimase seduto ancora qualche momento e alla fine si alzò.

"Buona fortuna Brad" disse Greg porgendogli la mano.

Brad lo fissò per un attimo. "Sì, buon Natale" farfugliò, poi uscì dall'ufficio.

Quel giorno, Jeff arrivò tardi al lavoro, aveva accompagnato Gil Santos, il responsabile delle vendite della zona ovest della Xekonix, a un appuntamento alla Boeing. Quando finalmente arrivò, trovò Dean che lo aspettava nel suo cubicolo.

"Sono felice di vedere che sei ancora qui" disse Dean.

"Di che cosa stai parlando?" chiese Jeff.

Ovviamente Dean voleva dirgli qualcosa, ma non riusciva a capire cosa.

"Sembra che ci siano stati nuovi licenziamenti da queste parti.

Brad è uno di questi" disse Dean andando subito al punto.

"Stai scherzando."

"Ho paura di no e non è la notizia più clamorosa, ho sentito che Chuck Riley e Alicia Deveaux sono stati tagliati" aggiunse Dean.

Chuck era il vice presidente della progettazione, mentre Alicia quello del reparto finanza.

"Addirittura anche i VP sono a rischio" osservò Jeff.

A dire il vero, non era così sorpreso del licenziamento di Chuck Riley, dal momento che la sua posizione sarebbe diventata superflua una volta terminata la riorganizzazione aziendale. Per quanto riguarda invece Alicia Deveaux era una notizia scioccante.

"In ogni caso, ora ho un appuntamento. Sono passato per portarti l'ultimo prototipo di Diomedes che ho lasciato sul tuo tavolo. Ci vediamo a pranzo" lo salutò Dean.

Dopo che Dean se ne fu andato, Jeff fece una stima dei danni. Il cubicolo di Brad era vuoto. Tre manager di prodotto, Jerry Brewer, Mike Hudson e Rich Gruber erano partiti, così come diversi altri dipendenti del marketing. Mary Simon, la mamma tornata al lavoro solo una settimana prima, stava piangendo nel suo cubicolo, quindi era chiaro che anche lei avesse ricevuto la notifica di licenziamento.

Jeff capiva che si trattava solo dell'inizio.

"Sarei stato sorpreso se ti avessero fatto fuori" disse Dean a Jeff mentre pranzavano alla mensa aziendale.

"Immagino che non riescano a trovare nessuno che lavori tutte le mie ore" replicò Jeff. "Ho sentito che sono state tagliate quarantacinque persone."

Infatti, quella mattina era passato da Shelly Bruce delle Risorse Umane e aveva ricevuto un aggiornamento sui licenziati e sulle procedure in corso.

"Più o meno quello che ho sentito io" concordò Dean. "Mi chiedo perché non lo abbiano notificato come nel caso della produzione."

"E' perché il WARN act si applica ai licenziamenti da cinquanta in su" rispose Jeff.

"Che cos'è il WARN act?" chiese Dean.

"E' una legge che regolamenta i rapporti di lavoro e prevede dei corsi di formazione per i lavoratori tagliati. Lo scopo è quello di garantire una protezione per il personale licenziato" spiegò Jeff.

"A proposito, hai notato che tutti i project manager che sono stati licenziati avevano più di quarantacinque anni? Pensavo che la discriminazione basata sull'età fosse illegale" fece notare Dean.

Jeff non ci aveva pensato prima, ma si rese conto che l'osservazione di Dean a proposito dei manager licenziati era corretta. "Beh, penso che la legge dica che non possono licenziarti a causa della tua età. Brad, Jerry, Mike e Rich sono stati allontanati perché erano tra i dipendenti più pagati, non per la loro età. Sarebbero stati licenziati anche se avessero avuto venticinque anni, supponendo che avessero avuto gli stessi salari."

"E' una cosa stupida" contestò Dean. "Se avessero avuto venticinque anni non avrebbero preso tanti soldi."

"Prova a dirlo agli avvocati" rispose Jeff. "Tuttavia, ha senso anche se è un ragionamento perverso, la società può permettersi di assumere due o anche tre manager junior con lo stipendio che pagano a Brad."

Dean rimase pensieroso per un momento. "Credo tu abbia ragione. Non è quello che ha fatto la Circuit City lo scorso anno?"

"Esattamente. Hanno fatto fuori migliaia dei loro impiegati più pagati che, indubbiamente, erano anche i più anziani per poi riassumerli a salari più bassi. È la ragione per cui ho smesso di acquistare da loro. Una scelta che gli si è ritorta contro dal momento che hanno appena presentato istanza di fallimento."

"Si chiama karma. A volte la giustizia si compie in questo mondo" commentò Dean.

"Hai ragione" disse Jeff. "Però la Xekonix era un posto in cui si lavorava con piacere. Adesso è diverso."

"Hai ragione" replicò Dean. "Molto diverso."

"Hai un momento Kathy?" chiese Mary Simon nel corridoio.

Mary era tornata da poco dalla maternità. Aveva le lacrime agli occhi.

"Cosa c'è che non va Mary?" chiese Kathy.

"Possiamo parlare in privato?" propose Mary.

"Certamente" replicò Kathy.

La accompagnò nella sala conferenze B e chiuse la porta.

"Kathy, Sheila ha appena licenziato tutti i dipendenti del nostro reparto, assumendoci come collaboratori esterni. Di conseguenza lavorerò part-time e perderò tutti i benefici sanitari" spiegò Mary.

"Davvero?" si stupì Kathy. "Mi dispiace, è una cosa terribile da parte sua."

A dire il vero Kathy non ne era così sorpresa, considerata la riduzione di personale di quel giorno.

"Kathy, non me lo posso permettere" disse Mary cominciando a piangere. "Ho un neonato, inoltre mio marito non lavora da sei mesi e abbiamo un mutuo da pagare. Non possiamo permetterci un'assicurazione sanitaria. Potresti parlare con Sheila per ridarmi indietro il mio posto di lavoro?"

"Mary, non ho nessuna influenza su Sheila. Infatti, credo che pensi di licenziare anche me" rispose Kathy.

"Per favore, provaci, ti prego" supplicò mentre singhiozzava. "Finiremo in mezzo a una strada se non ho un lavoro a tempo pieno."

"Lo farò" disse Kathy. "Te lo prometto."

Tuttavia, sapeva già che non avrebbe fatto alcuna differenza.

"Salve Jeff. Vorrei che questo incontro fosse breve e dritto al punto" disse Roger Fleming sedendosi dietro la sua scrivania di mogano.

Roger aveva chiesto un incontro con Jeff un'ora prima.

"Lo so che sei molto impegnato con il progetto CES e con Diomedes, ma ho bisogno del tuo aiuto" continuò Roger. "Come sai abbiamo dovuto lasciar andare Rich Gruber. Per questo avrei bisogno che prendessi alcune delle sue mansioni. Nello specifico, dovresti gestire le problematiche quotidiane dei prodotti che lui gestiva. Non ti preoccupare del progetto Athena, se ne occuperà David Chan."

"Va bene Roger, ci penso io" disse Jeff.

Si sentiva sollevato, era un po' preoccupato che l'incontro avesse come oggetto il suo licenziamento. Tuttavia, ora si sentiva un po' infastidito per aver ricevuto ulteriori responsabilità quando già era stracarico. Fortunatamente, gestire i prodotti di Rich non richiedeva uno sforzo addizionale importante, era sufficiente assicurarsi che le richieste di modifica tecnica fossero valutate e che le problematiche della vendita fossero gestite.

"Grazie Jeff. Domande o chiarimenti?" chiese Roger.

Jeff inspirò profondamente e poi disse. "Sì Roger, sono preoccupato per i licenziamenti di oggi."

"Cosa ti preoccupa in particolare?" replicò Roger.

"Credo che ci siamo lasciati scappare delle buone figure, mentre abbiamo tenuto delle persone mediocri. A essere onesto, detesto vedere la nostra azienda consegnare i nostri manufatti da oltre oceano" spiegò Jeff.

Roger si sporse in avanti e guardò Jeff dritto negli occhi. "Capisco come ti senti. I licenziamenti sono sempre difficili e raramente sono giusti. Ma queste sono le cifre. Primo, il nostro fatturato per dipendente è di 400.000 dollari. I numeri della Cisco sono oltre 600.000 per dipendente e la Juniper oltre i 500.000 dollari. Secondo, il nostro margine lordo è il cinquantacinque percento, mentre sia Cisco che Juniper sono sopra il sessanta percento. Solamente spostando la produzione in Cina diventeremo competitivi su entrambi gli aspetti e avremo un miglioramento nel nostro bilancio. Ancora più importante, saremo in grado di focalizzarci sulla progettazione e il marketing di nuovi prodotti di cui abbiamo bisogno per far crescere l'azienda."

"Posso capire la chiusura della fabbrica, anche se posso non concordare con la decisione" replicò Jeff. "Ma non capisco i licenziamenti al Marketing."

"Per prima cosa devi capire che i licenziamenti nella produzione e nel marketing sono due faccende separate. Abbiamo chiuso l'impianto per ragioni economiche e abbiamo perciò licenziato la maggior parte del personale addetto alla produzione.

I licenziamenti del marketing sono dovuti a diversi altri fattori tra cui le performance individuali e gli esuberi. Come dovresti sapere, la nostra principale priorità è generare profitti per i nostri azionisti, quindi dobbiamo costantemente cercare strade per migliorare i nostri conti."

"Ma Brad era uno dei nostri migliori project manager" protestò Jeff.

"Brad era un ottimo manager un tempo, ma Hercules è andato troppo oltre i tempi previsti" disse Roger. "Qualcuno deve risponderne e in questo caso la responsabilità è sua."

"Brad era..." Jeff cercò di difendere Brad, ma Roger tagliò corto.

"Jeff, ho preso io la decisione. La nostra società lo può fare legalmente. Questo significa che possiamo tagliare chiunque per qualsiasi ragione. Guardala in questo modo: preferiresti che ognuno avesse una riduzione dello stipendio in modo da lasciare ognuno al proprio posto?"

Jeff avrebbe voluto dire che la dirigenza avrebbe dovuto subire un taglio ma si trattenne.

"Sono tempi difficili Jeff. Sai che Cisco, Hewlett-Packard e molte altre società in questo momento si stanno ridimensionando, non siamo soli. In ogni caso, hai altre domande?"

"Sì, Mai Tran. Mai è una lavoratrice straordinaria. Ha fatto dei miracoli per me e parla quattro lingue. Possiamo trovarle un posto da qualche parte nell'azienda?" chiese Jeff.

"Non la conosco. Se era in produzione, dovresti presentare la questione a Bill Rawlings. Oppure può fare richiesta per qualsiasi posto di lavoro che offriamo in questo momento" consigliò Roger.

"Ok Roger" Jeff sapeva che la risposta di Roger stava a significare che niente sarebbe cambiato.

Ancora una volta era arrabbiato con sé stesso per essersi fatto manipolare da Roger.

"Sì?" disse Sheila Grabowski, alzando lo sguardo dalla sua grossa scrivania in noce.

"Sheila, sono qui per chiederti di riconsiderare il licenziamento dello staff del marcom" disse Kathy.

"Kathy, la decisione è stata presa. Non c'è niente che possa farci" replicò Sheila senza pensarci troppo.

"Ma Sheila, stiamo parlando della vita delle persone. Qualcuno di loro perderà la casa se non ha una busta paga" protestò Kathy.

"Kathy, il nostro scopo non è pagare i mutui alle persone. Siamo qui per fare soldi e in questo momento siamo in forte rischio di perdita. Non so se ti rendi conto, ma il nostro fatturato sta scendendo in maniera preoccupante. Per questo dobbiamo fare degli aggiustamenti. Ho dovuto combattere con Bryan per poterli mantenere come collaboratori esterni, così almeno continueranno a essere pagati" spiegò la vice presidente.

"Ma è ancora troppo poco" insistette Kathy.

"Ho anche combattuto per tenere te Kathy. Ma se preferisci puoi donare il tuo salario a queste persone" ribatté Sheila.

Kathy non sapeva cosa dire. Sebbene provasse solidarietà per Mary Simon e gli altri dipendenti licenziati, non era così motivata dal condividere il suo stipendio. Ricordò i passaggi biblici della sua giovinezza quando durante il catechismo della domenica veniva detto di vendere le proprietà e offrirle ai poveri per conquistare il Regno dei Cieli. Si stava comportando da egoista?

"Capisco Sheila" disse alla fine.

Lasciando l'ufficio provò un senso di colpevolezza.

L'ultima volta che Brad aveva pianto era quando aveva quindici anni. Era il secondo giorno di scuola del suo secondo anno di liceo e non vedeva l'ora di giocare a football. Ma, quando la rosa della squadra venne affissa alla bacheca degli spogliatoi, rimase sconvolto nell'apprendere che non aveva superato la selezione. Riuscì a trattenere le lacrime finché non fu a una certa distanza dalla scuola. Poi, scoppiò a piangere come un bambino.

Ora stava piangendo come quella volta, mentre guidava sulla strada 405 nel suo ultimo viaggio dalla Xekonix a casa. Non ci poteva ancora credere, era stato licenziato dopo tanti anni di duro lavoro. Per un attimo, accecato dalle lacrime, riuscì per un pelo a evitare di tamponare una Lexus, mentre prendeva l'uscita per Oso Parkway. Per fortuna riuscì a ricomporsi prima di arrivare a casa.

"Ciao tesoro" disse entrando in casa.

Come d'abitudine, Sandy indossava la sua tuta blu, mentre leggeva l'ultimo numero di *People*.

"Ciao" rispose piuttosto freddamente, poi tornò a leggere il suo settimanale.

Considerando la risposta molto tiepida, Brad non era sicuro se raccontarle del licenziamento. Ma dopo aver velocemente considerato le alternative, decise che era più opportuno parlarne subito.

"Tesoro come ti dicevo, la società sta facendo dei tagli al personale quest'anno" iniziò Brad.

"Sì, quindi?" replicò lei, sembrando infastidita per essere stata interrotta nella sua lettura.

"Bene, oggi hanno licenziato me" andò dritto al punto Brad.

Sembrò un po' sorpresa. "Allora, cosa pensi di fare?"

"Immagino che dovrò trovarmi un nuovo lavoro" disse Brad, affermando un'ovvietà.

"Bene, allora non gironzolare qui intorno" disse lei. "Sai che non possiamo pagare le spese solo con il mio stipendio." "Certo tesoro" borbottò sottovoce. "Grazie per il tuo sostegno." "Cos'hai detto?" domandò lei.

"Niente tesoro" rispose. "Niente."

Quando Jeff tornò a casa, sulla MSNBC, il *Rachel Maddow Show* era da poco iniziato, dopo *Countdown* con Keith Olbermann. Era ancora rattristato per gli eventi di quel giorno che trasparivano dalla sua faccia.

"Cos'hai che non va tesoro?" chiese Janet.

"Ci sono stati altri licenziamenti oggi" replicò mestamente.

"Pensavo ce ne fossero già stati abbastanza" osservò la compagna.

"Infatti, ma questa volta hanno coinvolto soprattutto il marketing. È stato licenziato anche Brad" disse Jeff.

Janet rimase un po' perplessa, probabilmente perché, al contrario di Jeff, non aveva mai avuto esperienza con i licenziamenti nelle società in cui aveva lavorato. "Credo di non capire. Mi hai detto che la Xekonix era in attivo e non credo che possano esternalizzare il marketing."

"Eravamo in attivo lo scorso trimestre. Questo potrebbe essere diverso. Ma non credo che sia questo il punto. La nostra dirigenza farà qualsiasi cosa pur di compiacere gli analisti di Wall Street. Se incontrano o addirittura superano le loro aspettative, il prezzo delle azioni si alzerà e così le loro stock option e i loro bonus. Fare dei tagli al personale è la maniera più facile per ridurre i costi e aumentare l'attivo di bilancio" spiegò Jeff.

"È terribile. Le grandi società se ne fregano delle persone" osservò Janet.

"Certo, questo è sicuro" ammise Jeff.

"Quantomeno abbiamo avuto il buonsenso di salvare posti di lavoro nell'industria dell'auto" disse lei.

Il presidente Bush aveva autorizzato dei finanziamenti d'emergenza per 17,4 miliardi di dollari per la General Motors e la Chrysler, entrambe sull'orlo del fallimento.

"Il salvataggio del settore auto è passato?" chiese Jeff.

"Accidenti, Tim non ne sarà per niente felice."

"Tim può andare al diavolo. Penso che abbiano fatto un'ottima cosa" affermò Janet che, come suo solito, non usava mezzi termini.

"Davvero approvi qualcosa fatto da Bush?" chiese Jeff.

"Certo, perché penso che potrebbe aver salvato milioni di posti di lavoro e perché non credo che dovremmo consegnare il mercato dell'automobile nelle mani di giapponesi e tedeschi."

"Non starai un po' esagerando?" chiese Jeff. "Sono piuttosto sicuro che i produttori di auto non diano lavoro a tutta questa gente."

"Tu non tieni conto dei rivenditori e dei fornitori. Falliranno tutti se l'industria se ne va a gambe all'aria" argomentò Janet.

"Tim ti direbbe che i produttori di auto dovrebbero fallire e tutto si riequilibrerebbe" disse Jeff.

"È assurdo. Sai cosa succederebbe se GM o Chrysler fallissero? Verrebbero fatte a pezzi e vendute a giapponesi e tedeschi. Nessuno dei loro fornitori verrebbe pagato, tutti gli accordi sindacali verrebbero annullati e i posti di lavoro rimasti verrebbero delocalizzati a sud o addirittura oltreoceano. Sarebbe un disastro senza precedenti che metterebbe a repentaglio la nostra economia" spiegò Janet.

Janet stava facendo la predica, ma era un campo in cui poteva vantare una certa credibilità dal momento che, così come Tim, era un analista finanziario con una laurea in scienze politiche.

"Bene, Tim ti contesterebbe..."

"Tim dice un sacco di stronzate" lo interruppe Janet. "Non dovresti farti trascinare nei suoi discorsi. Non ammette il fatto che l'intervento del governo a volte possa essere positivo. In una profonda crisi come questa, sia le famiglie che le aziende smettono di spendere. Di conseguenza, se anche la spesa pubblica si dovesse fermare, chi diavolo comprerà qualcosa? Se non ci pensasse il governo, l'economia entrerebbe in un circolo vizioso." "Non sei preoccupata per il deficit?" chiese Jeff.

"Come ricorderai, avevamo un buon equilibrio di bilancio quando Bill Clinton terminò il suo mandato, un risultato che l'amministrazione ha fatto del suo meglio per sputtanare con le sue guerre e i suoi tagli alle tasse. In ogni caso, come ti dicevo, abbiamo bisogno di spesa pubblica per uscire da questa spirale. Alla fine, dovremo tornare all'equilibrio di bilancio, ma prima dobbiamo risolvere il problema" replicò Janet.

"Quindi sei Keynesiana?" domandò Jeff.

John Maynard Keynes era il famoso economista del ventesimo secolo che riteneva che l'intervento dello Stato nell'economia fosse necessario in periodi di recessione.

"Certo e ne sono fiera" replicò Janet. "Lo sai, il tuo amico Tim dovrebbe studiare un po' di storia. Questo è esattamente quello che successe durante la Grande Depressione. Herbert Hoover credeva nel pareggio di bilancio a tutti i costi e guarda che cos'è successo. C'è voluto il New Deal per uscirne fuori e ci serve qualcosa di simile per uscire da questo casino. Qualsiasi idiota se ne accorgerebbe."

"Pensavo fossi più convinta" disse Jeff scherzosamente. Di fatto era piuttosto impressionato dalle sue argomentazioni.

"Ho ragione e tu lo sai" rispose Janet.

Jeff sorrise. Janet era intelligente e grintosa, l'amava per questo. Aveva assolutamente ragione su un aspetto, non doveva lasciarsi influenzare da Tim sulle questioni politiche. Così decise di informarsi il più possibile a proposito di salvataggi e Depressione, in modo da poterlo affrontare alla pari. Di fatto, in quel momento era determinato a non farsi intimidire da *nessuno*, specialmente da quel Roger Fleming.

Capitolo 18
Lunedì
22 dicembre 2008

L'incontro aziendale venne convocato all'ultimo minuto, era inaspettato in quanto giungeva poco prima di Natale. Diversamente dall'incontro precedente, tuttavia, mancava di qualsiasi forma di ostentazione. Al contrario, il palco era vuoto, ad eccezione del podio e di un paio di seggiole. Jeff sapeva che l'argomento sarebbe stato serio e che potevano esserci altre cattive notizie.

Vestito in modo impeccabile come sempre, Bryan Denman salì sul podio e iniziò a parlare. "So che è piuttosto inusuale avere un incontro aziendale subito prima di Natale" iniziò. "Ma come ho detto in passato, ritengo sia importante mantenere un canale di comunicazione chiaro. Quindi, vorrei tagliare corto. Come molti di voi sanno, è stato un trimestre molto duro per noi, ed è possibile che chiuderemo con una perdita per la prima volta nella nostra storia. La causa va cercata in fattori che vanno oltre il nostro controllo, così come tutti certamente sapete. Il Paese è ora ufficialmente in recessione e non siamo certo l'unica società con un fatturato in calo. Pertanto, sono qui per annunciare una serie di misure per tagliare i costi nei prossimi due trimestri. In questo trimestre abbiamo tagliato in modo consistente i nostri costi strutturali con il trasferimento della produzione in Cina e abbiamo anche ridotto i costi del marketing. Tuttavia sono richieste misure addizionali."

Jeff diede uno sguardo a Dean che era in piedi vicino a lui piuttosto imbronciato. Stava già male con la chiusura della fabbrica e i tagli al personale del marketing. Qualsiasi altra misura sarebbe stata altrettanto dolorosa.

"Cercheremo, certamente, di evitare ulteriori licenziamenti" continuò Bryan. "Ma molto dipende dai nostri risultati finanziari futuri. Stiamo sviluppando dei programmi che nei prossimi mesi taglieranno i costi in maniera significativa. I vostri responsabili ve ne parleranno a breve. Nel frattempo, chiedo a tutti di fare un ulteriore sforzo per permetterci di uscire da questo difficile periodo."

"Adesso, vorrei darvi qualche buona notizia. La direzione ritiene che in questo momento sia importante dare un riconoscimento ai nostri migliori impiegati. In conclusione, vorrei congratularmi con Bob Monahan per la sua promozione a direttore della progettazione per l'unità aziendale dei provider di servizi. Vieni qui Bob."

Il pubblico educatamente applaudì mentre Bob saliva sul palco e stringeva la mano a Bryan.

"Cavolo, è un bene che Brad non sia qui" sussurrò Jeff nell'orecchio di Dean. "Gli prenderebbe un colpo."

Bryan sorrideva ampiamente mentre parlava al microfono. "Bob ha fatto un incredibile lavoro in questi anni ed è riuscito a rimettere in carreggiata il progetto Hercules."

Jeff scosse la testa. Erano stati Brad e Mai a riportare Hercules sui giusti binari, a suo modo di vedere Bob era stato piuttosto un ostacolo.

"Quindi, congratulazioni Bob!"

Gli spettatori applaudirono ancora.

"Ora è con grande piacere che annuncio un nuovo riconoscimento" Continuò Bryan. "A partire da quest'anno, vorremmo consegnare il riconoscimento per l'Impiegato dell'Anno, colui che più di ogni altro ha dato il suo contributo al successo della

Xekonix."

"Di quale successo parla?" sussurrò Jeff.

"Beh, chiunque possa essere il vincitore, ti garantisco che non saremo né tu né io" replicò Dean.

"Il vincitore di quest'anno ha dimostrato un incredibile spirito di squadra ed entusiasmo. È alla Xekonix solamente da un anno e mezzo, ha implementato dei nuovi programmi di Marketing a un livello molto approfondito, ha inoltre migliorato di gran lunga le nostre tecniche di ricerca di mercato."

"No, non può essere..." sussurrò ancora Jeff.

"Quindi, senza ulteriori esitazioni, vorrei congratularmi con Scott Farlow! Forza Scott, vieni qui!" esclamò Denman.

Scott si avvicinò al microfono e tutti applaudirono. "Grazie Bryan. Questo è un onore incredibile; davvero non saprei cosa dire. Sono davvero onorato. Sto solo facendo del mio meglio. Vorrei dire che siamo una squadra e che senza ognuno di voi non avrei ottenuto questo riconoscimento. Grazie per tutto il vostro supporto. Prima di restituire il microfono a Bryan, vorrei ringraziare in maniera particolare due uomini che hanno fatto di tutto perché io apprendessi pregi e difetti di questo settore. Grazie Greg Bass e Roger Fleming per essere stati i miei mentori."

"E compagni di golf" sussurrò Jeff mentre la gente applaudiva. "Allora, cosa ne pensi di questo incontro?"

chiese Jeff a Dean mentre tornavano all'Edificio 1 attraversando il parcheggio.

"Le solite vecchie cose. Noi dobbiamo stringere la cinghia, ma non mi sembra di vedere nessun sacrificio da parte della dirigenza. Immagino che non hai apprezzato il riconoscimento dato a Scott Farlow, mi sbaglio?" osservò Dean.

"Ma fammi il piacere" disse Jeff.

Nonostante stesse cercando di capire la situazione, il riconoscimento a Scott lo infastidiva.

"A proposito" disse Dean. "Hai sentito le ultime notizie sulla nostra linea produttiva?"

"No. Cosa?" Jeff solitamente captava le voci di corridoio, almeno quelle relative alle questioni aziendali, ma, ultimamente, non aveva sentito nulla di significativo.

"Sembra che Scott abbia fatto alcune indagini di mercato con dei gruppi di clienti ed è venuto fuori che la Xekonix necessita di produrre server che siano competitivi nel mercato del cloud." "Server? Stai scherzando?" Jeff era esterrefatto.

I server sono le unità centrali che offrono possibilità come database, condivisione di file, programmi applicativi agli utenti all'interno di un'impresa.

"Temo di no" disse Dean. "Almeno due dei miei ingegneri si stanno spostando al nuovo gruppo dei server."

"Come mai Bryan non ne ha fatto parola all'incontro aziendale?" chiese Jeff.

"Non lo so. Forse è ancora troppo presto" dedusse Dean.

"Quindi la nostra dirigenza pensa che possiamo andare allo scontro con Hewlett-Packard, Dell e IBM?" osservò Jeff riferendosi alle tre società che da sole dominavano oltre i due terzi del mercato dei server.

"Veramente penso che l'idea sia quella di competere con Cisco. Immagino tu abbia sentito le voci su Cisco che vuol entrare nel mercato dei server" disse Dean.

"Sì, l'ho sentito. Forse Cisco ha le risorse per farcela, ma francamente non vedo come Xekonix possa riuscirci" ammise Jeff.

"Deduco che la Shenzhen Internetwork Technology abbia dei server tra le sue linee produttive e deduco che i nostri manager pensino che sia sufficiente appiccicare il nostro logo per diventare un protagonista nel mercato dei server" dedusse Dean.

Jeff scosse la testa. "Wow, questa è persino più strano del progetto dei router per il mercato SOHO."

"Intendi, persino peggio concepito..."

"Esatto. Per il bene del mio fondo pensione, mi auguro che sarà un successo. A patto che non sia io il project manager..."

Come previsto, Tim non era affatto contento a proposito del salvataggio dell'industria automobilistica. "Non posso credere che stiamo dando diciassette miliardi di dollari a quei perdenti" disse a Jeff e Dean durante il pranzo in mensa.

"Salverà un sacco di posti di lavoro, come prima cosa" replicò Jeff.

"Sono cazzate. È solo un finanziamento che darà a loro un po' di liquidità per alcuni mesi. Non andava fatto con i soldi dei contribuenti. Avremmo dovuto lasciarli andare in bancarotta. In questo modo si sarebbero riorganizzati, sbarazzandosi delle loro inefficienze, sarebbero tornati alla redditività" spiegò Tim.

"Non sono d'accordo" disse Jeff. "Senza i finanziamenti pubblici, GM e Chrysler sarebbero state vendute a pezzi ai migliori offerenti a prezzi stracciati, dato che le società private non dispongono di liquidità; specialmente in questa fase dell'economia è necessario farle andare avanti, altrimenti si perderebbero milioni di posti di lavoro e l'economia crollerebbe."

Tim sembrò sorpreso per essere stato sfidato, specialmente da Jeff. "GM e Chrysler messe insieme danno lavoro a circa 250.000 persone" fece notare dopo una breve pausa.

"Stai sottostimando gli effetti sull'indotto dei rivenditori e fornitori. Se GM e Chrysler chiudono, altre società come la Delphi chiudono con loro" replicò Jeff.

"Questi rivenditori e fornitori possono competere nel mercato delle altre società automobilistiche rimaste. Il mercato complessivo delle auto è destinato a ridursi nel lungo termine" argomentò Tim.

In passato, a questo punto Jeff si sarebbe probabilmente arreso. Non questa volta, non voleva assolutamente perdere questo dibattito. "Pensi davvero che Toyota e Honda comprerebbero dai fornitori di GM o Chrysler?" "Certo se sono competitivi" rispose Tim.

"Di sicuro non hai mai sentito parlare di *Keiretsu*" affermò Jeff.

"No, che cos'è?" chiese incuriosito Tim.

"È il forte vincolo che lega una società giapponese, i suoi fornitori e le sue banche. È molto difficile per una società non giapponese entrare in questa relazione" spiegò Jeff.

"Nessuno ha detto che deve trattarsi di una società giapponese. Potrebbe essere qualsiasi società, anche la Ford. E non dimenticare che stavano andando male da molto tempo prima della crisi, GM perde soldi dal 2005. Serve molto di più di questo finanziamento per rimetterli in carreggiata" commentò Tim.

"Hai probabilmente ragione che questo ci costerà parecchi soldi, ma non vale la pena salvare milioni di posti di lavoro, specialmente quando l'economia sta precipitando?" rispose Jeff.

In quel momento, Tim sorrise.

"Cos'ho detto di tanto buffo?" domandò Jeff che riteneva che le sue argomentazioni non fossero tanto divertenti.

"Cavolo Jeff. Non ti ho mai sentito così appassionato" disse Tim. "E' una piacevole novità."

Jeff sorrise. Forse qualcosa era cambiato. Forse stava diventando più propositivo. Forse era ora di affrontare Roger Fleming.

Quel pomeriggio, Jeff raggiunse Kathy nella sala conferenze B per continuare il loro lavoro di preparazione al CES di Las Vegas.

"Allora, cosa ne pensi della presentazione di Bryan Denman?" chiese Kathy.

"No comment" rispose lui.

"Certo, sei invidioso perché Scott Farlow ha avuto il riconoscimento come impiegato dell'anno" disse lei sorridendo.

"Moi? Diciamo che pensavo ci fossero altri candidati che dovevano essere presi in considerazione" disse Jeff pensando o, perlomeno, sperando che lei stesse scherzando.

"Sto scherzando" disse Kathy sentendosi in dovere di rassicurarlo. "Però Scott mi sembra una persona a posto. Almeno è gentile e non mi ha mai fatto richieste stravaganti."

Jeff era un po' infastidito dal fatto che Kathy difendesse Scott.

"Immagino di sì. Però è piuttosto inesperto e non penso abbia fatto nulla di così straordinario" disse decidendo di non menzionare il fatto che Scott avesse rubacchiato la sua ricerca di mercato.

"Di sicuro piace alla dirigenza" affermò Kathy.

"Certo, immagino sia più importante quello che i dirigenti pensano tu abbia fatto che quello che hai fatto realmente" disse Jeff.

"In questo caso sono nei guai" disse Kathy. "I dirigenti non hanno un'alta opinione di me, tutto quello che ho fatto durante gli ultimi mesi non sono altro che dei semplici cambiamenti di logo che un semplice progettista grafico alle prime armi avrebbe potuto fare, oltre ad organizzare questa stupida fiera."

"Andiamo Kathy. Non è andata così male. Perlomeno, non sei stata presa in considerazione nei recenti licenziamenti, non possiamo dire la stessa cosa di Alicia Deveaux" fece notare Jeff.

"Sei dolce Jeff. Però sai benissimo che ho ragione."

"Questo non lo so" cercò di rassicurarla Jeff, sebbene fosse abbastanza ovvio a tutti che Sheila Grabowski avrebbe spinto Kathy fuori dalla porta non appena avesse ottenuto quello che cercava da lei. "Di certo faremmo meglio a tornare a lavorare su questa fiera."

Durante le successive sei ore, lavorarono sull'organizzazione dello stand, l'attrezzatura necessaria e la grafica dei poster. Avrebbero continuato con questa caotica programmazione per ogni giorno della settimana per il resto dell'anno, fermandosi solo il giorno di Natale e il primo giorno del nuovo anno.

Brad disse a Sandy che sarebbe rimasto fuori tutta la serata. Questa volta non si preoccupò nemmeno di inventare una scusa.

Uscì di casa senza nemmeno salutare, diretto all'appartamento di Laurie. Non aveva più parlato con lei dopo il licenziamento, si sentiva troppo imbarazzato e non voleva che lei pensasse a lui come un fallito.

Quando arrivò a casa sua, lei gli diede un grosso abbraccio. "Brad, è da venerdì che ti cerco. Ti ho inviato sei messaggi e lasciato tre vocali. Perché non mi hai richiamato?"

"Lo so e mi dispiace, ma non avevo voglia di parlare con nessuno in questi ultimi giorni" disse mestamente l'uomo.

Gli appoggiò le mani sulle braccia. "Ti capisco, è così ingiusto. Sei uno dei migliori project manager della società. Non posso pensare che ti abbiamo lasciato fuori mentre hanno tenuto quelle altre schiappe."

"Già, non lo posso credere neppure io. Mi sono fatto il mazzo per la società e questo è il ringraziamento" disse Brad.

"Che ingiustizia…" detto questo lo accompagnò fino al divano e si sedettero vicini.

Brad continuò a sfogarsi. "Quei pagliacci dei dirigenti non hanno idea di quello che stanno facendo e prendono milioni di dollari anche se la società continua a perdere. Nello stesso tempo i lavoratori vengono licenziati. A volte mi verrebbe voglia di uccidere qualcuno."

"Oh Brad, non ti preoccupare, presto troverai un altro lavoro. Nel frattempo ci sono io" lo rassicurò Laurie.

"Grazie Laurie. Tu sei tutto per me" Brad sentì le lacrime agli occhi.

"Mi ami?" chiese lei.

"Ti amo" rispose.

La avvicinò a lui e la strinse forte. Si sentiva bene con lei, al sicuro tra le sue braccia. Per il momento il dolore si era placato.

TERZA PARTE

Q3 FY2009
1° gennaio 2009 – 31 marzo 2009

Capitolo 19
venerdì
2 gennaio 2009

A Jeff non sembrava proprio un nuovo anno. Tutto il periodo natalizio gli era sembrato monotono, probabilmente perché aveva lavorato tutti i giorni, ad eccezione di Natale e del primo dell'anno, per essere pronto per il CES. Nemmeno un albero di Natale; al contrario, Janet aveva decorato tutte le loro piante d'appartamento con luci e ornamenti vari. Come regalo di Natale, lui le aveva regalato un frullatore della Vitamix da 600 dollari, pensava fosse una cifra esorbitante per un aggeggio così piccolo, ma lei aveva insistito perché l'avrebbe aiutata a creare dei piatti straordinari. Lei, invece, gli aveva regalato un impianto stereo della Bose per il suo iPhone che gli era piaciuto molto. Non si erano concessi dei grandi festeggiamenti per il nuovo anno. Avevano preferito una cenetta tranquilla da Matsu, il loro ristorante giapponese preferito ed erano andati a letto presto.

Dal momento che il 2 gennaio cadeva di venerdì, la società avrebbe dovuto considerarlo un giorno di chiusura. Ma, chissà per quale ragione, la Xekonix aveva deciso di considerarlo un normale giorno lavorativo. Nonostante ciò, molti impiegati avevano utilizzato un giorno di ferie per poter avere un altro week end lungo a disposizione. Al contrario, Jeff si era presentato al lavoro come suo solito.

Dopo tutto, al CES di Las Vegas mancavano ormai pochi giorni, e, oltre a quello, aveva ancora diverse cose da sistemare.

Quella mattina, entrando nella sala break del Reparto Marketing per prendere il suo solito caffè, si sorprese scoprendo che la macchina del caffè era sparita. Al suo posto una macchinetta automatica delle dimensioni di un congelatore campeggiava vicino al distributore degli snack. La macchinetta nuova scintillante era altamente tecnologica, schermo LCD e la possibilità di scegliere tra varie opzioni. La guardava con aria interrogativa mentre Scott Farlow entrò.

"Ti piace la nostra nuova macchinetta del caffè?" chiese Scott.

Jeff non sapeva se Scott stesse scherzando o meno.

"Ora puoi prendere persino un cappuccino o un bicchiere di latte" continuò Scott. "Ed è anche più economica di Starbucks. Forte no?"

"Fantastico" rispose Jeff, cercando di trattenere il suo sarcasmo.

Scott inserì delle monete, schiacciò un pulsante e prese la sua tazza di caffè. "Buona giornata!" disse e se ne andò.

Jeff estrasse una banconota da un dollaro dal suo portafoglio e la mise nella macchinetta, premette il bottone 'Caffè con Latte e Zucchero' e il suo caffè venne magicamente dispensato in una piccola coppetta di cartone.

Le nuove misure aziendali per il taglio dei costi stavano facendo effetto.

Kathy si sentiva sollevata mentre, nella zona di carico dell'Edificio 1, osservava lo stand per la fiera che veniva caricato sul camion. Era stata sveglia tutta la notte per assicurarsi che tutto venisse eseguito nella maniera corretta. Si sentì orgogliosa per il fatto che, a dispetto delle previsioni, era riuscita a portare a termine la sua missione.

Qualche minuto più tardi l'autista chiuse lo sportello del rimorchio e Kathy firmò il documento di spedizione. Mentre il camion si allontanava dalla piazzola, sentì qualcuno avvicinarsi da dietro. Si voltò, era Jeff.

"Ciao Kathy" disse. "Scusami se non ti ho aiutato con il carico, non sapevo che fossi qua fuori."

Era sincero. Lei non gli aveva detto quando sarebbe arrivato il camion.

Sorrise. "Va bene così Jeff. L'autista e il suo assistente hanno fatto tutto il lavoro più pesante. Ma se c'è una persona che devo ringraziare, sei tu. Non ce l'avrei mai fatta senza di te." "Figurati, non è stato niente" replicò lui.

Kathy era impressionata che esistessero uomini come Jeff nelle posizioni manageriali. La maggior parte di quelli che lei conosceva sarebbero stati felici di prendersi tutti i meriti del lavoro. "Invece hai fatto tanto e troverò la maniera per ricambiare" disse lei. "Avrei voluto che Sheila mi avesse aiutato come hai fatto tu."

"Sicuro, non posso ancora credere a quello che Sheila ha fatto per le persone che lavoravano con te" disse Jeff. "Almeno a quelle che non ha licenziato, ovviamente. Voglio dire, Tracy Danforth è la responsabile per le fiere, cosa starà facendo adesso?"

"Sheila le ha chiesto di occuparsi di un incontro della dirigenza che si svolge fuori sede a Santa Barbara" rispose Kathy. "E quello è più importante del CES?" chiese Jeff.

"Certo" rispose Kathy. "Solo il meglio per Bryan."

Jeff rise. "Mi fa piacere che i nostri dirigenti abbiano delle priorità, sebbene mi sorprenda che Roger non sia riuscito a farti avere maggiori risorse."

"Temo che Roger non abbia delle relazioni così intime con Sheila, come invece ha Bryan" disse Kathy che non poté evitare di tirare una frecciatina a Sheila relativamente alle chiacchiere sulla sua relazione con il presidente.

"Ho sentito che una sera, sul tardi, uno dei guardiani ha colto Bryan e Sheila in una posizione compromettente."

"Ci potrei quasi credere" disse Kathy. "Se non fosse che sia Bryan che Sheila vanno a casa sempre alla cinque in punto."

Si rese conto che non aveva mai parlato di Sheila in quella maniera con nessuno, ma di Jeff poteva fidarsi.

Jeff rise ancora. "E' per quello che sono pagati così profumatamente. Sono capaci di farci fare il lavoro duro."

Kathy sorrise. "In ogni caso grazie ancora per tutto il tuo aiuto. Non ce l'avrei mai fatta. A buon rendere." "Prego" disse Jeff.

Mentre tornavano indietro insieme, Kathy si chiese ancora perché non fosse ancora riuscita a trovare un compagno con le fantastiche qualità di Jeff.

Quel pomeriggio, Brad si sentiva stranamente fiducioso. Perché non avrebbe dovuto esserlo? Aveva una laurea in ingegneria e un M.B.A., soprattutto era un manager di successo in un settore in crescita e aveva lavorato per Cisco, il leader di mercato. Sicuramente c'erano numerose società che avevano bisogno di persone del suo calibro. Il suo licenziamento costituiva semplicemente un piccolo ostacolo che avrebbe superato entro un mese.

Dopotutto, era stato tagliato dalla squadra di football del liceo per poi diventare, di rimbalzo, un running back tra i professionisti già all'ultimo anno. Johnny Unitas, l'eroe della sua infanzia, era stato tagliato dai Pittsburgh Steelers. Bill Belichick era stato licenziato dai Cleveland Browns. Steve Jobs era stato fatto fuori dalla Apple. Tutti loro, certamente, erano riusciti a raggiungere vette elevatissime.

Ricordava le parole, spesso citate, del discorso di Jobs alla Stanford in occasione dell'inizio della cerimonia di laurea dell'anno accademico 2005; affermava che il licenziamento dalla Apple era stata la cosa migliore che gli fosse mai capitata. Brad si rendeva conto che si era adagiato troppo riguardo al lavoro alla Xekonix. Quindi, come per Steve Jobs, il licenziamento era chiaramente l'opportunità per un nuovo inizio, un lavoro più motivante con una migliore retribuzione e con maggiori possibilità di carriera, magari anche fuori dal settore informatico. Poteva pensare anche a un lavoro come dirigente o addirittura vicepresidente. Perché no?

Seduto di fronte al suo computer, inspirò profondamente prima di scrivere *edd.ca.gov* nella barra dell'indirizzo del suo browser. La home page del Dipartimento per lo Sviluppo dell'Occupazione dello Stato della California, comunemente denominato EDD, apparve sul suo schermo.

L'EDD era solitamente il primo passaggio per un lavoratore disoccupato nella California. Allo stesso tempo, era preferibile recarsi direttamente a uno sportello per ottenere i benefici della disoccupazione anche se ormai era possibile fare tutto on-line. Oltre alla richiesta dei benefici, era possibile utilizzare il sito dell'EDD per cercare un lavoro, accedere a programmi di riqualificazione, preparare un curriculum e ottenere informazioni circa le normative sul lavoro.

Ligio al dovere, Brad passò l'ora successiva a rispondere al questionario e a impostare il suo account personale. Al termine, diede un'occhiata alle più popolari piattaforme di ricerca di lavoro, Monster.com, CareerBuilder.com e Dice.com, dove postò il suo curriculum, indicando gli opportuni criteri di ricerca (stava cercando un posto come project manager nel sud della California inserendo la parola chiave 'marketing' e 'router di rete').

Alla fine, si spostò sui social network, Facebook e LinkedIn, dove aggiornò il suo profilo in modo che riflettesse le sue nuove prospettive occupazionali. Era soddisfatto di sé per aver agito in modo così rapido e positivo di fronte a una brutta situazione. Di fatto, si sentiva pienamente fiducioso circa il suo futuro.

Il profumo di spaghetti permeava l'aria, nella mensa aziendale si festeggiava il nuovo anno con una carrellata dei migliori piatti italiani. Jeff era ancora più contento del solito per essere in compagnia di Dean e Tim, i quali gli concedevano una breve tregua dal suo lavoro di preparazione per la fiera. Sebbene lo stand fosse già stato spedito aveva ancora una serie di incombenze da portare a termine prima dell'inizio dell'evento.

"Buon anno ragazzi!" salutò tutti e si sedette al loro tavolo. Poi rivolto a Tim disse. "Complimenti alla tua squadra per la vittoria del Rose Bowl."

"È stato bello" replicò Tim. "Però avremmo dovuto essere i campioni nazionali. Siamo molto meglio di Florida e Oklahoma." Sebbene USC avesse perso una sola partita, erano stati eliminati dalla corsa per diventare campioni nazionali in quanto non erano stati selezionati per la fase finale del campionato BCS.

"Bene, aspetta il prossimo anno" disse Jeff.

"Il prossimo anno sarà di UCLA" intervenne Dean.

"Ah ah" ribatté Tim. "Sarebbe ora."

"Aspetta e vedrai" disse Dean.

"Qualcuno ha sentito come si è concluso il trimestre?" chiese Jeff facendo ricadere il discorso sugli affari della Xekonix.

"Ma, penso in modo terribile" replicò Tim. "Potrebbe esserci una grossa perdita."

"Bene, ancora tagli" disse Dean.

Jeff appoggiò la sua Coca. "Avete visto la nuova macchinetta del caffè?"

"Per non parlare degli aumenti in mensa?" aggiunse Dean.

"Sono giusto la punta dell'iceberg" disse Tim. "Ho sentito che il prossimo giro di licenziamenti riguarderà la progettazione."

Dean sembrava piuttosto sorpreso e preoccupato. "Ci mancherebbe solo questo. Hanno già preso due dei miei ingegneri per quel dannato progetto dei server. Non potrei proprio permettermi altri tagli."

"Vedrai che ci abitueremo" affermò Tim, stavolta senza ironia. "Diventerà la nuova normalità."

Capitolo 20
Giovedì
8 gennaio 2009

Il Convention Center di Las Vegas era una specie di piccola città, con oltre 300.000 metri quadri di superficie totale. Era formata da sedici padiglioni espositivi, ognuno dei quali con un soffitto che avrebbe potuto ospitare lo spettacolo di un trapezista. Situata appena fuori dalla città di Las Vegas accoglieva, nel corso dell'anno, le principali fiere americane.

La fiera dell'elettronica di consumo, denominata CES, era il più grande evento di questo tipo di tutti gli Stati Uniti. Quasi tutti i principali produttori di computer e prodotti elettronici, compresi Microsoft, Hewlett-Packard, Sony e Samsung partecipavano con regolarità all'esposizione. Nel 2008, l'evento aveva attirato 141.150 visitatori. Era perfino troppo grande per il Convention Center, per questo alcuni padiglioni erano dislocati in aree satellite come il Sands Convention Center e l'Hotel Hilton di Las Vegas.

La stima per i visitatori del 2009 era significativamente più bassa dell'anno precedente, il che spiegava perché Jeff e Kathy non avessero avuto problemi nel prenotare un volo e prendere una camera al Monte Carlo Hotel. Nonostante ciò, i tempi di attesa per i taxi erano esageratamente lunghi, ma, tutto sommato, in quel periodo il clima di Las Vegas non era male.

I televisori ad alta definizione erano le star del 2009, con tutti i principali produttori pronti a mostrare il loro modello a schermo piatto. La Sony sfoggiava il suo ultimo televisore OLED che offriva colori più ricchi, consumi più bassi e un involucro più sottile rispetto agli schermi LCD convenzionali o ai modelli al plasma. Diverse compagnie mettevano in mostra i loro televisori 3D, alcuni dei quali non richiedevo allo spettatore l'utilizzo di occhiali speciali. Jeff rimase molto stupito alla vista di tali novità e auspicò che la Xekonix fosse all'altezza di produrre una simile innovazione.

Dall'altra parte, alcuni produttori mostravano i loro netbook, dei piccoli portatili con sistema operativo Windows pensati principalmente per navigare in Internet e utilizzare la posta elettronica. Jeff era molto meno impressionato da questi dispositivi, riteneva fossero solo delle versioni meno potenti e più economiche dei normali portatili.

La maggior parte dei padiglioni era nella parte centrale o in quella nord. La Xekonix, diversamente, era piuttosto isolata al secondo piano della parte a sud. Jeff aveva aiutato Kathy a predisporre lo stand il giorno precedente, senza aiuti esterni. Tutto ciò era in marcato contrasto con le fiere a cui la Xekonix aveva partecipato, dove il responsabile delle fiere di Kathy supervisionava decine di operai che predisponevano l'ampio stand che la società normalmente utilizzava. Comunque, tutto filò liscio e i router della Shenzhen, ora ufficialmente conosciuti come serie XH, erano pronti per la dimostrazione.

Fu così che quando la fiera aprì al pubblico il giovedì mattina, Jeff era pronto insieme a Kathy e Tom Barnett, un venditore dell'ufficio di Dallas. Tutti vestivano l'uniforme ufficiale della Xekonix: una polo blu e pantaloni color kaki. Jeff aveva visto

Kathy indossare pantaloni solo poche altre volte, ma sebbene fosse spettacolare come sempre, pensò che la presenza al loro stand sarebbe stata decisamente maggiore se avesse indossato una minigonna.

Una grande ondata di visitatori affollò l'area sud dall'orario di apertura, facendo salire le aspettative di Jeff circa il successo di quella fiera. Solo pochi però si fermavano al loro stand e dopo poco più di tre ore era chiaro che l'evento non avrebbe rispecchiato le aspettative di Roger Fleming.

"Quante visite abbiamo ricevuto finora?" chiese Jeff dopo diverse ore passate in piedi in una postazione praticamente vuota.

"Forse dieci" rispose Kathy. "E la maggior parte erano già clienti."

"Fa piacere aver lavorato così duramente per preparare questa fiera" disse Jeff ironicamente, ma l'umorismo nascondeva una dose di amarezza.

"Speriamo che vada meglio domani" disse Kathy.

"Lo spero" replicò lui, ma non era per niente ottimista.

"Oggi avremo avuto venti contatti di vendita" disse Kathy, tenendo una pila di carta.

Jeff la stava aiutando a chiudere lo stand della Xekonix al termine della giornata.

"Sì, ma la maggior parte stavano solo guardando" replicò Jeff. "Il contatto più interessante è stato un distributore del Guatemala."

I piedi gli facevano male dopo aver passato tutto il giorno sul tappeto scarsamente imbottito dello stand e non vedeva l'ora di rilassarsi con una piacevole cena.

"Ho l'impressione che tu la ritenga una perdita di tempo" disse Kathy.

"Davvero?" Jeff era chiaramente sarcastico.

Per avere successo nel mercato delle famiglie e delle piccole imprese sapeva che la Xekonix avrebbe dovuto vendere ogni anno almeno un milione di router della Shenzhen. Anche se la Xekonix avesse totalmente dominato il mercato guatemalteco le vendite in quel Paese sarebbero state un numero insignificante.

"Diciamo che almeno abbiamo sfruttato un viaggio pagato a Las Vegas" replicò Kathy ironicamente.

"Questo è vero" disse lui. Poi fece un profondo respiro mentre si apprestava a invitarla, pensava a una cena, magari uno spettacolo. "In ogni caso, Kathy, ti piacerebbe..." Il suono del cellulare di Kathy lo interruppe.

"Scusa un minuto Jeff."

Dopo aver estratto il telefono dalla borsetta e aver verificato il nome del chiamante, disse. "Ciao Dennis, ho quasi finito qui. Ci vediamo all'uscita centrale tra quindici minuti."

Spense il telefono. "Scusa Jeff. Era Dennis Mailer. Vado a cena con lui stasera" disse.

Dennis era un venditore dell'ufficio di Chicago. "Quindi, cosa mi stavi dicendo?"

"Oh niente" replicò lui. "Ti stavo chiedendo per domani, ma non c'è fretta."

Al contrario, era molto dispiaciuto. Inoltre, si accorse che l'agenda di Kathy sarebbe stata totalmente piena per il resto della fiera, visto che erano tanti i rappresentanti della Xekonix che reclamavano la sua attenzione. "Ad ogni modo, divertiti" disse ancora. "Ci vediamo domani."

Detto ciò si avviò verso l'hotel da solo. Forse era una buona cosa, sapeva che Janet sarebbe stata dispiaciuta se lui avesse passato del tempo con Kathy e lui l'amava profondamente. Ma Kathy era una tentazione irresistibile.

Mentre Jeff passeggiava al piano terra del Monte Carlo, il tipico suono delle slot machine lo seguiva ovunque. L'odore delle sigarette permeava l'aria, contrariamente a quello che succedeva in California, dove il fumo era stato bandito dai luoghi pubblici. Ma nonostante gli oltre 100.000 visitatori della fiera, il piano non era particolarmente affollato, probabilmente i geni dell'informatica non sono grandi giocatori.

Jeff per sua natura non amava il gioco, probabilmente perché era troppo razionale per credere che avrebbe potuto vincere a discapito del calcolo delle probabilità che chiaramente girava a favore della casa. Nonostante ciò, infilò alcune monete nelle slot e, senza sorprendersene troppo, perse ogni volta. Tentò poi alcune puntate al Blackjack, subito si stancò chiudendo a malapena in pareggio. Pensò allora di tornare in camera per guardarsi un po' di televisione, poi invece si fermò a bere qualcosa. Quando entrò nel bar, fu sorpreso di sentire Kathy chiamare a gran voce il suo nome.

"Ehi Jeff!" Era seduta al tavolo con Dennis Mailer. "Grazie al cielo ti ho visto. Ho bisogno di parlare con te a proposito dei problemi dello stand."

"I problemi dello stand?" chiese.

Non era a conoscenza di nessun problema.

"Sì, ti ricordi, quelli di cui abbiamo parlato nel pomeriggio" disse lei.

In quel momento capì le intenzioni di Kathy e stette al gioco.

"Oh certo. Quando ne vuoi parlare?"

"Adesso" disse. "Mi dispiace Dennis, ma è molto importante. Mi puoi scusare?"

Dennis sembrò poco entusiasta ma acconsentì.

Quando Jeff e Kathy furono a distanza di sicurezza, lei disse. "Grazie Jeff. Non sarei riuscita a sfuggirgli senza il tuo aiuto. Sai come sono questi venditori, hanno una sola cosa in testa."

"E' un piacere aiutarti. Dove ti piacerebbe andare?" propose Jeff.

"Mi piacerebbe tornare in camera" rispose lei.

Inizialmente Jeff era dispiaciuto che Kathy non volesse passare del tempo con lui. Poi un pensiero folle attraversò la sua mente, forse lei stava cercando di sedurlo. *Poteva essere vero?* Sicuramente era una possibilità remota, ma non riusciva a cacciare il pensiero fuori dalla sua mente.

Quando presero l'ascensore diretti all'ottavo piano, Kathy ripensò alla sua disavventura con Dennis. "Non mi ha mai lasciata da sola. Ho provato a tornare in camera dopo cena, ma ha insistito per accompagnarmi. Una volta in camera non voleva più andarsene, così ho dovuto fingere di voler tornare al bar. Per fortuna a quel punto sei arrivato tu."

"Cosa vuoi, è un venditore" disse Jeff che non poteva biasimare Dennis per averci provato.

Quando arrivarono alla stanza di Kathy, lei sbloccò la porta con la sua carta e l'aprì. Per un attimo Jeff pensò veramente che l'avrebbe potuto invitare a entrare. Invece, si voltò verso di lui e sorrise. "Grazie Jeff per tutto il tuo aiuto. Sei davvero un tesoro. Ci vediamo domani mattina, ok?"

"Certo" rispose nascondendo la sua delusione. "Buonanotte Kathy."

"Buonanotte Jeff" disse lei chiudendo la porta.

Lui sospirò e se ne andò.

Chiamare Janet una volta al giorno quando era in viaggio per lavoro, era per Jeff una priorità. Appena tornato in camera prese il suo iPhone e chiamò casa.

"Ciao tesoro, come sta andando la fiera?" chiese Janet.

"Davvero male" disse. "Non c'è stato grande interesse per il nostro stand e non abbiamo avuto nessun contatto interessante."

"Mi dispiace. Spero che almeno tu abbia avuto una cena piacevole" auspicò Janet.

"Diciamo di sì, se consideri che un fish and chips da Denny's sia una cena piacevole" rispose lui.

"Jeff, dovresti mangiare meglio. Dopotutto la società ti rimborsa e stai lavorando così duramente." "Andrà meglio domani" disse.

Sorrise, Janet da sempre tentava di farlo mangiare in modo più salutare. Di fatto, lui sarebbe andato all'In-N-Out se solo non fosse stato troppo lontano e avesse avuto una macchina.

"Hai fatto qualche gioco?" chiese Janet.

"Ho messo qualche moneta nelle slot machine, ma ho perso" aggiunse. "Poi ho fatto pari al tavolo del blackjack. Cosa mi dici di te? Com'è andata la tua giornata?"

"Piatta. Siamo indaffarati a mettere insieme i numeri del trimestre. Penso che potremmo finire con un utile quest'anno" rispose Janet.

"Non è poco di questi tempi. Non credo di poter dire la stessa cosa per la Xekonix" affermò Jeff.

"Sono quasi le undici, penso che tu debba riposarti per affrontare al meglio la giornata di domani" disse Janet.

"Ok" rispose Jeff. "Dovresti riposare anche tu."

"Lo farò, mi manchi tanto tesoro."

"Anche tu mi manchi" disse Jeff. "Ti amo."

Lui la amava davvero. Allo stesso tempo però desiderava Kathy. Non appena si sdraiò sul letto, gli passarono per la mente le parole della vecchia canzone di Mary MacGregor, *Torn Between Two Lovers*.

Quella notte non riuscì a dormire.

La fiera sarebbe durata altri tre giorni, ma l'interesse per il loro stand non sarebbe mai cresciuto. In altre parole: un *disastro*.

Inoltre, niente sarebbe successo con Kathy.

Capitolo 21
Lunedì
12 gennaio 2009

Quel pomeriggio Roger Fleming aveva richiesto un approfondimento sull'andamento della fiera, Jeff lo stava aspettando insieme a Kathy nella sala conferenze A.

"Allora, sei pronta a essere picchiata?" chiese Jeff, sorridendo.

Stava scherzando ma solo in parte, considerando la pessima figura della società alla fiera.

Kathy sembrò ignorare il suo tentativo di trattare con ironia la situazione. "Jeff, abbiamo fatto del nostro meglio per rendere la fiera un successo" replicò senza un accenno di sorriso. "Non è colpa nostra se avevamo un mucchio di prodotti inutili e banali."

"Spero che Roger la veda in questa maniera…" auspicò Jeff.

In quel momento la manopola della sala conferenze ruotò e sia Jeff che Kathy ammutolirono. Roger Fleming aprì la porta, entrò e prese posto alla testa del tavolo.

"Innanzitutto, voglio elogiarvi per essere riusciti a gestire la fiera in maniera puntuale" disse dopo esservi accomodato.

Jeff respirò un po' più rilassato. In fondo Roger non aveva intenzione di ucciderli. "Grazie Roger" rispose.

"Grazie Roger" fece eco Kathy.

"Tuttavia, ho analizzato i risultati dell'evento e la vostra campagna pubblicitaria e, sinceramente, sono molto deluso" aggiunse Fleming.

Nonostante Jeff si aspettasse delle critiche, fu un momento spiacevole. Diede una veloce occhiata a Kathy e nemmeno lei sembrava tanto contenta.

"Prima di tutto, sembra che la fiera sia stato un cazzo di disastro" continuò Roger. "Abbiamo avuto un totale di cinquantacinque contatti, meno di quindici al giorno e questo non è accettabile."

"Ma l'affluenza è stata inferiore del venticinque percento rispetto allo scorso anno" protestò Kathy.

"Persino con un calo del venticinque percento, ci sono stati più di 100.000 visitatori. Vuol dire che abbiamo intercettato intorno allo 0,5 percento di questo numero. Mi vuoi dire che solo lo 0,5 percento dei visitatori del CES necessita di un router per la famiglia o per la sua piccola impresa? Direi che il numero più probabile potrebbe essere il 99,95 percento" affermò il vice presidente.

Jeff voleva dire a Roger che la mancanza di interesse era dovuta al fatto che i router della Shenzhen erano dei prodotti di poco conto in un mercato saturo, ma si trattenne. Al contrario, sia Kathy che lui rimasero seduti in silenzio come scolari di fronte al loro professore.

"Passiamo alla pubblicità" continuò Roger. "Ho controllato i risultati della vostra campagna attraverso le e-mail. Il tasso di risposta è inferiore al due percento. Quando ero a capo del marketing della HP, avevamo un minimo del sei percento, dunque c'è sicuramente qualcosa che non va."

Jeff si preparò a ricevere altre critiche. Diede uno sguardo a Kathy che era completamente inespressiva.

"Sebbene ritenga che la vostra pubblicità vada bene da un punto di vista tecnico, abbiamo bisogno di qualcosa con un maggiore impatto. Ricordate il 'Think different' della campagna della Apple? Bene, abbiamo bisogno di questo, una campagna fuori dagli schemi che sappia catturare l'immaginazione del nostro target di mercato."

Jeff guardò ancora Kathy che ora sembrava piuttosto agitata.

"Come sapete, il nostro più grande rivale è la Cisco. Avete visto che cos'hanno fatto?" chiese Roger.

"The Human Network" replicò Kathy quasi sussurrando, riferendosi alla campagna pubblicitaria nazionale della Cisco.

"Esattamente, 'The Human Network'. Ci serve qualcosa di ugualmente rilevante che descriva esattamente quello che facciamo con una frase facile da ricordare" disse Roger. "In ogni caso, ho deciso di affidare a Sheila la parte creativa della nostra pubblicità per questa linea di produzione. Io mi occuperò personalmente della gestione del prodotto."

Jeff immaginò che Kathy fosse frustrata dal vedersi togliere ancora altre responsabilità. D'altro canto, era contento di togliersi di mezzo quell'impiccio.

"Riassegnerò entrambi al progetto Artemis" continuò Roger. "Kathy, Sheila ha approvato questo cambiamento. Domande?"

Sia Jeff che Kathy scossero la testa per dire no.

"Bene" disse Roger con un sorriso. "Quindi torniamo al lavoro" detto ciò si alzò e uscì dalla stanza.

"Cazzo" disse Jeff dopo aver chiuso la porta.

"Dai, almeno abbiamo mantenuto il lavoro" replicò Kathy. "Inoltre non avremo più a che fare con questi stupidi prodotti della Shenzhen."

Contrariamente a quanto previsto da Jeff, non sembrava affatto delusa per essersi vista togliere le responsabilità del marcom.

"Ma ora siamo inchiodati ad Artemis" osservò Jeff.

Agli occhi di Jeff, Artemis era il prodotto meno appetibile da gestire. Non era altro che una versione più veloce del router X200 disponibile sul mercato; aggiungeva un nuovo processore e maggiore memoria, mantenendo lo stesso involucro e comandi di ingresso/uscita. Normalmente, un progetto come Artemis veniva assegnato a un project manager junior, quindi, per lui, era chiaramente uno schiaffo in piena faccia.

Kathy sorrise. "Va bene. Mi fa piacere aver a che fare con un router tradizionale, giusto per cambiare. In ogni caso, mi piacerebbe portarti a pranzo per tutto l'aiuto che mi hai dato con il CES. Hai programmi per il pomeriggio?"

Jeff era in estasi, ma fece in modo di non farsene accorgere. "Il pomeriggio va bene" rispose.

"Perfetto. Ti piacerebbe andare in qualche posto in particolare?" chiese Kathy.

"Certo, mi piace In-N-Out" propose immediatamente Jeff.

Kathy rise. "Penso che potremmo trattarci un po' meglio. Vengo da te a mezzogiorno."

Jeff non vedeva l'ora.

Brad era seduto di fronte al computer, navigando sul sito Monster.com. Si sentiva bene, quel giorno aveva inviato sei domande di lavoro, ognuna delle quali corrispondeva ai suoi titoli. Di sicuro qualcuna avrebbe dato i suoi frutti.

Sapeva, tuttavia, che il contatto personale era la migliore modalità per ottenere un lavoro. Infatti, tutti i precedenti lavori li aveva conseguiti in quel modo; non aveva mai inviato un curriculum che non fosse stato richiesto. Aprì la sua agenda e scorse la lista dei suoi contatti. La prima chiamata la fece al suo vecchio amico della Xekonix: Jeff.

"Ciao Jeff, sono Brad" esordì.

"Ehi Brad, come va?" Jeff era contento di sentire la sua voce.

"Tutto bene, amico. E tu?" Brad fece qualche sforzo per sembrare allegro e positivo.

"Abbastanza bene, tutto sommato. Sai qui alla Xekonix..." provò a spiegare Jeff.

"Certo. Alcune cose non cambiano mai. Immagino. In ogni caso, mi chiedevo se qualche volta ti posso offrire il pranzo" propose Brad.

"Sicuro, sarebbe fantastico. Dimmi dove e quando" accettò con entusiasmo Jeff.

"Cosa ne dici del Cheesecake Factory allo Spectrum giovedì prossimo a mezzogiorno?" propose Brad.

"Va benissimo. Ci vediamo lì" replicò Jeff.

Brad sorrise. Si sentiva pieno di energia. Ottenere un lavoro sarebbe stata una passeggiata.

Kathy non stava scherzando quando disse che l'avrebbe portato in un posto migliore rispetto all'In-N-Out. Jeff fu sorpreso e felice quando arrivarono da Morton's, una steakhouse di alto livello vicino al South Coast Plaza. Dal momento che Jeff adorava le bistecche e il purè di patate (senza dubbio un risultato della sua infanzia nel mid-west), era una scelta perfetta.

"Grazie Kathy. Mi stai trattando troppo bene, ma davvero non dovevi" disse mentre aspettavano le loro costate di manzo.

"Tu mi hai salvato con il logo e poi con la fiera. È il minimo che potessi fare" affermò la donna.

"Fa parte del mio lavoro. Anche tu mi hai aiutato tanto" ricambiò Jeff.

Kathy sorrise. "Rido pensando a questa mattina. Roger non si rende conto del guaio in cui si sta mettendo, non è vero?"

"Penso che lui si creda Steve Jobs. Quindi è convinto che non possa fallire" continuò Jeff.

"E adesso ha coinvolto anche Sheila. Sarà molto divertente vederli tutti e due sbatterci la faccia" aggiunse Kathy.

Jeff rise. "Certo, non vedo l'ora."

"Ci sei mancato oggi a pranzo" disse Dean.

Jeff era salito all'Edificio 2 per aggiornarlo riguardo alle recenti decisioni di Roger Fleming.

"Lo so, Kathy mi ha invitato. Al Morton's, nientemeno" Jeff fece un ampio sorriso, era ancora euforico per il tempo passato con Kathy.

"Wow, cosa avete festeggiato?" chiese Dean curioso.

"Ha voluto sdebitarsi per l'aiuto con il logo e la fiera di Las Vegas" rispose Jeff.

"Cavolo, susciterai l'invidia di ogni uomo della Xekonix" fece notare Dean.

Jeff rise. "Magari fosse vero. In realtà è stato solo un pranzo di lavoro."

"Sì, certo…" disse Dean che ovviamente non ci credeva. "A proposito, ti sei perso un pranzo entusiasmante. Ho sfottuto Tim perché UCLA ha battuto USC l'altra sera. Non credo si sia divertito molto."

"Povero Tim. Deve aver fatto veramente male al suo ego."

"Penso che sopravvivrà" disse Dean. "Comunque, com'è andata a Las Vegas?"

"Di merda. Non c'è stato quasi nessuno. Ma la buona notizia è che Roger ha deciso che io e Kathy non siamo abbastanza bravi per gestire i router della Shenzhen. Così ci ha tolti dal progetto" spiegò Jeff.

"Quindi il nostro gruppo non dovrà avere mai più a che fare con quei prodotti del cazzo?" chiese Dean.

"Esatto. Siamo stati tutti riassegnati ad Artemis" aggiunse Jeff.

"Non male. In fondo Artemis è un prodotto di cui la società ha bisogno" disse Dean.

"Esatto. Questo è il lato positivo di questa situazione. Tra l'altro, devi parlare con Chris Owens affinché trasferisca i progetti e l'attrezzatura al nostro gruppo" ricordò Jeff.

Chris al momento era il responsabile della progettazione di Artemis.

"Lo farò" disse Dean. "Nella speranza che Roger non ci infastidirà più con le sue idee strampalate." "Speriamo" concluse Jeff.

Quella sera, quando Jeff arrivò a casa, c'era un ottimo aroma. Sul fornello c'erano due pentole con due grosse bistecche ancora da cuocere poste vicino alla friggitrice. Janet stava preparando per lui una cena importante.

"Ciao tesoro" lo salutò con un sorriso. "Sto preparando una costata di manzo con purè di patate e asparagi."

Dopo il pranzo al Morton's, Jeff non aveva per niente fame, soprattutto non gli andava un'altra bistecca. Per un momento pensò di mangiarne un pezzo per educazione, poi decise diversamente. "Grazie amore, sei molto carina, ma oggi ho avuto un pranzo molto abbondante. Se per te non è un problema, la mangiamo un'altra volta?" disse senza accennare al pranzo con Kathy.

Janet lo guardò sorpresa. "Ho già preparato tutto il resto, mi mancano solo le bistecche. E la costata è la tua preferita."

"Lo so tesoro, ma davvero non ho fame e sono anche stanchissimo" ammise Jeff.

"Ma Jeff… "

"Mi dispiace, amore, non mi va niente adesso" ammise lui.

"Ok" disse Janet chiaramente infastidita. "Volevo solo farti felice."

"Mi dispiace" si scusò Jeff.

Si voltò e spense il fornello. Poi lentamente cominciò a sparecchiare.

Jeff si spostò nel soggiorno. Sdraiato sul divano pensava al pranzo con Kathy.

Capitolo 22
Martedì
20 gennaio 2009

Janet, con altri sei colleghi, stava assistendo alla cerimonia di insediamento del Presidente dalla TV della sala ristoro della Drazen. Anche i suoi colleghi erano di posizioni liberali, così, quando il Presidente della Corte Suprema John G. Robert disse 'Congratulazioni Signor Presidente' dopo il giuramento, nella sala scattò un applauso.

Janet non poteva trattenere le lacrime: era l'evento più importante a cui avesse assistito in tutta la sua vita. Era ancora troppo piccola quando JFK venne assassinato e la natura positiva di questo insediamento, superava il macabro ricordo dell'undici settembre. Non avrebbe mai creduto che ci sarebbe stato un presidente afro-americano negli Stati Uniti nel corso della sua vita.

Forse c'era una speranza per l'America. Forse le cose sarebbero realmente cambiate.

"Ciao amico, grazie per avermi incontrato" disse Brad a Jeff non appena si furono seduti al tavolo vicino alla finestra al Checsecake Factory.

Non vedeva Jeff e, tra l'altro, nessun altro della Xekonix, da almeno un mese. A dirla tutta, era la prima volta che aveva un

239

contatto al di fuori della sua famiglia, ad eccezione di Laurie, dal giorno del licenziamento.

Il ristorante era piuttosto affollato, per la maggior parte erano lavoratori di quell'area. Due affascinanti giovani donne in completo a pantalone stavano ridendo al tavolo vicino al loro, probabilmente prendendo in giro i loro ex ragazzi. Le parole 'tutti gli uomini fanno schifo' riecheggiarono in diverse occasioni. Un uomo di mezza età sembrava che parlasse da solo, poi Brad si accorse che stava parlando al cellulare usando degli auricolari bluetooth.

"Allora, come va?" chiese Jeff mentre aspettavano il loro pranzo.

"Non male" rispose Brad. "Ho da fare, questo è sicuro. Ho inviato venti curricula questo mese."

"Qualche buona notizia?" chiese Jeff.

"Ancora niente. Ma sono ottimista. A breve pranzerò anche con Ralph, il mio vecchio amico alla Emulex. Ho sentito che stanno assumendo" rispose Brad fiducioso.

"Ottimo. Spero che funzioni" disse Jeff.

Brad bevve un sorso d'acqua. "Ho sentito che sei stato alla fiera di Las Vegas. Com'è andata?"

"Un disastro totale. Non abbiamo ottenuto nessun buon contatto" spiegò Jeff.

"Lo immagino. Non credo che siamo in grado di offrire niente al mercato SOHO" decretò Brad.

"Proprio così" disse Jeff. "Piuttosto dimmi, come sta la tua famiglia?"

"Tutto bene" mentì Brad. "E Janet?"

"Lei sta bene" Jeff esitò un attimo prima di rispondere.

"E Kathy? Immagino che sia sempre fantastica?" Brad non poteva resistere dal metterlo in imbarazzo.

"Direi di sì" rispose.

"Non c'è problema se il suo corpo ti eccita. Non lo dirò a nessuno" promise Brad.

"Ok, grazie" Jeff era evidentemente imbarazzato dalla direzione che aveva preso la conversazione.

Brad decise di lasciarlo stare cambiando discorso. "Dimmi, qualche novità alla Xekonix?" indagò.

"Oh, non molto" replicò Jeff. "Stiamo ancora cercando di integrare la strategia basata sul cloud con il resto della nostra attività. Hercules è ancora in ritardo con i tempi e non si vede ancora una fine, ma di sicuro Scott sistemerà tutto. Almeno non ci sono stati altri licenziamenti."

"Certo che i licenziamenti sono all'ordine del giorno in questo periodo" disse Brad. "Dimmi se non ho ragione, non era così quando abbiamo iniziato le nostre carriere, vero?"

"È così, mi ricordo quando ho iniziato alla DEC, non aveva nessuna politica legata ai licenziamenti" concordò Jeff, ricordando la sua esperienza alla Digital Equipment Corporation. "Ho sentito che durante la recessione dei primi anni '70, avevano chiesto ai loro ingegneri di dipingere le strisce dei parcheggi, piuttosto che licenziarli."

"Sì, erano bei tempi. Ho sentito che la IBM aveva una politica simile" aggiunse Brad.

"Anche in Giappone, quando dominavano il mondo, negli anni '70 e '80 si comportavano allo stesso modo" continuò Jeff. "Poi decisero di cambiare negli anni '90, imitando le società americane."

"È un po' strano, non pensi?" osservò Brad. "IBM e DEC sono cresciute e diventate le numero uno nella produzione di computer senza licenziare, così come il Giappone è diventato una potenza economica con una politica simile. Poi hanno cambiato le loro logiche e guarda cos'è successo! Oggi la IBM è per la maggior parte una società di servizi e la DEC non esiste più, per non parlare del Giappone, invischiato in una recessione che dura da vent'anni."

"Spero che non sia la stessa cosa per la Xekonix" disse Jeff. "Come sai, fino allo scorso anno siamo andati avanti senza licenziamenti."

"Certo, si spera che la Xekonix non faccia la fine della DEC" replicò Brad.

Jeff annuì. "Hai ragione, speriamo. Ma parlando di cose allegre, come vanno i Lakers? Sembra che tu abbia ragione a proposito di loro!"

"Sì, andranno fino in fondo quest'anno" dichiarò Brad sorridendo. "Te lo garantisco."

Alla Xekonix ogni dipendente riceveva un'analisi annuale della sua attività, a Jeff toccava a gennaio. Come previsto, incontrò Roger Fleming alle quattro del pomeriggio nella sala conferenze A.

"Innanzitutto, mi fa piacere dirti che la società apprezza il tuo impegno" cominciò Roger. "Sarebbe bello se tutti i nostri impiegati avessero la tua lealtà e dedizione. Inoltre, sei amato e rispettato dai colleghi degli altri reparti. Aggiungo che l'annuncio di Diomedes è andato bene e le vendite iniziali sono piuttosto buone."

Jeff ebbe la sensazione che un 'ma' fosse in arrivo.

"Ma, francamente" continuò Roger. "Ci sono alcune cose che mi preoccupano. Primo, la tua resistenza al rilascio di Diomedes è stata un problema. Qui, siamo come una squadra di football, anche le superstar devono ascoltare il loro allenatore. I tuoi consigli sono graditi, ma quando prendo una decisione, mi aspetto che tu ti attenga ad essa."

"Anche se la decisione è sbagliata?" chiese Jeff.

Era determinato a non cedere a Roger, anche se avrebbe significato un incontro controproducente.

Roger fissò Jeff e rispose. "Anche se *pensi* che la mia decisione sia sbagliata."

Poi si fermò per un attimo, forse per raccogliere i suoi pensieri, o perché era stato colto impreparato dall'attacco di Jeff. "Il secondo problema" continuò. "è il lancio del router della Shenzhen. Come ti ho detto all'inizio del mese, il tuo sforzo di portare il router sul mercato è stato apprezzato. Da un punto di vista tecnico, per la consegna puntuale del manuale, i test con la Federal Communication Commission, l'imballaggio, eccetera, sei stato in grado di raggiungere gli obiettivi. Tuttavia la fiera è stata un fallimento sotto ogni punto di vista. Sebbene la colpa possa essere attribuita anche al poco tempo disponibile, di fatto, la campagna pubblicitaria ha mancato di immaginazione. Questo fallimento mi ha obbligato a rivolgermi a Sheila."

Jeff continuava a essere provocatorio. "Francamente, Roger, sono prodotti in un mercato già saturo, tra l'altro al di là delle competenze della Xekonix."

"Jeff, quando raggiungi il livello manageriale, devi conoscere le tue responsabilità. Solo i falliti incolpano gli altri o i fattori esterni per i loro problemi. Avresti dovuto accettare la sfida.

Morale della favola, il tuo giudizio finale è 'Soddisfacente – rispetta i requisiti'. Secondo le linee guida predisposte dalle Risorse Umane ti dà diritto a un aumento annuo che va dallo zero al due percento a mia discrezione. Purtroppo a causa delle restrizioni previste dal budget, stavolta nessuno otterrà degli aumenti."

A dire il vero a Jeff non importava molto dell'aumento, ma era molto arrabbiato per il 'Soddisfacente'. Dalla sua prospettiva, tutte le critiche di Roger erano frutto delle sue cattive decisioni.

"Penso che dobbiamo capirci meglio su cosa significhi far bene il tuo lavoro" disse Roger. "Perciò vorrei valutare la tua performance con un approccio per obiettivi. Mi piacerebbe che presentassi una lista di quali dovrebbero essere i tuoi dieci obiettivi da conseguire il prossimo anno. Anch'io preparerò la mia lista e insieme determineremo i tuoi obiettivi. Il tuo giudizio del prossimo anno dipenderà dal modo in cui cercherai di raggiungerli. Mi serve la tua lista entro la prossima settimana."

Ancora dei documenti del cazzo. Sebbene Jeff comprendesse l'importanza del lavoro per obiettivi, sapeva anche che la Xekonix era un'azienda molto dinamica. Il progetto Shenzhen, per dirne una, era un esempio di come le cose potessero improvvisamente cambiare nel corso dell'anno. Di conseguenza, essere valutato sulla base di obiettivi stabiliti all'inizio dell'anno poteva essere un esercizio senza senso.

"Mi piacerebbe vederti usare maggiore creatività" disse Roger. "Per farti un esempio di cosa intendo, dai un'occhiata a cosa sta facendo Scott Farlow. Ha fatto delle importanti ricerche di mercato, organizzato focus group e ha implementato un approccio entusiastico e innovativo alla gestione del prodotto." Jeff ribollì quando uscì fuori il nome di Scott Farlow. *Quel dannato ladro leccaculo. Se lui è un bravo manager, allora io sono il papa.*

"Allora Jeff, tu sei un'importante pedina della nostra squadra. Però ho davvero bisogno che lavori in maniera più intelligente, non più duramente. Devi lavorare per diventare un uomo squadra, ok?"

"Va bene Roger" disse Jeff. "Ma, a essere sincero, non sono d'accordo con il giudizio che mi è stato assegnato."

Roger lo guardò un attimo prima di rispondere. "Pazienza Jeff. Ma come ti ho detto, l'ultima decisione spetta a me."

Detto ciò si alzò, indicando che l'incontro era finito.

"Allora come è andata l'analisi della performance?" chiese Kathy.

Jeff l'aveva incrociata fuori dall'Edificio 1. Era ancora furioso per il giudizio ottenuto.

"Di merda. Mi ha dato un 'Soddisfacente – rispetta i requisiti'. Evidentemente non era contento perché l'ho sfidato a proposito del rilascio di Diomedes e non mi sono impegnato abbastanza con i router della Shenzhen" rispose Jeff.

"Avresti dovuto mandarlo al diavolo" suggerì Kathy.

"Gli ho detto che non ero d'accordo sul giudizio" disse Jeff.

"E cosa ti ha risposto?" chiese curiosa Kathy.

"Ha detto 'pazienza' e che l'ultima decisione spetta a lui."

"Se fossi in te starei attento, non mi fiderei di lui. D'altra parte, il suo giudizio sarà decisamente migliore di quello che riceverò da Sheila".

"Non credo" disse Jeff. "Hai lavorato sodo e hai risolto parecchi impicci, quindi ti andrà bene."

"Spero tu abbia ragione. Però credo che Sheila voglia farmi fuori, soprattutto ora che ha avuto tutto ciò di cui aveva bisogno. Non mi sorprenderebbe se mi licenziassero in questo trimestre" dedusse la donna.

Purtroppo, Jeff sapeva che poteva benissimo aver ragione. Nonostante ciò aggiunse. "Non ti preoccupare Kathy, andrà tutto bene."

"Grazie Jeff, sei così dolce."

Capitolo 23
Lunedì
26 gennaio 2009

La notte precedente, Jeff era rimasto sveglio fino tardi, finendo il documento sugli obiettivi che Roger Fleming gli aveva chiesto durante il loro incontro. Pertanto, quella mattina aveva ancora la vista appannata, controllò la sua pagina web My Yahoo! e scorse un titolo:

- Rapporto sui Redditi della Xekonix nel Secondo Trimestre (lunedì 26 gennaio)

Era curioso di vedere quanto fossero negativi i redditi, cliccò per avere ulteriori informazioni.

Xekonix Corporation (NASDAQ: XEKX), fornitore di apparecchi per le reti informatiche, oggi ha annunciato un fatturato del secondo trimestre di 237 milioni di dollari, con una perdita netta di 11,67 milioni di dollari, dovuta al costo di 27 milioni di dollari per la chiusura dello stabilimento manifatturiero americano. Escludendo questo addebito, i redditi della società sarebbero di 15,33 milioni di dollari, pari a 0,17 dollari per azione.

Il risultato va confrontato con il fatturato dello stesso trimestre dello scorso anno di 237 milioni di dollari e profitti per 16,15 milioni di dollari.

Il profitto, escludendo il costo una tantum per la chiusura dello stabilimento, supera le previsioni di Wall Street che prevedeva per la società un profitto di 0,15 dollari per azione.

Le azioni Xekonix recuperano un 1,30 percento a 9,33 dollari.

Supera le previsioni di Wall Street? Jeff rimase stupito. Tim si sbagliava. Questi numeri sono molto meglio delle aspettative.

"Ma com'è possibile che abbiamo chiuso in utile questo trimestre?" Chiese Jeff a Tim mentre mangiavano dei cheeseburger in mensa. "Dicevi che avremmo avuto una grossa perdita."

"Non abbiamo chiuso con un profitto. Abbiamo avuto una perdita netta" replicò Tim suonando un po' spocchioso. "Se leggi le postille, il cosiddetto profitto non considera i ventisette milioni di dollari di costo della chiusura della fabbrica e altri costi di liquidazione."

Jeff si rese conto di essersi espresso male, dal momento che dava per scontato l'esclusione dei costi una tantum. "Questo lo so, sono comunque meravigliato che si possa avere un qualsiasi genere di profitto. Le prenotazioni vanno malissimo, quindi non vedo come il fatturato possa essere stabile."

"E' piuttosto semplice. Abbiamo anticipato un sacco di consegne del terzo trimestre riuscendo a colmare il gap di fatturato. Inoltre, abbiamo consegnato Diomedes prima ancora che fosse pronto. La maggior parte di questo lavoro è stata fatta all'ultimo momento con l'approvazione degli alti dirigenti. Non ero al corrente di questi intrallazzi finanziari e, ovviamente, non lo erano nemmeno gli altri project manager." "Non ti seguo" disse Dean.

"Facile, qualche grande cliente della Xekonix abitualmente ordina dei prodotti in anticipo rispetto al loro reale fabbisogno" replicò Tim. "Questo permette loro di organizzare la consegna dei prodotti per quando ne avranno esattamente bisogno e permette a noi di organizzare meglio la produzione. Quindi, li abbiamo convinti a prendere i prodotti adesso invece di aspettare la data di fabbisogno, promettendo un elevato sconto o migliori condizioni di pagamento oppure altri incentivi. Il problema, chiaramente, è che stiamo rubando a Tizio per pagare Caio. Questa strategia utilizza il nostro portafoglio ordini del terzo trimestre, quindi in qualche modo dovremo pagare il conto."

"Va aggiunta poi la questione dei distributori come Ingram Micro e TechData negli Stati Uniti e molti distributori internazionali" continuò Tim. "Normalmente stoccano un certo quantitativo dei nostri prodotti. Ciò che abbiamo fatto è stato incentivarli a tenerne ancora di più. Il problema è che hanno il beneficio della restituzione, così se non riescono a venderli ce li restituiranno nel prossimo trimestre."

"Non ci serve una qualche riserva finanziaria nel caso ci fosse una restituzione?" chiese Jeff.

"Certo" affermò Tim. "Però possiamo sempre controbattere che le consegne erano in regola e che le restituzioni inaspettatamente hanno ecceduto le riserve." "Lo trovo disonesto" disse Dean.

"E' un comportamento molto losco. Ma è niente rispetto ai trucchetti usati da altre aziende. Negli anni ottanta c'era un produttore di disk driver che letteralmente consegnava mattoni per raggiungere i numeri desiderati" spiegò Tim.

Dean guardò incredulo. "Mattoni? Tipo quelli che usi per realizzare caminetti?"

"Esatto" disse Tim. "Le società spesso fanno di tutto per sembrare redditizie."

Jeff terminò di mangiare il suo cheeseburger, dopodiché spostò il piatto di lato. "E la fabbrica della Shenzhen ha aiutato a raggiungere il risultato?"

"Certo che ha aiutato, ma i benefici sono stati più che superati nell'ultimo quarto dalla svalutazione per la chiusura della fabbrica. Ma dovrebbe essere utile più avanti" rispose Tim.

"Sono previsti altri giochetti?" chiese Dean.

"Sì, c'è stata probabilmente qualche magia contabile, come differire alcune spese al trimestre successivo o capitalizzare delle uscite che altrimenti sarebbero stata imputate come spese. Di questo però non ho le prove" proseguì Tim.

Jeff scosse la testa. "Certo che sembra tutto un imbroglio."

"Cosa ti posso dire?" concluse Tim. "Purtroppo tutti questi trucchi, allungano solo l'agonia. Se non succede un miracolo, questo trimestre andrà molto peggio."

Brad controllò le sue e-mail. Un sacco di spam, come al solito. C'erano diverse risposte automatiche alle sue domande di lavoro, tutte dicevano qualcosa come:

> Grazie per la sua domanda di lavoro per il posto da project manager. Il suo numero di riferimento è 9945308.
>
> La invitiamo a registrare l'informazione.

Procederemo a confrontare il suo curriculum con i requisiti richiesti. Se la sua esperienza e le capacità coincidono con le nostre esigenze, la contatteremo per organizzare un colloquio.

Questa mail è inviata da un sistema automatico. La preghiamo di non rispondere.

Grazie per l'interessamento per la nostra società.

Ancora nessuna offerta di lavoro, ma aveva cominciato a inviare richieste da meno di un mese. Per il momento Brad era ancora piuttosto fiducioso.

Alle undici e trenta, quando il *Daily Show* con Jon Stewart ebbe termine, Janet spense le luci e si rannicchiò nel letto vicino Jeff. Baciandolo dolcemente, iniziò a carezzare il suo corpo. In passato questo sarebbe bastato per farlo eccitare. Ma quel giorno non rispondeva. A dire il vero, non era stato molto interessato nelle ultime tre settimane.

"Cosa non va tesoro?" chiese lei.

"Niente. Sono solo un po' stanco" rispose l'uomo.

"Sinceramente, Jeff, mi sembri molto distante questi giorni. Fin da quando sei tornato da Las Vegas" aggiunse Janet.

"Scusami tesoro. È che stanno succedendo un sacco di cose al lavoro" motivò Jeff.

Janet decise di non lasciarselo sfuggire così facilmente. "Cioè?"

Esitò un momento. "C'è il problema con Diomedes di cui ti ho parlato. È stata una vera e propria battaglia con Roger Fleming. Sono arrabbiato anche per il fiasco del CES e per l'analisi delle mie performance."

"Ma hai già avuto dei cattivi boss anche prima. Richard Baron non era esattamente un fenomeno" lo incalzò Janet.

"Hai ragione, ma stavolta è differente. C'è più burocrazia e un maggior numero di decisioni stupide. E finora non avevo mai avuto un giudizio negativo" si giustificò Jeff.

Lei andò oltre. "C'entra qualcosa Kathy Jensen in tutto ciò?"

Lui la guardò, mostrando sorpresa. "No, perché?"

"Hai passato un sacco di tempo con lei a Las Vegas. Magari ha fatto qualcosa che ti ha condizionato" suppose Janet.

"Certo che no. Cosa ti fa pensare questo?" replicò offeso Jeff.

"Quando due persone lavorano a stretto contatto, è inevitabile che sorgano dei problemi" dedusse Kathy.

"È solamente una collega" rispose Jeff, sembrando infastidito. "Inoltre, non l'ho vista granché fuori dallo stand, i venditori hanno monopolizzato il suo tempo libero. In ogni caso, sono stanco, possiamo parlarne un'altra volta?"

A quel punto si girò dall'altra parte, mostrandole le spalle, non era interessato a proseguire la conversazione.

Janet non era per niente convinta della sua sincerità. Da un lato, il fatto che Jeff avesse chiamato ogni sera durante la fiera confermava che non avesse passato la notte con Kathy. Dall'altro, il suo intuito le suggeriva che Kathy era molto di più che una semplice collega. Si augurò che il suo fiuto si fosse sbagliato.

Capitolo 24
Lunedì
2 febbraio 2009

Jeff era rimasto solo, dietro la calca che si era formata per l'incontro aziendale. Diversamente da quello di dicembre, questo era maggiormente festoso, con decorazioni di palloni e un sottofondo musicale. Caffè e ciambelle gratuiti erano stati posizionati su alcuni tavoli pieghevoli, cosa che stupiva Jeff, date le misure di riduzione dei costi che erano state praticate.

"Grazie a tutti per essere intervenuti" esordì Bryan Denman non appena prese posto sul podio temporaneamente eretto nell'area del parcheggio. "Come tutti sapete, è un periodo di grandi sfide per la Xekonix. La recessione ha messo alla prova tutti quanti. Il mercato dei router ha complessivamente perso il venti percento. Quindi è con grande piacere che vi annuncio che la Xekonix è riuscita a mantenere un utile operativo a dispetto di ogni previsione."

Comprese le consegne anticipate e senza contare l'una tantum e la svalutazione. Jeff rideva tra sé e sé, dal momento che conosceva i trucchi contabili usati per raggiungere il profitto.

"Il trimestre in corso sarà altrettanto difficile" continuò Bryan. "La recessione sta ancora infuriando e i clienti si stanno riducendo. Quindi, come già detto lo scorso incontro, abbiamo messo in campo misure di contenimento dei costi in modo da poter affrontare la sfida. Ma nonostante ciò, continueremo a investire aggressivamente sul nostro futuro. Per questo motivo, sono molto entusiasta di annunciare che abbiamo introdotto con successo il router XH Series che ha segnato il nostro ingresso nel mercato delle famiglie e delle piccole imprese."

Detto ciò Bryan scese sotto il podio e afferrò un paio di router della Shenzhen. Li alzò in segno di trionfo sopra la propria testa, la folla rispose applaudendo. "Abbiamo mostrato questi prodotti alla fiera di Las Vegas lo scorso mese ed è con molto piacere che vi annuncio che, dopo appena due settimane, abbiamo oltre un milione di dollari di ordini."

Un milione di dollari di ordini? Jeff scosse la testa incredulo.

"Stiamo facendo anche un importante investimento nella nostra iniziativa relativa al cloud computing. Non siamo ancora pronti a entrare nello specifico, ma abbastanza per poter dire che saremo in grado di fornire una soluzione, sia hardware che software, ai clienti che vorranno utilizzare il cloud per esigenze sia lavorative che private. Ne parleremo più approfonditamente nei prossimi mesi."

"A proposito di novità" continuò Bryan. "Spero abbiate notato che abbiamo completato la transizione al nuovo logo sui nostri prodotti, documenti e insegne. Vorrei ringraziare Sheila Grabowski per aver reso possibile questo passaggio in modo agevole e veloce."

Sheila? Il lavoro l'ha fatto tutto Kathy! Scosse la testa Jeff incredulo.

"E di certo, come tutti potete vedere, i lavori per il nuovo edificio per l'amministrazione stanno andando avanti. Pensiamo di trasferirci entro il quarto trimestre" aggiunse il presidente.

Il nuovo edificio incombeva a distanza. I muri esano stati eretti e ora i lavoratori erano intenti a installare le finestre.

Jeff trasalì. *Ci saranno un sacco di uffici vuoti nell'Edificio 1.*

"Vorrei concludere dicendo che ho apprezzato molto il vostro impegno in questo periodo. Lo so che il taglio dei costi è stato doloroso per ognuno di noi, ma avete più che vinto la sfida della recessione. Con le iniziative che, insieme, abbiamo messo in piedi, ci aspetta un futuro decisamente positivo. Grazie a tutti per aver partecipato!"

Detto ciò, Bryan scese dal podio e lasciò il palco. Jeff sospirò e si diresse al suo cubicolo. *Un'altra sessione di stronzate aziendali.*

"Allora ragazzi, avete visto il Super Bowl?" Chiese Jeff ai colleghi presenti all'incontro del gruppo Diomedes. Era chiaramente una domanda retorica, dal momento che quella domenica la stragrande maggioranza degli uomini americani aveva guardato la partita.

"Una discreta partita" disse Jim. "Pensavo che Arizona ce l'avrebbe fatta, ma poi Big Ben si è messo di traverso."

"Kurt Warner è stato impressionante per essere un vecchietto" commentò Dean facendo sorridere Jeff, dal momento che Warner era ventuno anni più giovane del collega.

"Peccato che i Cardinals non siano riusciti a contenere Santonio Holmes" aggiunse Larry.

"Penso che gli spot commerciali siano stati deludenti" disse Jeff. "Quest'anno niente del tipo *Apple 1984*. Immagino che la crisi abbia colpito anche i budget della pubblicità."

In effetti, Jeff non era un grande tifoso di football, ma ammirava con attenzione le pubblicità durante il Super Bowl.

"Non è vero" lo contraddisse Jim. "La pubblicità di GoDaddy è stata fantastica, come sempre."

"Hai ragione, quella Danica Patrick è proprio una bomba" osservò Larry. "La scena della doccia è stata stupenda." Dean e Jim annuirono mostrando approvazione.

Jeff rise, poi cercò di riportare il discorso al lavoro. "Ok ragazzi, torniamo con i piedi per terra. Come vi ho detto la scorsa settimana, sebbene siamo ancora responsabili per il progetto Diomedes, dobbiamo anche seguire Artemis. Quindi dobbiamo occuparcene seriamente."

"Non c'è rimasto molto da fare con Artemis" disse Dean. "È molto simile al modello X-200. Lo stesso chassis, stesso ingresso/uscita, stesso software e stesso firmware. Le sole differenze sono un processore più veloce e una memoria più ampia, inoltre, entrambi sono compatibili con i vecchi chip. La parte più difficile è finire tutta la documentazione richiesta da Roger Fleming."

"Ma non dimentichiamo che per la nostra società è ancora un prodotto molto importante" disse Jeff. "Il modello X-200 è uno dei nostri prodotti più venduti e ci aspettiamo che Artemis faccia anche meglio. Per questo motivo dobbiamo immetterlo sul mercato il prima possibile. Ho chiesto a Kathy di occuparsi degli aspetti del marcom, mi ha detto che può sostenere una programmazione dai tempi molto stretti."

"Chris Owens mi ha trasferito tutti i documenti della progettazione e l'attrezzatura" comunicò Dean, riferendosi al precedente responsabile della progettazione per Artemis. "Quindi la mia squadra è già al lavoro. Ci verrà consegnato il prototipo della scheda CPU la prossima settimana."

"Un'ottima notizia" disse Jeff. "Ho bisogno della vostra programmazione ragazzi, il prima possibile."

"Ho una domanda" chiese Dean. "Dobbiamo fare qualcosa per integrare Artemis con il software di Stratacomp?"

"Ottima domanda" rispose Jeff. "Purtroppo nessuno mi ha parlato di questo. Suppongo che la direzione abbia un piano, ma non l'hanno ancora condiviso con i project manager. Quindi, a meno che qualcuno non ci dica qualcosa di diverso, procediamo come se Stratacomp non esistesse."

"Fa piacere sapere che abbiamo speso milioni di dollari in questa acquisizione strategica" disse Jim con evidente sarcasmo.

"È vero, cosa fa esattamente Stratacomp?" chiese Larry.

"Hanno un qualche tipo di software di virtualizzazione" disse Jeff. "Fondamentalmente separa il sistema operativo e le applicazioni dall'hardware fisico."

"Come VMware?" chiese Dean, facendo riferimento al leader nella vendita dei software di virtualizzazione.

"Immagino di sì" disse Jeff. "Non ho fatto studi dettagliati."

"Ma non ha nulla a che fare con il cloud" disse Dean.

"Da quello che ho capito" replicò Jeff. "Può essere usato come colonna portante per attivare il cloud."

"Oh" disse Larry con espressione confusa.

"Spero che la dirigenza ne capisca più di noi" aggiunse Jim.

"Ma, non so cosa dirvi" replicò Jeff. "In ogni caso, avete altre richieste?"

Nessuno disse niente.

"Bene, ci vediamo la prossima settimana" disse Jeff concludendo l'incontro.

Dean rimase indietro insieme a Jeff. "Le voci di corridoio stanno davvero imperversando" disse. "Ho sentito che i prossimi licenziamenti avverranno di sicuro questo mese e che saranno principalmente nel reparto progettazione."

"Quindi Tim aveva ragione" disse Jeff.

"Pare di sì. Il fatto è che queste voci stanno paralizzando il mio reparto. I ragazzi sono distratti dal pensiero di perdere il lavoro, così la nostra produttività sta scendendo, sto cercando di tenerli concentrati, ma è dura" fece notare Dean.

"Immagino, è una specie di roulette russa" disse Jeff. "Sono tutti consapevoli che una pallottola sta arrivando, ma nessuno sa a chi è diretta."

"Dovrebbero farsela finita" si lamentò Dean. "Queste dicerie stanno uccidendo il nostro morale" detto ciò, chiaramente arrabbiato, si alzò e lasciò la stanza.

Brad arrivò puntuale a mezzogiorno al Red Robin attraversando la South Coast Plaza. Aveva organizzato un pranzo di lavoro con Ralph Marsh, un ex project manager alla Cisco con il quale aveva lavorato negli anni '90. Nonostante i due non si fossero visti per diversi anni, lo considerava un amico e un valido contatto.

Ralph ora lavorava come direttore marketing alla Emulex Corporation, una società di grande successo con sede a Orange County. Era specializzata nell'archiviazione di dati per le reti, un settore che includeva una notevole gamma di prodotti per le grandi aziende. Come capo del marketing, Ralph aveva un numero elevato di project manager che lavoravano per lui; quindi, per Brad questo pranzo era l'occasione per valutare delle opportunità di impiego.

Il Red Robin non era certo il ristorante più sofisticato della zona, considerando il numero di ristoranti di alto livello presenti a South Coast Plaza e nell'adiacente South Coast Village. Era tuttavia una scelta sicura; dignitoso e abbastanza economico per il budget limitato di Brad, era inoltre vicino al quartier generale di Emulex. In ogni caso, Brad sapeva della passione di Ralph per gli hamburger, la specialità del ristorante.

Dopo circa cinque minuti, Ralph arrivò. Un uomo alto, leggermente in sovrappeso, con una camicia Oxford marrone con pantaloni grigi, aveva più capelli bianchi di quanti ne ricordasse Brad.

"Ehi Ralph, è un po' che non ci si vede" disse Brad, allungandosi per una stretta di mano.

"È vero, è bello rivederti Brad. Come va?" replicò Ralph mentre stringeva la mano all'amico.

"Non male" rispose Brad.

I due continuarono con i convenevoli, finché si sedettero sotto un gazebo nell'angolo del ristorante. Per circa 25 minuti parlarono dei tempi passati alla Cisco, prima che Brad si decidesse ad affrontare l'argomento spinoso del suo licenziamento.

"Hai sentito dei licenziamenti alla Xekonix?" domandò.

"Sì, ho sentito che sta andando piuttosto male da quelle parti. Tu ne sei stato coinvolto?" chiese Ralph.

"Purtroppo sono stato tagliato. Ma preferirei vederlo come un nuovo inizio" continuò Brad, cercando di sembrare ottimista.

"Quindi ho iniziato a valutare nuove opportunità."

"Hai avuto fortuna?" domandò Ralph.

"Non ancora, ma è ancora presto" poi, dopo aver trattenuto il respiro per alcuni lunghi secondi, alla fine chiese. "Com'è la situazione occupazionale alla Emulex?"

"A essere sincero Brad, come tutti, stiamo tirando la cinghia. I nostri numeri non saranno un granché quest'anno" rispose Ralph.

"C'è nessuna possibilità che andrete ad assumere dei project manager nel futuro prossimo?" rilanciò Brad.

"Non credo. Però, come sai, daremmo preferenza a chi ha esperienza nel settore dell'archiviazione dei dati, se decidessimo di assumere" anticipò Ralph.

"Tu mi conosci Ralph" argomentò Brad. "Sono uno che impara velocemente. Diventerei un esperto in un attimo. Sai anche che sono uno che si fa il culo."

"Certo Brad, stai sicuro che ti chiamerò nel caso ci fosse un'assunzione" promise l'amico.

"Lo apprezzerei molto Ralph" replicò Brad.

"Comunque" continuò Ralph. "Devo tornare in ufficio per una riunione. È stato un grande piacere rivederti Brad. Grazie mille per il pranzo."

"Sì, è stato fantastico anche per me amico" disse Brad.

Si sentiva ottimista. Ralph era una brava persona, di sicuro l'avrebbe aiutato.

"Abbiamo un grosso problema Jeff."

Jeff alzò lo sguardo dalla sua scrivania e vide Dean e Larry in piedi davanti al suo cubicolo. "Che cosa è successo?"

"Diomedes sta bloccando le reti di alcuni dei nostri più importanti clienti" disse Dean.

Sebbene Diomedes fosse ora ufficialmente chiamato X-301, lui e gli altri membri della squadra lo chiamavano ancora con il nome del progetto.

"Cosa vuoi dire?" chiese Jeff.

"Intendo che i dispositivi collegati a ogni segmento della rete connesso con Diomedes riducono drasticamente le performance del sistema" spiegò Dean. "È come se Diomedes procurasse un malfunzionamento del servizio a ogni dispositivo."

Dean si riferiva a ciò che succedeva durante l'attacco di un hacker, in cui il server risultava surclassato di richieste.

"Stai scherzando" replicò Jeff, sebbene fosse consapevole che il problema era legato al prematuro rilascio di Diomedes. "Come abbiamo potuto non notare il problema?"

"Come ben ricorderai, non abbiamo avuto la possibilità di finire il test DVT prima che Roger lo rilasciasse per la vendita" disse Larry. "Infatti, non abbiamo eseguito per niente la fase beta del test e non abbiamo nemmeno le attrezzature necessarie per simulare una rete grande e complessa."

"Qualche idea su cosa è andato storto?" domandò Jeff.

"No" rispose Dean. "I miei uomini ci stanno già lavorando, ma finora non hanno trovato niente."

"Abbiamo mandato qualcuno dai clienti per verificare?" continuò a indagare Jeff.

"Certo, Leo in persona è andato nella sede di vari clienti e ha preso i loro network trace" Leo Romero era il responsabile del supporto tecnico della Xekonix, quindi un suo coinvolgimento significava un problema di priorità molto alta. "I tracciatori indicano che il problema deriva chiaramente da Diomedes, ma oltre a questo non sappiamo altro."

"Cosa dovremmo fare?" chiese Jeff.

"Dobbiamo imporre un blocco da parte del controllo di qualità" disse Larry. Un fermo del CQ significava che la Xekonix avrebbe immediatamente fermato le consegne di Diomedes ai clienti, le quali non sarebbero ripartite finché il problema non fosse stato risolto. "Questo è il documento per il blocco del CQ, Dean, Jim e io lo abbiamo già firmato, manca solo la tua firma."

Jeff prese il documento e lo firmò. "Roger non sarà contento. Puntava su Diomedes per raggiungere i numeri di questo trimestre. E poi, ricordate cosa è successo a Steve Moore?"

"Bene, sei tu il responsabile del progetto, devi convincerlo" disse Dean. "E' molto importante."

"Grazie, spero che non uccida il messaggero" replicò Jeff.

Sapeva che Dean e Larry avevano ragione. Ma sapeva anche che Roger Fleming non avrebbe mai accettato di fermare Diomedes.

Jeff non fu sorpreso dalla chiamata di Crystal Harris quel pomeriggio.

"Jeff, Roger ti vorrebbe vedere nel suo ufficio subito" disse la segretaria.

Ovviamente Roger aveva già visto il fermo del controllo di qualità su Diomedes.

"Arrivo subito" rispose andando di filata verso l'ufficio di Roger.

Come previsto, Roger non era per niente felice. Sporgendosi dalla sua scrivania in mogano, guardò Jeff dritto negli occhi. "Per quale dannato motivo hai imposto il blocco a Diomedes?"

"Perché diversi nostri clienti stanno avendo problemi importanti" replicò Jeff mantenendo il contatto visivo e non permettendo a Roger di intimidirlo. "Il problema è spiegato nel documento del blocco del controllo di qualità."

"Siete sicuri che si tratta di un problema di Diomedes e non un problema dei clienti?" chiese Roger.

"Assolutamente. La nostra assistenza è andata sul posto e attraverso i network trace ha potuto riscontrare che il problema è nostro. Ma non abbiamo ancora capito se si tratti di un problema hardware o software."

"Perché non abbiamo scoperto il problema prima di spedire?" domandò Fleming.

"Perché abbiamo abbreviato eccessivamente il periodo del collaudo" rispose Jeff.

Diplomaticamente non menzionò il fatto che fosse stato Roger a dare ordine di abbreviare quel passaggio.

"Possiamo bloccare il prodotto solo per le grandi reti?" propose Roger.

"No, il problema può riguardare sia le reti grandi che quelle di medie dimensioni. È più una questione di complessità della rete, ma non abbiamo ancora capito quali fattori lo causano. Inoltre, sarebbe molto complicato per il nostro reparto vendite stabilire che tipo di rete ha un nostro cliente" spiegò Jeff.

"Bene, io revoco il blocco" disse Roger.

"Roger non lo puoi fare" disse Jeff determinato a non cedere.

"Jeff, a volte devo prendere decisioni che ritengo siano nel migliore interesse della società, anche se tu non sei d'accordo. Mi capisci?"

Jeff guardò Roger e attese il contatto visivo. "Roger, capisco ma non sono d'accordo."

Roger lo fissò per un momento prima di sentenziare. "Sto eliminando il blocco Jeff."

"Va bene Roger" replicò Jeff. "Vedremo cosa succede."

Jeff si alzò e uscì dall'ufficio. Lui e non Roger aveva messo fine all'incontro. Era determinato a risolvere il problema anche se questo significava mettere a rischio il lavoro.

Non appena tornò al suo ufficio, Jeff convocò un incontro immediato con Kathy e Leo Romero.

"Mi serve il vostro aiuto" cominciò. "Come sapete, Diomedes sta compromettendo le reti dei nostri clienti. Abbiamo bisogno di fermare le consegne finché il problema non è risolto. Purtroppo, Roger ha scavalcato il mio blocco. Quindi, fondamentalmente noi dobbiamo scavalcare il suo."

"Non è pericoloso?" disse Leo. "Intendo, hai visto cos'è successo a Steve Moore."

"Sinceramente, sì. Ma io sarò il capro espiatorio. Non esitate a incolparmi se qualcosa va storto" assicurò Jeff.

"Quindi come possiamo aiutarti?" chiese Kathy.

"Leo, serve che parli con alcuni clienti e i loro addetti alle vendite e li convinci a inviare una mail a Bryan Denman in cui esprimono la loro preoccupazione a proposito dell'acquisto di prodotti difettosi. Devi fargli scrivere che non accetteranno altri prodotti finché il problema non sarà risolto, il che, sottilmente, implicherebbe considerare prodotti dei nostri rivali. Kathy, tu mi puoi aiutare parlando con i nostri responsabili vendite sia domestici che internazionali, chiedendogli di dire a Bryan che il problema avrebbe un impatto negativo sulle vendite. A proposito, raccomando a entrambi di comunicare solo telefonicamente, dovremmo evitare di lasciare tracce attraverso mail."

Leo sembrò un po' sorpreso, forse perché Jeff stava ignorando clamorosamente la catena di comando. "Così si arriverebbe direttamente da Bryan bypassando Roger?"

"Dal momento che Roger è un ostacolo, sì" replicò Jeff. "Lo so, questo non è politicamente corretto, ma è l'unica maniera per arrivare in fondo. Come vi dicevo, sarò il capro espiatorio, quindi se Roger ha qualche problema, ditegli di chiamarmi."

"Vuoi che i clienti postino i loro commenti su Facebook e Twitter?" chiese Kathy.

"No, questo ci esporrebbe troppo. In fondo, per il momento vogliamo che questa conversazione resti privata. Cosa ne dite, posso contare sul vostro aiuto?" chiese Jeff.

"Certo Jeff" confermò Kathy.

"Nessun problema" concordò Leo.

"Fantastico, grazie" disse Jeff concludendo l'incontro.

Si rese conto che per questo ammutinamento avrebbe potuto essere licenziato, ma valeva la pena rischiare. Era una battaglia che doveva vincere.

Erano le cinque e un quarto e Jeff era abbastanza sorpreso per non aver ancora ricevuto nessuna chiamata da Roger Fleming o dalle risorse umane. Incuriosito, camminò fino alla finestra e diede un'occhiata al parcheggio. La Mercedes di Roger se n'era già andata, quindi con tutta probabilità, non ci sarebbe stata nessuna azione nei suoi confronti.

"Cosa stai guardando Jeff?"

Jeff si girò e fu piacevolmente sorpreso nel vedere Kathy.

"Stavo dando un'occhiata per capire se Roger fosse ancora qui" disse Jeff. "Sembra che se ne sia andato."

"Di solito non si trattiene molto dopo le cinque" disse lei.

"Quindi siamo a fine giornata e ho ancora un lavoro" scherzò Jeff nel tentativo di alleggerire la tensione, sebbene fosse davvero sollevato.

Kathy sorrise. "C'è sempre domani."

"Grazie" rise lui. "Era proprio ciò di cui avevo bisogno."

"Sai, sospetto che tu sia come me agli occhi della società" disse lei. "Non sono ancora pronti a sbarazzarsi di noi, perché non possono rimpiazzarci facilmente. Ma alla prima opportunità..." Fece scorrere le sue dita attraverso il collo in un gesto di sgozzamento. "Tuttavia, in questo momento non sarebbe difficile trovare qualcuno in grado di occuparsi di Artemis; ma dopo tutti i riscontri che riceverà Bryan Denman, Roger avrà un grosso problema a licenziarti."

"Beh, spero che funzioni" auspicò Jeff.

"In ogni caso, ho già parlato con Gil Santos, Don Barry e Mark Franklin" continuò Kathy, facendo riferimento a tre dei quattro responsabili regionali delle vendite negli Stati Uniti. "Tutti hanno acconsentito a contattare Bryan. Non sono riuscita a raggiungere Bill Christopher, ma lo farò domani. Cercherò di contattare i responsabili internazionali stasera."

"Grazie Kathy, lo apprezzo tantissimo" disse Jeff.

Era impressionato e soddisfatto che avesse agito così velocemente, ma non era affatto sorpreso che fosse riuscita a persuadere i responsabili delle vendite.

"Era il meno che potessi fare dopo tutto quello che hai fatto per me" disse Kathy, poi sorrise e lo toccò dolcemente sulle spalle.

Avrebbe voluto abbracciarla e baciarla, ma, a malincuore, si trattenne.

Capitolo 25
Giovedì
5 febbraio 2009

Jeff sapeva esattamente cosa sarebbe successo se Dean si fosse presentato a tavola per il pranzo.

Questo perché la sera precedente UCLA aveva battuto USC per 75-60 nel campionato di basket, quindi Dean avrebbe sicuramente colto l'opportunità per vantarsene. Jeff guardò Tim che sembrava così afflitto come se avesse subito un danno irreparabile.

"Vi abbiamo sepolti!" esultò Dean appena si sedette, guardando fisso verso Tim. Aveva utilizzato le stesse identiche parole che Tim aveva usato quando USC aveva battuto UCLA nel football. "Sono due di fila, vi abbiamo in pugno."

"Ci siamo presi una serata libera" disse Tim. "Ma ci rifaremo."

"Ne dubito" replicò Dean. "Guarda in faccia la realtà Tim. Questo è l'anno dei Bruins. E non solo nel girone del Pacifico."

"Vedremo" borbottò Tim.

Jeff rise. Era un diversivo molto gradito, mentre aspettava che Roger Fleming lo convocasse. Jeff sapeva che i responsabili vendite regionali e alcuni clienti importanti avevano già contattato Bryan Denman a proposito dei problemi di Diomedes. Bryan, a sua volta, aveva già sicuramente espresso le sue preoccupazioni a Roger. Di conseguenza Roger avrebbe richiesto un incontro per parlare con lui o, più precisamente, per esprimergli il suo sdegno a proposito di quanto successo. *Sarà molto interessante, per usare un eufemismo.*

Alle una e trenta, Jeff ricevette la temuta chiamata da Crystal Harris.

"Roger ti vuol vedere immediatamente nel suo ufficio" disse la donna.

"Arrivo subito" rispose Jeff e si diresse verso l'ufficio di Roger.

Quando arrivò, Crystal lo invitò ad entrare immediatamente.

"Siediti Jeff" disse Roger.

Non stava sorridendo. Jeff prese posto in una delle due seggiole riservate agli ospiti. Guardò Roger dritto negli occhi, deciso a non dare nessun segnale di debolezza.

Roger si sporse in avanti per parlare, mantenendo il contatto visivo. "Sembra che Bryan Denman abbia ricevuto un certo numero di telefonate e mail da clienti e responsabili vendite che ci chiedono di fermare le consegne di Diomedes finché il problema con le reti non sarà risolto. Suppongo che tu non ne sappia niente, giusto?"

"Sembra che molte persone siano preoccupate per questo problema" rispose Jeff.

Stava evitando la domanda di Roger, questo era sicuro.

"In ogni caso, Bryan mi ha chiesto di mettere Diomedes in situazione di blocco. Penso tu sappia che questo potrebbe incidere sul nostro fatturato se il problema non trovasse un'immediata soluzione" aggiunse Roger.

"Ho grande fiducia in Dean e nella sua squadra di ingegneri" disse Jeff. "Lo sistemeranno."

"E' bene che lo facciano velocemente. È diventata una delle principali priorità di Bryan, quindi devi assicurarti che lo risolvano quanto prima" ordinò Fleming.

L'espressione di Roger fece sentire Jeff più sollevato, in quanto chiedeva a lui di assicurarsi che il problema fosse risolto. In altre parole, non aveva intenzione di licenziarlo, perlomeno non ancora. Ora sentendosi più forte, replicò. "Non preoccuparti Roger, sarà fatto."

Roger non disse nulla. Era chiaramente arrabbiato per essere stato costretto a tornare sui suoi passi.

"C'è nient'altro che possa fare per te Roger?" chiese Jeff dopo qualche attimo di silenzio.

Roger lo fissò e in tono sommesso disse. "No, è tutto."

Jeff si alzò e lasciò l'ufficio, mentre usciva sorrise a Crystal. Aveva vinto la prima parte della battaglia. Se Dean avesse trovato una rapida soluzione al problema avrebbe ottenuto la vittoria completa.

"Ci sei riuscito" disse Leo. "È incredibile."

Jeff sorrise, era ancora raggiante per il suo successo con Roger. "Immaginavo che Bryan avrebbe convinto Roger a tenermi ancora, almeno finché il problema non verrà risolto. Ma a parte gli scherzi, dobbiamo davvero risolvere l'inconveniente nel minor tempo possibile. La nostra strategia ha avuto l'effetto di rendere nota la situazione ai più alti livelli, di conseguenza, rotoleranno delle teste se non faremo in fretta."

"Ci stiamo lavorando" replicò Dean. "I miei uomini ci lavoreranno a oltranza, anche nei fine settimana. Purtroppo il problema è più grande di quanto mi aspettassi. Comincio a sospettare che coinvolga sia l'hardware che il software."

"Ok, stagli dietro" lo incalzò Jeff. "Conto su di te."

"Tranquillo Jeff" disse Dean. "Sarà fatto."

Jeff sorrise. Era sicuro che Dean ce l'avrebbe fatta.

Jeff si rese conto di essersi comportato male con Janet. Lei aveva ragione, era stato molto freddo negli ultimi mesi. Lei non aveva fatto nulla di male, era stata fantastica con lui. Aveva continuato a preparare degli ottimi pasti e lo aveva sollevato quando si sentiva giù. Nonostante il suo comportamento scontroso, lei era sempre sorridente. Vuoi per i suoi problemi al lavoro, vuoi per il fatto che subiva il fascino di Kathy, Jeff sapeva di non essere stato per nulla carino nei confronti della compagna.

Quindi, prima di lasciare il lavoro, si occupò di qualcosa che avrebbe dovuto fare già da un mese. Andò da Gelson's e prese una composizione da cento dollari di rose bianche, rose di Borgogna e calle. Non aveva mai capito perché le donne amassero tanto i fiori, considerando che sarebbero appassiti dopo pochi giorni. Però Janet li adorava e questo era ciò che contava.

"Ciao amore" la salutò quando arrivò a casa. "Questi sono per te."

I suoi occhi si illuminarono alla vista dei fiori. "Oh, sono così belli. Grazie tesoro" lo baciò.

"Ho anche un'altra sorpresa per te" aggiunse Jeff.

"Che cosa?" chiese lei curiosa.

"Ho riprogrammato i nostri biglietti per la Sicilia. Partiamo il 15 luglio" rispose lui.

"Jeff, ti amo."

"Ti amo anch'io tesoro. Mi dispiace se ti sono sembrato un po' distante queste ultime settimane" si scusò.

"Va bene così tesoro. Fintanto che stiamo insieme" lo rassicurò Janet.

La strinse vicino a lui. Janet era meravigliosa e lui la amava tantissimo. Tuttavia non riusciva a scacciare Kathy dai suoi pensieri.

Erano le undici e quaranta quella sera. Il *The Tonight Show* era in onda e Jay Leno era nel bel mezzo del suo monologo. Brad, tuttavia, non era in vena di scherzi.

"Che problemi ci sono?" chiese Laurie.

"Si tratta della situazione lavorativa" rispose Brad. "Ho inviato più di trenta curricula e non ho ancora ottenuto nessun colloquio."

"È ancora presto" disse Laurie. "Sei molto qualificato, otterrai un lavoro quanto prima. In ogni caso, so cosa ti farebbe sentire meglio."

"Cosa?" chiese lui incuriosito.

"Entrare nella Jacuzzi" rispose con un grande sorriso.

"Sembra interessante, però non ho portato il costume" fece notare l'uomo.

"Non è un problema. Andiamo!" disse lei prendendolo per mano.

Brad non sapeva cosa pensare, la seguì fuori dalla porta e percorse la breve distanza che conduceva alla piscina condivisa. Era piuttosto fresco fuori, l'area della piscina era completamente buia e deserta. Laurie aprì il cancello e accese la Jacuzzi. Poi si tolse tutti i suoi vestiti ed entrò nell'acqua calda. Brad deglutì, non poteva proprio credere di poter essere così sfacciato in un luogo pubblico.

"L'acqua è fantastica" disse lei. "Forza entra."

Brad esitò. Si guardava intorno per assicurarsi che nessuno stesse guardando dal momento che la piscina era circondata da appartamenti. In qualche finestra, le luci erano ancora accese, ma le tende erano chiuse. Verificato che nessuno stesse guardando, si tolse i vestiti ed entrò con lei.

"Si sta bene, non trovi?" disse lei.

"Sì" concordò Brad.

Infatti, si stava benissimo. Gli acciacchi e i dolori dei suoi anni di football sparirono quasi magicamente e cominciò a rilassarsi. Quando le bolle cominciarono a turbinare intorno a lui, cominciò a sentirsi eccitato. Laurie allungò la mano e accarezzò la sua virilità finché non si sentì sul punto di esplodere. Poi si posizionò sopra di lui e fecero l'amore.

Capitolo 26
Lunedì
9 febbraio 2009

Dean sorrideva quando, quella mattina, incontrò Jeff nell'atrio dell'Edificio 1. "Abbiamo scoperto il problema" disse.

"Fantastico, che cos'era?" chiese Jeff.

Non era affatto sorpreso che Dean fosse riuscito a trovare il problema in maniera così repentina, ma era comunque un sollievo.

"A dire il vero, i problemi erano due. Il primo era la mancanza di alcuni riferimenti nel nostro codice. Quel genere di problema che puoi incontrare quando adatti un software a un nuovo processore e sistema operativo ed è facile da sistemare. Il secondo era più serio. C'è un problema di hardware nella scheda del processore, quindi dobbiamo fare delle modifiche. Per fare ciò serve tornare alla Shenzhen."

"Un problema di hardware? È stato un nostro errore?" chiese Jeff.

"Non credo, ma ora non avrebbe senso cercare un colpevole. Diciamo che l'hardware si comporta in modo diverso rispetto alle simulazioni effettuate. L'importante è sistemare tutto" rispose Dean.

"Possiamo modificare la nostra scheda con qualche cavo blu?" chiese Jeff.

"Cavi blu?" Dean guardò Jeff come se fosse pazzo. "Jeff, questa è una scheda a sei livelli e il problema si trova a un livello intermedio."

"Chiedevo" disse Jeff mettendosi sulla difensiva. "Quindi quanto pensi che ci vorrà?"

"Non lo so. Ho bisogno di sentire la Shenzhen. Ma spero che riescano a farcela in pochi giorni. Di certo, servirà del tempo aggiuntivo per la consegna dalla Cina" rispose Dean.

"Non possiamo farlo localmente?" insisté Jeff.

"No, avremmo un sacco di difficoltà. Si trova tutto in Cina, alcune parti potrebbero addirittura non essere disponibili qui" rispose categoricamente Dean.

"Ok, fammi sapere quando hai notizie" si rassegnò Jeff.

"Sarà fatto. Di certo non conosceremo con esattezza cosa è necessario fare finché non eseguiremo i test dai clienti" spiegò Dean.

"Grazie Dean. Sapevo di poter contare su di te" disse Jeff.

"Veramente dovresti ringraziare Sean e Gavin. Hanno lavorato diciotto ore al giorno, week-end compresi, per sistemare il problema" ammise Dean.

"Lo farò senza dubbio. Magari li porto fuori a pranzo" concluse Jeff.

"Sarebbe carino. Lo apprezzerebbero molto" approvò Dean.

Appena Dean se ne andò, Jeff inviò una mail a Roger Fleming a Bryan Denman per informarli delle novità. La riparazione andava realizzata e testata presso i clienti, ma Jeff sapeva di essere a un soffio dal vincere la battaglia.

"Jeff, ho bisogno di parlarti un attimo."

Jeff alzò lo sguardo dalla scrivania e vide James Christianson all'ingresso del suo cubicolo.

"Certo James, come ti posso aiutare?" domandò Jeff.

Era sorpreso di vedere James, dal momento che normalmente si occupava del marcom dell'unità aziendale dei provider di servizi.

"Hai richiesto l'intervento del marcom per il progetto Artemis" spiegò James.

"Giusto" disse Jeff.

Era ancora più sorpreso, non capiva cosa James avesse a che fare con Artemis, dal momento che Kathy era la persona designata per il marketing e communication del progetto. *Oddio, spero che non sostituisca Kathy.*

"Bene, ci serve che tu compili i moduli appropriati, MCMRF e MCARF" spiegò James.

"Che cosa?" trasalì Jeff.

In realtà Jeff sapeva cosa fossero quei moduli, dal momento che Brad se ne era sonoramente lamentato. Ma ciò che lo preoccupava era che James stesse usurpando l'autorità di Kathy. "Lei non ti ha detto niente di tutto questo" disse Jeff.

"Questo ordine viene da Sheila. Vuole assicurarsi che tutte le richieste di intervento del marcom vengano opportunamente documentate e calendarizzate."

"Senti James" disse Jeff. "Kathy è la mia persona di riferimento. Se mi dice che questi moduli sono necessari, li compilerò."

"Ma tu sai che Kathy lavora per Sheila?" chiese James con tono accondiscendente.

Jeff era infastidito. "Sì, quindi se Sheila ha un problema, per favore dille di contattarmi direttamente. Fino a quel momento, mi aspetto di aver a che fare con Kathy. Ora se mi scusi vorrei tornare al lavoro."

Jeff girò la sua poltrona e fece finta di mettersi al lavoro al computer. Poteva vedere il riflesso di James sul vetro lucido dello schermo. James rimase fermo all'entrata del cubicolo per buoni cinque secondi, sembrava scioccato dalla reazione di Jeff, poi finalmente si arrese e se ne andò.

Jeff scosse la testa. *La burocrazia da queste parti sta diventando ridicola.*

"Dimmi Kathy, cosa mi dici del fatto che James Christianson voleva darmi un mucchio di moduli del marcom da compilare?" chiese Jeff incrociandola nell'atrio di ritorno da un incontro.

"Oh, quegli stupidi MCMRF e MCARF?" intuì subito Kathy. "Mi dispiace davvero Jeff. Speravo di portarteli prima che lo facesse James. Sono moduli che ha creato quando è arrivato lo scorso anno. Sheila ultimamente ha deciso che fossero una buona idea, così ha chiesto anche a me di cominciare a usarli. Le ho inventato alcune scuse per non farlo subito e credo si sia stancata di aspettarmi. Quindi sembra che abbia delegato il suo toy-boy a starmi alle calcagna. Scusami, non volevo che ti infastidissero con queste cazzate."

"Quindi, li dovrei compilare?" chiese Jeff.

Kathy sorrise. "No, non sarà necessario. Ho predisposto dei moduli con alcune risposte generiche che darò a Sheila. I moduli potranno essere modificati velocemente ogni volta che tu o gli altri responsabili di prodotto necessiterete dell'intervento del marcom. Si tratta di alcune macro di Word."

"Non si accorgerà che le informazioni sono fasulle?" chiese Jeff.

"No, non le leggerà" rispose Kathy. "Anche se lo volesse, è troppo impegnata, qualsiasi cosa lei faccia, per guardarle." "Sei sicura?" ribadì Jeff.

"Assolutamente sicura" lo tranquillizzò la donna.

Jeff rise "Incredibile. Ma grazie per avermi salvato Kathy. Lo apprezzo molto."

"Nessun problema" disse con un sorriso.

Capitolo 27
Venerdì
20 febbraio 2009

"Buone notizie Jeff."

Jeff sollevò la testa dal suo foglio Excel e vide un sorridente Dean in piedi all'entrata del suo ufficio. "Cosa c'è Dean?"

"Il problema di Diomedes sembra risolto. Il router aggiornato che abbiamo inviato dove avevano riscontrato dei problemi, sta lavorando senza riportare criticità."

"Fantastico! Quindi posso annullare il fermo?" chiese Jeff.

"Io aspetterei una settimana" disse Dean. "Ma sono abbastanza fiducioso che Roger possa fare tutte le consegne che vuole per la fine del trimestre."

"Bene. Forse non mi ucciderà, dopotutto" scherzò Jeff.

"Oppure potrebbe sbarazzarsi di te ora che è sicuro che Diomedes è stato sistemato" Dean stava ovviamente scherzando.

"Grazie per il tuo supporto Dean" Jeff non era sicuro di trovare il macabro umorismo di Dean così divertente.

"A parte gli scherzi, Jeff, grazie per aver tenuto testa a Roger in questa situazione. Ha significato molto per noi della progettazione e sono convinto che lo pensino anche gli altri reparti" affermò Dean.

"Ci mancherebbe" disse Jeff.

Era bello ricevere apprezzamenti. Ed era fantastico aver finalmente vinto la battaglia.

Brad iniziò la giornata come al solito, cercando le offerte di lavoro on-line mentre beveva il suo caffè mattutino. Cercando tra gli annunci relativi a posti per project manager o nell'ambito del marketing nell'area di Orange County, fu sorpreso di trovare un'offerta della Emulex:

Responsabile di Prodotto Senior

Emulex Corporation – postato 1 giorno fa

100.000,00 dollari all'anno

Emulex, azienda leader nel settore dell'archiviazione dati per reti cerca un Project Manager Senior con esperienza nella tecnologia Fibre Channel e iSCSI HBAs.

Clicca qui per ulteriori dettagli e richieste.

Immediatamente alzò il telefono e chiamò Ralph Marsh, il suo amico alla Emulex. Dopo quattro squilli, rispose la segreteria telefonica di Ralph.

"Ciao Ralph, ho visto il vostro annuncio per un project manager senior" disse Brad dopo il beep. "Mi piacerebbe essere considerato per quel lavoro. Sai che sarei perfettamente adatto. In ogni caso fammi uno squillo. Grazie, non vedo l'ora di parlarne appena possibile."

"Sei ancora agitato per gli incentivi?" chiese Jeff a Tim non appena si sedettero per un pranzo fuori orario alla mensa della società.

Si riferiva al pacchetto da 787 miliardi di dollari, conosciuto come *American Recovery and Reinvestment Act* che il Congresso aveva approvato la settimana precedente allo scopo di far ripartire l'economia. Erano soli quel pomeriggio, dal momento che Dean aveva già mangiato.

"Proprio così, non posso credere che quell'idiota di Obama e i suoi amici stiano aggiungendo ancora miliardi al nostro debito" replicò Tim. "E questo oltre a quanto già speso per il TARP, l'industria dell'auto, per non parlare della AIG, Freddie Mac e Fannie Mae. Stiamo parlando di oltre 1.000 miliardi di dollari. È una cosa incredibilmente insensata." "Non lo so…" cominciò Jeff.

Non era molto d'accordo, specialmente dopo la sua discussione con Janet a proposito dell'importanza della spesa pubblica.

"Hai sentito ieri lo sfogo di Rick Santelli sulla CNBC?" interruppe Tim.

"No, di solito non guardo la CNBC" replicò Jeff.

A dire il vero, in passato Jeff guardava sempre la CNBC, ma aveva smesso quando i ticker delle azioni, costantemente rossi, avevano cominciato a deprimerlo.

"Bene, è diventato virale su internet" disse Tim con ovvio entusiasmo. "Cercalo su YouTube."

"Cosa avrebbe detto?" chiese Jeff.

"Ha perso le staffe sulla proposta di Obama di salvare i proprietari di case. Chiedeva perché dovremmo supportare tutti questi parassiti che sono stati così stupidi da contrarre mutui che non potevano permettersi. È stato grande" spiegò Tim.

"Oh" Jeff non era proprio d'accordo con il pensiero di Tim su questo argomento. "Non pensi che molte di queste persone sono state trascinate in questi mutui dagli istituti di credito? E che ne dici di tutte quelle persone che hanno perso il lavoro e che di conseguenza non possono pagare?"

"Andiamo Jeff. Ogni idiota sarebbe capace di immaginare un piano B nel caso non fosse in grado di onorare i pagamenti del mutuo per perdita del posto di lavoro. Il vero problema è stato il Community Reinvestment Act che ha forzato le banche a offrire mutui alle persone con bassi redditi, anche quelle che non se li potevano permettere."

"In ogni modo, non credo che nessuno li abbia obbligati" aggiunse Jeff.

"Ok, diciamo li ha *fortemente incoraggiati*" continuò Tim. "In ogni caso nessuno ha puntato una pistola alla testa di questi fannulloni."

"Puoi davvero biasimare le persone che hanno cercato attraverso un grande affare di perseguire il Sogno Americano di diventare proprietari di una casa? Anche George Bush disse che ognuno dovrebbe possedere una casa, giusto?" replicò Jeff.

"Giusto, ma non disse che dovremmo dare una casa anche alle persone che non possono permettersela. E se ti ricordi, lui promise un gruppo di controllori per visionare Fannie Mae e Freddie Mac, ma i tuoi amici Democratici hanno votato contrario" contestò Tim.

"È vero, ma i tuoi amici banchieri non hanno avuto nessun problema a vendere mutui cartolarizzati pur sapendo che fossero tossici" continuò Jeff.

"Comunque, io non capisco ancora perché dovrei pagare per la stupidità delle altre persone" protestò Tim.

"Quindi va bene aiutare i tuoi amici banchieri ma non questi poveracci proprietari di casa?" chiese Jeff.

"Veramente, il governo ha forzato le banche a prendere i fondi TARP" argomentò Tim.

"Di sicuro gli hanno puntato una pistola alla testa" disse Jeff.

Tim rise. "Da quello che ho capito, ancora una volta non troveremo un accordo. Ti preferivo prima che cominciassi a essere così determinato."

"Certo" disse Jeff con un sorriso, compiaciuto dal fatto che anche stavolta Tim non era riuscito a metterlo al tappeto. "In ogni caso, cosa ne dici dei Lakers, non è che Brad aveva ragione?"

I Lakers erano in testa nella Western Conference con un record di 44 vittorie contro 10 sconfitte.

"Beh, non hanno ancora vinto" rispose Tim. "San Antonio mi piace ancora tanto e non sottostimerei Denver. Ma, a proposito di Brad, hai sentito come sta?"

"No, non lo sento dal giorno che ho pranzato con lui. Non credo che abbia trovato lavoro" rispose Jeff.

"Certo, non avrei grandi aspettative. Non in questa fase di mercato" affermò Tim.

"E' molto qualificato, quindi penso che qualcosa lo troverà" disse Jeff che in realtà non ne era così sicuro.

L'economia sembrava peggiorare ogni giorno. Il Dow stava perdendo altri 100 punti attestandosi a 7.365,67 il punto più basso dal 9 ottobre 2002. Sembrava che il peggio dovesse ancora arrivare.

Capitolo 28
Venerdì
27 febbraio 2009

Quella mattina, quando Jeff arrivò, nell'Edificio 2 c'era un silenzio inquietante. Non che normalmente fosse rumoroso, ma quel giorno non c'era traccia nemmeno delle solite tranquille conversazioni. Quando vide gli ingegneri che preparavano le loro scatole capì cosa stava accadendo.

Dean era nel suo cubicolo. Normalmente, avrebbe lavorato al computer o preparato documenti, ma quel giorno era diverso. Sembrava frastornato e triste, mentre fissava il vuoto.

"Cosa succede Dean?" chiese Jeff, nonostante conoscesse già la risposta.

"Il licenziamento alla fine è arrivato" rispose Dean guardandosi intorno per assicurarsi che nessuno ascoltasse. "Questa è proprio una merda Jeff. Hanno licenziato Sean e Gavin."

"Stai scherzando. Dopo che hanno lavorato nei week-end e anche di notte per risolvere il problema di Diomedes? Di chi è stata la brillante idea?" si stupì Jeff.

"Suppongo di Roger Fleming, con il suggerimento di Bob Monahan" ipotizzò Dean.

"Bob Monahan? Cosa c'entra lui con l'unità aziendale delle imprese?" domandò Jeff.

"Non ne sono sicuro, ma so che Roger fa grande affidamento su di lui per quanto riguarda le questioni della progettazione" spiegò Dean.

"Ma nessuno di loro sa quanto bravi siano Sean e Gavin!"

Jeff si sentiva male, specialmente perché non li aveva mai ringraziati abbastanza per il loro impegno. Sebbene si aspettasse dei licenziamenti, non avrebbe mai pensato che due dei migliori ingegneri dell'azienda sarebbero stati tagliati.

"Nessuno ha mai chiesto la mia opinione. Ovviamente è stata solo una questione di numeri. Sean e Gavin non rispettavano i loro criteri" disse Dean.

"Almeno, tu sei ancora qui" affermò Jeff.

"Per quanto ancora. Sono sorpreso che non mi abbiano tagliato, considerata la mia età" ammise Dean.

"Cosa vuoi dire?" chiese Jeff.

"Sai cosa voglio dire. Gavin ha cinquantacinque anni quindi doveva andarsene di sicuro. Io ne ho cinquantotto, quindi sono uno degli ingegneri più vecchi rimasti" spiegò Dean.

"Xekonix non discrimina in base all'età" disse Jeff con tono sarcastico, considerando che gli ultimi licenziamenti dei project manager erano palesemente legati alla loro età.

Dean non sorrise. "Certo. Dillo a Brad. In ogni caso, sembra che circa trenta ingegneri e tecnici abbiano avuto il benservito. Ho sentito che anche Parsippany e Stratacomp sono state colpite."

Jeff sospirò. Erano notizie deprimenti. *Cosa ci riserva il futuro?*

Dopo oltre una settimana e nonostante parecchie chiamate, Brad non aveva ancora notizie da Ralph Marsh. Prese il telefono e tentò ancora una volta. Stavolta, inaspettatamente rispose.

"Ralph, sono Brad. Ti ho lasciato parecchi messaggi a proposito dell'annuncio per il project manager senior. Sai, sono molto interessato."

"Oh, ciao Brad" disse Ralph. "Avevo intenzione di chiamarti."

"Posso passare per un colloquio?" chiese Brad.

"Mi dispiace Brad. Il posto è stato occupato" replicò Ralph.

"Occupato? Ma perché non mi hai chiamato, lo sapevi che ero interessato" si lamentò Brad.

"Mi dispiace. Avrei dovuto chiamare. Ma ad essere onesto, abbiamo ricevuto centinaia di domande per quel lavoro e decine di candidati avevano esperienza nel settore dell'archiviazione dei dati. Tu non hai nessuna esperienza e quindi, onestamente, non avremmo potuto prenderti in considerazione" constatò Ralph.

"Ma..." Brad cominciava a protestare, ma poi capì che non era una buona idea. "Ok, Ralph. Grazie per il tuo aiuto. Fammi sapere se salta fuori qualcos'altro." "Lo farò" replicò Ralph.

Tuttavia, Brad sapeva che Ralph non lo avrebbe chiamato. Scoraggiato, si mise a guardare la TV, dove c'era il *The Oprah Winfrey Show*. Per quel giorno aveva già fatto troppe ricerche di lavoro.

Capitolo 29
Lunedì
9 marzo 2009

C'era una folla radunata accanto alla Maserati Gran Turismo S quando Jeff parcheggiò la sua 4Runner nel parcheggio dei dipendenti. Curioso si avvicinò e raggiunse la calca. Fu sorpreso nel vedere Scott Farlow mentre indicava le caratteristiche di quella macchina sportiva rossa da 130.000 dollari. *Come diavolo fa Scott Farlow a permettersi una Maserati?*

"È una Gran Turismo S, motore V8 da 440, cambio manuale a 6 velocità, configurazione transaxle..." diceva Scott parlando come se stesse conducendo una trattativa di vendita.

"È la macchina di Scott?" chiese Jeff a Larry Schumacher, anche lui in coda, anche se la risposta sembrava piuttosto scontata. "Sicuro, l'ha ritirata ieri dalla concessionaria" rispose Larry.

"Hmmm, Scott deve guadagnare più di quanto immagini" disse Jeff.

"Ehi Jeff" urlò Scott quando individuò Jeff in mezzo alla folla. "Cosa ne pensi della mia macchina nuova?" "Niente male" replicò Jeff.

In realtà non sapeva come reagire. Avrebbe dovuto essere invidioso di qualcuno che pur essendo venti anni più giovane poteva permettersi una macchina così costosa? Oppure avrebbe dovuto essere rattristato perché Scott poteva permettersi la macchina avendo ricevuto un elevato bonus come Impiegato dell'Anno?

In quel momento, Kathy si unì al gruppo. Era ovviamente impressionata. "Oh, wow. Una bella macchina Scott!" esclamò.

Jeff era frustrato dal fatto che lei si occupasse della macchina e non avesse nemmeno notato la sua presenza. *Non può veramente essere impressionata dalla macchina, giusto?* Di colpo, Jeff si sentì in imbarazzo per il fatto di guidare una Toyota 4Runner vecchia di 10 anni.

"Ehi, ogni volta che vuoi un passaggio, Kathy, fammelo sapere" propose Scott.

"Certo, lo farò" replicò lei. "Non ti preoccupare."

A quel punto Jeff se ne andò. Era molto deluso dal comportamento di Kathy. Si domandò se non avrebbe dovuto baciare qualche culo in più nel corso della sua carriera.

Erano all'incirca le due e la mensa era praticamente deserta. Tre donne che Jeff riconobbe a malapena stavano ridendo insieme nel tavolo d'angolo. Era tardi e stava di nuovo pranzando con Tim, entrambi avevano appena concluso un incontro di revisione finanziaria che era andato oltre l'orario previsto.

"Hai visto, il mercato ha perso altri ottanta punti oggi?" disse Jeff dando un'occhiata al rapporto sul mercato azionario di My Yahoo! sul suo iPhone. "Siamo a 6547. Merda, siamo a meno della metà del picco toccato nel 2007. Pensi che possa ancora peggiorare?"

"Direi di sì" rispose Tim. "Basta guardare il NASDAQ. Aveva raggiunto un picco di oltre 5.100 punti ed è piombato a circa 1.100 quando la bolla delle .com è scoppiata. Se la stessa percentuale fosse applicabile per il Dow, potrebbe crollare fino a 3.100 punti."

"La situazione mi terrorizza" disse Jeff.

"Sì e non è nemmeno la peggiore" continuò Tim. "Il Nikkei oggi è cinque volte e mezzo inferiore al suo picco. Ma il peggior momento fu nel 1929, quanto il Dow toccò i 381 punti e poi crollò fino a 41 nel 1932, una riduzione di più di nove volte che si recuperò solo nel 1954. Per ripetere la stessa situazione, il Dow oggi dovrebbe crollare fino a 1.600 punti per tornare al punto di partenza nel 2033."

"Sei riuscito a rendere felice la mia giornata" disse Jeff. "Come sai tutte queste cose sulla storia delle borse?"

"Ho fatto la mia tesi per il master sulla Grande Depressione e i suoi impatti sulle borse" replicò Tim. "e ancora continuo a studiare i mercati."

"Se conosci tutte queste cose sulla Grande Depressione e i suoi impatti sulle borse, allora perché sei così contrario agli stimoli all'economia?" chiese Jeff. Sentendosi più fiducioso a proposito della sua capacità di dibattere, Jeff decise di andare avanti con Tim, sapendo che lo stava attaccando su un suo punto di forza. "L'equilibrio di bilancio di Hoover è stato una delle cause principali della depressione. Non pensi che non dovremmo ripetere alcuni degli errori che lui fece aderendo a quella convinzione?"

"Stai guardando troppa MSNBC. La verità è che il problema di Hoover nacque quando abbandonò quei principi. Emanò il Reconstruction Finance Corporation, lo Smoot-Hawley e sostanzialmente alzò le tasse sui redditi più elevati" affermò Tim con tono di superiorità.

"Questo è quello che Fox News ti ha detto?" replicò Jeff, restituendo il colpo a Tim.

"Io non guardo Fox News" rispose Tim che appariva piuttosto offeso dall'insinuazione di Jeff.

"Ok, è quello che ti ha detto Rush Limbaugh?" Jeff stava cominciando a divertirsi a punzecchiare Tim.

"Non ascolto nemmeno Rush" disse Tim. "Per tua informazione leggo giornali come il *National Review* e il *Weekly Standard.*"

"Ah, abbiamo un intellettuale conservatore" disse Jeff. "Comunque stai ancora sbagliando."

"Questo lo dici tu!" disse Tim. "Probabilmente leggi quegli scribacchini della sinistra come *The Nation* e *Mother Jones.*"

"Certo" disse Jeff. A dire il vero, conosceva quei giornali in quanto Janet aveva l'abbonamento, ma solo recentemente aveva cominciato a leggerli. "In ogni caso, non è totalmente vero che Hoover abbandonò i suoi principi. Fece solo una promessa di facciata con il Reconstruction Finance Act, dal momento che partirono solo una manciata di progetti nel periodo della sua presidenza. E maggiori tariffe e tasse non sono in conflitto con il suo desiderio di ottenere un pareggio di bilancio. Ci volle Roosevelt e il suo New Deal per spingerci veramente fuori dalla Depressione."

"Veramente ci volle la Seconda Guerra Mondiale" insinuò Tim.

"Non è vero. Il recupero era già ben avviato quando scoppiò la Seconda Guerra Mondiale. Di fatto, sarebbe stato persino più rapido, se non si tenesse conto della recessione del 1937, causata dai tagli del governo in uno sforzo di riportare il bilancio in equilibrio."

"Bella mossa. Però il recupero sarebbe stato molto più rapido se non ci fosse stato il pasticcio di Roosevelt con il National Industrial Recovery Act" rispose Tim.

Jeff capì che Tim stava avendo la meglio, dal momento che aveva acquisito solo una conoscenza superficiale del National Industrial Recovery Act attraverso Wikipedia e, di fatto, veniva annoverato tra i più grandi fallimenti di Roosevelt. Tuttavia si ricordò che una delle prescrizioni era un miglioramento delle condizioni lavorative e, alla ricerca disperata di una buona risposta, decise di affidarsi alle emozioni piuttosto che ai fatti. "Pensi che un numero maggiore di fabbriche sfruttatrici e più sfruttamento minorile avrebbe anticipato la fine della Grande Depressione?"

Tim sembrò momentaneamente sorpreso dalla risposta di Jeff, poi rise. "Sono impressionato dalla tua capacità, anche se hai torto ancora una volta. Purtroppo devo tornare al lavoro, continueremo la discussione un'altra volta."

Jeff sorrise. Stava facendosi valere con Tim in un campo in cui aveva un'ottima conoscenza. Era un buon esercizio, lo avrebbe aiutato a prepararsi per i futuri scontri con Roger Fleming. Sperava inoltre di essere dalla parte del giusto a proposito degli stimoli all'economia, dovevano portare maggior lavoro perché non poteva sopportare che la situazione precipitasse ulteriormente.

"Ancora niente lavoro?"

Brad alzò lo sguardo dalla sua poltrona La-Z-Boy e vide la moglie in piedi sopra di lui.

"Non ancora" disse laconicamente.

"Come mai?" lo incalzò Sandy.

"Perché in questo momento non si trova lavoro" aggiunse Brad.

"Ho visto un annuncio, alla Home Depot stanno assumendo" propose Sandy.

"Sandy, stanno parlando di un lavoro da magazziniere pagato otto dollari all'ora" protestò Brad.

"Quindi? È molto meglio che starsene seduti" insisté la donna.

"Io non sto seduto. Ho fatto domanda per più di cinquanta posti di lavoro negli ultimi due mesi" spiegò Brad.

"Evidentemente non funziona. Ci servono soldi, quindi devi trovare un lavoro il prima possibile" disse Sandy.

Brad cercò di mantenere la calma. "Prima di tutto, Sandy, sto prendendo di più con la disoccupazione di quello che prenderei alla Home Depot. Secondo, se lavorassi là, mi distrarrebbe dal trovare un lavoro adatto a me. Per concludere, stonerebbe parecchio sul mio curriculum."

"Va bene, quello che so è che di questo passo sarà molto difficile pagare il mutuo. Quindi, dovresti inventarti qualcosa subito. Non capisco come tu possa trovare un lavoro se non alzi il culo" continuò Sandy.

Brad stava perdendo la pazienza, quindi cominciò ad alzare la voce. "Per tua informazione, Sandy, la maggior parte delle società accetta richieste solo attraverso internet. Sto anche chiamando i miei contatti di lavoro per capire se sono al corrente di potenziali disponibilità di lavoro e mi sono registrato con vari reclutatori."

"Stai seduto comodamente sulla tua poltrona. Non stai affatto cercando lavoro sul tuo computer o telefono" ribadì lei.

"Mi sto solo riposando un attimo, va bene? Nel caso non hai sentito, c'è una recessione, il lavoro non si ottiene facilmente."

"I lavori ci sono. Sei tu che sei troppo schizzinoso" lo accusò. Adesso era davvero molto arrabbiato. "Ma che diavolo ne sai tu?" gridò Brad.

"Io ho un lavoro, al contrario di qualcuno che conosco" replicò sarcasticamente.

"Certo, un lavoro part-time sottopagato. Davvero impressionante" ricambiò lui.

"Brad, muovi il culo e trovati un lavoro."

Brad alzò le braccia totalmente arrabbiato. "Tu, maledetta puttana, lasciami in pace."

"Hai intenzione di picchiarmi, grande uomo?" lo affrontò Sandy provocatoriamente.

Brad abbassò le mani, ritrovando lentamente il controllo. "Vaffanculo!" disse, dopodiché prese le chiavi della macchina e uscì di casa.

"Che problemi ci sono tesoro?" chiese Janet.

Jeff alzò lo sguardo dal computer. Stava dando un'occhiata alle notizie da quando era tornato dal lavoro, sperava di scorgere qualche indicazione che dicesse che il mercato aveva finalmente toccato il fondo, ma non aveva trovato niente che alleviasse le sue paure. "Il Dow ha chiuso a 6.547 oggi" disse.

"Quindi?" chiese Janet, la quale non seguiva i mercati con particolare attenzione, per lei i numeri erano piuttosto insignificanti.

"È meno della metà di quanto valesse un anno e mezzo fa. Tim ha detto che potrebbe andare anche peggio, tipo fino 1.600. Ho persino paura a verificare il saldo del nostro portafoglio."

Ovviamente non accennò al fatto che fosse arrabbiato per la superficialità di Kathy riguardo alla Maserati di Scott.

"Non ti preoccupare tesoro, il mercato rimbalzerà. Lo fa sempre" lo rassicurò lei.

"Certo, lo immagino" replicò Jeff che, sebbene sapesse che lei aveva ragione, non si sentiva ancora tranquillo.

"Ho un'idea amore" disse lei. "Andiamo a cena all'In-N-Out."

Jeff sorrise. "Mmmm. Che bello."

In quel momento apprezzò davvero Janet, poteva sempre contare su di lei quando si sentiva giù. Era davvero un angelo.

"Ti amo tesoro" disse lei, cingendolo con le braccia.

"Ti amo anch'io" replicò lui, avvicinandola a sé.

Cominciarono a baciarsi appassionatamente. Dopo alcuni frenetici secondi, finirono sul pavimento, rotolandosi sul tappeto. Lui spinse la maglietta verde scura di lei sopra la testa e le baciò il seno. Gemendo, lei lo accarezzò e premette il suo corpo contro quello di Jeff. Appena lui iniziò a togliersi i jeans, tuttavia, lei lo allontanò. Per un momento si sentì totalmente frustrato.

Poi Janet sussurrò. "Andiamo in camera."

Passarono il resto della serata facendo l'amore. Quella sera non ci fu nessun In-N-Out.

Capitolo 30
Lunedì
16 marzo 2009

Jeff lo guardò divertito, quando Tim si sedette a tavola per il pranzo con un grande sorriso stampato in faccia.

"Allora Dean, hai avuto modo di vedere chi ha battuto UCLA e ha vinto il torneo Pac-10?" chiese Tim ironicamente.

USC aveva sorpreso tutti quel week-end battendo UCLA per 65 a 55 durante le semifinali del Pac-10 e aveva poi battuto Arizona State in finale.

"Ci stiamo risparmiando per il torneo NCAA" replicò Dean sulla difensiva. "I playoff della Conference non sono così importanti. Inoltre, vi abbiamo già battuti due volte su tre."

"Dì quello che vuoi, Dean" ribatté Tim. "Il fatto è che vi abbiamo battuto quando contava veramente." "Vedremo" disse Dean.

"Parlando di perdenti, non per cambiare argomento, ho sentito che, in pratica, tutti i router della Shenzhen sono ancora sugli scaffali dei distributori" disse Tim.

Si riferiva al milione di dollari di router di cui Bryan Denman si era tanto vantato durante l'incontro aziendale di febbraio.

"Davvero?" disse Jeff. "Potrebbe significare una grande rotazione delle scorte a breve."

"Cosa intendi?" chiese Dean.

"Voglio dire che abbiamo consegnato un milione di dollari di router della Shenzhen ai nostri distributori a gennaio che loro non sono stati in grado di vendere ai loro clienti. Il contratto che avevano con noi permetteva loro di ridarceli indietro, perlomeno una certa percentuale, se non li avessero venduti entro un certo periodo. Questo è ciò che si definisce una rotazione delle scorte." Dean sembrava confuso. "Quindi non abbiamo venduto nessun router della Shenzhen?" "Si direbbe non molti" replicò Jeff. "È un imbroglio?" sintetizzò Dean.

"Potremmo chiamarlo così…"

Alle due del pomeriggio, Brad guardava con sgomento le sue e-mail. Ancora una volta, non c'era nessuna risposta dalle aziende a cui aveva inviato una richiesta di lavoro. Stava diventando sempre più amareggiato. *Questi bastardi potrebbero almeno inviarmi una lettera di rigetto.*

Si alzò dalla sua scrivania per sedersi sulla sua poltrona La-ZBoy. Dopo aver afferrato il telecomando accese la televisione e scorse i canali. Niente che valesse la pena vedere: i soliti vecchi talk show, reality, soap opera e repliche varie. Quindi, dopo circa quindici minuti si spostò sul divano e si sdraiò. Per le successive quattro ore dormì come un bambino.

Appena arrivato a casa Jeff diede un'occhiata alle notizie finanziarie. Dopo una striscia positiva di quattro sedute, il Dow aveva chiuso a 7.216,97 punti, sotto di sette punti rispetto al giorno precedente, ma un dieci percento in più rispetto ai minimi del nove marzo. C'erano alcune notizie. Diverse grosse banche prevedevano buoni utili per il trimestre. Ben Bernanke, presidente della Federal Reserve, aveva affermato a *60 Minutes* della domenica che la recessione sarebbe probabilmente finita se gli sforzi del governo di stabilizzare il sistema bancario avessero avuto successo. I Ministri delle Finanze del G20 si impegnavano a fare tutto il necessario per sistemare l'economia globale.

Jeff sentì un filo di speranza. Forse il mercato aveva finalmente toccato il fondo e stava risalendo. Forse le cose cominciavano ad andar meglio.

Capitolo 31
Lunedì
23 marzo 2009

"Sento odore di morte e distruzione qui" disse Jeff appena si sedette al tavolo.

Stava infierendo sui suoi amici, in quanto sia UCLA che USC erano state eliminate al secondo turno del torneo di basket NCAA.

"Almeno noi non siamo stati distrutti" dichiarò Tim. "Contrariamente a certe altre squadre del sud della California."

Infatti USC aveva perso di poco contro Michigan State per 74-69, mentre UCLA era stata malamente battuta da Villanova per 89-69.

"Ehi, abbiamo avuto un record migliore quest'anno" replicò Dean difendendo la sua alma mater. "E Villanova andrà alle Final Four".

"Anche Michigan State" disse Tim. "Affronta la realtà, USC è più forte."

"Direi che siamo pari" affermò Jeff, cercando di mettere pace. "A parte questo, qualcuno di voi ha sentito come finirà il trimestre?"

"Lo sai che gli ordini stanno andando male e che le consegne stanno facendo acqua" rispose Tim. "Non ci sono motivi che lascino pensare che non sarà un trimestre penoso."

"Non possiamo anticipare delle consegne del quarto trimestre?" chiese Jeff mentre attendeva una patatina fritta.

"Non è possibile, il nostro portafoglio ordini è così misero che non c'è niente che si possa fare" rispose Tim.

Dean posò il suo panino. "Non ci sono altre tecniche di contabilità creativa?"

"Non credo" replicò Tim.

"La situazione sembra piuttosto cupa" ipotizzò Jeff.

"Si spera che non ci saranno altri licenziamenti" aggiunse Dean con poca convinzione.

"Possiamo solo sperare" aggiunse Tim che, tuttavia, sembrava piuttosto dubbioso.

Quella mattina Brad si preparò la colazione da solo: due uova all'occhio di bue con pane tostato e prosciutto. Sandy era già uscita al lavoro e Jason era a scuola. Scrutò i titoli del *Los Angeles Times*.

Un aeroplano era precipitato nel Montana, alluvioni nel Minnesota e North Dakota. Cartelli della droga e contrabbando di esseri umani. Proteste dei tibetani in Cina. Un editoriale parlava dell'aiuto ai disoccupati californiani (*molto appropriato*). La USC era stata eliminata dal torneo NCAA (*Tim deve essere piuttosto amareggiato*). Appena diede un morso al suo pane tostato, il telefono squillò. Mentre masticava, riuscì a rispondere dopo tre squilli.

La persona all'altro capo aveva un tono molto professionale. "Salve Brad, parla Michael Ferris dalla Thompson-Stillman. Siamo un'azienda di reclutamento, con sede a Cupertino, California. Brad, ho avuto modo di visionare il suo curriculum e pensiamo possa essere un candidato ideale per un posto disponibile. Ha la possibilità di parlarne?"

Il battito cardiaco di Brad aumentò. *È arrivata una vera opportunità di lavoro?* "Certo, sono disponibile."

"Mi faccia capire. Lei è un project manager senior e recentemente ha lavorato alla Xekonix, mentre prima aveva lavorato alla Cisco. Tutto corretto?" "Giusto" confermò Brad.

"Sono delle credenziali davvero notevoli. Basandomi su queste informazioni, penso che dovrebbe avere un salario intorno ai 150.000 dollari. Ci sono vicino?" chiese il reclutatore.

"Abbastanza vicino" rispose Brad.

A dire il vero, era parecchio di più di quello che prendeva alla Xekonix. Brad era piuttosto emozionato.

"Fantastico! Penso che possiamo avere delle eccellenti opportunità per qualcuno con le sue competenze. Le piacerebbe cominciare a collaborare con noi?" propose l'interlocutore.

"Assolutamente" replicò Brad.

"Benissimo. Ci serve che lei firmi il nostro contratto che le invierò a mezzo e-mail. Va bene?" si affrettò Ferris.

"Nessun problema" rispose Brad.

"Benissimo. Ora sto guardando il suo curriculum e, francamente, abbiamo bisogno di apportare alcune modifiche in maniera da presentarla sotto la miglior luce possibile."

Brad esitò. Qualcosa gli suonava strano. "Che tipo di cambiamenti raccomandate?"

"Per farla breve, il suo curriculum manca di impatto" fece notare Ferris.

"Com'è possibile?" domando Brad un po' infastidito.

Aveva redatto molti curriculum in passato, che gli avevano permesso di ottenere un lavoro. Nonostante ciò, decise di accettare quella critica costruttiva.

"Un curriculum professionale necessita di un buon colpo d'occhio ed eccellenti contenuti. Deve distinguersi dalle altre centinaia di curriculum che un addetto al personale riceve. Ha letteralmente pochi secondi per presentarsi, dobbiamo massimizzare l'impatto" illustrò l'uomo.

Brad cominciò a diventare sospettoso. Sembrava che la persona all'altro capo stesse leggendo uno scritto. "Ho capito. Cosa dovrei cambiare?"

"Brad, Thompson-Stillman offre un servizio professionale di scrittura del curriculum. Abbiamo un gruppo di redattori di prima qualità che lo puliranno dandogli l'impatto che serve" spiegò l'uomo all'altro capo del telefono.

Un servizio professionale di scrittura del curriculum? Brad capì che stava ricevendo una proposta di vendita. "Sono un redattore piuttosto valido, quindi potreste dirmi cosa va cambiato?"

"Brad, lei deve sapere che il suo curriculum è il suo strumento di marketing personale. Se non è costruito correttamente, non sarà considerato per un lavoro. È per questo che noi chiediamo che tutti i nostri clienti usino il nostro servizio di scrittura del curriculum" spiegò Ferris.

Ora Brad era molto sospettoso. "Ho capito. Quanto mi costerà tutto ciò?"

"Il suo investimento iniziale sarà di soli 695 dollari. Questo comprende una lettera di presentazione, sia in formato cartaceo che elettronico e l'ottimizzazione attraverso delle parole chiave."

"E dopo?" chiese Brad.

"Il compenso addizionale varia, a seconda del tipo di servizio richiesto e del lavoro ottenuto" si affrettò Ferris.

Brad provò sconforto. Sapeva che gli addetti al reclutamento solitamente non addebitavano i clienti per il loro servizio; piuttosto erano le società che assumevano a pagarne il compenso. "Tutto ciò potrebbe finire per costarmi qualche migliaio di dollari?"

"Brad questo è un investimento sul suo futuro. Questo è niente se confrontato con il compenso che ne ricaverà" lo rassicurò il venditore.

"A me sembra un imbroglio del cazzo. Addio" dopodiché chiuse rabbiosamente la telefonata.

Brad si accasciò sul divano. Provava tristezza. Per la prima volta in vita sua si sentiva una vittima

Capitolo 32
Martedì
31 marzo 2009

Jeff non poteva credere ai suoi occhi quando vide il titolo dedicato alla Xekonix sulla sua pagina My Yahoo!:

- La Xekonix annuncia dei licenziamenti (martedì 31 marzo)

Altri licenziamenti? Subito dopo quelli degli ingegneri? L'azienda è davvero così nei guai?

Cliccò sul titolo per leggere il comunicato.

Xekonix Corporation (NASDAQ: XEKX), fornitore di apparecchi per le reti informatiche, oggi ha annunciato che licenzierà oltre 300 dipendenti a giugno, nell'ambito di un impegno di ristrutturazione complessiva. I licenziamenti riguarderanno tutti i reparti della società con sede a Irvine. Questi tagli seguono quelli di novembre relativi alla chiusura della fabbrica della compagnia californiana.

Bryan Denman, Presidente della Xekonix, ha detto che i tagli sono stati necessari per riportare i conti in ordine. "Abbiamo fatto dei passi importanti nel controllo dei nostri costi durante gli ultimi sei mesi. Questa ultima razionalizzazione migliorerà di gran lunga i nostri costi operativi e conseguentemente la nostra redditività nel lungo termine."

Le azioni della Xekonix hanno chiuso in salita del 7,1% a 8,63 dollari.

Si trattava di un altro importante taglio occupazionale, ancora più grande di quello relativo al marketing e alla progettazione. Jeff sperò che i suoi amici e il suo staff non ne fossero colpiti. Soprattutto si augurò che non ne fosse coinvolta Kathy. Non gli venne nemmeno in mente che lui potesse essere parte di quei licenziamenti.

Jeff fu contentissimo quando Kathy entrò nel suo cubicolo alle undici e trenta con un fantastico tailleur scuro che non le aveva mai visto prima.

Sorrise mostrandogli un documento che aveva tutta l'aria di essere una lettera. "Alla fine è successo" disse la donna.

"Che cosa?" replicò, sebbene sapesse già di cosa si stava parlando.

Lesse il contenuto ad alta voce. "Nel corso degli ultimi mesi, Xekonix Corporation ha passato delle difficoltà finanziarie e registrerà probabilmente una perdita significativa anche in questo trimestre. Per questo motivo, siamo spiacenti di informarla che il suo ruolo è stato soppresso nell'ambito di un massiccio licenziamento. Come previsto dal Worker Adjustment and Retraining Act del 1988, questa lettera notifica il licenziamento con sessanta giorni di preavviso. La data effettiva della cessazione del rapporto sarà il 31 maggio 2009."

"E' davvero uno schifo Kathy. Non te lo meritavi" disse Jeff.

"Te l'ho detto, era inevitabile" rispose Kathy.

"Non è comunque giusto" era sorpreso nel vedere che lei non sembrava per niente turbata.

"Immagino che Sheila non avesse più bisogno di me" sentenziò Kathy.

"Sarei molto sorpreso se riuscisse a gestire il lavoro da sola. Tu le rendi le cose veramente facili" spiegò Jeff.

Kathy sorrise ancora. "Grazie Jeff. Lo apprezzo davvero. A proposito hai programmi per il pranzo?" "No" replicò.

Il suo cuore cominciò ad accelerare. Lo stava davvero invitando a pranzo?

"Vogliamo andare? Devo festeggiare il mio licenziamento con qualcuno" propose lei.

"Certo" accettò Jeff cercando con forza di apparire calmo, ma era tutto tranne che calmo.

"Avrei voglia di sushi. Ti piacerebbe andare al Izakaya Wasa?" chiese Kathy.

"Va benissimo" replicò Jeff, sebbene il posto non gli interessasse tanto, il suo unico pensiero era stare con lei. "A che ora?"

"Adesso. Ho fame. Ti va bene?" propose decisa.

"Ok, andiamo" concordò Jeff.

Felice si alzò dal suo posto e l'accompagnò alla BMW. In quel momento aveva completamente dimenticato la questione dei licenziamenti.

Da Macy's nel centro commerciale Westminster Mall non avevano la sua taglia, nonostante ciò, la commessa riuscì a rintracciare un tailleur a pantalone della taglia desiderata da Janet nel negozio dell'Irvine Spectrum Center, il grande magazzino vicino all'ufficio di Jeff. Lei aveva un giorno libero in quanto era il Cesar Chavez Day, quindi decise di andare in macchina fino a Irvine per prendere il tailleur. Era anche un'opportunità per andare a pranzo con Jeff che era regolarmente al lavoro dal momento che la Xekonix non celebrava quel giorno.

Prima di partire chiamò Jeff in ufficio, dovette però lasciare un messaggio vocale dal momento che non risultava alla sua scrivania. Decise di andare ugualmente a Irvine, nella speranza di incontrarlo una volta arrivata.

Quando arrivò allo Spectrum Center tentò nuovamente di chiamarlo, ma ancora una volta rispose la sua segreteria telefonica. Anche se la cosa non era insolita dal momento che Jeff aveva spesso delle riunioni, decise che quella situazione era abbastanza urgente da doverlo rintracciare. Premette '0', che la mise in contatto con Laurie Rodriguez. Janet la conosceva abbastanza bene, infatti avevano parlato spesso al telefono quando Janet chiamava la Xekonix in cerca di Jeff.

"Oh, ciao Janet" disse Laurie. "Sai, ho visto Jeff uscire per andare a pranzo circa un'ora e mezzo fa."

"Grazie Laurie, proverò a rintracciarlo sul suo telefono" decise Janet.

Di solito non chiamava Jeff al cellulare quando era al lavoro, non voleva interromperlo nel mezzo di una riunione e anche perché la ricezione dei cellulari all'interno della Xekonix era piuttosto scadente. Decise di farlo. Ancora una volta rispose la segreteria. "Ciao tesoro, sono io" disse dopo il beep. "In questo momento sono allo Spectrum. Andiamo a pranzo insieme? Dove ti trovi?"

Janet si chiedeva dove diavolo potesse essere. Scese dalla macchina diretta verso Macy's.

"Cosa farai adesso?" chiese Jeff a Kathy mentre aspettavano il loro sushi al Izakaya Wasa.

Era contento di stare con lei, ma dispiaciuto per il fatto che non si sarebbero più visti regolarmente.

"Starò tranquilla per un paio di mesi. Tra l'altro, non è per niente male essere pagati mentre si cerca un altro lavoro" disse lei.

"Mi fa piacere che la prendi con filosofia" osservò Jeff.

"Non ho molta scelta" aggiunse Kathy.

Jeff sorrise. "Sai qual è la cosa peggiore in tutto ciò?"

"No, quale?" chiese lei curiosa.

"Avrò a che fare con James Christianson" scherzò Jeff.

Kathy rise. "Per questo mi dispiace. Ma sopravvivrai."

"Sarà dura senza di te" stavolta era serio e non solo per motivi personali.

"Grazie Jeff. Sei un tesoro."

Per ritirare il tailleur ci volle circa mezzora, prima di prenderlo lo provò per essere sicura che le andasse bene. Jeff non aveva ancora risposto alla sua chiamata e lei si stava arrabbiando. Immaginando che avesse già finito di pranzare, si aggirò per lo Spectrum in cerca di un buon ristorante.

Vicino al complesso dell'Edwards Theater, individuò l'insegna di un ristorante giapponese chiamato Izakaya Wasa. Lei adorava il cibo giapponese, quindi decise di dare un'occhiata.

"Un posto per una persona?" chiese la cameriera.

"Probabile" rispose Janet. "Posso dare un'occhiata al menu per favore?"

"Certamente" rispose la ragazza porgendogliene uno.

Janet diede un'occhiata al menu. Il cibo sembrava buono. Il posto pulito e moderno, con un arredamento nel tipico stile giapponese. Ma proprio mentre stava per chiedere alla cameriera di sedersi, notò una donna attraente seduta in uno dei tavoli che parlava con un uomo. L'uomo era oscurato da una tenda che separava il tavolo da quello adiacente, immediatamente riconobbe la donna, era Kathy Jensen. Curiosa, Janet si spostò leggermente per avere una visuale migliore.

A quel punto vide Jeff.

Inorridita, corse fuori dal ristorante, quasi dimenticando di restituire il menu alla cameriera. *Quel bastardo! Quel gran figlio di puttana!*

Janet pianse per tutto il tragitto verso casa.

Quel pomeriggio Roger Fleming convocò una riunione dei suoi project manager nella sala conferenze A, dove dovevano discutere alcune nuove strategie di mercato. Jeff arrivò in anticipo e si sedette tra Sam Keaton e Oscar Fuentes vicino all'entrata. Guardandosi intorno, si chiedeva se qualcuno dei manager convocati fosse stato raggiunto da un preavviso di licenziamento.

"Cisco ha fatto due annunci molto importanti questo mese" esordì Roger. "Il primo ce lo aspettavamo: hanno deciso di entrare nel mercato dei server. Per quanto riguarda il secondo, hanno acquisito un'azienda che produce videocamere. Signore e Signori, non c'è nemmeno bisogno di dirlo, ma questi annunci hanno un notevole impatto sulle nostre strategie."

Jeff aveva letto i comunicati sulla stampa, ma non gli aveva dato troppa importanza. La Xekonix aveva già iniziato a sviluppare i suoi server e pensava che le video camere fossero molto lontane dal core business della Xekonix che era concentrata su router e switch. L'annuncio relativo ai server confermava la solita tendenza della Xekonix a offrire prodotti che erano gli equivalenti dei prodotti offerti dalla Cisco. Tuttavia, era un mercato dai margini estremamente bassi nel quale competevano dei giganti come Hewlett-Packard, Dell e IBM, quindi non riusciva a capire come la Xekonix potesse dire la sua in un tale contesto. Il mercato delle videocamere, d'altro canto, era un mercato orientato alle famiglie, ancora più lontano da qualsiasi cosa avesse fatto Xekonix fino a quel momento. Tra l'altro, non era nemmeno sicuro che c'entrasse qualcosa con il modello aziendale della Cisco.

"Quindi Bryan, Greg e io, abbiamo preso la decisione di aggredire questi mercati" continuò Roger. "A tal fine, sposteremo alcune risorse dal marketing e la progettazione su questi nuovi settori."

Detto ciò, Scott Farlow si alzò dalla sua poltrona e avviò una presentazione di PowerPoint. "Le vendite al dettaglio delle videocamere hanno toccato gli 850 milioni di dollari, con la serie Flip della Cisco che si è accaparrata il tredici percento di questo mercato" cominciò indicando alcuni grafici sullo schermo. "Secondo Cisco, le vendite di Flip cresceranno del cento per cento all'anno. Penso che questo mercato sia un'eccellente opportunità per noi, soprattutto per la grande diffusione dei video in internet. Sempre più persone avranno videocamere e avranno bisogno di trasmettere i loro video ai server nei cloud. Quindi, se abbiamo una videocamera competitiva con funzionalità internet integrate, non solo saremo in grado di penetrare un mercato in crescita, ma aumenteremo anche il bisogno dei nostri prodotti sul cloud. Saremo l'unica società, oltre a Cisco che potrà fornire il dispositivo ai consumatori e l'infrastruttura utile per una soluzione end-to-end, cioè completa.

"Così come per i server, è un mercato da 50 miliardi di dollari, con oltre otto milioni di pezzi consegnati nel 2008" continuò Farlow. "La sinergia con i nostri prodotti di cloud computing è ovvia, considerando che ogni provider di servizi cloud necessita di server. Inoltre, entrare in questo mercato è per noi un gioco da ragazzi. Questo aspetto è certamente rafforzato dal recente annuncio di Cisco. Se volete ulteriori dettagli sul mercato dei server e delle videocamere, vi rimando al mio rapporto presente sulla nostra intranet."

"Grazie Scott. È stata un'analisi eccellente" disse Roger. "Stiamo continuando a dirottare risorse sulla nostra strategia legata ai server, ed è con piacere che vi annuncio che Pat Nguyen, vice presidente marketing di Stratacomp, si trasferirà da noi per guidare questo impegno. Contiamo molto sui benefici del mercato delle videocamere, quindi Greg e io abbiamo incaricato Scott di lavorare a una strategia."

Jeff alzò gli occhi al cielo. *Stiamo puntando tutto sulle decisioni di Scott Farlow?*

All'uscita dalla riunione sulle strategie aziendali, Jeff venne avvicinato da Larry Schumacher nell'atrio. A giudicare dall'espressione Larry era tutt'altro che felice.

"Ciao Larry, come va?" sorrise Jeff, sperando in una conversazione allegra.

"Volevo informarti che ho ricevuto una delle notifiche di licenziamento. Hanno tagliato metà dello staff del CQ. Il mio ultimo giorno sarà il 31 maggio" lo avvisò Larry.

Nonostante sapesse dell'arrivo dei licenziamenti, Jeff era sorpreso. "Mi dispiace davvero Larry. Mancherai molto al nostro gruppo."

"Mi mancherete anche voi ragazzi" disse Larry.

"L'aspetto positivo è che avrai del tempo per cercare un altro lavoro". Jeff provava solidarietà, ma in quelle situazioni non sapeva quasi cosa dire.

"È vero, questo mi fa piacere. Avrò bisogno di tutto il tempo che mi viene dato" affermò Larry.

"Sai se altri nel nostro gruppo hanno ricevuto il preavviso?" chiese Jeff.

"Non credo. Almeno Dean e Jim non ne hanno parlato quando li ho visti questa mattina" rispose Larry.

"La produzione e la progettazione sono già stati ridotti all'osso con gli ultimi licenziamenti. Ho sentito che le vendite, il finanziario e le risorse umane stavolta subiranno i maggiori tagli. Anche il marketing avrà qualche altro colpo. In ogni caso, pensi che per te andrà tutto ok?" domandò Jeff all'amico.

"Credo di sì, ma da quello che ho sentito, il mercato del lavoro è incredibilmente limitato. Ho due figli e un mutuo, non potrei permettermi di stare senza lavoro per troppo tempo" ammise Larry.

Jeff attese un attimo prima di rispondere. "Buona fortuna Larry. Fammi sapere se hai bisogno di una referenza."

"Grazie Jeff. Ne terrò conto."

Quando Jeff tornò a casa, Janet stava sul divano fissando inespressiva il muro. Non sorrise quando lo vide.

"Ciao tesoro" disse. Poi sorrise, sperando che lei fosse distratta.

"Ciao" disse bruscamente.

Jeff capì che qualcosa non andava. "Tutto bene tesoro?"

"Jeff sono stata allo Spectrum oggi. Ho visto te e Kathy Jensen insieme a pranzo" disse Janet.

"Era un pranzo di lavoro tesoro" si difese Jeff.

"Sicuro. Un pranzo *di lavoro*" insinuò Janet.

"Andiamo Janet. Lavoro con Kathy e i pranzi di lavoro sono una parte normale del nostro mestiere" continuò Jeff.

"Giusto, sono sicura che odi lavorare con Kathy" disse lei.

Jeff sapeva che lei aveva ragione, nonostante ciò continuò a discutere.

"Dannazione, Janet. Lo sai che non avremmo avuto questa discussione se mi avessi visto a pranzo con Dean" affermò Jeff.

"Dean non indossa la minigonna" ironizzò Janet.

"Ti ripeto Janet. Era un pranzo di lavoro" insisté.

"E quanti cosiddetti pranzi di lavoro hai avuto con lei?" continuò a indagare la donna.

"Pochi. Che differenza potrebbe fare?" chiese lui.

"Fa parecchia differenza Jeff" rispose Janet.

"Perché? Perché è una donna? È una collega per l'amor di Dio" cercava di difendersi Jeff.

"Sei un bastardo. Lo sai benissimo che è qualcosa di più di una collega" lo incalzò Janet.

"Janet, tu più di altri dovresti sapere che ci sono sempre più donne in posizioni dirigenziali. Se le donne vogliono realizzarsi sul lavoro, devono fare le stesse cose che fanno gli uomini" spiegò Jeff.

"Smettila Jeff. Qui c'è una grossa differenza. È più una questione personale che lavorativa" insinuò Janet.

"Ho capito. Quindi alle donne non andrebbe permesso di partecipare alle attività che normalmente sono riservate agli uomini, giusto?" cercava di razionalizzare Jeff.

"Sai benissimo cosa voglio dire" disse Janet.

"No, non lo so. Qual è la differenza se discuto di lavoro con Dean a pranzo o ne discuto con Kathy? Sarebbe diverso se Kathy fosse brutta?"

"Maledizione, Jeff stai diventando ridicolo. Sai benissimo che un pranzo con una donna è diverso da uno con un uomo."

"Ti sbagli... "

"Non mi sbaglio. Perché non lo ammetti? Provi un'attrazione per lei" disse Janet andando al punto della questione.

"Janet, quante volte te lo devo dire? È solo lavoro. Non è successo niente" si difese.

"Jeff, quello che ho sempre desiderato è amarti, prendermi cura di te, renderti felice. E tu mi tratti in questo modo?" mentre parlava Janet aveva le lacrime agli occhi.

"Per l'amor del cielo, Janet, se ti senti tanto minacciata da ogni donna che frequento sul lavoro, allora dovremmo lasciarci."

"Sì, penso che dovremmo" replicò lei.

Jeff era scioccato. Non aveva nessuna intenzione di rompere con Janet, le parole erano uscite dalla sua bocca, senza che lui lo volesse, perlomeno non in quella maniera brusca. "Tesoro, non volevo dire questo" disse, sperando che lei potesse ripensarci.

"Sì invece. Porterò via le mie cose domani. Addio Jeff" detto ciò Janet afferrò la sua borsetta e uscì di casa.

Jeff crollò sul divano. Si sentita un grande stronzo. Janet non solo era una compagna fantastica, era stata una parte fondamentale della sua vita negli ultimi sette anni. Ora, per la prima volta, aveva veramente minacciato di rompere con lui. In passato avevano già avuto parecchi diverbi, ma le cose si erano sempre aggiustate. Si tranquillizzò, sapeva che alla fine sarebbe tornata sui suoi passi.

Perlomeno lo sperava.

Quando Kathy tornò a casa, le lacrime cominciarono a scorrere. Era arrabbiata. Nonostante sapesse già che il suo licenziamento era inevitabile, questo la faceva stare molto male. Pensava alle lunghe ore di duro lavoro che aveva dedicato alla società, con la speranza che un giorno ne sarebbe diventata vice presidente. Ora, era stata buttata via come un vecchio straccio, senza nemmeno un grazie per la sua abnegazione e i risultati ottenuti. *Quindi è così che finisce?* Frustrata e infelice, accese la televisione per distrarre la mente dagli eventi di quel giorno. Dopo diversi minuti di rimpalli tra le centinaia di canali, alla fine si posizionò su una trasmissione che parlava di ristrutturazione su HGTV. Lei era sempre alla ricerca di idee per ridecorare la sua casa, era quindi un ottimo modo per sviare la mente dai suoi guai. Tuttavia, nel mezzo del programma, fu proposta una pubblicità. Cominciava con dei bambini che giocavano con la Xbox, seguivano delle inquadrature di un uomo che dava un'occhiata al suo portafoglio finanziario e una donna che faceva acquisti su internet. Una indefinita musica rock faceva da sottofondo. *Che noia.* Kathy puntò il telecomando verso la televisione pronta a cambiar canale. Poi le parole 'Porta il Cloud a Casa tua' apparvero sullo schermo. Istintivamente criticò lo spot: *Che intenzioni hanno, i consumatori sanno almeno che cos'è un cloud?* Poi, con sua grande sorpresa, l'orribile nuovo logo della Xekonix comparve e la voce in sottofondo disse 'Xekonix Network Solution, ti portiamo il Cloud a Casa'.

Kathy posò il telecomando con disgusto. "Non ci posso credere" disse ad alta voce, nonostante non ci fosse nessun altro in casa. "Sono stata licenziata per permettergli di spendere soldi in stronzate come questa?"

Non avrebbe mai più dato tutta se stessa per un'azienda. Se avesse saputo in anticipo quello che sarebbe successo non avrebbe mai sacrificato gli anni migliori anziché diventare mamma.

Desiderava un bambino. *Adesso*.

QUARTA PARTE

Q4 FY2009

1° aprile 2009 – 31 giugno 2009

Capitolo 33
lunedì
13 aprile 2009

Brad aprì leggermente gli occhi. Il sole penetrava dalle finestre della sua camera. Il cane del vicino stava abbaiando; probabilmente il postino stava facendo il suo giro. Sandy era andata al lavoro da un po' e Jason era andato a scuola. Erano le dieci del mattino.

Alzarsi tardi era divenuta un'abitudine, di certo a causa della frustrazione per la mancanza di un lavoro. Sebbene avesse inviato oltre novanta curricula nei tre mesi precedenti, non aveva ancora effettuato nemmeno un colloquio. Tutto ciò, nonostante avesse inviato richieste di lavoro per un livello inferiore a quello di project manager e avesse allargato il campo alle contee di Los Angeles e Riverside. Malgrado non si fosse ancora arreso, non aveva più quella curiosità di cercare sugli annunci di lavoro o chiamare dei conoscenti. Era passata più di una settimana dall'ultima volta che aveva dato un'occhiata al suo profilo Facebook o a quello LinkedIn. Di fatto erano passati diversi giorni anche dall'ultima volta che si era rasato.

Brad sapeva bene di trovarsi a un punto morto. Doveva fare qualcosa di più oltre che inviare richieste e dormire. Un'attività all'aria aperta gli avrebbe fatto bene, qualcosa che l'avrebbe tenuto fuori di casa. A parte guardare gli sport alla TV, tuttavia, non aveva alcun vero hobby e nessun altro interesse al di fuori del lavoro. Gli sport erano stati la sua passione, ma i suoi vecchi infortuni nel football gli precludevano la partecipazione anche ad attività abbastanza sedentarie come il golf e il bowling. C'era un'altra vecchia passione rimasta latente per molti anni: il tiro. Da adolescente era stato un campione di tiro al bersaglio e un avido cacciatore. Considerando che una pistola l'aveva, avrebbe potuto riprendere facilmente la sua passione. Sarebbe stato divertente e gli avrebbe fatto bene, tenendo la mente lontana dai problemi.

La pistola era conservata in una cassaforte speciale che teneva in camera. L'aveva comprata perché Sandy si era spaventata a causa di alcuni furti avvenuti nel suo quartiere alcuni anni prima. Quando la polizia aveva preso il responsabile, i furti erano cessati e, da qual momento, la pistola non era più uscita dalla cassaforte. Dopo essersi alzato dal letto e aver fatto colazione, Brad andò alla cassaforte e compose il codice. Fu sorpreso di ricordare ancora la combinazione, 26-50-6, una versione criptica della sua data di nascita, il 26 giugno. Tirando lo sportello, estrasse la sua 9mm. Il manufatto era sublime, una lavorazione precisa e un design raffinato. Avendo sparato pochissime volte, sembrava nuova di zecca. Con la sua solita attenzione nel maneggiare pistole, tirò indietro il carrello e si assicurò che la canna fosse vuota. Nella pistola mancava il caricatore, dal momento che l'aveva sistemato insieme alle cartucce in un'altra cassaforte.

La pistola riportò alla luce dei ricordi piacevoli. Da adolescente, durante delle tiepide mattine d'autunno, Brad andava spesso a caccia con suo padre nelle foreste del Missouri. A tredici anni fu così orgoglioso quando sparò al suo primo cervo. Riusciva quasi ad assaporare quella succosa cacciagione, che aveva sempre ritenuto migliore della carne di vitello. Erano passati tanti anni, sapeva che avrebbe dovuto fare un po' di pratica, cercò su internet un poligono di tiro. Ne trovò uno dalle parti di Laguna Niguel chiamato OC Target One, aperto ogni giorno dalle dieci del mattino alle nove di sera.

"Hai visto che la marina ha preso quei pirati?" chiese Jeff a Tim mentre erano seduti per il pranzo. "Dopotutto Obama non è così imbranato in fatto di sicurezza nazionale."

Il capitano Richard Philips, la cui nave era stata assalita dai pirati somali, era stato salvato nel corso di un'audace missione in cui erano stai uccisi tre pirati e uno era stato catturato.

"Il lavoro l'hanno fatto tutto i SEAL della marina militare" rispose Tim con tono sprezzante.

"Penso che ci sia voluto fegato per dare quell'ordine" disse Jeff. "Un fallimento sarebbe stato molto imbarazzante e, in fondo, dimostra che non accettiamo la cattura di ostaggi" si riferiva al fatto che Obama aveva dato degli ordini perentori circa un'azione forte per salvare Philips se fosse stato necessario.

"Ho la sensazione che Obama abbia solo dato un vago ordine per cercare di salvare l'ostaggio nel caso la negoziazione fosse fallita" replicò Tim. "Credo che la decisione forte l'abbia presa la Marina. In ogni caso, c'erano giusto dei pirati da quattro soldi. Niente se confrontato con Khalid Sheikh Mohammed o Abu Musab al-Zarqawi. Non sarò impressionato finché Obama non prenderà qualche terrorista di valore."

"Va bene, penso che tu lo stia sottostimando. È uno piuttosto deciso."

"Devo dire che è stato piuttosto deciso con la nostra economia" ribatté ironicamente Tim.

Jeff rise. "Non ti piacerà mai Obama, indipendentemente da ciò che farà."

"Diciamo che sarà difficile" replicò Tim.

La cameriera era già passata per la terza volta, ma Kathy stava ancora sorseggiando il suo primo bicchiere di vino. Lei e Susan erano sedute al tavolo vicino alle vetrate al secondo piano del *The Cannery*, a Newport Beach. Era l'happy hour e, per essere un mercoledì sera, il locale era sorprendentemente affollato. Un gruppetto di uomini rideva al bar, sembravano piuttosto alticci nonostante fossero solo le sette. Per la maggior parte, la gente si comportava bene e parlava a tono basso, mantenendo il rumore a un livello ragionevole.

"Stai pensando di cercare un nuovo lavoro?" chiese Susan.

"No, penso che mi prenderò un periodo di riposo per riflettere su questa storia del bambino" rispose Kathy.

Aveva da poco raccontato a Susan del licenziamento, ma non avevano ancora parlato dei progetti per il futuro.

"Buona idea. Come ti ho detto la volta scorsa, hai bisogno di focalizzarti su una cosa alla volta. A proposito, hai trovato un donatore di sperma?" chiese ancora Susan.

Kathy sorrise e posò il suo bicchiere. Fin dall'incidente delle vampate di calore di dicembre, lei e Susan avevano scherzosamente definito come 'donatore di sperma' chiunque: un marito, l'avventura di una notte o chi si sarebbe prestato all'inseminazione artificiale. "Non ancora, ma Scott è ancora un'opzione."

"Vuoi dire il giovane stallone di cui abbiamo parlato qualche settimana fa?" ricordò Susan.

"Esatto, non l'ho ancora avvicinato, ma sembra piuttosto interessato. Se non è così, c'è sempre un piano B" disse Kathy.

"Piano B?" chiese curiosa Susan.

"Certo, la banca del seme" rispose Kathy.

"Sicuro. Puoi affrontare la maternità senza un lavoro o un marito?" la interrogò Susan.

"Direi di sì, ho un buon gruzzolo da parte. Ma dovrei comunque trovarmi un altro lavoro" rispose Kathy.

"Oppure potresti trovare un uomo ricco" suggerì l'amica.

"Oh Susan, lo sai, non potrei mai fare una cosa del genere. Penso che non lo faresti nemmeno tu."

"Ma certo che potrei" disse Susan. "Sono sicura che potrei pazzamente innamorarmi sia di Bill Gates che di Warren Buffet."

Probabilmente non stava scherzando. Sebbene Susan non fosse alla ricerca di un compagno, Kathy sapeva che era fortemente attirata dal denaro.

Kathy bevve un altro sorso di vino. "Comunque cercherò altri uomini. Preferirei rimanere single piuttosto che stare con l'uomo sbagliato."

Era onesta, non sarebbe mai stata con un uomo solamente per denaro. Doveva comunque ammettere di essere attratta da uomini con un reddito superiore alla media. Il denaro però era solo una parte dell'equazione. Quello che voleva davvero era un cavaliere dalla scintillante armatura, che fosse bello, intelligente, deciso, divertente, carino e ricco. Un uomo che sapesse prendere il controllo della situazione, proteggerla e prendersi cura di lei, permettendole di mantenere la sua indipendenza. Qualcuno come Brad Pitt avrebbe potuto avere quei requisiti. Sfortunatamente, quel tipo d'uomo non cresceva sugli alberi.

"Fai quello che vuoi" disse Susan mentre beveva un altro sorso di vino. "Sicura di non essere interessata a un altro lavoro? La mia amica Karen lavora all'Apria e mi ha detto che stanno cercando un responsabile del marcom. Sono sicura che potrebbe procurarti un colloquio."

Kathy spaziò con lo sguardo fuori dalla vetrata, scrutando la baia. Apria era una grande azienda del settore sanitario, situata nell'Orange County, sapeva che quel lavoro sarebbe stato altrettanto buono, se non migliore, dell'attuale. Nonostante ciò era decisa. "No, sono sicura" replicò. "Voglio davvero un bambino. Il lavoro può aspettare."

"Hai visto questo video?" Chiese Laurie a Brad. Stava guardando un video su YouTube mentre lui leggeva il *Los Angeles Times* seduto sul divano.

Brad si spostò verso il computer e guardò lo schermo. Quando Laurie cliccò sul video, una donna dall'aspetto piuttosto insignificante si alzò per cantare. All'inizio Brad non la prese sul serio. Poi, con sua grande sorpresa le uscì una voce sorprendentemente bella.

"Si chiama Susan Boyle" disse Laurie. "È inglese. Mio Dio, non è incredibile?"

"E' davvero incredibile" concordò lui. Non aveva mai sentito parlare di Susan Boyle, così come non aveva mai sentito parlare di Lady Gaga e Adele prima che gliene avesse parlato Laurie. "Come fai a conoscere certi personaggi?"

"Mi piace informarmi sulle tendenze musicali su internet. Penso di avere naso per il talento" replicò con una punta d'orgoglio.

"Il mio sogno sarebbe diventare una talent scout."

"Bene, è un settore difficile" disse Brad. Poi si accorse che avrebbe potuto percepirlo come un commento troppo negativo e aggiunse. "Ma sono sicuro che saresti grande."

Laurie era raggiante. "Grazie Brad."

"È vero" disse, tirandola verso di lui. La baciò appassionatamente e poi cominciò a sbottonarle la camicetta.

Lei si allontanò da lui. "Mi ami davvero Brad?"

"Certo" disse lui. "Te l'ho già detto. Perché me lo chiedi?"

"Sono preoccupata che tu abbia bisogno di me solo perché stai attraversando un momento difficile. Poi ti sbarazzerai di me non appena si presenterà un'occasione migliore" spiegò la donna.

"Questo è ridicolo, Laurie. Lo sai che ti amo" disse Brad continuando a spogliarla.

Lei sospirò e lo lasciò fare a modo suo.

Janet arrivò al suo appartamento a Tustin intorno alle sei di sera. Era strano essere a casa senza Jeff, ma, dopo due settimane, era ancora troppo arrabbiata e ferita per parlare con lui. Possedeva quell'appartamento da 110 metri quadri a Tustin da quindici anni, ma non c'era più stata da quando si era trasferita da Jeff cinque anni prima. Per quel motivo, non aveva mai pensato seriamente di decorarne gli interni. Delle reliquie degli anni '90, come i vinili, le tapparelle e le piastrelle bianche, ancora abbondavano in quel posto. In ogni caso era un confortevole piccolo santuario che la proteggeva dai problemi del mondo.

Appena si sedette sulla poltrona, squillò il telefono. Era nella borsetta, lo tirò fuori e controllò da chi provenisse la chiamata. Era Jeff. Per un attimo pensò di rispondere. Poi decise di farlo squillare finché non entrò la segreteria.

Avendo scelto di non cercare un nuovo lavoro, il prossimo grande passo di Kathy era quello di decidere il modo migliore per avere un bambino. La sfida, certamente, era trovare il 'donatore di sperma' ideale. A questo scopo, avrebbe dovuto trovare un buon padre che si sperava fosse anche un buon marito. Se non ci fosse riuscita, c'era sempre il piano B. Il tempo era prezioso.

Nel frattempo, decise di evitare lo stress e smise di prendere il lavoro troppo sul serio. Da quel momento la giornata starebbe stata di otto ore. Mai più tardi la sera e mai più week-end lavorativi. Avrebbe passato più tempo a godersela, dal momento che un ambiente privo di stress, sarebbe stato propizio per aver un bambino. Avrebbe immediatamente smesso di usare contraccettivi.

Quando accese la televisione per guardare il *David Letterman*, si rese conto che il suo televisore era vecchio di dieci anni. Era un vecchio apparecchio a tubo catodico, non era ancora passata allo schermo piatto ad alta definizione. Era ora di comprarne uno nuovo. Pensò anche ad altre cose che aveva accantonato a causa del lavoro. Non faceva una vera vacanza da più di tre anni. Non comprava un paio di scarpe da oltre un anno. Voleva anche una nuova BMW. Sorrise da sola. *Penso che mi divertirò.*

Quella sera, quando tornò a casa, Jeff pensava di trovare Janet ad aspettarlo, ma purtroppo lei non c'era. Erano passate due settimane e l'uomo si sentiva ancora triste nel trovare una casa vuota ad attenderlo. Sentiva la mancanza della sua tenerezza e comprensione, sarebbe stata di grande aiuto considerati i problemi alla Xekonix. Gli mancava svegliarsi vicino lei la mattina. Nonostante l'infatuazione per Kathy, sentiva forte il bisogno di Janet.

Da quando quella sera era uscita di casa, l'aveva chiamata molte volte, lei però non aveva mai risposto o richiamato. Non era la prima volta che lo lasciava, ma era sempre tornata dopo un giorno o due. Era difficile per lui da ammettere, ma stavolta poteva essersene andata definitivamente.

Accese il suo MacBook ed entrò nel profilo Facebook di Janet per vedere cosa stesse facendo. Aveva postato un paio di contenuti durante il giorno, ma niente che avesse un significato particolare, solo una foto di un fesenjan, un piatto iraniano che evidentemente aveva imparato a cucinare e la descrizione di un incontro di lavoro fuori sede a cui aveva partecipato. Nessun riferimento a lui. Era comunque bello tenere un contatto con lei, seppur tenue.

Andò verso il congelatore e diede un'occhiata. Aveva mangiato gli ultimi pasti congelati fatti in casa da Janet due giorni prima e adesso le uniche possibilità erano le cene confezionate che aveva comprato da Trader Joe's il giorno prima. Prese una lasagna e la scaldò nel microonde. Si tagliò un paio di fette di pane italiano e aprì la dispensa per prendere olio e aceto. Nella dispensa, nascosto dietro una scatola di fiocchi d'avena, fu sorpreso dalla vista di un oggetto familiare. Si trattava di una saliera in ceramica verde con la forma di una rana. Un pezzo della collezione di rane di Janet che lei ovviamente aveva dimenticato. Tirò fuori la rana e la piazzò sopra il tavolo. Mentre mangiava la lasagna, guardava la rana e pensava quanto sentisse la mancanza di Janet. Aveva bisogno di lei.

Capitolo 34
Venerdì
24 aprile 2009

"Ehi, hai visto le novità sulla Xekonix?" chiese Dean, reggendo una copia del *The Orange County Register*.

"Non ancora" disse Jeff. "Immagino che non siano molto buone."

Dalle sue precedenti chiacchierate con Tim, Jeff sapeva che la situazione finanziaria della Xekonix era diventata precaria e che nemmeno i trucchi finanziari erano riusciti ad abbellire i numeri.

"Sì, abbiamo perso 24 milioni nell'ultimo trimestre" disse Dean. "Ma cosa ancora più importante, Bryan Denman dice che l'unità aziendale degli switch è in vendita."

Jeff non aveva sentito nessuna voce a tal proposito. "Stai scherzando?"

"No" replicò Dean leggendo ancora dal The Register. "L'articolo dice che 'Bryan Denman, presidente della Xekonix, afferma che la società esaminerà alternative strategiche per la sua unità aziendale degli switch, includendo la possibilità di una vendita o di uno spin-off'."

"Ma come cavolo pensano che funzionerebbe?" chiese Jeff. "Vendiamo gli switch alle stesse aziende a cui vendiamo i router, e alcuni dei nostri router prevedono l'utilizzo dei moduli switch.

Da questa scelta deriveranno seri problemi per clienti e venditori."

"Ovviamente" disse Dean con evidente sarcasmo. "Questo è il motivo per cui i nostri dirigenti sono pagati così tanto. Personalmente, penso che avrebbe molto più senso sbarazzarsi dei router della Shenzhen."

"Certo, ma quello è il progettino preferito da Roger. Quindi, nessuno vorrà mai cedere quella linea produttiva" disse Jeff.

"Bene, spero che dopo tutte queste stupidaggini avremo ancora un lavoro. Ci attende un quarto trimestre molto interessante" ironizzò Dean.

"Per usare un eufemismo" disse Jeff alludendo al fatto che se il terzo trimestre era andato male, era evidente che il quarto sarebbe andato ancora peggio.

"A proposito" disse Dean cambiando argomento. "Hai sentito della morte di George?"

Jeff rimase sorpreso. "George?"

"Sì, la guardia di sicurezza dell'Edificio 1" precisò Dean.

"Non lo sapevo, mi dispiace" disse Jeff rattristato.

"Era una persona gentile" disse Dean. "Immagino abbia lavorato fino alla morte. Che peccato, forse se l'avesse presa con un po' più di calma si sarebbe goduto un lungo pensionamento."

"Non sono sicuro che si sia trattato di questo" lo contraddisse Jeff. "Penso che lavorare fosse per lui lo scopo della sua vita. Quando glielo abbiamo portato via, si è appassito ed è morto."

"Credi davvero che prendesse il suo lavoro tanto seriamente?" domandò Dean.

"Sì. Penso che molte persone vedano il proprio lavoro in questo modo, li definisce ed entrano in crisi quando non ce l'hanno più" osservò Jeff.

"Spero che non sia il nostro caso" aggiunse Dean.

"È per questo che dovremmo lavorare a una nostra società. Non possiamo far sì che il lavoro comandi la nostra vita. Hai più ripensato a quello che ti ho detto?"

Dean scosse la testa. "Non lo posso davvero fare, Jeff. Mi piacerebbe davvero."

Quando Brad arrivò, tre donne stavano sparando al poligono di tiro OC Target One. Erano tutte abbastanza giovani, probabilmente sotto i trenta anni, erano magre e attraenti come ballerine, non certo il tipo di persone che ti aspetti di incontrare a un poligono. Le altre corsie erano vuote probabilmente perché l'OC Target One aveva appena aperto.

Dopo un controllo, Brad si diresse alla corsia che gli era stata assegnata, la numero sei. Si mise il paraorecchie, inserì il caricatore nella pistola e caricò. Il bersaglio aveva delle sembianze umane, con testa e busto. Senza nessuna esitazione, Brad mirò alla fronte del bersaglio e premette il grilletto. La pallottola andò dritta nel centro della fronte. Sorrise. *Non male.*

Puntò ancora la pistola e fece fuoco. Ancora una volta un colpo preciso. E poi ancora una volta con lo stesso risultato. Non aveva perso il suo tocco. Era davvero come andare in bicicletta, una volta imparato non te lo scordi più.

"Senti Jeff, sei ferrato a proposito di televisori ad alta definizione?" chiese Kathy.

La domanda arrivò all'improvviso. Jeff era seduto con Kathy nella sala conferenze C, dove avevano appena finito di discutere sulla programmazione della pubblicità per Artemis.

"Qualcosa. Voglio dire, ne ho uno, quindi ne so qualcosa" rispose Jeff facendo seguire una breve pausa causata dall'apparente illogicità della sua risposta.

Jeff era abbastanza ferrato in elettronica, sebbene la sua recente esperienza con i televisori ad alta definizione si fosse limitata al collegare il suo trentadue pollici alla presa della corrente.

"Sai, ne ho appena comprato uno. Non riesco però a capire come connetterlo al mio stereo" ammise Kathy.

"Ti serve aiuto?" chiese lui, fiutando l'opportunità di avvicinarsi. "Posso passare da te per darti una mano."

Kathy fece un ampio sorriso. "Potresti Jeff?"

Come se ci fosse qualcuno in grado di rifiutare questi due occhi blu. "Certo, quando andrebbe bene per te? Avrei disponibile gran parte del week-end" ammise Jeff che da quando Janet l'aveva lasciato, aveva un sacco di tempo libero.

"Cosa ne dici di stasera alle sette? Ti preparerò la cena" propose Kathy.

Cena? Questo è troppo bello per essere vero. Tuttavia contenne il suo entusiasmo. "Ok, va bene stasera. Qual è il tuo indirizzo?"

"2358 Crestview a Newport Coast. Ti do le indicazioni..."

"Non ti preoccupare, le trovo sul GPS" tagliò Jeff.

"Devi premere asterisco 3796 per oltrepassare il cancello" disse Kathy assicurandosi che sarebbe entrato nel quartiere residenziale. "Puoi parcheggiare sul mio vialetto." "Lo farò" assicurò Jeff.

"Grazie Jeff. Ci vediamo stasera" lo salutò lei.

Jeff non ci poteva credere. Lo aveva veramente invitato a casa sua.

Janet non era per niente contenta di passare il compleanno da sola. Non che si fossero dimenticati di lei. La mamma l'aveva chiamata la mattina, i suoi amici dell'ufficio avevano organizzato una piccola festicciola nel pomeriggio. Però, era la prima volta in sette anni che passava quel giorno senza Jeff.

Era stata così arrabbiata con lui che non aveva risposto a nessuna delle sue chiamate per più di tre settimane. Quando aveva deciso che avrebbe risposto, lui aveva smesso. Certo, avrebbe potuto chiamarlo lei. Forse era per cocciutaggine o orgoglio, ma non se l'era sentita di fare il primo passo per scusarsi. Senza di lui sentiva un vuoto enorme, si chiedeva se avrebbe potuto sopportarlo ancora.

Per tirarsi su il morale, dopo il lavoro, guidò fino a Corona del Mar Plaza a Newport Beach. La sua prima fermata fu al Gelato Paradiso, dove mangiò un gelato con due palline di Double Chocolate. Poi alla porta accanto, da Sprinkles, comprò una tortina Red Velvet. Quando arrivò a casa mise alcune delle sue canzoni preferite, Billy Joel, Elton John e altre canzoni del repertorio degli anni settanta e si sedette sul divano. Posiziono una candelina sulla torta e l'accese. Poi dolcemente cantò a sé stessa:

"Tanti auguri a me, tanti auguri a me, tanti auguri cara me, tanti auguri a me."

500 calorie? Chi se ne frega? Soffiò sulla candelina e mangiò l'intera tortina.

Jeff voltò a sinistra sulla Crestview e si fermò al cancello automatico all'entrata del quartiere di Kathy. Digitò il codice *3796 e proseguì nel complesso dopo che il cancello si fu aperto. Mentre guidava, poteva vedere diverse Mercedes e BMW, rendendosi conto che la sua vecchia 4Runner sembrava fuori posto.

Nel 2008, il settimanale *Forbes* aveva classificato Newport Coast in quarta posizione tra le località più costose del Paese, con un valore medio delle case intorno a 2.800.000 dollari. Costruito sulle colline che guardano sull'Oceano Pacifico, era caratterizzato da un'architettura mediterranea ed era un complesso residenziale privato. Era la parte più nuova della città di Newport Beach, a Newport Coast abitava la star dei Lakers Kobe Bryant, insieme a molti altri facoltosi residenti.

La casa color ruggine in stile toscano di Kathy si trovava un paio di isolati dall'entrata principale su Ridge Park Road. Aveva un garage che poteva ospitare due macchine, sembrava essere stata costruita alla fine degli anni novanta. Jeff considerò che poteva valere oltre un milione di dollari, anche in questo momento di economia depressa.

Aveva pensato di prenderle dei fiori, ma dopo un'attenta considerazione sul loro rapporto, decise che dei dolcetti sarebbero stati più appropriati. Quindi, durante il tragitto aveva preso dei cioccolatini svizzeri da Teuscher a Fashion Island. Per due volte aveva visto quei cioccolatini sulla sua scrivania, immaginò quindi che le piacessero.

Dopo aver parcheggiato nel vialetto, suonò il campanello. Kathy aprì la porta in pochi secondi, come se avesse percepito il suo arrivo. "Ciao Jeff, forza entra" Era a piedi nudi, vestiva una T-shirt e una gonna di jeans. Incredibilmente, vestita casual era ancora più attraente che nei suoi abiti eleganti da lavoro.

La casa lasciava a bocca aperta, sorprendendo persino Jeff che solitamente non aveva grande interesse per l'arredamento degli interni. Sebbene fosse piccola a confronto delle ville vicine, aveva un design squisito. L'ingresso era costituito da una torretta con un soffitto a volta e un pavimento in marmo con un mosaico che componeva un medaglione circolare. La stanza vicina era uno studio con un grande tavolo in legno, con incorporata una libreria e un tappeto orientale. I libri negli scaffali erano per lo più dei classici, autori tipo Shakespeare, Dickens e Chaucer.

"Wow" disse Jeff. "Che bello qui. È opera di un decoratore professionista?" Era davvero impressionato, il posto era molto più lussuoso della sua casa di Huntington Beach.

"A dire il vero me ne sono occupata da sola" disse con evidente orgoglio. "Sono contenta che ti piaccia."

"Davvero impressionante. Ho una cosetta per te" disse Jeff, porgendo i suoi cioccolatini.

"Sono i miei preferiti, come facevi a saperlo?" si stupì Kathy.

"Una questione di fortuna" Jeff non voleva farle sapere che prestava attenzione ad alcuni dettagli della sua vita.

Kathy lo accompagnò nel soggiorno. Come gli altri ambienti della casa, il design era favoloso. I muri erano strutturati con diverse tonalità di terra, c'erano dei dipinti a olio e un arazzo su una delle pareti. Un ampio divano e uno più piccolo, a due posti, erano sistemati ad angolo retto intorno a un tappeto orientale di fronte al caminetto. A rovinare tanta armonia, nell'angolo, c'erano dei cartoni strappati. "Ecco il televisore e lo stereo" disse la donna indicando la pila di carta.

Jeff guardò lo scatolone ancora imballato che conteneva un televisore da cinquanta pollici, poi c'erano altre piccole scatole con l'impianto stereo e l'attrezzatura per il fissaggio alla parete. Era un po' stupito, si aspettava che il televisore e lo stereo fossero già assemblati e montati e che avrebbe solamente dovuto connetterli.

Kathy sorrise maliziosamente, probabilmente rendendosi conto dello sguardo meravigliato dell'uomo. "Immagino di aver dimenticato di dirti che dovevi anche aiutarmi a montare i pezzi. Spero non ti dispiaccia."

"Non c'è problema" disse Jeff, anche se questo significava parecchio lavoro extra. "Per fortuna ho la scatola degli attrezzi in macchina."

"Se per te va bene, mentre lavori, io organizzo la cena. Chiamami se ti serve qualcosa" disse Kathy.

Jeff sorrise. "Va bene" detto ciò si mise al lavoro.

"La cena è pronta Jeff. Puoi venire a tavola" Kathy chiamò Jeff, il quale aveva appena finito di fissare il televisore alla parete ma non aveva ancora collegato lo stereo. Appoggiò i suoi attrezzi e si diresse in sala da pranzo.

"Voilà. Poitrines de poulet Cordon Bleu" annunciò Kathy non appena si sedettero a tavola.

Aveva preparato dei Cordon Bleu con un contorno di purè di patate e broccoli. "Prego possiamo cominciare" disse appena Jeff si sedette.

Jeff diede un morso. "Mmmm, molto buono" era sincero. Sorprendentemente era buono come la cucina di Janet.

"Grazie Jeff" replicò lei. "Sono contenta che ti piaccia. Cucinare è uno dei miei hobby."

"Sono impressionato. Hai un sacco di doti" si complimentò.

Kathy sorrise. Afferrò la forchetta e cominciò a mangiare.

"Stavo pensando alla campagna pubblicitaria di Artemis attraverso le e-mail e..." Jeff iniziò a parlare di un problema comune sul lavoro, ma Kathy lo interruppe.

"Jeff, non vorrei proprio parlare di lavoro" disse.

"Ok" a lui non dispiaceva che non si parlasse di lavoro, tuttavia, aveva paura di andare troppo sul personale. "Di cosa ti piacerebbe parlare?"

"Sai una cosa, non so molto di te. Cosa ne dici di dirmi qualcosa a proposito di dove sei nato, com'erano i tuoi genitori, le scuole che hai frequentato, questo genere di cose" propose Kathy.

"Vediamo. Sono nato a Dayton, nell'Ohio. Mio padre era un ingegnere e mia madre si è occupata di mio fratello, mia sorella e me" esordì Jeff.

"Dove lavorava tuo padre?"

"Ha lavorato per la National Cash Register. È stato per me un'ispirazione, ha iniziato a lavorare in magazzino, studiava di sera e ha fatto carriera fino a diventare responsabile della progettazione" rispose orgoglioso Jeff.

"Questo spiega la tua etica del lavoro e le tue capacità tecniche" osservò Kathy.

"Potrebbe essere."

"Dove sono i tuoi genitori adesso?" chiese lei.

"Mio padre è scomparso tre anni fa e mia madre un anno più tardi. Penso che sia morta con il cuore a pezzi, erano davvero innamoratissimi" rispose Jeff.

"Mi dispiace."

"E' tutto ok" disse Jeff. "L'ho superata."

"Cosa mi dici di tuo fratello e tua sorella, cosa fanno?" continuò Kathy.

"Mio fratello è uno scrittore, vive a New York City. Mia sorella è un'artista e vive a Oklahoma" spiegò Jeff.

"Questo spiega la tua creatività, è un tratto della tua famiglia" aggiunse lei.

"Grazie Kathy. Ma non sono così creativo" disse lui. "E tu? Da dove vieni?"

"Io vengo da vicino, dal sud della California. Encino. Sono figlia unica. Mio padre era un dottore e mia madre un avvocato. Ora sono in pensione e vivono a San Diego" disse Kathy.

"Dove sei andata a scuola?" chiese Jeff.

"Ho fatto le scuole superiori qui e poi ho frequentato l'università a Wellesley. Immagino tu non ne abbia mai sentito parlare."

"Una delle Sette Sorelle. Vicino Boston" disse Jeff. "Hillary Clinton è andata lì, giusto?"

"Esatto, e anche Madeleine Albright" replicò. "Due Segretari di Stato e una responsabile del marcom in fase di licenziamento in una società di router di seconda categoria."

"Andiamo Kathy" disse Jeff cercando di consolarla. "Hai fatto un ottimo lavoro finora."

"Grazie Jeff. Sei gentile. In ogni caso, sono sorpresa che conosci Wellesley. Come fai?"

"Ho vissuto a Natick quando ho lavorato per la DEC e Wellesley era piuttosto vicina" rispose lui.

"Davvero? Qualche volta andavo a far la spesa al centro commerciale di Natick" si sorprese Kathy.

"Magari ci siamo incrociati e non ce ne ricordiamo" disse Jeff.

Kathy rise. "E' una cosa buffa."

"In cosa ti sei laureata?" chiese Jeff.

"Inglese, con una specializzazione in arte" rispose Kathy.

"Immagino che sia il motivo per cui hai tutti questi classici nella tua biblioteca" osservò argutamente l'uomo.

"Sì, nessuno riesce a credere che all'università fossi un'intellettuale. È stata un'ottima formazione per ottenere un lavoro come pubblicitaria alla Chiat/Day che poi mi ha portato al mio lavoro alla Xekonix" disse Kathy orgogliosamente. "E tu, dove sei andato a scuola?"

"Ho frequentato le superiori a Dayton e poi ho frequentato l'Università di Earlham" disse Jeff.

"Earlham? Sinceramente, credo di non averne mai sentito parlare" ammise Kathy.

"E' una piccola scuola quacchera principalmente di materie umanistiche, con circa milleduecento studenti nel Richmond, Indiana. Mi sono laureato in Fisica" spiegò Jeff.

"Davvero? E vestivi uno di quei buffi cappelli neri?" chiese. Poi, rendendosi conto che il suo scherzo poteva essere offensivo, disse. "Scusami. Non dovrei ridere della tua religione."

"Non ti preoccupare" disse. "Intanto, non sono quacchero. Però i quaccheri non si vestono in maniera molto differente da me e te. Se dobbiamo trovare una differenza, tendono a essere contro la guerra più degli altri."

"Richard Nixon non era quacchero?" chiese Kathy.

"Diciamo che ogni regola ha la sua eccezione" rispose Jeff, impressionato dalla sua conoscenza della storia.

"E com'eri a scuola? Eri uno di quei secchioni informatici?" chiese lei.

Kathy probabilmente ignorava l'età di Jeff e lui non voleva dirle che ai suoi tempi, alle superiori, non c'erano ancora i computer. "Veramente, credilo oppure no, ero il presidente degli studenti dell'ultimo anno."

"Davvero? Anch'io!"

"Anche tu? Ti avevo dipinto più come il tipo della cheerleader" si stupì Jeff.

"Anche quello" disse lei. "Ero capo delle cheerleader e presidente degli studenti dell'ultimo anno."

Jeff immaginò Kathy nella sua uniforme da cheerleader prima di replicare. "Devo ammettere, mi hai battuto. Io ero solo un corridore di corsa campestre e il presidente degli studenti dell'ultimo anno."

Kathy sorrise. "Immagino che fossi carino nei tuoi piccoli pantaloncini da running."

Jeff rise ma non disse nulla.

"Ho sentito che hai rotto con Janet" disse Kathy cambiando discorso.

"Cavolo, le notizie viaggiano veloci alla Xekonix" replicò.

"Peccato, sembra una ragazza davvero in gamba" osservò Kathy.

"Lo è" rispose Jeff. "Ma tutte le cose belle prima o poi finiscono, immagino."

"Sono sicura che ne troverai una ugualmente carina" auspicò la donna.

Jeff pensò a quella affermazione. Gli stava dando una possibilità con lei oppure proponeva di trovarsi qualcun'altra?

"Cosa mi dici di te?" chiese. "Ti stai incontrando con qualcuno?"

"No" disse lei. "Da più di un anno. Penso che nessuno sia interessato a me."

"Di questo ne dubito" disse.

Sperò che gli stesse dando qualcosa di più di una possibilità, ma cambiò discorso tornando ai suoi tempi del college.

"Dimmi, com'eri al college? Eri uno di quegli hippy con i capelli lunghi?" chiese lei curiosa.

"Mi appello al quinto emendamento" rispose Jeff.

"Quindi lo eri, giusto?" disse Kathy. "Dai, è così buffo!"

"Sì, e suppongo che tu fossi la regina della disco" ribatté lui.

"No, questo succedeva prima dei miei tempi" protestò lei.

Jeff calcolò che durante l'età della disco lei avesse a malapena dieci anni, ma decise di tormentarla cantandole il coro di *Dancing Queen*, il vecchio successo degli ABBA.

"Ok, Ok," disse lei alla fine, cercando di farlo smettere. "Mia madre mi ha cucito un vestito da discoteca quando ero piccola. Era una tutina viola attillata e luccicante con degli enormi pantaloni e delle scarpe a zeppa abbinate. Devo ammettere che adoravo ballare con quel completo."

Entrambi risero, poi passarono le due ore successive a parlare ancora dei loro anni all'università.

Janet fissava l'orologio. Erano le 23:08. In televisione passavano le notizie, l'aveva accesa ma era troppo distratta per guardarla. Il monitor del suo MacBook era spento, da tempo era entrato in modalità di risparmio energetico. Una pila di lettere non aperte occupava il tavolo della cucina. *Un altro venerdì sera da sola.* E, in aggiunta, era il suo compleanno.

Si domandò cosa stesse facendo Jeff. Nonostante tutto quello che era successo tra loro, sentiva ancora la sua mancanza. Magari si era sbagliava su lui e Kathy. Era stata esageratamente gelosa a proposito di un normale rapporto di lavoro?

Passò al suo MacBook e controllò le mail, c'era solo spam. Diede un'occhiata alla sua pagina Facebook sperando in una qualche tipo di comunicazione da parte di Jeff. Non c'era niente.

Decise di mettere da parte il suo orgoglio e di chiamarlo. Prese il telefono e compose il suo numero. Ma prima che potesse suonare, chiuse la chiamata. Non sapeva perché. Forse credeva ancora che fosse lui per primo a doversi scusare. O forse era spaventata dall'idea del rifiuto.

Jeff lavorò per un'altra ora e mezza dopo cena per connettere la televisione allo stereo, un lavoro che si rivelò più difficile di quanto pensasse. Alle undici e trenta, orgogliosamente mostrò il risultato finale a Kathy.

"Voilà" disse accendendo la televisione. Il suono fuoriuscì attraverso le casse dell'impianto stereo.

"Wow, che bello Jeff. Grazie davvero."

"Figurati" pensò che ciò gli avrebbe consentivo di chiederle un appuntamento per la settimana successiva.

Prima che potesse dire qualcosa lei continuò. "Si è fatto tardi Jeff."

Le sue orecchie si rizzarono. Forse gli stava chiedendo di rimanere per la notte?

"Allora ci vediamo lunedì, va bene?" disse.

Fece un sorriso forzato per nascondere la delusione. "Certo. Al sorgere del sole."

Lo accompagnò alla porta e lo baciò dolcemente su una guancia. "Grazie ancora Jeff. Sei davvero un amico."

"Ci vediamo Kathy" disse e tornò alla sua macchina.

Da un lato era dispiaciuto di tornare a casa. D'altro canto, era esaltato per essere stato baciato. Non si sentiva in quel modo dai tempi del college.

Mentre tornava a casa, tuttavia, si ricordò che era il compleanno di Janet. Per un attimo pensò di chiamarla. Ma date le circostanze decise che era meglio rimandare.

Capitolo 35
Venerdì
8 maggio 2009

A parte il podio, il palco era completamente vuoto. La partecipazione sembrava minore rispetto a quella del precedente trimestre, inoltre, questa volta non c'erano caffè e ciambelle. Jeff era da solo, vicino alle prime posizioni e sulla destra del podio. La convention aziendale stava per cominciare.

Diversi minuti dopo l'inizio ufficiale, stabilito per le otto, Bryan Denman raggiunse autoritariamente il podio e iniziò il suo discorso. "Grazie a tutti per essere intervenuti, speravo di avere notizie migliori, sfortunatamente, l'ultimo trimestre abbiamo subito una grossa perdita. Il motivo è un calo della domanda, dovuto principalmente al peggioramento delle condizioni economiche nel mondo."

E all'incompetenza della direzione. L'incontro era appena iniziato e Jeff era già irrequieto.

"Di conseguenza, abbiamo dovuto prendere alcune decisioni difficili. Avete già conosciuto le misure austere che abbiamo messo in campo. Ma la decisione di gran lunga più difficile è stata quella che, sinceramente, mi ha fatto perdere il sonno. Vale a dire quella di licenziare altri trecento dipendenti, a partire dal trimestre in corso."

Jeff piegò le braccia al petto. *Sono sicuro che hai pianto un sacco.*

"Vorrei ringraziare tutti coloro che hanno ricevuto la notifica di licenziamento per la vostra lealtà. Capisco quanto possa essere difficile per voi e apprezzo davvero il fatto che stiate lavorando duro pur sapendo che il vostro lavoro ha un termine. Abbiamo cercato di rendere questo periodo di transizione più facile possibile, concedendo il periodo massimo di sessanta giorni, così avrete abbastanza tempo per trovare un nuovo lavoro con tutti i benefit sanitari. E, se Dio vorrà, potremmo ancora richiamare qualcuno di voi."

Jeff alzò gli occhi. *Veramente sei stato obbligato a farlo per via del Worker Adjustment and Retraining Notification act.*

"Ma ora vorrei condividere alcune buone notizie. Prima di tutto, è con piacere che annuncio ufficialmente la nostra entrata nel mercato dei server. Saremo in grado di offrire una linea completa di server che, come tutti sapete, sono il cuore delle reti dei nostri clienti. Offrendo dei server, possiamo ora fornire l'intera gamma di soluzioni hardware e software ai nostri clienti che intendono implementare dei cloud pubblici o privati." I presenti applaudirono.

"Spero inoltre che abbiate visto la pubblicità televisiva del nostro router XH Series per la famiglia e le piccole imprese, che sta girando su vari canali via cavo. Queste pubblicità hanno generato un interesse significativo verso i nostri prodotti e hanno anche accresciuto la consapevolezza della nostra leadership nel settore cloud. È la prima volta che la Xekonix è ricorsa alla pubblicità televisiva, di questo sono grato a Sheila Grabowski per aver guidato con successo questo impegno."

La folla applaudì di nuovo.

"Alcune altre buone notizie. Il nostro nuovo edificio per l'amministrazione è vicino al completamento, il che significa che possiamo cominciare a programmare lo spostamento per questo trimestre."

Questa volta non ci furono applausi, dopo una breve pausa, Bryan continuò il suo discorso. "In conclusione, annuncio con piacere la promozione di Scott Farlow alla direzione dei project manager nella unità aziendale delle imprese."

Che cazzo dice? Jeff evidentemente non aveva gradito.

"Scott sarà incaricato di sovrintendere le decisioni e le strategie relativamente ai nostri prodotti e farà riferimento direttamente a Roger Fleming. Tutti i project manager dell'unità aziendale delle imprese faranno riferimento a Scott."

Scott Farlow sarà il mio capo? Questo non è possibile... Jeff era incredulo.

La folla applaudì. Jeff se ne andò disgustato prima che la convention finisse.

"Dimmi, ti andrebbe di far qualcosa stasera?" chiese Brad mentre parlava al telefono con Laurie. L'aveva chiamata al lavoro così da poter parlare con lei prima che Sandy tornasse.

"Oh Brad, non posso. Vado a Las Vegas con alcuni amici" rispose.

"Oh" disse Brad. "Di quali amici si tratta?"

"Non credo che tu li conosca. Sono i miei amici delle superiori. In ogni caso, ho gente che mi aspetta nell'atrio, devo scappare. Ci sentiamo più tardi, ok?"

"Ok, a dopo Laurie" forse era la sua immaginazione, ma Brad aveva la sensazione che Laurie non volesse passare il week end con lui. Si rendeva conto che tutti i suoi amici stavano cercando di evitarlo. Non aveva più sentito né Tim né Dean da quando aveva lasciato la Xekonix e Jeff non lo aveva più richiamato dal pranzo di gennaio. A malapena parlava con la sua famiglia. Sì sentiva molto solo. Era forse un lebbroso, o cosa?

Stava pensando a un complotto nei suoi confronti. Le aziende stavano cercando di distruggere la classe media, sbarazzandosi dei lavoratori più anziani, avevano bisogno di lavoro a basso costo. I lavoratori della classe media erano troppo costosi e i più anziani lo erano particolarmente. Quindi, semplicemente, le società delocalizzavano in Cina e India ogni volta che era possibile e introducevano immigrazione illegale per soddisfare il fabbisogno. Anche in momenti positivi, le aziende cercavano dei pretesti per scaricare le persone, con il finto obiettivo di migliorare l'efficienza. In effetti, le borse sembravano premiare le compagnie che licenziavano, recentemente aveva letto che le azioni Cisco erano balzate di oltre il sette percento nei giorni successivi all'annuncio di febbraio sulla possibilità di licenziamenti. Il complotto stava diventando cristallino nella sua mente. Non c'era speranza per gente come lui.

Si diresse verso il frigorifero e prese una lattina di Budweiser. Poi si sdraiò sul divano e accese la televisione. Si addormentò guardando *Dr. Phil*.

Per usare un eufemismo, Jeff non aveva una gran voglia di incontrare il suo nuovo capo. Tuttavia, Scott Farlow l'aveva chiamato dopo la convention per concordare un incontro personale nel pomeriggio. Nervoso, mentre attendeva Scott nella sala conferenze C, Jeff rifletteva sul fatto che, data l'età, il suo nuovo boss poteva essere suo figlio.

Scott entrò poco dopo e sì sedette alla testa del tavolo. "Jeff, ti ho chiamato stamattina per discutere il tuo progetto e stabilire le relative aspettative" disse piuttosto formalmente. Indossava vestito e cravatta, una variazione rispetto al normale abbigliamento business casual usato dai project manager che Jeff interpretava come indicativo del suo nuovo status.

Jeff annuì ma non disse niente in risposta all'affermazione di Scott.

"Innanzitutto, mi piacerebbe partecipare a tutti gli incontri settimanali del tuo gruppo, in modo da avere una maggiore consapevolezza di come vanno le cose. Quando il prossimo?" chiese Scott.

Fantastico è quello che serviva. Jeff stava per alzare gli occhi ma decise che non valeva la pena mettersi contro il suo nuovo boss, almeno non ancora. "Lunedì alle dieci."

"Benissimo, ci sarò. Ora, alcune cose veloci. Ho predisposto una nuova guida per la gestione dei progetti che mi piacerebbe seguissi." Scott gli passò un raccoglitore a fogli mobili alto 8 centimetri, accuratamente diviso in varie sezioni.

"Ok Scott" Jeff non sapeva cos'altro dire a proposito di quel libro che gli era stato imposto.

"Sono particolarmente preoccupato della qualità delle nostre ricerche di mercato" continuò Scott. "Quindi ho incluso nel manuale alcune linee guida per dire cosa va fatto. Tanto per cominciare, ho notato che per Artemis non sono state fatte ricerche vere e proprie, gradirei che rifacessi l'analisi MRD usando le istruzioni contenute nella guida."

"Ma Scott" protestò Jeff. "Artemis è un progetto già approvato e non è che una versione più veloce dell'X-200."

"Jeff, questo è il grande problema: il modo in cui si fanno le cose alla Xekonix. Diamo troppe cose per scontato. Come facciamo a sapere che una versione più veloce dell'X-200 è ciò di cui il mercato ha bisogno?"

"Dici a parte il fatto che clienti e venditori ce li chiedono?" Jeff non seppe trattenersi dall'usare un tono sarcastico.

Scott lo guardò infastidito. "Anche se puoi pensare che sia un progetto semplice, costa alla Xekonix un notevole ammontare di denaro, che potrebbe essere speso in altro modo."

Jeff tentò ancora una volta di rifiutare la richiesta di Scott, stavolta in modo più diplomatico. "Concordo che dobbiamo essere più innovativi, ma ritengo che il progetto Artemis sia già tanto avviato che non ci servono altri due mesi di studi per capire se è giusto o meno che si trovi a questo punto. Tutti, da Bryan Denman in giù, lo hanno già approvato."

"Jeff, non è mai troppo tardi per fermare un progetto. Per questo ho bisogno di te per riguardare la MRD in base alle mie linee guida. Per favore, fammi sapere appena possibile quando pensi di consegnarli il lavoro."

Jeff diede un'occhiata alle linee guida sulle ricerche di mercato, le quali costituivano una delle sezioni del manuale. Alcuni compiti erano piuttosto semplici, avrebbe potuto reperire le informazioni dalle ricerche di mercato di IDC o Gartner. Altre parti erano più complicate, come ad esempio condurre dei lavori di gruppo regionali con veri clienti. Era richiesta anche un'analisi dettagliata della concorrenza e una serie significativa di dati finanziari, vendite previste, ROI, break even, rotazioni di magazzino, ecc. Aggiornare l'analisi MRD non era certo un lavoro banale.

"Inoltre, noterai che ho implementato una nuova procedura autorizzativa" aggiunse Scott.

Jeff annuì. *Benissimo, ancora più livelli di controllo.*

"Per favore, mettimi in copia a ogni tua comunicazione" richiese Scott.

"Tutta la mia corrispondenza? Non è un'esagerazione?" replicò Jeff sbalordito.

"Jeff, ho bisogno di essere tenuto al corrente. Quindi sì, tutta la tua corrispondenza, ok?"

Jeff fece una pausa di alcuni secondi prima di rispondere. "Sarò onesto Scott. Penso che tu stia eccedendo nel controllo e che stia mettendo troppa enfasi sui documenti."

Era evidentemente una cosa poco politicamente corretta da dire, ma doveva dirlo.

Scott guardò ancora infastidito per essere contraddetto, ma rispose con calma. "Jeff, capisco le tue preoccupazioni, ma queste sono le mie regole."

Jeff non era ancora sicuro su dove la sua strategia l'avrebbe portato con Scott. Forse si stava comportando in modo irrazionale, chiaramente non amava lavorare per qualcuno che poteva essere suo figlio, soprattutto dal momento che riteneva che non avesse le competenze necessarie per essere il suo capo. Ma qualsiasi fosse la ragione, sapeva che non poteva sfidarlo per troppo tempo. Avrebbe potuto chiedere il trasferimento in un altro reparto. O, forse, era il momento di fondare la sua azienda ed essere padrone del proprio destino.

Il South Coast Plaza era probabilmente il centro commerciale più famoso della California del sud. Lo shopping center con i più grandi incassi degli Stati Uniti, formato da oltre 250 negozi su

260.000 metri quadri di superficie, meta per migliaia di turisti giapponesi e cinesi.

La commessa da Nordstrom era davvero paziente, dopo il lavoro, Kathy aveva già provato una decina di scarpe. Le ballerine di Gucci erano carine, ma non le calzavano perfettamente. Le Jimmy Choos calzavano ma non le piaceva il design. E non era per nulla convinta del colore dei sandali di Michael Kors.

"Ciao Kathy" disse una voce mentre stava provando degli stivali della ECCO.

Kathy alzò lo sguardo e vide Scott Farlow. "Oh, ciao Scott" replicò sorridendo. "Stai comprando anche tu delle scarpe?"

"Beh sì, ma non nel reparto donna" disse ridendo. "Hai trovato qualcosa di interessante?"

"Niente di eccezionale. Veramente credo di aver finito per oggi" rispose Kathy.

Scott sorrise. "Dunque cosa ne dici di prenderci un caffè?"

"Ottima idea" disse lei.

Kathy era felice che il potenziale padre del suo bambino la stesse invitando. Sembrava un appuntamento pianificato.

Un caffè al Nordstrom diventò una cena al Marché Moderne, un fantastico ristorante francese al terzo piano. Kathy e Scott parlarono di molti argomenti, dai loro problemi sul lavoro agli ultimi spettacoli di Broadway. Un incontro casuale si era trasformato in un appuntamento molto piacevole.

All'inizio della sua adolescenza, Kathy immaginava che sarebbe arrivata vergine alle nozze. Ma la fantasia della verginità si spense pochi anni più tardi quando ebbe il primo rapporto in una squallida camera di motel con Billy Sloan, il quarterback della squadra di football delle superiori. Relativamente al proposito delle nozze era ancora lontano dall'essere realizzato.

Ciò nonostante, era fiera di sé per essere stata sempre molto selettiva su chi portare a letto. Nonostante le innumerevoli opportunità, poteva contare il numero totale dei partner sessuali avuti nel corso della vita sulle dita di una mano. Ovviamente questo numero non includeva le varie pomiciate.

Allora perché quella sera era così facile? È vero, Scott era bello e affascinante. Ma lei non ne era innamorata, fino a quella sera lo conosceva come un collega di lavoro. Forse la cena gradevole e la piacevole chiacchierata. Forse il desiderio. In ogni caso, lui rappresentava una fonte potenziale di sperma.

Quella sera, si ritrovarono nel suo appartamento sorseggiando del vino. Lui mise della musica soft e si sedette accanto a lei. Passati pochi minuti si avvicinò ancora e la baciò dolcemente sulle labbra. Normalmente lei lo avrebbe subito fermato. Magari era colpa del vino, ma quella volta sentiva una strana voglia. Lo cinse con le braccia e i baci leggeri si trasformarono ben presto in baci focosi. Lui toccò il suo seno attraverso la camicetta, poi scivolò in basso e toccò le sue gambe. Lei gemette dolcemente mentre lui le sfilava la camicetta sopra la testa, le tolse il reggiseno e baciò il suo petto. Poi le aprì la cerniera della gonna e sfilò sia la gonna che le mutandine con un unico movimento, lasciandola completamente nuda. Togliendosi velocemente la sua maglia e pantaloni, la spinse forte verso di lui.

Poi, con grande sorpresa di Kathy, si fermò un attimo per aprire un pacchetto sottile, lei capì subito che si trattava di preservativi. Impiegò un attimo a infilarselo, poi lei sentì il suo calore premere sul suo corpo nudo mentre la penetrava e iniziava a spingere.

"Oh piccola" gridò e uscì subito.

Dopo pochi secondi si alzò e corse nudo in bagno.

Aveva impiegato meno di un minuto per raggiungere l'orgasmo. Kathy si sentì imbrogliata e, di sicuro, non sarebbe rimasta incinta considerato il preservativo. Ma era solo sesso.

Scott si sarebbe riscattato con altre qualità, si augurò lei.

Capitolo 36
Lunedì
11 maggio 2009

Come al solito, l'incontro iniziò puntualmente alle dieci nella sala conferenze C. Con Jeff erano presenti Dean, Jim Ortiz e Larry Schumacher, tutti seduti intorno al grande tavolo di legno. Tuttavia, stavolta l'incontro era diverso poiché Scott Farlow si era unito a loro. Ancora una volta Scott indossava vestito e cravatta, a sottolineare il suo diverso livello.

"Quindi ragazzi, per quelli di voi che non lo conoscono, lui è Scott Farlow" disse Jeff appena diede inizio all'incontro. "È il nostro nuovo responsabile dei project manager."

Avrebbe preferito che Scott non fosse lì, ma riuscì a nascondere i suoi veri sentimenti.

Scott intervenne umilmente. "Buongiorno signori, sono qui per osservare e imparare da voi. Quindi fate come se non ci fossi."

Jeff accese il proiettore e mostrò l'ultima pianificazione del progetto. "Non ci sono cambiamenti significativi nella pianificazione rispetto alla settimana precedente. Dovremmo riuscire ad andare al test DVT la prossima settimana come da programma."

Dopo aver osservato il documento per qualche secondo, Scott chiese. "Jeff non stai dimenticando qualcosa?" "Davvero? Che cosa Scott?" chiese Jeff.

"La ricerca di mercato sul progetto che ti ho chiesto di fare" osservò Farlow.

Infatti, Jeff non aveva inserito l'analisi MRD nella pianificazione.

"Hai ragione, è colpa mia" disse Jeff, anche se non sembrava particolarmente dispiaciuto. "Quello a cui Scott si riferisce è il fatto che dovremo retroattivamente produrre una ricerca di mercato che giustifichi il progetto."

"Ma è già stato approvato" disse Dean.

Scott si sporse dalla sua poltrona. Non sembrò felice di essere stato messo in discussione. "Approvato ma non giustificato."

Jeff intervenne. "Non vi preoccupate ragazzi. È un fatto procedurale di cui mi occuperò io."

Scott sembrava irritato per il fatto che Jeff stesse minimizzando l'importanza della sua richiesta. "Signori, vi basti pensare che abbiamo risorse limitate. Ogni progetto, che sia approvato o meno, deve essere giustificato. Questo è il motivo per cui ho chiesto a Jeff di rifare l'analisi MRD includendo più attente ricerche di mercato e valutazioni finanziarie. Il lavoro di Jeff verrà confrontato con il precedente. I progetti maggiormente redditizi verranno portati avanti. I peggiori cinque progetti invece saranno tagliati. Quindi, signori vi suggerisco di prenderla sul serio" detto ciò si alzò e lasciò la stanza.

"Cristo, ma cos'è questa storia?" chiese Jim.

"Ma che coglione" aggiunse Larry.

"Bene, questo è il nuovo modo di ragionare" disse Jeff. "È un gioco di numeri."

"Quindi perché non gli prepari qualche numero interessante?" chiese Jim.

"Effettivamente è quello che farò" replicò Jeff. "Ho bisogno di aggiungerci dei dati dalle ricerche di mercato, anche se i dati sono estremamente ipotetici."

"Se non sarai convincente, perdiamo il lavoro?" chiese Jim.

"Qualcosa del genere" continuò Jeff. "Perlomeno è quello che minacciano di fare. Ma non ti preoccupare, nel peggiore dei casi, sguinzaglierò i venditori contro Bryan Denman se cercano di bloccare Artemis."

"Contiamo su di te Jeff" disse Dean.

Jeff sorrise. Apprezzava davvero la loro fiducia e si augurava che fosse ben riposta.

Janet sentiva una forte ansia mentre si avvicinava all'ufficio di Mike Evans. Mike era il vice presidente del reparto finanza della Drazen Medical ed era il capo del suo capo. L'aveva chiamata chiedendole di raggiungere il suo ufficio per una questione personale. Dal momento che non conosceva il contenuto dell'incontro, era sicura che l'avrebbe licenziata. Sarebbe andata tipo:

Come lei sa, la società sta attraversando delle difficoltà finanziarie legate al momento di recessione. Per questo motivo, siamo costretti a operare alcune drastiche riduzioni. Pertanto, siamo spiacenti di comunicarle, nonostante ci sia grande apprezzamento per il suo impegno negli anni, che il suo ruolo è stato eliminato con effetto immediato.

La porta dell'ufficio di Mike si aprì. Era seduto alla sua scrivania lavorando a dei documenti. Notando il suo arrivo, le diede uno sguardo e le sorrise. "Entri Janet. Prego, si accomodi." Janet si sedette. *Perché sta ridendo?*

"Janet, per prima cosa vorrei dirle che apprezziamo davvero il suo costante impegno e i risultati ottenuti negli anni." Esordì Evans.

Janet si sforzò di sorridere. "Grazie Mike" replicò preparandosi al peggio.

Mike si avvicinò a lei e disse. "In ogni caso, l'ho chiamata qui perché..."

Ecco che arrivano le cattive notizie...

"Ho deciso di promuoverla a responsabile per la contabilità fiscale con effetto immediato. Congratulazioni, Janet."

Janet rimase a bocca aperta. Era una situazione totalmente inaspettata e davvero incredibile. Ci vollero alcuni secondi prima che potesse finalmente sbiascicare due parole. "Grazie Mike."

Mike sorrise. "Di nulla, Janet. Te lo sei meritato. Ad ogni modo, da oggi avrai un nuovo ufficio e ho chiesto alle risorse umane di contattarti per parlare dei benefici associati alla tua promozione."

Janet era emozionata e felice. Nel lungo periodo, il duro lavoro e l'impegno erano stati riconosciuti. Si augurava di poter condividere quel momento con Jeff.

Brad contava il numero di domande di lavoro inviate da gennaio. Centotrenta. Il numero di interviste ottenute. Zero. Aveva solamente ricevuto circa quindici lettere di rifiuto. Per tutte le altre, solo silenzio. Ora aveva iniziato a inoltrare richieste per lavori che si trovavano a due livelli sotto quello di project manager e aveva persino inviato una richiesta per un praticantato nel marketing. Aveva allargato le sue ricerche anche alle contee di Ventura, San Bernardino e San Diego. Pensò persino di spostarsi dal sud della California, ma si rese conto che sarebbe stato impraticabile dal punto di vista finanziario, dato il valore molto ridotto della sua abitazione e l'enorme debito ancora da pagare. Inoltre, difficilmente avrebbe convinto Sandy a partire.

Aveva un paio di e-mail di società che proponevano dei franchising. Buona idea se avesse avuto soldi da investire. Alcuni altri reclutatori imbroglioni l'avevano contattato, dicendo che il suo curriculum sarebbe stato ideale per le richieste di un loro cliente se solo avesse pagato delle 'piccole' spese iniziali.

Ritornò a pensare alla teoria del complotto. Probabilmente chi proponeva i franchising e i reclutatori erano agenti alle dipendenze di qualche grande azienda, il cui proposito era eliminare lavoratori come lui predisponendo una sorta di caccia al coniglio. Magari Greg Bass aveva chiamato tutti i suoi contatti, chiedendo di non assumerlo. Stava valutando queste possibilità quando il telefono squillò.

Prese l'apparecchio. "Salve, parla Brad" rispose in modo formale, nel caso si trattasse di un potenziale datore di lavoro.

"Ciao Brad, sono Jeff" rispose l'amico dall'altro capo.

Brad era contento di sentirlo. In fondo, c'era una persona che non l'aveva totalmente abbandonato. "Ehi, come va amico?"

"Solite vecchie cose. Stiamo cercando di sopravvivere. Mi chiedevo se ti andava di pranzare insieme il prossimo venerdì."

"Sarebbe fantastico" rispose Brad. Sarebbe stato bello ritrovare una faccia famigliare.

"Cosa ne dici della Cheesecake Factory questo venerdì a mezzogiorno? Offro io stavolta" propose Jeff.

"È perfetto" accettò Brad che, a dire il vero, avrebbe accettato di andare in qualsiasi posto.

"Bene, ci vediamo allora."

"Ben fatto Janet!" disse Jeff a se stesso mentre controllava la pagina Facebook quella sera. Janet aveva postato la notizia della sua promozione e lui era davvero orgoglioso del suo traguardo. Cominciò a scrivere 'Congratulazioni tesoro!' a commento del post, ma poi si fermò. Dopo tutto, lei non lo aveva menzionato in nessuno dei suoi post da quando si erano lasciati e non gli aveva fornito nessun indizio che lasciasse pensare che volesse tornare con lui. Non aveva nemmeno risposto a nessuna delle sue chiamate. Magari aveva un nuovo compagno. Probabilmente non era il momento giusto per contattarla.

Trattandosi quasi dell'ora di chiusura, l'OC Target One non era molto affollato. Due giovani uomini stavano sparando nelle corsie tre e quattro, mentre un istruttore stava dando lezione a un'anziana signora nella parte opposta dell'edificio.

Brad prese posto alla corsia sette. Inserì il caricatore nella pistola, arretrò e rilasciò il carrello mirando al bersaglio 'umano'. Premette il grilletto. *Centro.* Sorrise. Mirò al bersaglio ancora una volta e sparò altre otto volte in rapida successione. Otto centri.

Accidenti, sono bravo.

Capitolo 37
Venerdì
15 maggio 2009

Jeff stava valutando alcune opzioni di formattazione di Microsoft Word quando Dean entrò nel suo cubicolo.

"Cosa stai facendo?" chiese Dean.

Jeff alzò lo sguardo dal suo computer. "Sto lavorando a quella ricerca di mercato di merda" replicò.

Stava faticando all'aggiornamento dell'analisi di Artemis, aggiungendo ulteriori ricerche di mercato e i dati finanziari che Scott aveva richiesto.

"Come sta andando?" chiese l'amico.

"Ho terminato la maggior parte del testo scritto. Ci sono molti grafici a torta e diagrammi a barre, che dovrebbero far contento Scott. Mi devo occupare della parte legata al focus group. Fortunatamente, Gil Santos mi ha aiutato a mettere insieme un gruppo di suoi clienti, quindi ora non devo far altro che realizzare una lista di domande e analizzare le risposte. Il gruppo si incontrerà mercoledì, quindi entro il prossimo venerdì dovrebbe essere tutto finito."

"Benissimo, contiamo su di te per salvare Artemis" disse Dean sorridendo.

Jeff sapeva che non stava scherzando.

"Sono stupito di come tu riesca a sopportare Scott" continuò Dean. "In ogni caso, hai visto cosa hanno appena fatto i nostri brillanti dirigenti?"

"Che cosa hanno combinato adesso?" chiese Jeff ignaro.

"Hanno deciso di non vendere l'unità aziendale degli switch. Ma la grande notizia è che hanno deciso di bloccare i router della Shenzhen."

Jeff rise. "Quindi Roger e Sheila c'hanno sbattuto la faccia, è piuttosto divertente."

"Sì, a parte il fatto che la Xekonix è stata sommersa dai commenti negativi della stampa e dalle lamentele dei clienti" lo avvertì Dean.

"Magari stavolta cadrà qualche testa" affermò Jeff.

"Ne dubito" lo contraddisse Dean. "È più probabile che licenzieranno qualche sottoposto. Oppure semplicemente daranno la colpa all'economia. La colpa non è mai ai piani alti, lo sai." "Questo è sicuro" Jeff sapeva che Dean aveva ragione.

In ogni caso, provava un senso di riscatto, c'aveva visto giusto a proposito dei router della Shenzhen, mentre Roger aveva torto.

"Allora, come sta andando?" chiese Jeff a Brad non appena si sedettero al tavolo del Cheesecake Factory all'interno dello Spectrum. Erano passati circa quattro mesi dall'ultima volta che aveva incontrato Brad e provava un senso di colpa per questa sua assenza.

"Non male" replicò Brad. "Mi sto tenendo occupato, questo è sicuro."

"Hai perso qualche chilo" notò Jeff, infatti Brad sembrava un po' smunto.

"Sì, mi fa sicuramente bene. A dire il vero adesso peso meno di quando andavo all'università."

"E la famiglia?" si interessò Jeff.

"Loro stanno bene" disse Brad. "Come sta Janet?"

"Sta bene" certamente Jeff stava mentendo, non vedeva Janet da oltre un mese, infatti cambiò subito discorso. "Pare che avessi ragione a proposito dei Lakers."

"Te l'avevo detto" replicò Brad.

Jeff era sorpreso dalla mancanza di vivacità nella sua voce.

"Ma dimmi, cosa succede di nuovo alla Xekonix?" Chiese.

"Non molto. Penso che tu abbia saputo del grande licenziamento?" rispose Jeff.

"Sì, non mi sorprende" confermò Brad.

"Oltre a quello, stiamo ancora cercando di integrare la strategia del cloud con il resto dei nostri progetti. Hercules è in programmazione e non è ancora prevista una fine. Penso che Scott Farlow abbia fatto un casino, tuttavia, come ricompensa, ora è stato promosso."

"Scott è stato promosso?" si meravigliò Brad.

"Esatto, è il mio nuovo capo, ci puoi credere?"

"Incredibile. L'applicazione del Principio di Dilbert" affermò Brad riferendosi alle vignette satiriche Dilbert, le quali affermavano che le società tendevano a promuovere i meno competenti alle posizioni manageriali.

"Per il resto, è sempre lo stesso casino. Almeno l'azienda è ancora in attività" riassunse Jeff.

Brad fece una pausa, diversi secondi di silenzio molto imbarazzanti. Poi disse. "A dire il vero Jeff, le cose mi stanno andando veramente male. Ho inviato ben oltre cento curricula e sai quanti colloqui ho ottenuto? Zero. Nada."

"Cavolo, deve essere veramente dura in questo momento" osservò Jeff.

"Davvero incredibile. Non ho avuto nemmeno rifiuti. Per la maggior parte non ho avuto nessuna risposta, a parte quelle automatiche tramite e-mail. Persino i reclutatori non mi parlano."

"Mi dispiace sapere queste cose" Jeff si sentiva davvero male per Brad, tuttavia non ne era sorpreso.

"Sai Jeff, penso si tratti di un complotto" disse Brad.

"Che cosa?" si stupì Jeff.

"Stanno cercando di distruggere la classe media, specialmente i lavoratori più anziani. In questa maniera possono delocalizzare il lavoro e assumere immigranti a buon mercato. Stanno addirittura inviando dei falsi reclutatori per scoraggiarci. Cavolo, a volte li vorrei uccidere tutti."

Jeff pensò che Brad avesse le sue ragioni, però la parte sui falsi reclutatori e la volontà di uccidere tutti sembrava al limite della paranoia. In ogni caso, non voleva che la conversazione diventasse troppo pessimistica. "Penso tu abbia ragione quando sostieni che le aziende cercano di ridurre il costo del lavoro, ma non so se lo chiamerei complotto."

"Guarda ai fatti" argomentò Brad. "La Xekonix ha tagliato quattro project manager: oltre a me, Jerry Brewer, Mike Hudson e Rich Gruber. Che cos'hanno tutte queste persone in comune? Sono tutti sopra i quaranta! Non è una coincidenza. Oltre a questo, penso che abbiano violato le leggi sia federali che della California, non fornendoci i tempi di notifica appropriati. È una palese discriminazione basata sull'età, per questo sto considerando fortemente l'idea di citare in giudizio la Xekonix."

Jeff ricordò le scappatoie alle leggi contro la discriminazione generazionale di cui lui e Dean avevano parlato diversi mesi prima, ma decise di non parlarne. "Ne hai parlato con un avvocato?"

"Non ancora, ma lo farò" replicò Brad.

"Ti auguro buona fortuna."

Brad sembrò rendersi conto che la sua negatività stava infastidendo Jeff. "Scusami per lo sfogo."

"Ti posso capire" disse Jeff. Si sentiva solidale al dramma di Brad.

"Cavolo Jeff, come abbiamo fatto a diventare così maledettamente vecchi?" cambiò discorso Brad.

Dal momento che Brad sembrava depresso, Jeff cercò di introdurre un po' di leggerezza nella conversazione con alcuni cliché. "Il tempo vola quando ci si diverte. Non stiamo invecchiando, stiamo migliorando."

"Hai ragione" replicò Brad che non sembrava troppo divertito. "È incredibile, siamo entrambi più vecchi del Presidente degli Stati Uniti."

"Per non parlare del mio boss che potrebbe essere mio figlio" aggiunse Jeff.

Brad sembrò illuminarsi per un attimo. "Ti rendi conto che quando eravamo giovani non c'erano ancora cellulari, forni a microonde e personal computer?"

Jeff rise. "Persino le calcolatrici. Come abbiamo fatto a sopravvivere?"

Per la prima volta Brad accennò un sorriso. "Beh, io avevo un regolo calcolatore."

"Anche io. Uno circolare della Concise. Bisognava essere veri uomini per usarne uno. I ragazzini d'oggi hanno tutto a portata di mano."

Risero entrambi.

"Quindi Brad, andrà tutto bene?" chiese preoccupato Jeff.

"A essere onesto, spero che il mio avvocato accetti di essere pagato solo in caso di risultato favorevole perché sono un po' a corto di soldi."

"Davvero?" si meravigliò Jeff.

"Questo periodo di disoccupazione sta esaurendo i miei risparmi. La mia casa è ipotecata e se voglio venderla devo prima pagare la banca."

"Vuoi dire che sei sotto?" chiese Jeff.

"Esatto. Proprio un bel momento!" ammise Brad.

"Posso aiutarti?" Jeff solitamente evitava di prestare soldi, ma si sentiva male per la situazione di Brad.

"Non adesso. Grazie amico. Va bene così per ora" replicò Brad.

"Bene, fammi sapere se ti serve aiuto" aggiunse Jeff.

"Grazie amico. Lo farò."

Vedendo Kathy sola, seduta in una delle panchine fuori dell'Edificio 1, Jeff si avvicinò. "Ciao Kathy."

Lei fece un ampio sorriso. "Ciao Jeff, come va?" sembrava veramente contenta di vederlo.

"Niente di che, e tu?"

"Sto passando del tempo mentre aspetto la prossima riunione" disse.

"Cosa pensi di fare nel fine settimana?" chiese lui.

"Per ora non ho nessun programma. Probabilmente farò qualche lavoretto intorno a casa" rispose Kathy.

Sentì che gli stava offrendo l'opportunità di invitarla fuori. Era piuttosto nervoso, soprattutto visto il suo recente passo falso. Di sicuro lui le piaceva, quindi perché no? Prese coraggio e si preparò al grande momento e chiese. "Kathy, mi chiedevo se…"

Ma subito venne interrotto dal suono del suo cellulare. "Perdonami Jeff" si scusò appena rispose alla chiamata. Parlando con la persona all'altro capo del telefono, disse. "Pensavo ti fossi dimenticato di me… stasera? Va bene, sarebbe perfetto."

Jeff poteva sentire che era la voce di un uomo. *Sta uscendo con qualcuno.*

"Ok, sembrerebbe divertente" continuò. "Alle cinque e mezza andrebbe bene. Ci vediamo più tardi."

"Scusami Jeff" disse mentre riponeva il telefono. "Cosa stavi dicendo?"

"Niente, me ne sono dimenticato…" mentì. "Ah certo, possiamo parlare a proposito della pubblicità di Artemis nel pomeriggio?"

Il suo sguardo era perplesso, come se pensasse che lui non le stesse dicendo la verità. Alla fine però disse. "Va bene, parliamone alle tre."

Voleva sapere con chi si vedeva. Aveva un ardente bisogno di saperlo.

Rhonda Morrison conosceva l'uomo perfetto per Janet. O almeno era quello che aveva sempre detto a Janet da quando aveva rotto con Jeff. Fino a quel momento, tuttavia, Janet aveva resistito agli inviti di Rhonda, in parte perché non si sentiva ancora pronta e dall'altra perché sperava ancora di riconciliarsi con Jeff. Rhonda sapeva essere incredibilmente insistente e alla fine Janet acconsentì per un drink con lei e un uomo dopo il lavoro da Gulfstream a Newport Beach.

"Janet ti vorrei presentare il mio amico Todd" disse Rhonda mettendo delicatamente la mano sulla spalla dell'amico non appena si sedettero insieme a Janet al tavolo del ristorante.

"Ciao" disse Janet.

Indossava un vestito blu scuro, camicia bianca e una cravatta rossa, Todd era davvero un bell'uomo. Aveva capelli grigi e un mento pronunciato, con una piccola somiglianza a George Clooney. Subito Janet si chiese cosa avrebbe visto in lei una persona così attraente.

"Allora, Rhonda mi ha detto che sei una fervente liberale. Immagino che sarai davvero felice di vedere Bush e Cheney fuori dalla Casa Bianca!" disse Todd.

"Sì, è stato un incubo" rispose, ma ancora non capiva se lui fosse solidale alla sua causa.

"Hai ragione, non avevo mai protestato contro nulla finché quegli idioti non ci hanno condotto alla guerra in Iraq. Così sono stato in prima linea per diversi mesi" disse lui.

"Davvero? Anch'io" disse Janet sorridendo.

Era davvero elettrizzata per aver incontrato un compagno liberale, così parlarono per ore.

Kathy non aveva mai visto una cosa del genere. Le due dozzine di rose chiare formavano una composizione di gran gusto, accompagnate da gigli orientali e foglie esotiche, il tutto in un elegante vaso di vetro ornato da petali di rosa. Scott li aveva portati per il loro appuntamento. Era davvero un uomo galante.

Puntualmente, era passato a prenderla con la sua Maserati rossa alle cinque e trenta. Andarono a cena da Antonello nel South Coast Village, e poi allo spettacolo di Donald Margulies, *Collected Stories*, al South Coast Repertory. Kathy era rimasta sorpresa dal modo in cui Scott aveva organizzato una splendida serata.

Appena tornarono a casa, lei estrasse le chiavi e aprì la porta. "Sono davvero stata bene stasera Scott" disse pensando di passare la notte con lui. Ma prima che potesse invitarlo a entrare, lui l'afferrò e cominciò a baciarla appassionatamente. Per un attimo, Kathy pensò che avrebbe dovuto dirgli di fermarsi, tuttavia non voleva scoraggiarlo, almeno non in quella fase iniziale della loro relazione. Quasi trascinandola in casa, chiuse la porta con un calcio. La spinse sul tappeto orientale e cominciò a spogliarla finché fu completamente nuda.

Kathy era confusa. Era una cosa romantica o una sorta di stupro? Non era del tutto sicura, ma cedette ai suoi baci. Sentiva strofinare il tappeto sulla sua schiena nuda mentre lui si toglieva i pantaloni e saliva sopra di lei. Poi, ancora una volta, si fermò per un attimo per prendere un preservativo. Kathy provò delusione, non le piaceva e, anche stavolta, non sarebbe rimasta incinta.

Con ancora addosso camicia e cravatta, Scott spostò le gambe e la penetrò. Si mosse dentro e fuori in rapida successione e dopo poco grugnì 'Oh piccola' e si rotolò su un fianco. Come la volta precedente era stato velocissimo.

Pochi minuti più tardi, cominciò a vestirsi. "Farei meglio ad andarmene."

Kathy era sorpresa. "Non passi la notte con me?"

"Non stasera tesoro. Devo alzarmi presto domani. Ho una partita a golf con Bryan, Roger e Greg."

"Speravo potessimo fare qualcosa insieme domani" disse lei.

"Magari la prossima settimana" prospettò mentre terminava di vestirsi. "In ogni caso, grazie per la bellissima serata Kathy" la baciò e si avviò alla porta.

Kathy non sapeva cosa dire. *Che strano.*

Tre ore più tardi, Janet e Todd stavano ancora parlando.

"Ti andrebbe di uscire il prossimo week end?" chiese Todd. Rhonda era già andata via da tempo.

"Mi piacerebbe" replicò Janet. Si stava divertendo, era la prima volta dopo che si era lasciata con Jeff. Forse era il momento di rimettersi in gioco.

"Bene" disse Todd. "Cosa ne dici del prossimo venerdì? Alle sei?"

"Sarebbe perfetto" rispose lei. "Ci vediamo allora."

Forse aveva trovato la sua anima gemella. Forse poteva mettersi Jeff alle spalle.

Capitolo 38
Venerdì
22 maggio 2009

Kathy fu molto sorpresa quando Joann Brown la chiamò.

"Signorina Jensen, il Signor Denman la vorrebbe vedere nel suo ufficio appena possibile" propose l'assistente.

"Arrivo subito" disse Kathy, dirigendosi prontamente al piano di sotto.

Si chiedeva perché Bryan Denman volesse vederla con tanta urgenza. Era già stata licenziata, non poteva farlo ancora. Forse aveva un nuovo progetto da farle portare avanti prima di cacciarla dalla società?

"Entri subito Signorina Jensen" le disse Joann appena arrivò al piano dei dirigenti.

Bryan Denman era seduto dietro la sua grande scrivania di mogano. "Grazie per essere venuta Kathy. Prego accomodati." Kathy annuì e prese posto in una delle sedie.

"Kathy, la ragione per cui ti ho convocata è perché Sheila Grabowski non fa più parte dell'azienda" esordì il presidente.

Kathy era meravigliata. *Sheila se n'è andata?*

"Quindi, voglio assegnare le sue responsabilità a te, con effetto immediato. Domande?" disse laconicamente Bryan.

Ci pensò per un attimo. Non le aveva nemmeno chiesto se lei volesse quel lavoro e lei non era affatto sicura di volerlo. Ma stava accadendo tutto così velocemente che poté solo rispondere. "Um, no."

"Grazie Kathy" poi con il tono di un ripensamento aggiunse. "Ovviamente, va da sé che cancellerò il tuo licenziamento."

"Grazie Bryan" disse lei educatamente.

Voleva chiedere come mai Sheila se ne fosse andata, ma non lo fece. Dimenticò anche di chiedere a proposito del suo ruolo e stipendio. Era contenta di riavere il lavoro, ma soppesava ancora il consiglio di Susan, sapeva di doversi focalizzare su una cosa. In quel momento non sapeva più cosa fare.

Jeff stava ritornando da un incontro all'Edificio 2, con grande piacere vide Kathy avvicinarsi a lui all'ingresso.

"Ciao Jeff" disse lei sorridendo. "Volevo darti la buona notizia. Ho riavuto indietro il mio vecchio lavoro."

Jeff era felicissimo che Kathy avrebbe continuato a far parte dell'azienda, ma cercò di non far trasparire la sua gioia in modo esagerato. "Davvero? Congratulazioni!"

"Grazie. Immagino che dal momento che Sheila ha lasciato la compagnia io sia l'unica nei paraggi che possa occuparsene" considerò la donna.

"Quindi Sheila se n'è davvero andata?" Jeff aveva sentito alcune voci, ma questa era la prima conferma.

"Sì, tornerò a occuparmi di tutta la comunicazione aziendale" rispose Kathy.

"È fantastico. Quindi sarai un vicepresidente adesso?" chiese Jeff.

"Non credo. Ero così sorpresa che ho dimenticato di chiedere a proposito del mio inquadramento e stipendio. Ma, davvero, non mi interessa, dal momento che ho ancora un lavoro."

"Quindi non mi obblighcrai a lavorare con James Christianson, giusto?" chiese Jeff scherzando, tuttavia era vero che non riusciva a sopportare James.

"No, non te lo farei mai. Infatti tu sarai l'unico project manager con il quale vorrò sempre lavorare direttamente" lo rassicurò Kathy.

Jeff era lusingato e molto felice di essere il prescelto. "Grazie Kathy. Significa molto per me."

"Non posso ancora immaginare perché Sheila se ne sia andata così bruscamente" rifletté Kathy. Non aveva nessuna informazione riservata sulla sua partenza.

"Ho sentito che lei e Bryan hanno avuto un grosso litigio nell'ufficio del capo" disse Jeff. "Ha fatto tanto rumore che tutto il primo piano l'ha sentito, anche chi aveva le porte chiuse. Non so se fosse per lavoro, ma quel che è sicuro è che alla fine lui l'ha licenziata."

"Magari aveva a che fare con il fallimento dei router della Shenzhen" pensò Kathy.

"O magari lei non voleva più fare sesso" semplificò Jeff.

Entrambi risero. In fondo alcune cose stavano migliorando.

La mensa era quasi piena quando Jeff si sedette per il pranzo con Dean e Tim. Era il giorno del menu messicano, quindi per cambiare, sostituì il suo solito cheeseburger con dei tacos con carne di manzo.

"Allora com'è andato il tuo focus group?" chiese Dean.

"Abbastanza bene" disse Jeff. "E' sempre un piacere parlare con i nostri clienti e Gill ha organizzato l'evento nel migliore dei modi. Tuttavia i risultati erano prevedibili, quello che i clienti davvero vogliono è un modello X-200 più veloce, esattamente ciò che è Artemis. Quindi non si tratta di innovare, ma di offrire ciò che il mercato vuole."

"Molto bene. Questo dovrebbe far felice Scott."

In quel momento, Kathy entrò nella sala. Tutti gli occhi si volsero verso lei.

"Ho sentito che ha una storia importante con Scott Farlow" commentò Tim non appena Kathy fu fuori campo.

"Mi sembra difficile da credere" disse Jeff. Tuttavia, in cuor suo, era preoccupato che potesse essere vero.

"Penso anch'io" aggiunse Dean. "Non si potrebbe innamorare di un coglione come quello."

"Riporto solo quello che mi è stato detto" dichiarò Tim. "Larry ha detto che la settimana scorsa gli ha visti baciarsi nel sottoscala."

"Non posso crederci" disse Jeff. Ora però doveva assolutamente sapere se fosse vero.

La casa era un disastro. Vecchie riviste e biancheria sporca dappertutto sul pavimento. Il tappeto necessitava dell'aspirapolvere. I bagni erano sudici e il grasso era appiccicato ovunque negli elettrodomestici della cucina. Sandy stava ancora guardando la TV, mentre Jason giocava con la sua Xbox. Non che tutto ciò fosse così insolito, ma per qualche ragione, stavolta, Brad si arrabbiò moltissimo.

"Non so perché diavolo abbiamo speso 200.000 dollari a ristrutturare questo posto se lo trattate come una discarica" inveì.

Sandy lo guardò. "Hai detto qualcosa?"

"Maledizione, non va bene. Potete essere un po' più ordinati?" chiese Brad.

Sandy era chiaramente infastidita. "Bene, se tu facessi la tua parte delle pulizie, magari non sarebbe così in disordine. Qualcuno di noi deve lavorare, o no?"

Brad cominciò ad alzare la voce. "Io pulisco sempre il vostro disordine."

"Cazzate. Tutto quello che fai è startene seduto tutto il giorno. Guardati. Quand'è l'ultima volta che ti sei fatto la barba?" insinuò Sandy.

"Per tua informazione Sandy, sto tutto il tempo a cercare un lavoro" rispose seccato.

"Sicuro. Forse è più probabile che passi il tuo tempo a guardare *Oprah*" lo sfidò lei.

Jason li guardò. Evidentemente la loro litigata era diventata così rumorosa da interrompere il suo gioco. Si tolse le cuffie.

Brad guardò Jason. "E tu, non hai niente di meglio da fare che giocare con i tuoi videogiochi del cazzo?"

Jason lo guardò inespressivo. Poi si rimise le sue cuffie e riprese a giocare.

"Figlio di puttana, perché nessuno mi ascolta?"

"Forse perché sei un cazzo di perdente" replicò Sandy.

"Vaffanculo" urlò Brad, poi uscì velocemente di casa sbattendo la porta dietro di sé.

Le parole di Sandy lo infastidirono molto. Forse era davvero un perdente.

Quando Kathy arrivò a casa, Scott era disteso sul divano, bevendo una Heineken. Gli aveva dato una copia delle chiavi, così lui era entrato.

"Ho riavuto il mio lavoro" annunciò lei.

373

"Davvero?" disse Scott. "Fantastico tesoro" riprese la sua birra e fece un altro sorso.

Kathy era perplessa. Sperava che avrebbe gioito con lei. Pensando che non avesse ben capito la situazione, continuò. "Ho parlato con Bryan Denman e mi ha detto che dovrò subentrare a Sheila Grabowski nei suoi compiti."

"Chiaro, avevo l'impressione che Bryan non fosse soddisfatto di Sheila" affermò Scott.

Kathy esitò un attimo prima di replicare. Avrebbe gradito un minimo di elogio. Al limite, Scott avrebbe potuto fare qualche supposizione sul perché Bryan si fosse sbarazzato di Sheila. Al contrario, continuò a bere la sua birra e a guardare la televisione.

Kathy era davvero in vena di festeggiare, così fece una proposta. "Pensavo che domani potremmo andare a Santa Barbara e passarci l'intero giorno. Cosa ne dici?"

"Cavolo tesoro, piacerebbe anche a me, ma ho una partita a golf con Roger e Greg" rispose lui.

Lei era davvero delusa ma non fece commenti. "Allora cosa ne dici se andiamo a cena stasera?"

"Ok, dove ti piacerebbe andare?" chiese Scott.

"Al Five Crowns?" propose Kathy.

Sospettava che gli sarebbe andato bene qualsiasi ristorante, tuttavia, pensò che avrebbe potuto recuperare quella serata andando in uno dei migliori locali della città.

"Sì, va benissimo tesoro" disse sorseggiando la sua birra. "Pensi tu a prenotare?"

Kathy rimase un po' sorpresa e irritata. Era abituata a uomini che si occupavano dell'organizzazione di un appuntamento. Si rese conto che se non fosse stato per lei non si sarebbe fatto nulla. Prese il telefono e chiamò il ristorante.

Quando arrivò al suo appartamento, Laurie baciò Brad.

"Ciao bellezza" la salutò lui.

Dopo il litigio con Sandy era davvero felice di vederla.

"Ciao bello" replicò lei.

"Ti ho preso un piccolo regalo" disse.

Mise le mani in tasca, estrasse una piccola scatola e gliela porse. Nonostante non se lo potesse permettere, era passato alla gioielleria Ben Bridge, nel negozio di Mission Viejo e, con la carta di credito, le aveva comprato questo regalo.

"Per me?" chiese lei.

"Certo, è un regalo di compleanno" rispose Brad.

"Oh, grazie Brad" rispose Laurie aprendo la scatola.

Conteneva un ciondolo di diamante su una collana d'oro.

"È bellissimo!" esclamò abbracciandolo e baciandolo.

"Mmmm" disse lui. "Questo è bello."

Brad abbassò le mani e cominciò a toglierle la camicetta. Stavolta lei lo allontanò.

"Brad, possiamo parlare un minuto?" chiese lei.

"Certo" rispose. "Che succede?"

"Ho bisogno di sapere se hai intenzioni serie nei miei confronti" domandò Laurie.

"Certo che sono serio con te" rispose un po' spiazzato, in fondo le aveva appena fatto un regalo significativo.

"Lasceresti tua moglie per me?" insistette la donna.

"Lo farei volentieri, lo sai" rispose Brad. "Ora però non me lo posso permettere. Se la lasciassi si prenderebbe tutto ciò che possiedo."

Laurie sembrò contrariata. "Oh."

375

"Dico seriamente" disse Brad, intuendo che lei non ne fosse convinta. "Sandy è intestataria di metà delle nostre proprietà, avrebbe diritto al mantenimento dei figli e probabilmente agli alimenti. Non rimarrebbe molto. Dobbiamo essere pratici."

"Speravo in qualcosa di più" disse Laurie.

"Laurie tu sai che ci tengo a te" la rassicurò Brad.

"Lo so Brad" disse lei. "Però stasera preferirei restare da sola."

Brad rimase sconcertato. "Andiamo Laurie, andrà tutto bene" disse abbracciandola.

"No Brad, voglio davvero rimanere da sola" disse allontanandolo di nuovo.

"Ok" disse, sentendo che Laurie era davvero seria. "Però sai cosa provo per te."

"Penso di sì" disse. "Buonanotte Brad."

Brad si rese conto che quella sera sarebbe andato in bianco. "Buonanotte Laurie" disse e uscì ancora piuttosto confuso.

Janet aveva affrontato con molta ansia il suo appuntamento con Todd, tuttavia le cose erano andate sorprendentemente bene. Lui era un agente di borsa particolarmente intelligente e un fervente liberale a cui piaceva parlare di politica. Ebbero una fantastica cena al Ritz di Newport Beach, durante la quale parlarono della loro vita e di attualità. Poi, dopo una sosta per un gelato al Gelato Paradiso, lui la riaccompagnò al suo appartamento di Tustin. Avevano passato davvero una serata piacevole ed era ancora abbastanza presto, all'incirca le dieci, così Janet decise di fare un passo avanti.

"Sono stata davvero bene Todd" disse. "Ti andrebbe di entrare a bere qualcosa?"

"Sarebbe fantastico" rispose.

Appena scesero dalla macchina diretti all'appartamento, lui le mise il braccio intorno alla vita. Avere ancora un uomo vicino era per lei una piacevole sensazione.

"Prego accomodati" propose lei appena entrati. "Cosa preferisci bere?"

"Dell'acqua andrebbe benissimo" rispose Todd.

A lei faceva piacere che non fosse un bevitore. Andò in cucina e prese due bicchieri d'acqua. Una volta tornata, appoggiò i bicchieri sul tavolo da caffè e andò a sedersi vicino a lui. Todd scivolò verso di lei, cominciando ad accarezzarle i capelli.

Lei si spostò leggermente, cercando di impostare una conversazione. "Quindi pensi davvero che Obama riuscirà a passare la sua riforma del sistema sanitario durante il suo primo mandato?" "Certo" replicò lui.

Tuttavia non era per niente interessato a parlare. La abbracciò e la avvicinò a sé. Poi avvicinò le sue labbra e iniziò a baciarla.

"Aspetta Todd" disse allontanandolo. "Voglio dire, non ho intenzione di illuderti."

"Come sarebbe?" si stupì Todd, tirandola ancora verso di lui.

"No Todd" disse Janet. Nonostante lui le piacesse molto, non era ancora pronta per un rapporto intimo.

"Sai che anche tu lo vuoi."

Janet capì di essere nei guai. Aveva sentito che in questi casi il miglior approccio è la decisione, così disse. "Todd, ho detto NO!"

"Va bene Janet" disse mentre le accarezzava il seno attraverso la maglia.

"NO!" urlò.

377

Lui però era troppo eccitato per fermarsi. Le immobilizzò le braccia con la mano sinistra e le bloccò il corpo, mentre con la mano destra le stracciava la maglia. Lei cercò disperatamente di dargli un calcio nelle parti basse, ma lui riuscì a intrappolarle le gambe tra le sue. Ora Janet era totalmente indifesa.

"Per favore Todd..." supplicò la donna.

"Oh Janet" gemette mentre le toglieva il reggiseno e toccava il suo seno nudo.

Era la prima volta che un uomo, a parte Jeff, la toccava negli ultimi sette anni. Cominciava ad arrendersi all'idea che sarebbe stata presto stuprata.

Ma, mentre Todd la baciava appassionatamente, capì di avere un'ultima chance. Sarebbe rimasta immobile, dando l'impressione di aver rinunciato a resistere.

"Così va meglio" disse lui mentre con le labbra percorreva la sua faccia.

Janet aspettò il momento propizio, poi velocemente lo aggredì mordendogli il labbro inferiore più forte che poteva.

"Merda!" disse Todd mentre si allontanava da lei. "Sei una puttana del cazzo!"

Mentre con la mano si sbarazzava del sangue sul labbro, rabbiosamente serrò il pugno e alzò il braccio pronto a colpirla.

Janet si preparò ad affrontare l'imminente violenza. Ma dopo qualche secondo, Todd abbassò le braccia e si fermò.

"Maledetta fica di legno" disse. "Spero sia contenta" subito dopo se ne andò.

Janet sospirò, sollevata per averla scampata. Ma dopo pochi minuti cominciò a piangere. Aprì il cassetto del tavolo da caffè ed estrasse una foto di Jeff. Singhiozzando la strinse al petto. C'era un grande vuoto nella sua vita. *Jeff mi manchi così tanto!*

Nonostante la location e l'eccellente cibo del Five Crowns, le cose non sembravano andare benissimo. Kathy aveva immaginato che nella relazione con Scott ci sarebbe stata più passione. Al contrario, avevano parlato di lavoro, soffermandosi soprattutto su quello dell'uomo e delle sue nuove responsabilità. La conversazione era poi scivolata su Tiger Woods e il golf, uno sport che lei considerava interessante come guardare la vernice che si asciuga. Alla fine, avevano parlato della sua nuova Maserati. Sembrava che fossero una vecchia coppia di sposi.

Quando rientrarono a casa, Scott cominciò immediatamente a baciarla. Nonostante pensasse che non fosse per niente romantico, decise di non fermarlo. Lui la spinse nel letto e cominciò a svestirla. Poi fu il suo turno di togliersi i vestiti, mise un preservativo e le salì sopra. Lei rimase immobile mentre lui la penetrava.

Quando uscì da lei, Kathy pensò al bambino che desiderava disperatamente. Avrebbe dovuto auto-fecondarsi usando il contenuto del preservativo usato? Se l'avesse fatto, lui l'avrebbe sposata? E se lui l'avesse sposata, sarebbero stati una coppia felice o una famiglia sfasciata? Sarebbe stato giusto crescere un figlio con questi presupposti? Oppure sarebbe stato meglio essere una mamma single? *Ma perché è tutto così difficile?*

Scott durò circa un minuto. "Oh piccola, è stato grande" disse dopo essersi rotolato, dopodiché si addormentò.

Kathy lo guardò mentre russava nel suo letto. Dopo qualche minuto si alzò per farsi una doccia. Poi andò nel soggiorno per godersi un vecchio film in televisione. Si rese conto che sebbene a prima vista Scott le sembrasse un'ottima soluzione (i fiori, le cene meravigliose, gli spettacoli), in realtà era più interessato agli sport e alle macchine veloci. E, ancora peggio, il suo interesse principale nei suoi confronti era il sesso. *Ci deve essere qualcosa di più in una relazione oltre a questo.*

Erano le due del mattino e Jeff non riusciva a dormire. Stava ancora pensando al commento di Tim relativamente a Kathy e Scott Farlow. *Non può essere vero.*

Doveva indagare. Non era razionale, ma non poteva farci niente. Così salì sulla sua 4Runner e si diresse a Newport Coast. Salì fino a Ridge Park e poi imboccò la Crestview. Arrivato al cancello del complesso dove abitava Kathy, digitò il codice *3796 per aprire. Si sentiva come un criminale e un pervertito mentre entrava furtivamente nel quartiere per spiarla.

Guidò lentamente da Crestview verso casa della donna. Oltre alle luci della strada era tutto completamente buio. Un senso di terrore si impadronì di lui mentre si avvicinava alla destinazione. Sperò di sbagliarsi a proposito di Scott, ma temeva che le voci fossero vere. Quando arrivò le sue peggiori paure trovarono conferma: la Maserati di Scott era parcheggiata nel vialetto vicino alla BMW di Kathy. Tutte le luci in casa erano spente. *Se lo sta scopando.* Un senso di vuoto si impadronì di lui. L'aveva usato, lui le piaceva solo perché l'aveva aiutata con quella maledetta televisione, aveva sfruttato la sua volontà di servirla. *Che puttana!*

Jeff si sentì un idiota. Girò e tornò a casa, guidando ben oltre i limiti di velocità previsti sull'autostrada della Pacific Coast. *Che troia!* Cosa mai aveva potuto vedere in lei?

Quando arrivò a casa il suo pensiero virò su Janet. Si chiese cosa stesse facendo in quel momento. Guardò alla saliera in ceramica a forma di rana e si chiese come avesse potuto farsela scappare. Dio, avrebbe fatto qualunque cosa pur di riconquistarla.

Capitolo 39
Lunedì
25 maggio 2009

Erano solo le sei e trenta del mattino, Jeff era arrivato alla Xekonix molto prima del solito. Dalla sua visita clandestina a casa di Kathy del venerdì precedente, non era stato capace di dormire abbastanza e, per mancanza di altre soluzioni, aveva deciso di sbrigare del lavoro.

Quando entrò nel Reparto Marketing, fu sorpreso di essere accolto dal frastuono dei lavori di costruzione. *Altri uffici?* Dopo averci pensato, realizzò che il nuovo edificio dell'amministrazione era quasi finito mentre l'Edificio 3 era prossimo alla chiusura. Di conseguenza, l'Edificio 1 sarebbe stato probabilmente riadattato per permettere tutti i cambiamenti.

Quando si sedette al suo cubicolo, tentò di ignorare il rumore. Fissando lo schermo del computer iniziò a pensare a Janet. Poi qualcosa gli venne in mente. Cercando nei suoi cassetti, ritrovò degli oggetti avvolti con un tessuto. Era una foto di Janet e una rana cinese in osso, proprio quella con il segnale a forma di cuore con la scritta 'Ti Amo'. Sorridendo, la appoggiò in alto alla sinistra della scrivania.

Kathy afferrò il telefono non appena squillò alle otto.

"Ciao Kathy, sono Crystal" la voce all'altro capo disse. "Roger ha bisogno di vederti subito nella sala conferenze A."

Kathy era piuttosto infastidita per essere stata chiamata per un incontro improvviso la mattina presto, tuttavia non mostrò il suo sentimento. "Arrivo subito."

Quando arrivò alla sala conferenze A la porta era chiusa. Appena girò la maniglia, la porta sembrò aprirsi da sola. "Sorpresa!" urlarono parecchie voci.

Crystal era in piedi vicino alla porta che probabilmente lei stessa aveva aperto, mentre gli altri erano in piedi intorno a una grande torta di compleanno. Persino Roger Fleming e Greg Bass erano presenti. Emozionata, Kathy non notò che mancavano sia Jeff che Scott.

Partì tra i presenti la canzone *Tanti auguri a te*. Sentì le lacrime sgorgare dagli occhi. "Wow" fu tutto quello che riuscì a dire.

Nonostante non fosse un evento straordinario, sentì una sensazione di gioia e gratificazione. Le persone davvero la stimavano e rispettavano. Era tornata in sella.

Tuttavia, desiderava ancora un bambino e questo era davvero un dilemma.

Jeff iniziò l'incontro del suo team come al solito: verificando i tempi del progetto. Ma appena finito di discutere delle varie priorità, Scott Farlow prese il controllo della riunione.

"Prima di tutto, grazie per avermi inviato l'aggiornamento sulla ricerca di mercato, Jeff. Roger e io abbiamo deciso che inviteremo tutti i project manager a parlare dei loro progetti in una serie di incontri giustificativi che si terranno nella settimana del ventuno giugno. La vostra fascia oraria è alle otto del ventisei giugno. In base ai risultati di queste presentazioni, decideremo quale progetto mantenere e quale cancellare."

Jeff brontolò silenziosamente. Sperava che la sua ricerca di mercato, combinata con i dati dei clienti che reclamavano il prodotto e i costi di completamento piuttosto irrisori, sarebbero stati sufficienti a salvare Artemis. Ora il destino del progetto sarebbe dipeso da una presentazione. Non che fosse difficile, ma la considerava una perdita di tempo.

"In ogni caso" continuò Scott. "Ho dato un'occhiata al documento dei requisiti del prodotto di Artemis e ho notato che il pannello frontale utilizza ancora il vecchio grigio 427C. Come saprete, per tutti i nostri nuovi modelli siamo passati dal grigio 2C."

Si preoccupa per il colore del pannello frontale? "Lo so" disse Jeff. "L'idea era quella di usare i pannelli frontali disponibili in magazzino, per poi introdurre gradualmente i pannelli con il nuovo colore. Sinceramente non vedo una gran differenza tra i due colori e, tra l'altro, la plastica rende il vero colore in maniera approssimativa."

"Non importa, ho bisogno che passi al colore corretto. Come penso che anche Larry concorderà, dobbiamo attenerci fedelmente ai parametri di qualità. Cosa succederebbe se un cliente comprasse due router Artemis con due pannelli frontali diversi, probabilmente non sarebbe soddisfatto, giusto?"

"Quindi dovremmo buttar via tutti i pannelli esistenti?" chiese Jeff.

"Se li puoi verniciare, fallo pure. Altrimenti rottamali" rispose Scott autoritariamente.

Jeff decise di non discutere ulteriormente. Non era quella la collina dove voleva morire. "Va bene Scott, provvederemo" disse vedendo il resto del gruppo girare gli occhi in segno di sgomento.

"Ora devo partecipare a un altro incontro" disse Scott. "Per favore, fatemi sapere la situazione del colore entro il pomeriggio" detto ciò si alzò e uscì dalla stanza.

"Dove diavolo lo abbiamo trovato questo?" chiese Jim dopo aver chiuso la porta della sala conferenze.

"No comment" disse Jeff. "Sfortunatamente dovremmo averci a che fare per un po'."

A questo punto Larry interruppe la conversazione. "Ragazzi, vi informo che oggi è il mio ultimo giorno alla Xekonix."

"Il tuo ultimo giorno?" chiese Jeff. "Pensavo rimanessi fino al trentuno maggio."

"Tecnicamente sì. Ma il mio capo mi ha detto che posso andarmene oggi ed essere pagato fino alla fine del mese. Mi ha detto che mi avrebbe coperto e che nessuno dei pezzi grossi avrebbe notato la mia assenza" aggiunse mestamente Larry.

"Gentile da parte sua" disse Dean. "In fondo non tutti i dirigenti sono stronzi."

"E chi ti sostituirà?" chiese Jeff.

"Lo farà Gail Dietrich, almeno per il momento. L'ho istruito su Artemis e penso che farà un buon lavoro" rispose Larry.

"Buona fortuna Larry" disse Jeff.

"Grazie" rispose. "Mi servirà."

Janet, nonostante fosse ancora stordita per l'appuntamento del venerdì precedente, decise comunque di andare al lavoro. Dopo averci pensato a lungo, decise di non denunciare il fatto alla polizia. Dopotutto, non era stata stuprata o ferita, l'unico danno era una maglia strappata. Immaginava un umiliante interrogatorio della polizia e pensava che non avrebbe mai potuto sopportare un lungo processo. Quindi, era quasi un sollievo il dover lavorare a un complicato foglio di lavoro Excel nell'accogliente contesto del suo nuovo ufficio.

"Allora com'è andato il tuo appuntamento con Todd?" una voce allegra interruppe la sua concentrazione.

Janet alzò lo sguardo e vide la faccia sorridente di Rhonda. "Molto male" rispose in modo serio.

"Male? Stai scherzando?" Rhonda era evidentemente sorpresa.

"Rhonda, ha cercato di violentarmi" spiegò Janet.

L'amica la guardò meravigliata. "Sei sicura? Todd è un gentleman. Non posso credere che abbia fatto una cosa del genere."

"Fidati di me. Se non l'avessi morso su un labbro probabilmente ci sarebbe riuscito" rispose Janet.

"Mi dispiace Janet. Pensavo davvero che sarebbe stato un grande incontro" disse sembrando davvero mortificata.

"Lo so Rhonda, non è colpa tua" la rassicurò Janet.

"Hai intenzione di denunciarlo?" chiese Rhonda.

"No, non vale la pena affrontare la polizia e passare per un processo" rispose Janet.

"Immagino. Ma un verme come quello non dovrebbe farla franca" affermò Rhonda.

Poi, dopo averci pensato per alcuni secondi, Rhonda sorrise. "Conosco un altro uomo, Richard, sarebbe perfetto per te…"

"Grazie, ma no" replicò fermamente Janet. "Quello che voglio è tornare con Jeff."

"Con Jeff? Dopo tutto quello che ti ha fatto? Sei sicura?"

"Non sono mai stata così sicura di niente in vita mia!"

Quella sera quando arrivò a casa, Kathy si rese conto di non aver visto Scott per tutto il giorno e che lui non le aveva nemmeno fatto di auguri per il suo compleanno. Controllò le sue e-mail e i messaggi vocali ancora una volta per assicurarsi che non si fosse persa nulla, ma nessun messaggio. Lui sapeva di sicuro del suo compleanno, glielo aveva ripetuto parecchie volte nelle ultime due settimane. Si sentì stranamente sola e infelice. *Questa relazione non funziona.* Mestamente si spogliò e si infilò sotto le coperte.

Capitolo 40
Martedì
2 giugno 2009

"Allora, hai visto che ieri la General Motors è andata in bancarotta?" chiese Tim appena si sedette alla mensa insieme a Jeff.

"Sì, cosa ne pensi di quello che è successo?" chiese Jeff. Nonostante conoscesse già la risposta di Tim, gli serviva un attimo di tempo per ordinare i pensieri prima di controbattere.

"Te l'ho detto che sarebbe successo" replicò Tim. "Ti dicevo che il prestito ponte non avrebbe funzionato. Avremmo dovuto farli fallire da subito. Sfortunatamente, abbiamo appoggiato la loro bancarotta con i soldi dei contribuenti, bruciando venti miliardi di dollari e adesso ce ne metteremo altri trenta per nazionalizzare la società. Non riusciremo mai a riavere indietro il nostro denaro in questo disastro."

"Penso che tu stia dimenticando un piccolo dettaglio" argomentò Jeff. "Un normale procedimento di bancarotta non avrebbe funzionato perché in nessun modo la GM avrebbe avuto credito dal settore privato in modo da continuare a operare sotto la procedura fallimentare."

"Non sono d'accordo. Ma se fosse stato vero, l'azienda poteva esser venduta a pezzi" osservò Tim.

"E un milione di posti lavoro sarebbe andato perso" ribadì

Jeff.

"Non sarebbero stati nemmeno lontanamente così tanti. La maggior parte sarebbero stati preservati" ribatté Tim.

"Quindi i rivenditori di General Motors si sarebbero magicamente trasformati in rivenditori Toyota e la Delphi avrebbe magicamente cominciato a produrre per la BMW?" disse Jeff.

"No, ma molti di loro si sarebbero adattati ai cambiamenti del mercato. In ogni caso, è una questione di bianco e nero. Costruire una macchina, costa alla GM due mila dollari in più che a un suo rivale, per la maggior parte per costi del lavoro e oneri contributivi. Questo svantaggio va eliminato se GM deve essere competitiva in futuro. Altrimenti stiamo solo prolungando l'agonia."

"Io penso che la perdita di milioni di posti di lavoro, fossero anche qualche centinaio di migliaia, sarebbe disastrosa per l'economia, specialmente di questi tempi. Inoltre non credo che sia giusto infrangere i contratti dei lavoratori e danneggiare le pensioni, o annullare le garanzie ai proprietari delle auto. Il piano di Obama minimizza l'impatto sull'economia e le persone, dando alla GM una chance per recuperare."

"Lo so che pensi che io sia senza cuore Jeff, ma sono solo realistico. Il cambiamento non è mai facile, ma a volte è necessario. La rivoluzione industriale ha senza dubbio causato la perdita di milioni di posti di lavoro, ma devi ammettere che fu un evento positivo nel lungo periodo. La stessa cosa ora sta succedendo nel mercato dell'auto. Solo che in questo caso il problema non sono le macchine, ma la competizione internazionale. I giapponesi, i coreani e anche i tedeschi costruiscono auto con maggiore efficienza della GM. E ora, anche i cinesi stanno entrando nel mercato, quindi in futuro sarà persino peggio. Che ti piaccia o no, loro non hanno problemi di sindacati o pensioni. Non possiamo continuare a far finta che questi problemi non esistano."

"Solo il tempo ci dirà chi di noi ha ragione" disse Jeff.

Era ancora scettico a proposito dei ragionamenti di Tim, ma su una cosa l'amico aveva ragione: *Il cambiamento non è mai facile.*

Quel pomeriggio Brad stava scorrendo gli annunci sulle varie bacheche di offerta di lavoro on-line, quando a un certo punto si imbatté in un'offerta che sembrava perfetta:

> **Project Manager Senior**
> Barr & Richards, Orange, CA, postato un giorno fa, 120.000,00 dollari all'anno.
> Stiamo cercando un Project Manager Senior con dieci anni di esperienza nelle reti e nei router. L'incaricato si rapporterà direttamente con il Vice Presidente del Marketing.
> Vedi dettagli per maggiori informazioni.

Brad cliccò sull'annuncio. Scoprì che Barr & Richards era un'agenzia di reclutamento e che la società interessata ad assumere era anonima. Peraltro, c'erano diverse società nel sud della California che facevano router, sebbene non i router di alto livello che produceva la Xekonix. Brad pensò che si trattasse di una di quelle compagnie nel segmento famiglie, come Linksys o D-Link.

La prima parte della pagina di dettaglio aveva una descrizione del lavoro più approfondita:

Project Manager Senior
Il nostro cliente, una società informatica del sud della California, ha un bisogno immediato di un Project Manager Senior.
Il lavoro consisterà nel guidare lo sviluppo di un prodotto e gestire la strategia di marketing per una nuova linea di router.

Sembrava ideale fino a quel punto. Ma poi notò un particolare:

Qualifica richiesta:

Laurea o Master in aggiunta a diploma tecnico; sarebbe preferibile un MBA
Almeno dieci anni di esperienza nel campo delle reti e dei router.
Deve essere attualmente impiegato. Non prendiamo in considerazione disoccupati.

Non prendiamo in considerazione disoccupati? Brad imprecò contro lo schermo. *Ma che cazzo? È legale?*
Infuriato, sbatté la copertura del portatile. Poi uscì di casa, prese la macchina e si diresse verso una direzione imprecisata. *C'è un maledetto complotto là fuori.*

Un gruppo di lavoratori a giornata messicani accalcavano il parcheggio di Home Depot ad Huntington Beach. Sebbene fossero alla ricerca di un lavoro, ignorarono Jeff quando, quella sera, entrò nel negozio. Se fosse uscito con del materiale da costruzione, di sicuro l'avrebbero avvicinato, ma stava solo cercando delle staffe angolari.

Mentre cercava tra gli scaffali del reparto ferramenta, una voce famigliare lo raggiunse.

"Ciao Jeff" era Mai Tran vestita con uno dei familiari grembiuli arancioni della Home Depot.

"Mai… è fantastico vederti" disse Jeff. Era davvero felice di incontrarla. "Lavori qui?"

"Sì, da due mesi" ripose la donna.

"E' davvero un'ottima notizia" disse Jeff.

In realtà non era sicuro che Mai apprezzasse così tanto quel lavoro, ma cercava di essere positivo.

"Diciamo che lavoro meno della metà che alla Xekonix. Almeno riesco a portare cibo sulla tavola" osservò Mai.

"Sicuro, ma conoscendoti, diventerai il direttore in sei mesi" aggiunse Jeff.

"Grazie Jeff, lo spero."

"Ne sono sicuro Mai" disse Jeff. "Senti, io e Janet vorremmo invitarti a cena qualche volta."

"Sarebbe molto carino Jeff" apprezzò Mai.

"Benissimo" disse abbracciandola. "Ti chiameremo."

Ma Jeff sapeva che non sarebbe potuto succedere finché non fosse tornato con Janet.

Brad gironzolò per un po', finendo per trovarsi a Fashion Island, probabilmente il più bello e costoso centro commerciale della California del Sud. Vagò senza osservare nulla in particolare, tra l'altro la maggior parte delle cose costava troppo.

Aveva chiamato Laurie in ufficio parecchie volte, ma lei non era alla sua postazione. Alla fine, alle sette e trenta, la trovò al suo cellulare.

"Ciao Brad. Com'è andata la tua giornata?" chiese lei.

"A dire il vero, abbastanza schifosa" rispose Brad.

"Perché? Cos'è che non va?"

"Sempre la situazione del lavoro. Le cose non stanno andando tanto bene. Cosa ne dici se passo da te stasera?" chiese.

"Mi dispiace Brad. Sono in compagnia adesso" rispose Laurie.

"Ho capito" rispose sorpreso, era un martedì sera. "Qualcuno che conosco?"

"No, solamente alcuni amici" spiegò lei.

"Magari domani" propose Brad.

"Sì, facciamo domani. Devo andare adesso, ci sentiamo presto" si sbrigò la donna.

"Ok, a presto Laurie" concluse Brad.

Era deluso. Si chiedeva se ci fosse qualcosa che non andava. Era come se non volesse più vederlo.

Rimase al Fashion Island fino alle nove, quando la maggior parte dei negozi chiuse. Poi si diresse da Champps e prese un paio di birre. Quando tornò a casa accese la TV sul Tonight Show, dove Conan O'Brien aveva appena sostituito Jay Leno come conduttore. Forse era per via del suo umore, ma non trovò Conan particolarmente divertente. Quando anche il *Late Night con Jimmy Fallon* e *Last Call con Carson Daly* finirono, si preparò una cena notturna scaldando una lasagna surgelata di Stouffer accompagnata da una Budweiser. Ancora frustrato dall'andamento di quella giornata, quella notte Brad faticò a prendere sonno.

Capitolo 41
Domenica
14 giugno 2009

"Ti lascio."

Eccitato ancora dal suo sogno a occhi aperti, Brad alzò lo sguardo per guardare Sandy in piedi davanti a lui. "Cosa hai detto Sandy?" chiese sebbene l'avesse sentita chiaramente.

"Ho detto che ti lascio, voglio il divorzio" ribadì la donna.

Brad ci mise un attimo a elaborare la cosa. Da un lato non gli dispiaceva se Sandy se ne andava, dall'altro immaginò che le implicazioni economiche sarebbero state drammatiche. La California era uno Stato che stabiliva la comunione dei beni e ciò significava che Sandy era intestataria del cinquanta percento di tutto il patrimonio acquisito da quando si erano sposati. Considerato che al momento del matrimonio non disponevano di grandi cose, significava che avrebbe dovuto praticamente rinunciare a metà di tutto ciò che possedeva. Soprattutto avrebbe dovuto provvedere al mantenimento di Jason fino alla maggiore età e pagare gli alimenti nel caso avesse ottenuto un nuovo lavoro.

"Mi trasferisco da oggi. Ho già chiamato la ditta per il trasloco che passerà domani. Prendo il nostro letto, i mobili del soggiorno e qualcos'altro. Puoi tenerti la casa."

Per un attimo Brad pensò che Sandy fosse stata incredibilmente generosa. Poi si ricordò che doveva ancora pagare 600.000 dollari per la casa, la quale nel frattempo era passata da un valore di 925.000 dollari del 2005 a 550.000 dollari.

"Ehi, aspetta un momento. La casa vale meno di niente" obiettò Brad.

"Non è un mio problema. Per qualsiasi questione chiama il mio avvocato" rispose mentre dalle tasche estraeva un bigliettino da visita per porgerglielo.

"E Jason?" chiese Brad.

"Verrà con me nel mio nuovo appartamento."

Brad ci pensò un minuto. Tutto sommato poteva essere un bene per lui. Intanto non avrebbe dovuto muoversi di nascosto per vedere Laurie. Ma allo stesso tempo si sentiva stranamente triste per quanto stava succedendo. Certo, gli ultimi anni con Sandy erano stati un disastro, ma non era sempre stato così ed era difficile pensare che quel capitolo della sua vita fosse davvero finito.

Sorprendentemente, Sandy sembrò sentire la sua tristezza e cambiò atteggiamento. "Mi dispiace che sia successo Brad. Abbiamo passato dei bei momenti, non è vero?" "Sì" disse lui. "È vero."

Lo baciò dolcemente sulla guancia. "Buona fortuna allora. Spero che le cose si sistemino per te."

La guardò negli occhi e per qualche secondo gli venne in mente quella ragazza californiana dai capelli biondissimi che aveva incontrato tanti anni prima. Alla fine disse semplicemente. "Addio Sandy."

Dopo che fu uscita, si diresse verso il frigorifero e prese una lattina di Budweiser. Poi accese la TV e collassò sul divano.

Kathy si era molto arrabbiata con Scott per essersi dimenticato del suo compleanno, lui aveva rimediato scusandosi per l'errore e regalandole un bracciale di diamanti e un bouquet di fiori particolarmente elaborato. Tuttavia, lei aveva delle importanti perplessità sulla loro relazione. Era davvero contrariata dall'abitudine di giocare a golf ogni sabato e aveva capito che dedicava le sue domeniche a seguire gli sport alla TV. Quella domenica, come al solito, era sdraiato sul divano del soggiorno guardando la partita dei playoff dei Lakers contro Orlando.

"Ehi bambina, potresti prendermi un'altra birra?" disse Scott tenendo in mano una bottiglia di Heineken vuota per enfatizzare la sua richiesta.

"Scott preferirei che non mi chiamassi bambina" chiese Kathy.

"Scusami."

Kathy sperava ancora di poter rendere piacevole quel fine settimana. "Cosa ne dici di uscire fuori a cena? Poi potremmo fare una passeggiata sulla spiaggia."

"Kathy, stanno giocando i Lakers. Lo sai, sono i playoff" rispose Scott.

Era ancora sdraiato sul divano, telecomando in mano e totalmente ipnotizzato dal televisore.

Kathy ruotò gli occhi e se ne andò. Non gli prese nemmeno la birra.

"Oggi Sandy mi ha lasciato" disse Brad arrivando all'appartamento di Laurie. "Finalmente sono libero."

"Fantastico Brad" replicò Laurie, ma non sembrava entusiasta.

"Quindi ora possiamo stare insieme" continuò Brad.

"Ok" si limitò a dire Laurie.

Brad era perplesso. "Qual è il problema? Non sembri molto felice della notizia."

"A essere onesta Brad, sono confusa. Mi avevi detto che non avresti lasciato tua moglie perché sarebbe stato troppo costoso. Ma ora che lei ti ha lasciato sei corso da me."

"Lo sai che ci tengo a te Laurie" la rassicurò lui.

"Penso che ci tieni ma che ci sono cose a cui tieni di più" lo contraddisse la donna.

"Laurie, sono stato molto pratico. Sono disoccupato. Mi serve qualche aiuto economico" disse Brad.

"Troverai un lavoro Brad."

"Si fa presto a dirlo. Non è così facile trovare un lavoro di questi tempi" fece osservare Brad.

"Se davvero mi ami, non dovresti preoccuparti" aggiunse Laurie.

"Gesù Laurie, sii realista. Pensi davvero che io voglia vivere in uno squallido appartamento a Santa Ana tutta la mia vita?"

Laurie lo guardò. I suoi grandi occhi marroni erano pieni di lacrime. "Non è così brutto. Se davvero mi ami…"

Brad si rese conto di averla ferita. "Mi dispiace Laurie non intendevo dire questo."

"Brad è meglio se ora te ne vai" propose Laurie.

"Mi dispiace Laure. Per favore…" "Brad, per favore vattene."

Mestamente Brad uscì dalla porta.

Quella sera Jeff era in casa da solo, appena si sedette cominciò a soppesare le varie alternative. Chiaramente, al lavoro, le cose andavano malissimo. *Scott Farlow è il mio capo? Uno la cui massima priorità è il colore del pannello frontale?* La società stava crollando velocemente, il quarto trimestre sarebbe stato un disastro e significava che si sarebbero stati nuovi licenziamenti e tagli alla spesa. Era stato assegnato a dei noiosissimi progetti senza una reale capacità decisionale. In aggiunta, trovava molto difficile lavorare con Kathy per via del suo rapporto con Scott.

Soprattutto, aveva bisogno di un po' di tempo libero per poter recuperare il suo rapporto con Janet. Una lunga vacanza sarebbe stata perfetta. Magari avrebbero potuto andare in Sicilia come avevano programmato, ma prima doveva riconquistarla.

In ogni caso, aveva bisogno di riprendere le redini del suo destino. Era giunto il momento di andare oltre la Xekonix, iniziare la propria attività e dipendere da se stesso. Aveva abbastanza risparmi per poter avviare la sua azienda, quindi non c'erano ragioni per non farlo.

Prese la decisione che avrebbe presentato le dimissioni.

Capitolo 42
Venerdì
19 giugno 2009

A giugno Brad saltò il secondo pagamento consecutivo della rata del mutuo. A poca distanza di tempo, ricevette dalla sua banca, attraverso una lettera raccomandata, un invito a provvedere al saldo. L'informativa affermava:

> Egregio Signor McCarthy, non abbiamo ricevuto il pagamento delle rate del mutuo per due mesi consecutivi. Questo fa di lei un cliente inadempiente.
>
> Nel caso non riuscisse a versare le cifre dovute entro o prima del 23 luglio 2009, provvederemo al recupero integrale di tutte le somme dovute, attraverso il procedimento del pignoramento e vendita della sua proprietà.

Brad stracciò la lettera e la gettò rabbiosamente nel cestino. Degli scoppi improvvisi provenienti dal cantiere invasero l'Edificio 1 interrompendo la concentrazione di Kathy, appena si sedette al suo cubicolo. Si chiedeva se ci fosse qualcosa che non andasse tra lei e Jeff. Nelle ultime tre settimane i due avevano a malapena parlato, nonostante i loro uffici fossero praticamente attaccati. Non che la stesse evitando, la salutava e le faceva domande. Tuttavia non era mai il primo a iniziare una conversazione e, quando parlava con lei, sembrava freddo.

Dal momento che quel giorno aveva alcune questioni da discutere con lui, entrò nel suo ufficio. In piedi all'entrata, sorrise e disse. "Ciao Jeff."

"Ciao Kathy" rispose, ricambiando con un sorriso più educato che genuino.

"Ho le bozze della brochure di Artemis" disse porgendogli il documento.

"Grazie Kathy, gli darò un'occhiata in giornata" disse mettendo da parte la brochure.

Era un comportamento strano, normalmente dedicava subito la sua attenzione a ciò che lei gli dava.

Visto che era ancora chiaramente distaccato, decise di affrontare l'argomento. "Sai Jeff, non abbiamo parlato molto nelle ultime settimane. Ho fatto qualcosa di sbagliato?"

Jeff sorrise ancora. "Certo che no, sono solo stato molto occupato."

Kathy trovò la sua risposta molto poco convincente, era piuttosto sicura che il suo carico di lavoro, sebbene sempre elevato, non fosse maggiore del solito. Decise di utilizzare il suo fascino per vedere se avrebbe ottenuto una reazione. Guardandolo direttamente negli occhi, chiese. "Cosa ne dici se andiamo a pranzo?"

"Grazie" replicò. "Però oggi non posso. Magari un'altra volta."

"Certo" disse lei.

A quel punto però era sicura che qualcosa non andasse. Sperò che si trattasse di una situazione momentanea, per lei l'amicizia di Jeff aveva una grande importanza.

"Allora, non hai ancora preso il tuo iPhone 3GS?" chiese Tim a Jeff non appena si sedettero al tavolo della mensa.

Quel giorno, la terza generazione dello smartphone della Apple era stato messo in vendita e migliaia di persone avevano aspettato in fila per accaparrarsene uno.

"No. Sinceramente non sono sicuro che le nuove caratteristiche valgano il prezzo. Non mi serve la videocamera e il mio attuale telefono è abbastanza veloce per le mie esigenze, quindi è probabile che aspetterò l'uscita dell'iPhone 4" rispose Jeff con scetticismo.

Di fatto, nonostante la sua predilezione per i prodotti della Apple, Jeff aveva completamente dimenticato l'evento.

"Davvero? Pensavo che saresti stato uno dei primi a mettersi in fila" disse Tim.

"Immagino di essere troppo vecchio per queste cose" rispose Jeff.

Pensò per un minuto al commento di Janet di diversi mesi prima, quando lo accusò di essere un vecchiaccio che resiste al cambiamento. *Forse aveva ragione.*

"Io sto pensando di buttare il mio Razr e prenderne uno" disse Tim.

Jeff rimase sorpreso, Tim non era mai stato ansioso di utilizzare nuove tecnologie. Allora, proprio per non apparire uno che resiste al cambiamento disse. "Hmmm, probabilmente ci farò un pensiero. Farò un salto all'Apple Store dopo il lavoro per dare un'occhiata."

"Fammi sapere cosa ne pensi" disse l'amico.

Poi, spostando la conversazione sul lavoro Tim chiese. "Come sta andando la tua presentazione di Artemis?"

"Penso di essere pronto" rispose Jeff. "Sarà un gioco da ragazzi dal momento che sia i venditori che i clienti stanno buttando giù le porte per averlo, inoltre, ne abbiamo bisogno per competere con Cisco. In aggiunta, ho soddisfatto tutte le richieste di Scott con il discorso del focus group e un sacco di documenti e grafici."

"Molto bene" replicò Tim. "Contiamo su di te, fammi sapere se posso aiutarti in qualsiasi modo." "Grazie" disse Jeff sorridendo.

Nonostante non ne fosse entusiasta, capì quanto fosse importante quella presentazione e apprezzava il supporto di Tim.

"A proposito, hai sentito della decisione della Corte Suprema di ieri?" chiese Tim.

"Veramente no" ammise Jeff.

"Praticamente afferma che i datori di lavoro possono legalmente licenziare i dipendenti più anziani anche senza giusta causa" disse Tim riferendosi al caso Gross contro la FBL Financial Services.

"Quindi vengono superate le lacune circa il problema della discriminazione generazionale?" chiese Jeff.

"Giusto" disse Tim. "Questo pronunciamento afferma che sta all'impiegato dimostrare che l'età è stato il fattore determinante del licenziamento. In pratica, dovrebbe dimostrare che non c'erano altri motivi per licenziarlo se non l'età."

"Pensavo che la Corte Suprema avesse affermato che è il datore di lavoro a dover dimostrare che i licenziamenti sono giustificati" disse Jeff.

A dire il vero, non ne era molto sicuro, ma ricordò vagamente qualcosa che aveva letto in passato.

"Esatto, hanno ribaltato la loro stessa interpretazione. Da ora saranno i lavoratori a provare di essere stati ingiustamente licenziati."

"Non mi sembra molto giusto per il lavoratore" disse Jeff.

"Di sicuro gli rende la vita più difficile" continuò Tim.

"Quindi sembra che Brad passerà un periodo difficile."

"Cosa intendi?" chiese Tim curioso.

"L'altro giorno sono andato a pranzo con lui. Pensava che lui, Jerry, Mike e Rich fossero stati licenziati per via dell'età. Probabilmente aveva ragione, ma penso che si sbagli se pensa di vincere una causa contro la Xekonix, in quanto potrebbero sempre affermare di averlo licenziato per il suo salario elevato o qualsiasi altro motivo e starebbe a lui provare che stanno mentendo."

"Esatto" disse Tim. "E' davvero una sfortuna! Temo che non ce la farà."

Kathy decise che era giunto il momento. Evidentemente Scott non era l'uomo che desiderava come padre del suo bambino. Era il momento di voltare pagina.

L'uomo sedeva sul divano del suo soggiorno leggendo *Sports Illustrated* e seguendo, allo stesso tempo, la ESPN sul maxischermo della televisione. Nemmeno si accorse quando lei entrò nella stanza, così schiarì la voce per catturare la sua attenzione.

"Scott, penso che dobbiamo rompere" disse seccamente.

Lui alzò lo sguardo. "Rompere? Ma perché bambina?"

"Perché non abbiamo molto in comune. Io voglio divertirmi nei week end. Tutto quello che sembra appassionarti è giocare a golf e guardare lo sport. E non sopporto davvero quando mi chiami bambina!"

La guardò sinceramente disorientato. "Oh, pensavo che ti piacessero gli sport."

"Non molto. A essere sincera odio il baseball e odio il golf e anche il football e il basket non mi piacciono granché." "Davvero?" replicò Scott.

Ovviamente non aveva nessuna idea di che cosa le piacesse. Per Kathy era un duro colpo alla sua autostima, ma alla fine si era resa conto che il suo unico interesse era fare sesso, lei era solamente un'altra delle sue conquiste.

"Sì, davvero" disse senza vacillare o portare il discorso oltre. "Devi andartene adesso Scott."

Scott si alzò. Sembrava sorpreso ma non particolarmente turbato. Sorrise. "È stato bello bambina. Ci vediamo al lavoro." La baciò delicatamente sulla guancia e poi uscì.

Kathy si sentiva sollevata per la fine della relazione. Non poteva credere di essersi innamorata di un tipo come quello ed era felice di aver troncato prima che fosse troppo tardi. Scott sarebbe stato un marito terribile e, ancora peggio, un padre disastroso.

Brad chiamò Laurie ripetutamente al suo cellulare, ma lei non rispose. Decise allora di raggiungerla al suo appartamento.

Quando arrivò le luci del soggiorno erano accese. Suonò al campanello. Nessuno rispose quindi suonò ancora. Poi bussò alla porta, udì alcuni passi.

La porta si aprì. Brad rimase a bocca aperta.

"Ehi nonnetto."

Era Miguel, il giovane che aveva affrontato Brad al nightclub. Vestiva dei jeans ed era a dorso nudo. Ridendo sarcasticamente chiese. "Qual buon vento?"

"Dov'è Laurie?" chiese Brad.

"Non ti vuole vedere nonno" rispose il ragazzo.

"Togliti dalle palle" ordinò Brad stringendo il pugno.

In quel momento apparve Laurie. Indossava un accappatoio.

"Brad, per favore basta" lo supplicò.

"Laurie, ma che cazzo…"

"Mi devo sbarazzare di questo coglione Laurie?" disse Miguel preparandosi alla rissa.

"No Miguel. Per favore fammi parlare con lui per un minuto, da soli."

Miguel lo guardò, poi si voltò e rientrò in casa. Laurie uscì e chiuse la porta dietro di sé.

"Mi dispiace Brad. Non volevo ferirti" disse Laurie.

"Ma perché?"

"Brad, non so se tu potrai mai credermi, ma ti ho davvero amato."

"Tu sai che tengo a te Laurie" la supplicò Brad.

"Sì, ma tu non mi hai mai amato. Non hai mai voluto lasciare tua moglie. I soldi erano più importanti di quanto fossi io. Quindi, se tu non vuoi impegnarti con me, perché io dovrei impegnarmi con te?" osservò la donna.

"Ma te l'ho detto, ora sono libero" fece notare Brad.

"E' troppo tardi Brad. Mi dispiace."

"Laurie…" si allungò per baciarla ma lei si allontanò.

"Brad, per favore vattene. Adesso" disse la donna.

Brad fissò i suoi occhi marroni e capì che era determinata. Con la morte nel cuore lasciò il suo appartamento e tornò alla macchina.

Capitolo 43
Giovedì
25 giugno 2009

Kathy rispose al telefono al secondo squillo.

"Salve Signorina Jensen, parla Joann Brown, il Signor Denman avrebbe il piacere di invitarla a pranzo se è disponibile."

Kathy ci pensò su un secondo. *Bryan Denman? Mi sta invitando a pranzo? Magari è per parlare di una promozione, quindi perché no?* "Oggi sono disponibile" rispose.

"Bene. La prego di passare nel suo ufficio a mezzogiorno" concluse velocemente la segretaria.

"Grazie Joann" disse Kathy.

Dovrebbe essere una cosa interessante.

Situato sulla spiaggia di Laguna Beach, il Montage Resort era uno degli hotel più esclusivi del sud della California. Bryan aveva prenotato il pranzo al ristorante Loft all'interno del resort, un'elegante location con uno spettacolare colpo d'occhio sulla costa. Kathy ordinò un'insalata di spinaci calda, mentre Bryan preferì del salmone alla griglia. Nonostante di solito non bevesse alcolici a pranzo, Bryan insistette che Kathy prendesse un bicchiere di vino, mentre lui prese un Martini.

La loro conversazione era iniziata con una discussione sulle nuove mansioni di Kathy. Lui le parlò a proposito di alcune nuove campagne in arrivo e chiese il suo punto di vista. *Fin qui tutto bene.*

Ma dopo appena una mezzora, cominciò a preoccuparsi. Era già al suo terzo martini e i suoi discorsi cominciavano a essere un po' disarticolati.

"Allora Kathy" disse. "Scott mi ha detto delle ottime cose sul tuo conto."

"Davvero?" chiese un po' sorpresa.

Con Scott non avevano parlato molto di lavoro. Sperava che non stesse parlando di faccende personali.

"Certo. Mi ha detto che hai una bellissima casa" proseguì Denman.

Kathy non sapeva cosa rispondere. *Perché Scott avrebbe dovuto parlare della mia casa?* Decise comunque di stare al gioco. "Diciamo che ci tengo che sia carina."

"Parlando di cose carine, sei davvero molto carina oggi" disse Bryan.

Ora Kathy cominciava a sentirsi a disagio. Il discorso stava diventando troppo personale e pensò fosse saggio tentare di cambiare argomento. "Grazie Bryan. Dimmi, sei già pronto per spostarti nel nuovo edificio?"

"Succederà nelle prossime due settimane. In ogni caso, durante il fine settimana c'è una raccolta fondi di beneficienza a Beverly Hills. Ci saranno diverse star della televisione e altre celebrità, mi piacerebbe che mi accompagnassi" chiese l'uomo.

Kathy capì di essere nei guai. Decise che sarebbe stato opportuno rifiutare in modo deciso. "Mi dispiace Bryan, sono appena uscita da una relazione. Vorrei passare un po' di tempo da sola."

"Sì, Scott me l'ha detto" affermò Bryan.

Scott? Poi ripensò che Scott era un partner di golf e un buon amico di Bryan, quindi sicuramente avevano parlato di tutti i retroscena della loro relazione e, probabilmente, l'aveva descritta come una preda facile.

"Sai Kathy" continuò Bryan. "Nella nostra azienda tu puoi arrivare molto lontano. Infatti penso che potresti essere il nostro prossimo vice presidente."

Kathy era incredula di fronte a ciò che stava accadendo. In passato era stata vittima di molestie sessuali, ma mai a quei livelli. Aveva bisogno di uscire da lì, prima che le cose potessero peggiorare. Guardando il suo orologio, finse preoccupazione. "Santo Cielo Bryan, sono già le una e quaranta. Ho una presentazione tra venti minuti. Devo davvero andare."

"Non ti preoccupare, ti ci accompagno io" disse mentre le parole gli uscivano piuttosto sconnesse.

Anche se fosse stata interessata a lui, non si sarebbe mai fatta accompagnare quando era ubriaco. "Non ti preoccupare Bryan. Rimani pure e goditi il pranzo. Prenderò un taxi. Grazie tante".

Prima che l'uomo potesse rispondere, si alzò dal tavolo e se ne andò velocemente.

Per fortuna c'era un taxi libero subito fuori dell'hotel. Sulla via dell'ufficio, Kathy si chiese cosa avesse fatto di sbagliato. Aveva fatto tanta strada nel suo lavoro solo grazie al suo aspetto? Senza dubbio Bryan stava cercando un rimpiazzo per Sheila, sia come vice presidente che come compagna, era per questo che le aveva offerto il suo lavoro? *Ma tutti gli uomini saranno così idioti?*

Capì in quel momento che avrebbe perso il suo lavoro. Sarebbe stato un bene, perché aveva assolutamente bisogno di concentrarsi sul suo obiettivo principale.

Il frastuono della sparachiodi echeggiava all'entrata dell'Edificio 1, mentre i lavori di costruzione che sarebbero durati un altro mese, continuavano. Alcuni muri erano stati eretti, si presumeva per ottenere altri uffici per i dirigenti o delle sale riunione. Per evitare il rumore, Jeff uscì fuori con Dean appena ebbero finito un incontro di un'ora con uno dei venditori di semiconduttori del progetto Artemis.

"Dean, devo dirti che ci ho pensato molto" disse Jeff appena usciti dall'edificio. "Me ne vado."

Aveva deciso di dirlo in anteprima al suo amico, prima ancora di presentare le dimissioni.

"Quando?" chiese Dean che non sembrava particolarmente sorpreso.

In effetti Jeff aveva parlato di questa possibilità molte volte.

"Darò il preavviso a Roger lunedì" annunciò Jeff.

"Avvierai davvero una compagnia tutta tua?" chiese Dean.

"Sì."

"Di che cosa si occuperà?"

"Non ho ancora deciso. Magari potrei occuparmi di alcune applicazioni per iPhone dopo aver rispolverato le mie competenze da programmatore. Oppure potrei fare qualcosa di valido per i dispositivi integrati Linux. Purtroppo, trentacinque anni di lavoro nelle grandi aziende hanno soffocato la mia creatività, quindi avrò bisogno di pensarci sopra un paio di mesi prima di iniziare." "Quindi stai tornando alle tue origini?" osservò Dean.

"Qualcosa del genere. Dal momento che sarà una start-up, dovrò occuparmi di tutto, dalla progettazione alla vendita. Sarebbe molto più facile se ti unissi a me" aggiunse Jeff.

"Per come stanno andando le cose alla Xekonix, la cosa mi tenta molto. Potrei non aver altra scelta in un futuro prossimo dal momento che ci sono parecchie possibilità di essere licenziato. Ma come ti ho già detto, al momento mi serve un'entrata stabile" affermò l'amico.

"Va bene, ma tu pensaci sopra" disse Jeff.

"Certo, lo farò" concluse Dean.

Kathy sorseggiava del vino mentre Susan assaggiava un antipasto, nell'attesa che la cena venisse servita al ristorante Quiet Woman a Corona del Mar.

"Dunque è stato un pranzo disastroso al Montage?" chiese Susan.

Kathy sorrise. "Puoi dirlo forte. Almeno il cibo era buono."

Susan posò la forchetta. "Personalmente lo prenderei come un complimento se il presidente della mia azienda ci provasse con me."

"Invece io no" replicò Kathy. "Lo trovo viscido."

"E' una cosa tanto brutta?" insistette Susan.

"Intanto è più vecchio. Anche se per la sua età non è poi così male" disse Kathy.

"Quanto più vecchio?"

"Probabilmente   dieci   o   quindici   anni"   rispose approssimativamente.

"Mi sembra che vada bene. Demi Moore ha quindici anni in più di Ashton Kutcher. Anna Nicole Smith ha sposato un uomo con oltre sessanta anni più di lei" fece notare Susan.

"D'accordo, ma a me non piacciono quegli uomini che usano la loro posizione di forza per manipolare le donne. Per me è uno stronzo" spiegò Kathy.

"Mi sembra giusto" disse Susan. "Invece cos'è successo con Scott?"

"Non avevamo molto in comune" tagliò corto Kathy.

"In altre parole, un altro stronzo" affermò l'amica.

"Non ho detto questo."

"Molto male. Era un bell'uomo e aveva una Maserati. In ogni caso, tutti gli uomini sono stronzi, non è vero?" riassunse Susan.

"Non tutti…"

"Dimmene uno che non lo è" la provocò Susan.

"Mio padre" rispose prontamente.

"Lui non conta. Dimmene un altro."

Kathy ci pensò per un momento. "Bene, ce n'è uno che fa il project manager alla Xekonix, Jeff…"

"E allora perché non ci provi con lui?" propose Susan senza pensarci troppo.

"Ha una compagna. Inoltre, non è il mio tipo" tagliò Kathy.

"Non è il tuo tipo?" chiese perplessa Susan. "Che cos'ha che non va?"

"Non so. Per prima cosa non è tanto bello, ma, almeno, non è grasso. È una persona molto intelligente. Ma è troppo vecchio per me" elencò Kathy.

"Cristo Kathy, cos'hai contro gli uomini più vecchi di te?" chiese Susan. "Sai, solitamente sono più ricchi e stabili degli studenti. Aggiungi un po' di Viagra e possono dire la loro anche a letto."

"Non saprei, Jeff è come un fratello per me. Probabilmente perché è molto gentile" osservò Kathy.

"Forse sei tu che sei troppo schizzinosa" fece notare Susan.

"Può essere" disse Kathy pensierosa.

Si fermò per un momento a pensare a Jeff e al perché non lo trovasse attraente. Forse era semplicemente perché aveva bisogno di qualcuno che la proteggesse e Jeff non aveva quei requisiti. Alle superiori era abituata a uscire con i giocatori di football, quei ragazzi potevano proteggerla dal pericolo dal punto di vista fisico. Ora invece preferiva uscire con uomini di successo, capaci di proteggerla dai problemi finanziari. "Penso sia un po' stupido, ma ho l'impressione che non sia abbastanza uomo. Ho bisogno di qualcuno che riesca a darmi maggiore sicurezza."

"Non ti seguo" la interruppe Susan. "Pensavo avessi detto che anche Scott fosse un project manager."

"Lo era, ma adesso è un dirigente. Scott sta scalando i gradini della società, mentre Jeff probabilmente è già arrivato dove voleva" spiegò Kathy.

Susan non sembrava molto soddisfatta della risposta di Kathy, ma non proseguì la discussione ulteriormente. "Dovrai prendere una decisione. Non ti rimane tanto tempo."

"Grazie per avermelo ricordato" rispose Kathy ironicamente, ma sapeva che l'amica aveva ragione.

Un avviso iCal apparve sul monitor del computer di Janet, mentre sfogliava la sua pagina Facebook. Leggendo il messaggio si rese conto che quel giorno mancava una settimana alla partenza per la Sicilia sua e di Jeff. Non aveva aspettato altro, così quel messaggio la rattristò tremendamente.

Tornando sulla sua pagina Facebook, malinconicamente, scrisse un messaggio nello spazio 'A cosa stai pensando?' che diceva semplicemente:

Sicilia

Cliccò il tasto 'pubblica' e poi spense il computer.

Michael Jackson, il Re del Pop, era morto quel pomeriggio, apparentemente per un'overdose di farmaci somministrati dal suo medico. Ma la notizia che colpì maggiormente Brad fu la morte di Farrah Fawcett nelle prime ore del giorno. Era innamorato di lei da quando l'aveva vista apparire in una vecchia pubblicità della Noxzema. Non perdeva mai un episodio delle *Charlie's Angels* nei loro primi anni e fu devastato dalla notizia dell'abbandono della serie. Fu felice di assistere alla sua ascesa cinematografica, dalla goffa interpretazione in *Saturno 3*, fino alle brillanti performance in *The Burning Bed* e *Oltre ogni limite*. Inoltre, la trovò estremamente eccitante quando, a cinquanta anni, decise di posare per Playboy.

Forse era una cosa stupida, ma pianse alla notizia delle morte. Era la sua donna ideale e ora se n'era andata.

Quando Jeff tornò a casa, come al solito controllò la sua pagina Facebook, senza aspettarsi grandi novità. Poi vide quel post di Janet con una sola parola: *Sicilia*.

Pensò a quanto Janet avesse atteso quella vacanza e a quanto tempo avessero passato esercitando il loro italiano. Rise da solo, pensando al treno da Roma e alle sue battute sul fatto che volasse sul Mediterraneo. Forse non era troppo tardi e quello era un messaggio per incoraggiarlo. Cominciò a scrivere una risposta, poi si fermò. Decise che sarebbe stato meglio incontrarla di persona.

Capitolo 44
Venerdì
26 giugno 2009

Brad rimase sveglio tutta la notte. La sua rabbia stava crescendo.

Sapeva quello che stava facendo. Innanzitutto, si sarebbe occupato di quella puttana di Laurie. Poi avrebbe preso Greg Bass, l'uomo che l'aveva licenziato mettendo la sua vita a soqquadro. Per finire avrebbe sistemato Bob Monahan, lo stronzo che l'aveva pugnalato alle spalle. Ci sarebbero stati dei danni collaterali, ma questo era normale. Erano tutti responsabili del complotto. *Hanno persino ucciso Farrah. Che dio li maledica.*

Jeff si girò nel letto e diede un'occhiata all'orario sul suo iPhone. Erano le 8:01, si rese subito conto di aver dimenticato di rimettere la sveglia. *Figlio di puttana.* Gettò via le coperte e corse alla doccia. Quel giorno sarebbe arrivato al lavoro tardissimo.

"Tanti auguri a me, tanti auguri a me..." Brad cantava a se stesso. Vestito ancora con i suoi indumenti intimi, aprì la cassaforte ed estrasse la pistola. Aprì una scatola di cartucce e accuratamente riempì diversi caricatori. Inserì uno dei caricatori nella pistola e mise un colpo in canna. Era pronto per partire.

Jeff manovrava nervosamente i tasti della sua radio, passando da Bill Handel sulla KFI a Stephanie Miller sulla KTLK, alle notizie su KNX. Il traffico era bloccato sulla 405 in direzione sud. Pensò di chiamare in ufficio, poi decise di non farlo. Magari Roger non avrebbe fatto caso alla sua assenza.

Diede uno sguardo all'orologio, erano le 8:33.

Brad entrò nel parcheggio della Xekonix poco prima delle nove e trovò un parcheggio libero a pochi metri dall'Edificio 2. Posizionando attentamente la pistola sotto la giacca, uscì dalla macchina alla volta dell'Edificio 1. La Mini-Cooper di Laurie era parcheggiata lì vicino, mentre la BMW nera di Greg Bass era nel suo solito spazio riservato ai dirigenti.

Un giovane vestito con dei pantaloni color cachi e una camicia blu, probabilmente uno nuovo dal momento che Brad non lo conosceva, stava entrando nell'Edificio 1 attraverso l'entrata degli impiegati. Brad accelerò il suo passo finché gli fu vicino. Dopo essere entrati, il ragazzo strisciò il suo badge attraverso il lettore e la porta secondaria di sicurezza si aprì.

"Per favore, potresti tenere la porta per me?" chiese Brad.

Il ragazzo sorrise e cortesemente tenne la porta aperta.

"Grazie" disse Brad entrando nell'edificio.

"Di nulla" rispose il giovane.

Quando finalmente Jeff arrivò alla Xekonix, guardò l'orologio del cruscotto. Erano le 9:03. Sceso dalla macchina, accelerò il passo diretto all'Edificio 1, rischiando persino di inciampare. Poi decise di rallentare, era così clamorosamente in ritardo che qualche minuto non avrebbe fatto alcuna differenza.

Per la prima volta dopo più di sei mesi, Brad salì quelle scale a lui tanto familiari, verso il secondo piano. Arrivato in cima, lentamente aprì la porta e approcciò la reception.

"Ciao Laurie" disse.

Come al solito Laurie ascoltava il suo iPod mentre maneggiava alcuni documenti. Alzò lo sguardo sorridendo. Ma la sua espressione cambiò velocemente quando realizzò con chi stava parlando.

"Brad, cosa stai facendo qui?" chiese preoccupata.

"Sono passato per vederti Laurie" disse estraendo la pistola e puntandola verso di lei.

"Oh Dio, non farlo Brad, per favore" lo supplicò.

Guardando i grandi occhi marroni di Laurie, Brad esitò per qualche secondo. Pensò agli occhi del cervo che mestamente lo guardavano un attimo prima che lui sparasse in quel freddo giorno di novembre, all'età di tredici anni. Poi tornò in sé, aveva una missione da compiere. Sorrise. "Abbiamo passato dei bei momenti, non è vero Laurie?"

"Oh Brad, per favore non..."

Per alcuni brevi istanti, considerò l'idea di risparmiarla. Poi premette il grilletto. Laurie cadde all'indietro sulla sua poltrona con una pallottola in fronte. *Centro.*

Brad sorrise ancora. "Sì, abbiamo passato dei bei momenti."

Poi Brad mise la pistola sotto la giacca e si diresse verso il Reparto Marketing.

Dopo aver passato il badge nel lettore, Jeff salì le scale verso il secondo piano. Quando era ancora a metà strada un rumore brusco risuonò. *Un petardo? Non è troppo presto per celebrare il quattro luglio?*

Si fermò e si guardò intorno. Nella tromba delle scale non c'era nessuno. Il rumore sembrava che provenisse da dietro la porta del secondo piano, nel Reparto Marketing. *Magari sono i lavori di ristrutturazione o qualcuno che fa lo spiritoso.* Così, nervosamente sorrise e continuò a salire le scale.

Sam Keaton uscì dall'atrio del Reparto Marketing, evidentemente aveva sentito il rumore. "Brad, cosa ci fai qui?" chiese senza rendersi conto che si fosse trattato di colpi di pistola.

"Faccio una visita" replicò Brad sorridendo mentre frugava sotto la sua giacca.

Detto ciò estrasse velocemente la pistola e fece fuoco, Sam cadde a terra contorcendosi dal dolore. Brad sparò ancora e stavolta il corpo di Sam non dava segni di vita.

In quel momento Tracy Danforth entrò nell'atrio. Vedendo Brad in piedi vicino al suo collega esanime, rimase inorridita. Ma prima ancora che potesse urlare, Brad le puntò la pistola e sparò colpendola al petto.

A quel punto Brad si diresse all'interno del Reparto Marketing attraverso la doppia porta di entrata. Girò a sinistra, superò la sala ristoro e le sale conferenze A e B prima di entrare nell'ufficio di Greg Bass. Crystal Harris urlò quando lo vide con la pistola in mano.

Zitta puttana. Puntò la pistola verso di lei e fece fuoco, lasciandola a terra. Per un momento provò un po' di dispiacere. *Che peccato, un così bel culo.*

Con grande dispiacere, tuttavia, trovò l'ufficio di Greg vuoto, così come quello di Roger Fleming. Arrabbiato percorse il corridoio alla ricerca di altre vittime. Alla fine del corridoio C incrociò James Christianson e Sharon Daley.

Quando Jeff raggiunse il secondo piano, altri tre boati risuonarono. *Che cazzo succede?* Esitò per un momento prima di aprire timidamente la porta.

Sentì le urla di una donna. Seguì un altro rumore, a quel punto Jeff capì che si trattava di colpi di pistola e che delle persone venivano colpite. Contrariamente a quanto il buon senso avrebbe suggerito, si diresse al Reparto Marketing.

C'era il panico assoluto. Mary Simon correndo passò davanti alla reception urlando e altre urla provenivano dall'interno del reparto. Jeff tentò di fermarla ma lei scappò.

"Cosa sta succedendo?" domandò.

Singhiozzando istericamente rispose. "C'è un uomo con una pistola... ha già ucciso alcune persone."

Una decina di altri impiegati seguirono Mary verso l'entrata principale attraverso le scale.

Scott Farlow afferrò il braccio di Jeff. "Esci da qui Jeff! È Brad, ha una pistola."

"Chiama il 911 Scott!" rispose Jeff.

"Ok" disse Scott estraendo il suo cellulare. "Ma tu devi uscire Jeff. È impazzito."

Istintivamente Jeff ignorò l'avvertimento e si diresse verso l'entrata del marketing. Non poteva credere che fosse Brad. Magari avrebbe dovuto cogliere dei segnali premonitori, la rabbia, la frustrazione, la paranoia quando aveva pranzato insieme qualche settimana prima. Si chiese se avesse potuto fare qualcosa per prevenire quel disastro.

Vide Laurie riversa sulla poltrona della sua postazione. Chiaramente era morta. I suoi occhi erano ancora aperti e la sua faccia sembrava paralizzata dall'orrore. Mentre fissava la ferita rossa circolare nella sua fronte e la sedia imbevuta di sangue, un senso di nausea si impadronì di lui. Seguì un senso di profonda tristezza, una donna carina e giovane nel fiore degli anni che di certo non meritava quella sorte. Si fermò alcuni attimi, poi decise di andare avanti.

Girato l'angolo della zona della reception, Jeff incontrò Gil Santos che stava prestando soccorso a Sam Keaton in stato di incoscienza, con la camicia zuppa di sangue. Poco più in là, Ginny Goldman piangeva mentre stringeva Tracy Danforth tra le sue braccia. Sia Gil che Ginny chiaramente ignoravano il pericolo sopraffatti dalla volontà di aiutare i propri colleghi.

Gil alzò lo sguardo. "C'è ancora gente intrappolata lì dentro Jeff" disse con premura. "Credo che Kathy sia nel suo cubicolo."

Jeff annuì e proseguì. Brad girava liberamente e la polizia probabilmente ne aveva per altri cinque minuti. Razionalmente, sapeva che avrebbe dovuto attendere la polizia, ma era guidato da qualcosa che andava oltre il suo controllo. Era una questione di altruismo? Oppure il fatto di sapere che Kathy fosse in pericolo? Qualunque fosse il motivo, sapeva che avrebbe dovuto fermare Brad.

Altri due spari risuonarono, seguiti da un periodo di silenzio. Jeff procedette con attenzione attraverso la doppia porta che conduceva al Reparto Marketing, teneva la testa abbassata, quel tanto che bastava per non essere visto dalla parte superiore dei cubicoli.

Quando Kathy udì quel frastuono, diede per scontato che provenisse dai lavori di costruzione. Dopo altri tre scoppi, cominciava a essere infastidita, dal momento che stava cercando di parlare al telefono con Ken Williams dell'ufficio di Dallas. *Maledetto cantiere.*

Poi udì qualcosa che sembrava un urlo, seguito da un altro forte rumore e da altre urla. "Aspetta Ken, qui sta succedendo qualcosa" disse abbastanza allarmata.

Mise la chiamata in attesa e si alzò in piedi per guardare sopra il suo cubicolo. Con grande orrore, vide un uomo che stava puntando la pistola contro James Christianson e Sharon Daley. L'uomo armato premette il grilletto e James collassò sul pavimento. Sharon chiedeva disperatamente pietà, ma il killer sparò ancora.

A quel punto, l'assassino si girò e lei lo riconobbe: era Brad. Si abbassò immediatamente, per fortuna lui non l'aveva vista. Siccome stava percorrendo il corridoio in direzione del suo cubicolo, non c'erano vie d'uscita. Decise di strisciare sotto la scrivania e mise la poltrona davanti a sé nel tentativo di nascondersi.

Jeff scrutò sopra i cubicoli e vide Brad due corridoi più in là. Si trovava nel corridoio C, dove erano situati sia il suo ufficio che quello di Kathy. Un pensiero spaventoso attraversò la sua mente: se non avesse fatto tardi al lavoro, in quel momento Brad starebbe puntando la pistola verso di lui. Mantenendo la testa abbassata, proseguì attraverso il corridoio.

Brad attraversava lentamente il corridoio C, controllando attentamente l'interno di ogni cubicolo. La maggior parte erano vuoti, gli occupanti erano fuggiti al rumore dei colpi e delle grida. Si sentì sollevato quando vide il posto di Jeff vuoto, lo considerava ancora uno dei pochi amici che gli erano rimasti al mondo.

Il cubicolo seguente era quello di Kathy. Brad guardò e sorrise. Poteva facilmente vederla mentre tentava di coprirsi sotto il suo tavolo, la poltrona riusciva a nasconderla solo in minima parte. Camminò lentamente verso la scrivania e allontano la poltrona. Alzò la pistola e la puntò verso di lei.

"No per favore…" lo supplicò Kathy.

Rise. La puttana era alla sua mercé. Si chiese se non valesse la pena divertirsi un po' con lei. Magari poteva farle togliere i vestiti. Magari poteva palpeggiare il suo corpo nudo o fare anche di peggio.

Poi ritornò in sé. La sua missione non era stata ancora completata, doveva porre fine alle sue sofferenze. Prima di farlo, diede un ultimo sguardo al suo seno che era in parte visibile attraverso la sua maglia scollata e alle sue bellissime gambe. Poi mise il dito sul grilletto.

Jeff silenziosamente si diresse verso il corridoio C. Con uno sguardo fugace, vide che Brad era all'interno dello spazio di Kathy. Doveva agire velocemente, quindi tenendo ancora la testa abbassata, si mosse vicino all'entrata del cubicolo finché non ebbe una chiara visione della situazione. Brad stava puntando la pistola verso Kathy, la quale stava supplicando di risparmiarle la vita. Senza alcuna esitazione, Jeff raccolse tutto il suo coraggio e si scagliò a tutta velocità contro l'uomo ben più grosso di lui. Abbassando le spalle, caricò Brad con tutta la sua forza.

Partì un colpo dalla pistola. Kathy urlò. Il colpo era andato a vuoto. Brad cadde a terra, colpendo con la mano la poltrona di Kathy fece cadere la pistola a terra. Jeff piombò sopra di lui.

Tuttavia Brad era più forte e riuscì rapidamente a capovolgere la situazione, cercando di afferrare la pistola, la quale si trovava a poca distanza.

Jeff cercò di resistere per un tempo che sembrò infinito, mentre Kathy urlava. Come un lottatore, avvolse le sue braccia e le sue gambe attorno a Brad in un tentativo disperato di immobilizzarlo. La forza di Brad era incontenibile ma Jeff sapeva di dover resistere, non c'erano alternative.

Brad procedeva lentamente verso la pistola. Era scioccato nel vedere che il suo amico Jeff stesse interferendo con la sua missione ed era sorpreso che un uomo tanto piccolo fosse in grado di trattenerlo così efficacemente. *Se non fosse per i miei vecchi infortuni…* Ora però la pistola era praticamente alla sua portata e c'era una missione da completare.

"Prendi la pistola Kathy!" urlò Jeff.

Lei era paralizzata dalla paura. Jeff poteva vedere la mano di Brad che cercava di afferrare la pistola, cercò quindi di moltiplicare i suoi sforzi per trattenerlo. Ma la superiorità dell'ex giocatore di football era schiacciante e Brad inesorabilmente si avvicinò alla pistola finché le sue dita toccarono l'impugnatura. Jeff iniziò a disperare; le conseguenze del suo fallimento sarebbero state tragiche. Ma proprio nel momento in cui sentiva che le forze lo abbandonavano, sentì che Brad veniva portato via da lui. Qualcuno urlò degli ordini, chiedevano a Brad di arrendersi. La polizia era arrivata, finalmente. L'incubo era finito.

Appena Brad venne ammanettato, Jeff aiutò Kathy a uscire da sotto la sua scrivania. Ancora singhiozzante e tremolante, gettò le sue braccia intorno a lui. Sentì il calore del suo corpo che lo teneva stretto. Lui mise a sua volta le braccia intorno a lei, nel tentativo di confortarla. Solo qualche settimana prima quel gesto avrebbe suscitato in lui estrema passione. In questa situazione non c'era spazio per alcun romanticismo.

Capitolo 45
Martedì
30 giugno 2009

Dopo la sparatoria, Kathy vedeva Jeff sotto una nuova luce. Sebbene non rappresentasse l'affascinante tipo sportivo con cui era abituata a uscire, era una persona molto intelligente, divertente e, diversamente da molti suoi ex ragazzi, molto carino e premuroso. Aveva un buon salario e una casa di sua proprietà. E, da non dimenticare, le aveva appena salvato la vita, quindi nessun dubbio che fosse in grado di proteggerla e difenderla. In altre parole, si era accorta tardivamente di come Jeff fosse un buon partito. Ora, l'unico problema era capire se fosse ancora interessato a lei.

Quella mattina aveva impiegato particolare attenzione per sembrare ancora più attraente. Un rossetto delicato, smalto trasparente e non aveva esagerato con il trucco. Aveva indossato un tailleur bianco con una camicetta bianca e non aveva messo le calze. Sapeva che avrebbe attirato degli sguardi e sperava che avrebbe funzionato anche con Jeff.

Quando arrivò, quella mattina, Jeff era già alla sua scrivania nel Reparto Marketing. "Ciao" disse lei sorridendo all'entrata del cubicolo.

Jeff le ricambiò il sorriso. "Ciao Kathy. Sono contento di vederti di nuovo. Come ti senti?"

"Sto bene grazie" rispose. "Hai sentito come stanno gli altri?"

"Sì. Purtroppo Laurie, Sam e Sharon non ce l'hanno fatta. Tracy è ancora all'ospedale e ce la farà. Dalle ultime notizie, Crystal e James sono in terapia intensiva. Brad, chiaramente, è in prigione, penso che sia controllato per rischio suicidio."

"Jeff, ti volevo ringraziare per tutto quello che hai fatto l'altro giorno. Non so davvero come ringraziarti abbastanza."

"Non ti preoccupare."

Esitò un attimo, non era abituata a invitare un uomo. "Se non hai nulla da fare venerdì, mi piacerebbe invitarti da me per cena. Magari vediamo un film o qualcos'altro."

"Grazie Kathy, mi farebbe piacere. Purtroppo devo dirti di no" rispose Jeff.

Kathy rimase un po' sorpresa, pensò che si trattasse di un problema di impegni. "Se sei occupato venerdì, potremmo fare sabato."

"Kathy, davvero non posso. Non è un problema di agenda" spiegò Jeff.

Kathy rimase un po' a bocca aperta. Stentava a ricordare l'ultima volta che un uomo l'aveva rifiutata. Ingoiò il suo orgoglio e sorrise. "Va bene, se cambi idea, l'offerta è sempre aperta."

Poi se ne andò. Il rifiuto di Jeff le fece male, chiaramente non era andata come si aspettava. Forse non c'erano uomini adatti a lei. D'altra parte aveva ormai perso il conto del numero di uomini con cui era uscita, nessuno dei quali le era sembrato un buon compagno. Magari aveva ragione Susan: tutti gli uomini sono degli idioti. Il matrimonio non era nel suo destino. Quindi anche se sembrava una decisione affrettata, non poteva aspettare oltre. Doveva agire ora. Era il momento di passare al piano B.

Jeff era stupefatto. Non poteva credere che Kathy gli avesse chiesto veramente di uscire. Era ancora più sbalordito dal fatto che lui avesse rifiutato. Dal momento che non c'era nessuna garanzia che Janet lo avrebbe di nuovo accolto, poteva aver buttato all'aria l'opportunità di una vita.

Fissò la foto di Janet e la sua rana cinese in osso sul suo tavolo. Pensò al suo sorriso e al modo con cui si prendeva cura di lui. Pensò al loro modo di prendersi in giro e a tutti i momenti divertenti degli ultimi anni. Soprattutto pensò alla voglia di tenerla ancora tra le sue braccia. Era la donna con cui voleva stare. Avrebbe fatto tutto il necessario per riconquistarla.

Jeff non aveva nessun appuntamento, tuttavia aveva un tema molto importante da discutere con Roger Fleming. Considerato che Crystal Harris non era ancora tornata dall'ospedale, entrò direttamente nel suo ufficio. Non bussò. La porta era aperta. Roger alzò lo sguardo dalla sua scrivania e sorrise. "Ciao Jeff, entra pure e accomodati."

Jeff si sedette su una delle due seggiole.

"Ho sentito che venerdì hai agito da eroe" disse Roger.

"Ho fatto solamente quello che qualsiasi persona avrebbe fatto in quella situazione" rispose con modestia.

"Diciamo che non la vediamo allo stesso modo. Grazie davvero per ciò che hai fatto" Roger appariva davvero sincero, rendendo ancora più difficile il compito a Jeff.

Jeff sorrise e annuì ma non disse nulla.

"In ogni caso, come posso aiutarti?" chiese Roger.

Jeff si sporse in avanti e gli consegnò un documento accuratamente preparato e firmato.

Roger esaminò il documento. "Ti dimetti?" sembrava davvero sorpreso.

"Sì Roger" confermò Jeff.

"Sinceramente Jeff, sono un po' deluso. Ti consideravo parte della nostra squadra" ammise Roger.

"Lo sono stato Roger. Ma adesso è il momento di andare avanti" affermò deciso Jeff.

"Hai ricevuto qualche offerta di lavoro?" chiese il dirigente.

"No" rispose Jeff. "A dire il vero, ho intenzione di prendermi qualche mese di pausa per poi partire con la mia società. Tuttavia rimarrò abbastanza a lungo per completare la mia presentazione di Artemis."

"Sai Jeff, se te ne vai da Xekonix e fallisci, per te sarà molto difficile ritrovare un lavoro come quello che hai attualmente, soprattutto in questa congiuntura economica. Dubito fortemente che noi potremmo ridarti il tuo vecchio lavoro" lo avvertì Roger.

Jeff non era sicuro se quelle di Roger fossero minacce o consigli. Mantenendo il contatto visivo, si protese verso il suo capo sulla scrivania di mogano e replicò. "Non sono preoccupato Roger. Se vorrò lavorare nuovamente con la Xekonix vuol dire che tornerò per comprare la società."

Roger rimase stordito per un attimo. Dopo rise. "Jeff, abbiamo avuto le nostre divergenze, ma ti rispetto. Immagino che non ti faremo cambiare idea offrendoti più soldi." "No Roger. Ormai ho deciso" confermò Jeff.

"Ho capito. Buona fortuna Jeff."

"Grazie Roger" disse Jeff mentre si alzava.

Anche Roger si alzò e i due si strinsero la mano.

Jeff non era del tutto sicuro sull'esito dell'incontro. Davvero Roger apprezzava il suo lavoro alla Xekonix? In ogni caso non gli interessava. Ormai era libero.

Brad fissava gli squallidi muri della sua prigione e si chiedeva se gli ultimi giorni fossero stati semplicemente un sogno. Pensò a quella volta in cui aveva segnato il touchdown vincente contro Oak Park nella quarta partita di finale. Per un momento rise istericamente. Poi iniziò a singhiozzare. *Come diavolo è potuta finire in questo modo?*

Quel pomeriggio Kathy lasciò l'ufficio prima del solito e guidò per 20 chilometri verso un'insignificante palazzina bianca nella città di Orange. Controllando l'elenco, non appena entrata nell'edificio, identificò la destinazione, Orange Reproductive Service Inc. che si trovava alla suite 101 del primo piano.

Percorse una breve distanza attraverso l'elegante ingresso e aprì la porta contrassegnata dal numero 101. Entrò in una sala d'attesa ammobiliata con gusto, con alcune grandi piante da vaso. C'era un piccolo cartello che diceva 'Se habla español' e un altro che recitava 'Il bagno non ha chiave'. Nella stanza non c'era nessuno, ad eccezione di una piacente donna di mezza età seduta al di là della scrivania della reception.

Sulla parete era dipinto il grande logo della Orange Reproductive Service, sotto il quale erano elencate le prestazioni offerte. Venivano prestati diversi tipi di servizi di riproduttività, ma Kathy era interessata solamente al primo della lista, il programma di inseminazione artificiale.

Kathy si avvicinò alla scrivania e accennò un leggero sorriso.

"La posso aiutare?" chiese la donna.

"Sì" disse Kathy. "Vorrei avere un bambino" il suo piano B adesso era operativo.

Nel pomeriggio, Jeff passò da Gelson e prese una composizione di fiori. Poi si diresse verso il condominio di Janet a Tustin. Nervosamente, girò intorno al complesso tre volte prima di decidersi a parcheggiare in un posto riservato agli ospiti. Prese i fiori e attraversò quel sentiero a lui familiare, superando la sede del club di nuoto e la piscina fino all'appartamento di Janet. Poi, dopo aver esitato per circa un minuto, bussò alla porta.

Janet stava guardando alla TV il *Rachel Maddow Show* quando sentì bussare alla porta. In circostanze normali l'avrebbe ignorato, dal momento che, non aspettando nessuna visita, avrebbe pensato a un venditore porta a porta. Ma per un qualche motivo, chiamiamolo intuito femminile, decise di rispondere.

Scrutando dallo spioncino vide Jeff. Non sapeva davvero come reagire. Per un verso era incredibilmente felice di vederlo e soprattutto non vedeva l'ora di stare tra le sue braccia. Aveva anche letto a proposito del suo atto eroico durante la sparatoria alla Xekonix che l'aveva resa orgogliosa di lui. Ma lui l'aveva ferita. Poteva ancora fidarsi di lui? Sentì le lacrime scorrere dai suoi occhi. Cercò di pensare a cosa avrebbe dovuto dirgli, ma non le veniva niente.

Dopo essersi asciugata le lacrime aprì la porta.

Appena la aprì, il cuore di Jeff cominciò a martellare. Janet era così bella, persino con i suoi vecchi jeans e senza il trucco. Lui sorrise. "Ciao tesoro."

"Ciao" rispose lei senza sorridere.

"Mi sei mancata" aggiunse Jeff.

Lei rimase in silenzio.

Goffamente le porse i fiori. "Ho preso questi per te."
"Grazie" disse lei educatamente.

Appena presi i fiori li posò sopra un tavolo vicino all'entrata.
Senza un sorriso, tornò verso di lui tenendo le braccia incrociate
al petto.

Cercando di ottenere una qualche risposta, Jeff continuava a
proporre qualche frase di rito. "Um, come va?" Lei lo fissava
senza dirgli niente.

Che domanda stupida. Allora decise di andare dritto al punto.
"Amore, mi dispiace davvero per tutte le cose che ti ho fatto."
Lei abbassò le braccia rimanendo sempre in silenzio.

Non ottenendo nessuna risposta, Jeff, nervosamente,
continuò a parlare. "Quello che sto cercando di dirti è che ti amo
tanto… vorrei stare con te più di ogni cosa al mondo."

Lei era sempre in silenzio, ma la sua espressione piano piano
stava cambiando. Lo sguardo inespressivo lasciò spazio alla
malinconia e le lacrime cominciarono a scendere incontrollabili
sulle sue guance. Distolse lo sguardo per un attimo nel tentativo
di nascondere i suoi sentimenti autentici. Cercando di ritrovare la
calma, si asciugò le lacrime senza tuttavia riuscire a fermare il
loro defluire. Poi, con il dolore negli occhi si rivolse ancora verso
di lui.

"Sai Jeff…" disse alla fine, controllando le lacrime. "Certe
volte sei proprio uno stronzo."

Per un attimo, Jeff rimase scioccato dal suo apparente rifiuto.
Poi però, sopraggiunse un barlume di speranza, un leggero sorriso
attraverso le lacrime. Scrutando quei familiari occhi marroni, fece
un profondo respiro prima di rispondere.

"Sì, lo so."

Riconoscimenti Internazionali

Il libro di Jon è un bellissimo spaccato della società americana con le sue eccellenze e le sue debolezze. Un'automobile che viaggia ad un'elevata velocità ma che rischia di rimanere a corto di carburante e lasciare i suoi passeggeri miseramente a piedi.

In questa baraonda di emozioni, Jeff riesce a mantenere il controllo della situazione, consapevole della frivolezza di un mondo che divora tutto e tutti. La sua debolezza per una sensuale e brillante collega non gli impedisce di guardare oltre e capire che c'è solo un modo per mantenere il controllo della situazione: affidarsi all'amore della sua vita.

È un libro che consiglio, un manuale per affrontare il mondo dell'economia capitalistica senza farsi troppe illusioni; non siamo indispensabili e non siamo necessari, se non come consumatori. L'unico modo per lasciare una traccia della nostra esistenza è tessere relazioni autentiche ed inseguire il sogno di contribuire a rendere il mondo un luogo più umano.

—Massimo Papolini, Mondolfo (Italia)

Korábbi, személyes találkozásaink alkalmával mindig az volt a benyomásom, a csendes szerénység intelligens, tájékozott, jólelkű embert rejt.

Most nem találkozunk...

Írását olvasva ugyanaz a gondolat fogalmazódik meg bennem; Jon különleges Ember volt.

Az "FY 2009" regény remek írás, letehetetlen olvasmány, mely egy, az európai emberek többsége előtt ismeretlen, időben azonban rendkívül közeli világba kalauzolja az olvasót.

Szívből ajánlom mindenkinek, igazi, tényeken alapuló "élmény olvasmány".

—Máthé Áron, Pécs (Ungheria)

Im Roman FY 2009 von Jon Asahina werden erfolgreiche amerikanische Lebensgeschichten beschrieben, mit Höhen und Tiefen - mit Freud und Leid !

Jon hatte die Fähigkeit das Gefühlsleben der einzelnen Protagonisten so zu schildern, dass man beim Lesen eine klare Vorstellung von den Personen bekam! Ich kann FY 2009 von Jon Asahina sehr empfehlen ! Das Buch ist lesenswert !

—Sigrid Siebeneicher, Oberursel (Germania)

"FY 2009" to na pierwszy rzut oka precyzyjne studium życia korporacyjnego, jego struktur, zawiłości i zasad. Losy firmy komputerowej Xekonix w trudnych latach kryzysu finansowego 2008/2009. Opis doprowadzenia spójnego i świetnie prosperującego przedsiębiorstwa do granicy bankructwa przez grupę managerów zainteresowanych przede wszystkim własnym prestiżem, stosujących „kreatywne" metody zarządzania i księgowości. Sytuacje dobrze znane każdej osobie mającej doświadczenie pracy w korporacji Jon przedstawia bardzo barwnie i z miłością do detalu wzbogacając je o informacje dotyczące branży komputerowej, a całość akcji umieszczając w intensywnym dla USA czasie kryzysu finansowego i wyboru nowego prezydenta.

Przy bliższym spojrzeniu okazuje się jednak, ze to człowiek i jego los są w centrum zainteresowania autora. Jon podejmuje próbę odpowiedzi na pytanie jak żyć w świecie manipulacji, intryg, obłudy i szaleństwa ekonomiczno-politycznego. Jak pozostać sobą? Na ile mamy wpływ na nasz los? Główny bohater – Jeff – wybiera miłość i wolność i ta postawa wydaje się być najbliższa sercu autora. Wymaga ona jednak odwagi i determinacji, której Jon zdaje się życzyć każdemu z nas.

—Ewa Strzemecka, Wroclaw (Polonia)

Jon Asahina connaît bien le secteur des hautes technologies, pour y avoir travaillé pendant de nombreuses années, plus précisément au sein de la société XCD. Le cadre de ce roman se situe dans ce même secteur, en

Californie, et le personnage principal, Jeff est chef de produit dans une société comparable à XCD. Le roman est résolument contemporain, puisqu'il débute avec la crise financière de l'été 2008, qui a eu les conséquences que l'on sait sur l'économie et l'emploi dans le monde entier. D'une plume alerte, Jon nous décrit les vies sentimentales et professionnelles de trois baby boomers et d'un trentenaire, qui se trouvent bouleversées par cette crise et par les coupes sombres décidées par le nouveau PDG. L'auteur évoque avec finesse les problèmes sociaux qui en résultent. La vie au travail n'est plus un long fleuve tranquille. La tendresse et la lucidité de Jon transparaissent dans ces pages.

Dans ce roman attachant, dédicacé à Cam Tu, l'amour de sa vie, les personnages sont contraints de lutter pour survivre et ils vont être amenés à se révéler à travers les choix qu'ils devront faire, parfois précipitamment.

—Jean-Luc Raynaud, Chambéry (Francia)

É muito surpreendente ver alguém que é tão discreto ousar tanto abrindose através dos personagens e do ambiente, os quais ele descreve com tanta vivacidade. Uma estória atemporal da globalização e dos problemas da vida moderna, não somente na indústria de tecnologia mas neste mundo complexo em que vivemos atualmente.

—Luciana Rickli Cavalcanti, Rio de Janeiro (Brasile)

I am fortunate that my professional career was intertwined with Jon Asahina. We first worked together in the late 1980's. Like "FY 2009", we were frustrated with the corporate environment and decided to start our own company. With only "sweat equity" and 100-hour work weeks, we were able to successfully build a company that we sold in the mid1990's. We subsequently worked together at two other technology companies as there was mutual trust and respect.

During this time, we developed a close friendship. Jon is the type of person that you would want to be around your kids. Jon had a positive outlook on life with a "glass is half-full" view of people and the world around him. Jon had many interests and talents and was a outstanding technical writer. But I must admit that I was surprised at Jon's storytelling in his first novel. When I read "FY 2009", I saw Jon as the lead character and many relived many past experiences. "FY 2009" is one of Jon's legacy and a way for the world to get to know a little more about this special individual.

—Keith Sugawara, Irvine (California)

FY 2009 は小説で この年のビジネスのプラン、プログラムを始め 成功、不成功、

> 失望、喜びなどとビジネスの活動を 作者 Jon Asahina の豊富な経験と知識を元 に書かれている。

> FY 2009 の年の小説はただ単にごく普通の年だがJon Asahina は、読者に普通 の人は ごく平凡な生活を営んでいるが、その反面いかに常で、混乱した、ストレスの 多いかつ危険なもとでか生きているか、mこの小説を通して読者に目を開かせて居る。

> FY 2009 の小説は 成功したごく普通に見える会社が 一旦会社の戸を閉めた中では

> どの様にビジネスが営まれているか、又作者 Jon Asahina は大会社のビジネスの

> 世界にいる人たちの生き方を巧みにビジネスの経験を通して描写し

FY2009 のビジネスの話から個人的な事へと 作者 Jon Asahina の豊かな感情と彼の繊細さにより上手く 描写され話が展開されている。

—Kasuko Jones, Scottsdale (Arizona)